U1017331

读客

读客悬疑文库

认准读客读悬疑，本本都是大师级。

洛城机密

[美] 詹姆斯 · 艾尔罗伊 著　　姚向辉 译

L.A. Confidential

JAMES ELLROY

江苏凤凰文艺出版社
JIANGSU PHOENIX LITERATURE AND ART PUBLISHING

图书在版编目（CIP）数据

洛城机密 /（美）詹姆斯 · 艾尔罗伊 (James Ellroy) 著 ; 姚向辉译 . -- 南京 : 江苏凤凰文艺出版社 , 2022.8

书名原文 : L.A. Confidential

ISBN 978-7-5594-6060-8

Ⅰ . ①洛… Ⅱ . ①詹… ②姚… Ⅲ . ①长篇小说 – 美国 – 现代 Ⅳ . ① I712.45

中国版本图书馆 CIP 数据核字 (2021) 第 125348 号

洛城机密

［美］詹姆斯 · 艾尔罗伊 著　　姚向辉 译

责任编辑	丁小卉
特约编辑	宋 琰　王 品　李玉洁
装帧设计	李子琪
责任印制	刘 巍
出版发行	江苏凤凰文艺出版社
	南京市中央路 165 号，邮编：210009
网 址	http://www.jswenyi.com
印 刷	三河市龙大印装有限公司
开 本	889 毫米 × 1270 毫米 1/32
印 张	15.75
字 数	413 千字
版 次	2022 年 8 月第 1 版
印 次	2022 年 8 月第 1 次印刷
标准书号	ISBN 978-7-5594-6060-8
定 价	59.90 元

江苏凤凰文艺版图书凡印刷、装订错误，可向出版社调换，联系电话：010–87681002。

献给玛丽·杜赫迪·艾尔罗伊

一场胜利，以一切为代价，却毫无意义。

——斯蒂夫·埃里克森

目　录
content

序 幕

1950年2月21日

圣贝纳迪诺丘陵一家废弃的汽车旅馆，巴兹·米克斯入住时带着九万四千美元、十八磅高纯度海洛因、一把十号口径霰弹枪、一把点三八警用左轮、一把点四五自动手枪和一把弹簧刀。他在边境刚从墨西哥小混混手里买到这把刀，就瞅见边界线那头停着一辆车，洛城警局的无标记车辆。车里坐着米基·科恩的打手，蒂华纳的警察守在旁边，准备分点他身上的好东西，然后把尸体抛进圣思多罗河。

他已经逃亡了一个星期，花费六万五千美元保命。汽车、藏身之处，每晚花费四五千，贵得离谱。所有旅馆老板都知道米基·科恩在追杀他，因为他抢了科恩的女人和交易的毒品。洛城警方在缉拿他，因为他杀了他们的一名同僚。科恩发出追杀令，斩断了直接出售毒品的路子，没人不害怕报复，因此谁也不敢碰那批鬼东西。他只能分一部分给“医生”恩格克林的两个儿子，“医生”会先冷处理，然后分拆包装，过一阵拿出去卖，收入有他一份。“医生”和米基打过交道，脑子足够好，知道害怕那个疯子。两兄弟要了他一万五，送他住进艾尔塞拉诺汽车旅馆，为他安排脱逃路线。今天傍晚，两个湿背蛇头会开车带他去一块玉米地，通过违禁品航线送他直接去危地马拉城。假如他信得过“医生”的儿子，而他们又信得过那两个走私犯，那他就会有二十多磅白粉在美国这边帮他疏通关系。

米克斯把车留在一片松林里，拖出手提箱，扫视周围的环境。

汽车旅馆呈马蹄形，有十几个房间，背靠山麓，不可能从后面摸进来。

松软的砾石停车场遍地枯枝、纸屑和空酒瓶，脚踩上去会吱嘎作响，车胎会碾碎木头和玻璃。

只有一条通道，也就是他开车进来的那条路，探子必须先穿过浓密的树林才能放冷枪。

或者，守在某个房间里。

米克斯抓起十号霰弹枪，开始一扇扇地踹门。一、二、三、四——蜘蛛网、耗子、屎尿满溢的卫生间、腐败的食物、西班牙语的杂志，这儿多半是蛇头向北边克恩县奴隶农场输送墨西哥人的中转站。五、六、七——他发现几个墨西哥人缩在床垫上，被拿枪的白人吓得半死，米克斯用“没事，没事”安慰他们。最后一个房间空着，米克斯卸下拎包，扑通一下扔在十二号的房门口。这间房能看见屋前和庭院，弹簧床垫露出木棉，就这么度过在美国的最后一夜倒也不错。

墙上钉着半裸女郎月历，米克斯翻到4月，寻找他的生日。那是个星期四，模特牙齿难看，长相还不赖，让他想起了奥黛丽——前脱衣舞女，米基的前姘头，也是他杀害警察和抢劫科恩与德拉加纳白粉交易的原因。他翻到12月，盘算他能活到明年的概率，吓得胆战心惊，脑门青筋突突直跳，汗流浃背。

神经越来越紧张。米克斯把武器摆在窗台上，在口袋里装满弹药。点三八的子弹，自动手枪的备用弹夹，弹簧刀插进腰带，抬起床垫遮住后窗，打碎前窗透气。微风吹凉热汗，他望着几个墨西哥小孩打棒球。

他藏在房间里。湿背聚在室外，朝着太阳指指点点，像是能根据太阳判断时间，等着接他们去做苦工换取三餐一宿的卡车到来。黄昏降临，豆子佬开始闲聊。米克斯看见一胖一瘦两个白人走进庭院，他们假惺惺地挥手，墨西哥人跟着挥手，他们不像条子或科恩的打手。米克斯走出房间，十号霰弹枪藏在背后。

两个男人挥手打招呼，笑容可掬，表明没有敌意。米克斯观察道路，一辆绿色轿车横在路中央，挡住了什么浅蓝色的东西，可它色泽太亮，不像是杉树间的天空。他瞥见金属涂料的反光，心里一紧。他想起贝克斯菲尔德那次会面，几个家伙说需要时间去拿钱，一分钟后，那辆知更鸟蛋颜色似的轿车向他泼洒弹雨。

米克斯露出友好的笑容，表明没有敌意，手指却扣上扳机。他认出了瘦子，马尔·兰斯福特，好莱坞分局的制服警察，喜欢在斯克里夫纳汽车餐厅勾搭女侍者，鼓起胸膛，炫耀射击奖章。胖子走近，嘴里说："飞机在等你。"

米克斯甩出霰弹枪，就扣动扳机，胖子吃了一把大号铅弹，飞出去撞翻兰斯福特。湿背四散奔逃，米克斯冲进房间，听见后窗被打碎，上去掀开床垫，发现了两个活靶子，并对着他们近距离射出三发三十号铅弹。

两个人被轰得血肉横飞，玻璃和鲜血洒在靠着墙根挪动的另外三个人身上。米克斯扑倒在地，瞄准贴在一起的六条腿开枪，另一只手伸出去，拔出一具尸体腰间的左轮手枪。

庭院里阵阵尖叫，人们踩着砾石地面逃跑。米克斯扔下霰弹枪，踉踉跄跄走到墙边，查看倒下的几个人，闻到血腥味，他们已被近距离爆头。

房间里枪声砰砰作响，两把步枪在触手可及的距离。米克斯喊道："逮住他了！"听见呼喊声，看到胳膊和腿伸出窗口，他拿起身边最近的武器，全自动一阵扫射。瓮中捉鳖，灰泥四溅，干木起火。

跨过尸体，走进房间。前门开着，枪还在窗台上。传来奇怪的扑通一声，米克斯看见一个人趴在地上，正准备从床垫背后瞄准他。

他扑倒在地，飞起一脚，没踢中。男人向他开了一枪，险些击中。米克斯抓起弹簧刀，跳过去接连在男人脖子、脸上刺了几刀，男人惨叫着射击，子弹乱飞。米克斯割断他的喉咙，爬过去用脚尖关上门，抓起手枪，拼命喘息。

火势蔓延，炙烤尸体，引燃松树。前门是唯一的出路。还有多少人端着枪等他？

一阵弹雨。

重型子弹从庭院飞来，把墙壁打得稀烂。米克斯腿上中了一枪，另一枪擦伤背部。他摔倒在地，子弹横飞，房门倒下，交叉火力打得他抬不起头。

射击停了。

米克斯把枪藏在胸膛底下，尸体似的四仰八叉躺着。几秒钟慢吞吞过去，四个端着步枪的男人走进房间，压低声音说话："死定了。""咱们得当心点。""他妈的疯子。"马尔·兰斯福特不在其中，门外传来脚步声。

来人踢了踢他的侧腹，喘着粗气，对他嗤笑。一只脚伸到他的身体底下。一个声音说："肥猪。"

米克斯猛地拉住那只脚，脚的主人仰天倒下。米克斯近距离旋身速射，全部击中，四个人倒下。米克斯眼中的世界上下颠倒，他看见庭院里马尔·兰斯福特在逃跑。背后有人说话："哈喽，老弟。"

达德利·史密斯身穿消防员的防护服，踏着火焰走近。米克斯看见他的手提箱里有九万四千块钱，床垫旁边有毒品。"达德利，你有备而来。"

"就像童子军，老弟。有什么遗言吗？"

自杀：抢劫达德利·史密斯保护的交易。米克斯举起两把枪，史密斯抢先开枪。米克斯死了，心想艾尔塞拉诺汽车旅馆可真像阿拉莫。

第一部

血腥圣诞

Bloody Christmas

第一章

巴德·怀特坐在无标记警车里，望着市政厅圣诞树上的“1951”闪烁。后座装满供分局晚会用的烈酒，他花了一整天搜刮商贩，没有理会帕克的命令。24号和圣诞节给已婚男人放假，只留下单身汉值班巡逻，调中央分局警探组围捕游民。局长想让附近的流浪汉躲起来避风头，防止他们擅闯鲍隆市长为贫困儿童举办的草地聚会，抢光所有糕点。去年圣诞，有个疯子黑鬼掏出老二，对着一扎标明给孤儿院小鬼准备的柠檬水撒尿，最后命令鲍隆夫人说：“给我提裤子。”威廉·H. 帕克当时刚升任洛杉矶警察局局长，第一个圣诞节全耗在了送市长夫人去中央医院接受镇静治疗上，一年后的今天，他在为此付出代价。

塞满烈酒的后座顶得脊梁骨酸软难受。分局的副班头艾德·埃克斯利为人保守，见到上百个警察在集合大厅饮酒作乐说不定会指手画脚。还有，约翰尼·斯托姆潘纳托已经迟到了二十分钟。

巴德打开双向无线电。车里响起嗡嗡的说话声：商店窃贼，中国城有一家酒铺遭抢。此时乘客座车门打开，约翰尼·斯托姆潘纳托钻进车里。

巴德打开表盘灯，斯托姆潘纳托对他说：“节日快乐。斯坦斯兰去哪儿了？我给你俩都准备了东西。”

巴德上下打量他。米基·科恩的保镖失业一个月了，米基因为偷税受到联邦指控，去麦克尼尔岛服刑三到七年。约翰尼·斯托姆潘纳托只好回家剪指甲烫裤子。“叫他斯坦斯兰警司。他在搜捕游民，再说例钱反正还是那个数。”

“真是不幸。我喜欢迪克的做事风格。温德尔[1]，你知道我在说什么，对吧？”

帅气的约翰尼，有着意裔般的英俊，鬈发梳成紧贴头皮的大背头。巴德听说他裤裆必须加衬垫。“有话快说。”

“迪克比你懂礼貌，怀特警员。”

“你是见我就硬，还是没事干想聊天？”

“我见了拉娜·特纳才硬，你见了打老婆的男人就硬。听说你特别会哄女人开心，对长相不怎么挑剔。”

巴德按得指节噼啪作响：“而你靠折磨别人为生，米基捐再多的钱给慈善机构，也还是毒贩子和皮条客，所以老子宁可怨恨死不悔改的虐妻者也不想变成你。听懂了，狗杂碎？”

斯托姆潘纳托紧张地笑了笑，巴德望向窗外。救世军的圣诞老人从捐款罐里摸出几个硬币，一只眼睛瞄着马路对面的酒铺子。斯托姆潘纳托说：“好吧，你要线报，我要钱。米基和达维·戈德曼在蹲大牢，莫·亚赫尔卡替他们照看生意。莫一门心思收废品，没什么可交给我做的。杰克·华伦不肯用正眼瞧我，米基连他妈的遣散费都没给我。”

“没有遣散费？米基进去的时候又不缺钱。听说他和杰克·老德交易被抢走的东西已经追回来了。”

斯托姆潘纳托摇摇头：“你的消息不准确。米基逮住了抢他的人，但怎么也找不到那批货和被抢走的十五万。所以呢，怀特警员，我需要

① “温德尔”的绰号是“巴德”。——编者注（本书注释如无特别说明，均为译者注。）

钱。你的线人经费要是还充足，我就给你一些A级猛料。”

“说人话，约翰尼。学学我和迪克·斯坦斯兰这样的白人。”

斯托姆潘纳托嗤笑一声，不怎么有底气。“一个大贼，二十块；一个打老婆的店堂小偷，三十块。说点让你开心的，过来的路上我还看见那厮在奥尔巴克商店发财呢。”

巴德掏出一张二十块和一张十块，斯托姆潘纳托一把抢过去。“拉尔菲·金纳德。金发胖子，40多岁，穿仿麂皮休闲夹克和灰色法兰绒长裤。听说他喜欢打老婆，给老婆拉皮条，补他打扑克输掉的窟窿。”

巴德认真记录。斯托姆潘纳托说：“圣诞节快乐，温德尔。”

巴德揪住他的领带，使劲一扯，斯托姆潘纳托的脑袋撞在仪表盘上。

“新年快乐，意大利崽。”

奥尔巴克商店人山人海，顾客拥在结账柜台和货架前。巴德好不容易挤到三楼，此处是商店盗贼活跃之处，珠宝首饰，精装好酒。

柜台上摆满手表，收银机前排着三十多个人。巴德四处寻找金发男性，被家庭主妇和小青年撞来撞去。眼前忽然一闪，一个穿仿麂皮夹克的金发男人钻进了男厕所。

巴德分开人群，走进厕所。小便器前站着两个老头。隔间里，灰色法兰绒长裤落在地面上。巴德蹲下往里看，见到两只手正在摆弄珠宝。两位老先生拉上拉链出去，巴德敲敲隔间门，说：“开门，圣尼古拉找你。”

门猛地拉开，一个拳头飞出来。巴德吃个正着，撞在水槽上，摔倒在地。他脸上挨了几袖链，金纳德一溜烟逃跑，巴德起身追上去。

刚出门，购物人群堵住去路。金纳德钻进一扇边门，巴德继续追赶出门，顺着防火梯下楼。停车场毫无异常，没有车辆启动，不见金纳德的踪影。巴德跑回警车上，打开双向无线电，说：“4A31呼叫调度台，请求查询。”

静电噪声，接着："收到，4A31。"

"查个最后登记地址。白种男性，名叫拉尔菲，姓金纳德。应该是K-I-N-N-A-R-D。快查，收到了吗？"

对方确认收到，巴德对空甩了甩无线电。无线电响了："4A31收到了吗？查询结果来了。"

"4A31收到。"

"查有拉尔菲·托马斯·金纳德一名，白种男性，出生日期是……"

"我和你说过了，只告诉我地址就好了。"

调度员啧啧讥笑："拿去填你的圣诞长袜吧，鸟人。地址是常青大道1486号，祝你……"

巴德关掉无线电，向东赶往泰瑞斯城。车速开到四十，一路猛按喇叭，五分钟就赶到了常青大道。呼啸驶过1200和1300街区，1400街区跳进视线，这是安置退伍军人的活动板房。

他停下车，跟着路边的门牌找到1486号。一堵拉毛水泥外墙，屋顶有个圣诞老人的雪橇霓虹灯，屋里亮着灯，车道上停着一辆战前的福特。隔着平板玻璃窗张望，拉尔菲·金纳德正在吓唬一个穿浴袍的女人。

女人35岁左右，面部浮肿。她从金纳德身前一步步后退，浴袍散开，胸部有瘀青，侧肋伤痕累累。

巴德回车上取手铐，看见无线电的小灯在闪烁，拿起说话："4A31报告。"

"收到，4A31，发生一起袭警案。两名巡警在河畔公路的一家酒馆外遇袭，六名疑犯在逃。已经通过车牌号码查明身份并通知了各执勤单位。"

巴德身上一阵刺痒："弟兄们伤得重吗？"

"重。去林肯高地五十三大道5314号。逮捕迪纳尔多·桑切斯，

D-I-N-A-R-D-O，22岁，男性墨西哥裔。”

“收到，你派一辆警车来常青大道1486号。收押一名白种男性嫌犯。到时候我已经走了，不过他们会看见他的。就说我回头去补登记。”

“送去霍伦贝克分局？”

巴德确认，抓起手铐，走回那幢屋子，找到室外的接线盒，挨个儿拉下开关，直到灯光熄灭。圣诞老人的雪橇仍旧亮着，巴德捞起电线使劲一拽。霓虹灯落在地上，驯鹿爆炸了。

金纳德跑出房门，被鲁道夫绊倒在地。巴德给他戴上手铐，拿他的脸去撞人行道。拉尔菲疼得惨叫，吃了一嘴砂石。巴德开始他教训虐妻者的说辞：“你会蹲一年半监狱，我会知道你出狱的具体日期。我会查到你的假释官是谁，和他搞好关系，我会来探望你。再敢碰你老婆一下，被我知道了，我就告你违反假释，罪名是强奸幼女。知道强奸幼女的人进了昆廷监狱会有什么下场吗？知道吗？”

灯光亮起，金纳德的妻子在摆弄接线盒。她说：“我能回我母亲家吗？”

巴德掏空拉尔菲的口袋，拿出一串钥匙和一卷钞票。“开车走，自己好好过日子。”

金纳德吐出牙齿，拉尔菲夫人抓起钥匙，剥下一张十块钱。巴德说：“圣诞快乐。”

拉尔菲夫人给他一个飞吻，倒车碾过闪烁的驯鹿。

五十三大道，二号情况，不拉警笛。一辆黑白警车比他先到一步，两名蓝制服和迪克·斯坦斯兰钻出车门，挤在一起。

巴德按响喇叭，斯坦斯兰走过来。“哎，搭档，里头是谁？”

斯坦斯兰指着一个窝棚说：“无线电通报的那家伙，也许还有别人。伤了咱们弟兄的也许是四个墨西哥人和两个白人。布隆内尔和海伦诺斯基。布隆内尔也许脑损伤，海伦诺斯基也许要丢一只眼睛。”

“好一个也许。”

斯坦斯兰浑身酒气，拿着漱口水和金酒。“找碴儿？”

巴德钻出车门：“不找碴儿。抓到几个了？”

“零蛋。咱们这是第一个。”

“那就叫蓝制服别轻举妄动。”

斯坦斯兰摇摇头：“他们是布隆内尔的哥们儿，想亲手报仇。”

“不行，这个是咱们的。咱们抓他们归案，咱们去登记，赶在换班前参加聚会。我有三箱酒，一箱黑方，一箱占边，一箱顺风。”

“埃克斯利是今天的副班头。那家伙爱管闲事，我敢跟你打赌，他肯定不同意当班喝酒。”

“随便，班头是弗里林，他和你一样爱喝酒，所以你不用担心埃克斯利。另外，我还有一份报告要写，所以咱们就别废话了。”

斯坦斯兰笑道：“恶意伤害一名女性？什么罪名来着？加州刑法第六百二十三条第一款？我只是醉鬼，而你是改良空想家。”

“是啊，而且你位高权重。现在怎么说？”

斯坦斯兰使个眼色，巴德从侧面包抄，爬上门廊，拔枪。窝棚拉着窗帘，一片漆黑。巴德听见收音机在播广告，是菲力猫的雪佛兰。迪克一脚踢开门。

尖叫声，一个墨西哥男人和一个女人在逃跑。斯坦斯兰的枪口举到头部高度，巴德挡住他的枪口。巴德跑过走廊，逼近目标，斯坦斯兰气喘吁吁，撞翻家具。厨房里两个墨西哥人被堵在窗口。

他们转身举起双手，一个花衣流氓，一个漂亮姑娘，姑娘怀孕约六个月。

男青年面贴墙壁站好，显然习惯了被搜身。巴德搜他的身，里面有迪纳尔多·桑切斯的证件、大把零钱。女孩哇哇大哭，屋外警笛大作。巴德把桑切斯转过来，一脚踢在他的下体。“为了我们的弟兄，潘乔，碰到我算你走运。”

斯坦斯兰抓住那姑娘。巴德说：“快走吧，宝贝，免得被我的朋友查绿卡。”

“绿卡”二字吓住了她，她大叫：“Madre mia！Madre mia！”[①]斯坦斯兰把她推出门，桑切斯呻吟。巴德看见蓝制服涌上车道，说：“让他们带潘乔回去吧。”

斯坦斯兰总算喘上了气。“把他交给布隆内尔的哥们儿。”两个新兵模样的走进房间，巴德把桑切斯交给他们，“铐上他，给他登记。袭警，拒捕。”

新兵拖着桑切斯出门。斯坦斯兰说：“你就是过不了女人关，接下来呢？小孩和狗？”

拉尔菲夫人浑身瘀青地过圣诞。“我正在努力克服。来吧，咱们送酒去。你乖乖的，我就给你一整瓶。”

---

① 西班牙语：圣母啊！圣母啊！

第二章

普莱斯顿·埃克斯利猛拽罩单，宾客放声欢呼，一位市议员鼓掌，把蛋奶酒洒在一位社交名媛身上。艾德·埃克斯利心想：这可不是典型的警察圣诞夜。

他看看手表，现在是8点46分，他必须在午夜之前赶到分局。普莱斯顿·埃克斯利抬手指向模型。

模型占据了半个休息室，是个游乐场，满是混凝纸山峦、火箭飞船和蛮荒西部的城镇。莫奇鼠、速松鼠和丹尼鸭这几个卡通动物守着门。《梦幻一小时》和其他几十部卡通影片的主角，都是雷蒙德·迪特林创作的角色。

“女士们，先生们，请允许我向诸位展示‘梦幻乐园’。它由埃克斯利建筑公司修建，坐落于加州波莫纳，开园日期定于1953年4月。这将是有史以来最精致、最复杂的游乐园，一个自给自足的小宇宙，孩子们不分年龄，都将体验到欢乐和善意的概念。这些正是当代动画之父雷蒙德·迪特林的毕生追求。大家喜爱的迪特林角色都会出现在梦幻乐园里，乐园将成为孩童和童心的避风天堂。”

艾德望着57岁的父亲，他外貌顶多45岁，警察世家的一名警察，在汉考克公园的豪宅里滔滔不绝地讲演。他打个响指，政客们就必须放弃平安夜的安排。宾客纷纷鼓掌，普莱斯顿指着白雪皑皑的山峰说：“女士们，先生们，保罗世界一比一复制了内华达山脉的一座山峰。保罗世界将拥有刺激的雪橇速降和滑雪旅舍，莫奇鼠、速松鼠和丹尼鸭会为全家老小表演喜剧小品。保罗世界里的保罗是谁？保罗是雷蒙德·迪特林的儿子，一位在1936年不幸早逝的少年。他在野营时遇到雪崩失踪，那座山和这座山一模一样。明白了吗？对天真的赞颂却来自一场悲剧。因此，女士们，先生们，保罗世界每收入一块钱，就会向小儿麻痹症基金会捐出五分钱。”

掌声雷动。普莱斯顿对蒂米·沃尔伯恩点点头，沃尔伯恩在《梦幻一小时》节目中扮演莫奇鼠，总是用大板牙啃奶酪。沃尔伯恩用胳膊肘捅捅身边的男人，身边的男人也捅捅他。

亚特·德西班与艾德对视，沃尔伯恩开始表演莫奇鼠的套路。艾德领着德西班走进门厅。“真是个大惊喜，亚特。”

“迪特林要在《梦幻一小时》里宣布这个消息。你老爸没告诉你？”

“没有，我都不知道他认识迪特林。他是在亚瑟顿案件里结识迪特林的吗？小威利·维纳霍姆不就是迪特林手下的童星吗？”

德西班笑着说：“我那会儿还是你老爸的低级助理，根本不知道这两位大人物曾经打过交道。普莱斯顿的人脉就有这么广。说起来，你注意到老鼠演员的那个搭档了吗？”

艾德点点头：“是谁？”

休息室传来笑声，德西班领着艾德走进书房。“比利·迪特林，雷的儿子。他是《警徽荣光》的摄影师，这节目每周向几百万电视观众赞美咱们可敬的洛城警局。蒂米舔他之前估计要先撒点奶酪。”

艾德哈哈大笑：“亚特，你的嘴可真贱。”

德西班瘫坐在一把椅子上：“艾迪[1]呀，前警察劝现警察一句，你

---

① 艾迪（Eddie）为艾德（Ed）的昵称。

说‘贱’这种词跟大学教师似的。另外，你可不是什么‘艾迪’，而是‘艾德蒙’。”

艾德扶扶眼镜：“长辈的忠告这就来了？劝我好好坐在巡逻车里？因为帕克就是这么坐上局长位置的。我没有指挥人的风度，所以只能扎扎实实往上爬。”

“你真是毫无幽默感。再有就是你能不戴眼镜吗？眯着眼睛看东西都比这个强。除了萨德·格林，我不记得警探局[1]还有谁戴眼镜。”

“我的天，你就这么怀念警局？看起来你宁愿放弃埃克斯利建筑公司的职位和五万块的年薪，回洛城警局从新兵干起。”

德西班点燃雪茄：“只要你老爸和我一起去。”

“就这么简单？”

“就这么简单。普莱斯顿当警长[2]的时候，我是他的副手，现在我仍旧是二号人物。哪怕只是和他在一起就很幸福了。”

“你要是不懂木材，埃克斯利建筑公司就不会存在了。”

“谢谢。记得扔掉眼镜。”

艾德拿起相框，照片上他的哥哥托马斯身穿警服，拍摄于牺牲的前一天。“你要真是新兵，我会因为侮辱上司而收拾你的。”

“你确实会。警督考试成绩如何？”

“二十三人我排第一。我是八年内最年轻的申请人，当警司的时间最短，在局里的时间总数也最短。”

“而且还想进警探局。”

艾德放下照片：“对。”

“那么，首先，你必须等至少一年才会出现空缺；其次，你必须明白空缺多半是个巡警的位置；再次，你必须知道调任警探局要熬好几年

① 警探局（Detective Bureau）：洛杉矶警察局的分支之一，直接向总警长汇报，主要负责调查犯罪案件。

② 此处警衔为inspector，曾经存在于洛城警局，后改名为commander（警长）。

和拍很多马屁。你今年29岁？”

“对。”

“那你过两年就能当上警督。这么年轻就戴上铜章会招来妒恨。艾德，咱们不开玩笑。你和他们实在不是一路人。你不够铁腕。你不属于警探局。帕克当上警长，是巡警爬上高位的先例。你仔细想想吧。”

艾德说：“亚特，我想办案。我有各种关系，得过杰出服役十字勋章[①]，这在有些人眼中就是铁腕的象征。另外，我能弄到警探局的任命书。”

德西班擦掉礼服腰带上的烟灰：“咱们可以直话直说吗，快活吉姆[②]？”

这份亲昵让艾德很不舒服：“当然。”

“嗯，你很优秀，假以时日会变得非常优秀。我完全不怀疑你的狠辣天性。但是，你的父亲既无情又讨人喜欢，而你不是，所以……”

艾德攥紧拳头：“所以什么，亚瑟[③]叔叔？那你对为了金钱而离开警局的条子，和对不可能爬上去的条子有什么忠告？”

德西班不由得畏缩：“所以你需要去拍马屁，而且还得拍对人。多去亲威廉·H.帕克的屁股，祈祷你在正确的时间亲对了正确的位置。”

“就像你和我父亲？”

“说得好，快活吉姆。”

艾德打量他的制服，那件挂在衣架上的定制蓝警服。折线锐利如刀锋，警司的肩章，一道杠。德西班说：“很快就是金色的几道杠了，艾迪，警帽上还会有花。还有，要是我不关心，肯定不会拿话激你。”

“我知道。”

---

① 美国陆军成员能获得的第二高等级的勋章，授予在战斗中做出极度英勇的行为但不足以颁发荣誉勋章的美国陆军成员。

② 美国Force cereal燕麦片的广告形象。

③ 亚瑟（Arthur）为亚特（Art）的全称。

“还有，你是个战争英雄。”

艾德换个话题：“圣诞了，你在想托马斯。”

“我总在想我应该给他些忠告。他连枪套盖都没来得及打开。”

“一个抢手包的小贼会带枪？他不可能想到。”

德西班按熄雪茄：“托马斯是天生的警察，我一直觉得他是个好忠告，所以才喜欢唠叨你。”

“他已经死了十二年，我会给他一个警察的葬礼。”

“我会忘了你说过这句话。”

“不，你好好记住。等我到了警探局，你要想起这句话。还有，我父亲为托马斯和母亲祝酒的时候，你千万别抹眼泪，那会毁了他好几天的兴致。”

德西班站起身，脸色通红。普莱斯顿·埃克斯利拿着一瓶酒和几个高脚小酒杯走进来。

艾德说：“圣诞快乐，父亲。祝贺你。”

普莱斯顿为他们倒酒。“谢谢。埃克斯利公司为封神的大耗子建造一个王国，顺利拿到阿罗约塞科公路的合同，我这辈子再也不会碰奶酪了。喝一杯吧，先生们，为我儿子托马斯和妻子玛格丽特的安息，为我们三个今天能够齐聚一堂。”

他们一饮而尽，德西班重新斟酒。艾德抛出父亲最喜欢的祝酒词：“为解决需要绝对公正的罪行而干杯。”

又是三杯酒下肚。艾德说：“父亲，我都不知道你认识雷蒙德·迪特林。”

普莱斯顿笑着说：“就生意而言，我和他已经认识好些年了。应雷蒙德的要求，亚特和我对合同保密，因为他想在他哄小孩的节目里亲口宣布。”

“你是在亚瑟顿案件里认识他的吗？”

“不是，再说那会儿我还没入建筑这一行呢。亚瑟，你有什么要祝酒的吗？”

德西班浅浅地倒了三杯酒：“祝很快就要当上警督的年轻人顺利调任警探局。”

普莱斯顿大笑，说：“琼·莫罗在打听你的爱情生活，艾德蒙，我猜她是看上你了。”

“你觉得一个豪门女儿会嫁给条子？”

“不会，但会嫁给一个步步高升的警察。”

“警探局的头儿？”

“不，我说的是顺着巡警组一路爬到头。”

“父亲，托马斯本来会替你当上警探局的头儿，但他死了。不要否定我的机会。不要让我去实现你的陈年旧梦。”

普莱斯顿盯着儿子：“我明白你的意思，也喜欢你的直率。没错，这是我当初的梦想。但事实上，我不认为你有分辨人性弱点的眼光，那是好警探必不可少的条件。”

他的哥哥有着数学家般的大脑，且痴迷于漂亮姑娘。

“而托马斯有？”

“对。”

“父亲，换了是我，抢包小贼的手还没伸进口袋，我就已经开枪了。”

德西班说：“天哪！”

普莱斯顿让他安静：“没关系。艾德蒙，我要回去陪客人了，有几个问题想考考你。第一，你知道某个嫌犯有罪，为了保证成功起诉，你愿意故意放置确凿的证据吗？”

“那要看……”

“就说愿不愿意吧。”

“我……不愿意。”

“你愿意从背后向铁石心肠的武装劫匪开枪，以免他们钻法律体系的漏洞，从而逍遥法外吗？”

“我……”

“愿不愿意，艾德蒙？”

“不愿意。”

“你愿意殴打你知道有罪的嫌犯，逼他认罪吗？”

“不愿意。”

“你愿意伪造犯罪现场的证据，支持检察官的合理假设吗？”

“不愿意。”

普莱斯顿叹息道：“那么看在老天的面子上，你就安心做不需要面对这些选择的工作吧。善用上帝赐予你的高超智慧。”

艾德望着他的制服，说：“我会像一名警探那样运用这份智慧。”

普莱斯顿笑着说：“不管能不能当上警探，你都拥有托马斯缺乏的坚韧品质。你会成功的，我的战争英雄。”

电话铃响起，德西班拿起听筒。艾德想到伪造的日军战壕，不敢正视普莱斯顿的双眼。德西班说：“是分局的弗里林警督，他说拘留所快满了，今晚早些时候有两名警员遇袭。两名嫌犯已经在押，另有四名在逃。他要你早点上班。”

艾德转身望向父亲。普莱斯顿已经回到大厅里了，正在和头戴莫奇鼠帽子的鲍隆市长说笑话。

第三章

软木板上贴着两份剪报：《毒品讨伐勇士枪战受伤》《警方扫荡大麻馆，演员米彻姆被捕》。《秘闻》文章被加框放在桌面上：《缉毒警察昂首阔步，不法毒虫胆战心惊》《演员一致同意：〈警徽荣光〉的真实性归功于出生入死的技术顾问》。《警徽荣光》报道配有照片：杰克·文森斯警司和剧集主演布雷特·切斯的合影。文章没有提到主编私人档案里的猛料，布雷特·切斯是个恋童癖，有三项被撤销的指控。

杰克·文森斯扫了一眼缉毒组的大间，空荡荡，黑洞洞，只有他的隔间亮着灯。离午夜还有十分钟。他答应过达德利·史密斯要为情报组打一份有组织犯罪的报告，他答应过弗里林警督要为分局聚会准备一箱烈酒。《秘闻》杂志的席德·哈金斯说他会带朗姆酒过来，但还没打过电话。还有达德利的报告，这个人情非卖不可，因为他每分钟打字一百个，明天就还他一个人情，就是去和达德利以及艾里斯·洛韦碰头，在太平洋餐车吃午饭。虽然工作有风险，但能帮他捞到地检署的油水。杰克点燃香烟，读了下去。

这是一份了不起的报告，只有十一页，措辞非常讲究，非常“达德利”。标题：米基·科恩蹲大牢时的洛城黑帮活动。

杰克开始打字修改。

科恩在麦克尼尔岛联邦监狱服刑，服刑三到七年，逃所得税。达维·戈德曼——米基的账房也在那儿，服刑三到七年，坐实了六项联邦税务欺诈指控。根据史密斯的预测，科恩的走狗莫里斯·亚赫尔卡和“执法人”杰克·华伦有可能会起冲突。黑手党魁首杰克·德拉加纳已被驱逐，这两位将最有可能控制高利贷、非法赌博、卖淫和赛马线报。史密斯认为亚赫尔卡太无能，所以不需要警方监控。认为科恩的打手头目约翰尼·斯托姆潘纳托和亚伯·泰特鲍姆似乎已经上岸。科恩雇用的枪手李·瓦切斯转行去搞宗教骗局，销售保证能诱发神秘体验的秘方药。

杰克运指如飞。达德利的看法有偏差，约翰尼·斯托姆潘纳托和凯凯·泰特鲍姆是纯粹的人渣，一辈子都不可能完全洗白。他换上一张纸接着打字。

新标题：1950年2月的科恩与德拉加纳和谈。据传，二十五磅海洛因和十五万现金遭抢。杰克听到过风声，前警察巴兹·米克斯抢劫交易现场后逃跑，在圣贝纳迪诺附近被乱枪击毙，科恩的打手和洛城的贪腐警察杀了他。米基放出地下悬赏，说米克斯洗劫了米基，还搞他的女人，海洛因消失得无影无踪。达德利推测，米克斯把钱和白粉埋在了什么地方，后来被“一名或多名身份未知者”杀死，多半是科恩的枪手。杰克笑了，要是洛城警局也参加了围剿米克斯，达德利就绝对不会把警局扯进来，哪怕是部局之间的报告也一样。

接下来，史密斯总结：

米基·科恩出局以后，黑帮活动暂时平息。洛城警局必须保持警惕，以防新面孔出现，抢夺科恩的老地盘。卖淫活动都在县界的那一头，受到县局庇护。

杰克在最后一页签字："此致敬礼。达·利·史密斯警督。"

电话响了。"缉毒组，文森斯。"

"是我啊，饿了吗？"

杰克按捺住脾气，让自己放松，免得被哈金斯勾起火气。"席德，你迟到了。酒会已经开始了。"

"我有比酒更好的东西，我有现金。"

"快说。"

"听我说：塔米·雷诺兹，是《希望收获》的联合主演，电影明天在全市上映。我认识的一个家伙刚卖给她一包大麻卷，百分之百一起重罪逮捕。她这会儿在马拉维拉公路2245号好莱坞山庄扭屁股呢。你抓人，我下期给你一则特别报道。今天是圣诞节，我让《镜报》的莫蒂·本迪什看了我的笔记，所以你还能上日报。外加五十块现金和你的朗姆酒。我他妈是不是圣诞老人啊？"

"照片？"

"肯定有。记得穿那件蓝色运动夹克，和你的眼睛很配。"

"一百，席德，我需要两名巡警，一人二十，好莱坞分局的副班头也要给十块。你掏腰包。"

"杰克！今天是圣诞节！"

"不，这是非法持有大麻的重罪。"

"妈的。半小时？"

"二十五分钟。"

"到地方见，你个勒索犯。"

杰克挂断电话，在日历上画个叉。又是一天，不喝酒，不犯瘾，还有两个月就满四年了。

舞台在等待，马拉维拉公路边拉起了警戒线，两个蓝制服站在席德·哈金斯的帕卡德轿车旁，黑白警车停在人行道上，街道黑暗而空旷。席德已经架好了弧光灯。他们能看到好莱坞大街，格劳曼的中国剧院尽收眼底，充当远景再适合不过。杰克停好车，走过去。

席德用现金欢迎他："她坐在黑暗里，正摆弄圣诞树呢。门看着不太结实。"

杰克拔出点三八："叫弟兄们把酒放进我的后备厢。用中国剧院当背景如何？"

"我喜欢！杰克啊，你是西海岸最棒的！"

杰克打量他，比稻草人还瘦，年龄在35到50之间，是超级内部猛料的保管人。他有可能知道在1947年10月24日发生了什么，也有可能不知道。要是知道，他们的关系就是一辈子的事情。"席德，我带她出门的时候，你该死的宝贝别照我的眼睛。记得提醒摄影师。"

"一定记住。"

"很好，现在从一数到二十。"

哈金斯开始数数，杰克走上去，一脚踹开门。弧光灯啪地打开，客厅亮如白昼。圣诞树旁，两个穿内衣的年轻人在亲嘴。杰克大喊："警察！"小情人愣住，灯光照亮沙发上鼓鼓囊囊的一包大麻。

姑娘张嘴叫骂，小伙子去拿裤子。杰克踩住他的胸口："举起手，慢着点。"

小伙子把两个手腕贴在一起，杰克单手给他戴上手铐。蓝制服冲进来，开始搜集证据。杰克记起这个小混混的名字，洛克·洛克威尔，雷电华电影公司的新人。姑娘拔腿就跑，杰克一把抓住。他揪着两名嫌犯的脖子出门下台阶。

哈金斯喊道："中国剧院！趁还有灯光！"

杰克给他们摆好姿势，半裸的俊男美女，只穿内衣。灯泡扑哧明灭，哈金斯喊道："停！结束！"

蓝制服接手，洛克威尔和姑娘被带上警车，鬼哭狼嚎。附近的窗户纷纷亮灯，看客打开房门。杰克回到屋子里。

大麻的烟雾，时隔四年，鬼东西还这么好闻。哈金斯挨个拉开抽屉，拿出各种情趣玩具。杰克找到电话，在地址簿里找毒贩，却毫无线索。一张名片掉出来，上面写着："鸢尾花。一天二十四小时服务，满足你的所有欲望。"

席德开始念叨，杰克把名片放回原处。"说给我听听。"

哈金斯清清喉咙："此刻是洛杉矶市的圣诞节凌晨，守法公民酣然入睡，毒虫却在寻觅大麻，根植于地狱的毒草。塔米·雷诺兹和洛克·洛克威尔这两位电影明星，一只脚已经踏进冥府，在塔米的好莱坞豪宅喝着甜茶，不知道自己相当于在不戴石棉手套玩火，不知道灭火的勇士即将上门，来者乃是不畏权势的金牌猛探，了不起的大文，犯罪斗士杰克·文森斯，各处道友和毒虫的克星。文森斯警司接到匿名线报，前来处置，等等。杰克，你觉得怎么样？"

"好，够含蓄。"

"屁话，这是九十万的发行量，而且还在节节攀升。我觉得应该提一下你离婚两次，都是因为老婆受不了你的毒品圣战，你的名字来自印第安纳州文森斯的一所孤儿院。大大大文！"

他在缉毒组的绰号："垃圾筒"杰克，说的是那次他痛揍"大鸟"查理·帕克[1]，最后把帕克扔进三宝颜俱乐部外的垃圾箱。"你可以吹一吹《警徽荣光》。米勒·斯坦顿是我哥们儿，我怎么教布莱特·切斯演警察。技术顾问挑大梁之类的。"

---

① 著名爵士萨克斯手。

哈金斯笑了起来："布莱特还那么喜欢未成年？"

"那些人擅长跳舞吗？"

"只有杰斐逊大道以南的擅长。谢谢你的新闻，杰克。"

"小事一桩。"

"我说真的。每次见到你我都很高兴。"

该死的小蟑螂，这就要对我使眼色了，因为你知道你可以把我和那个道德败类威廉·H. 帕克钉在一起，早在1948年就开始的现金换逮捕，多半留了什么记录，好让自己脱罪，送我上十字架——

哈金斯使个眼色。

杰克心想，他会不会都记在纸上了呢？

第四章

聚会达到高潮，集合厅只有站票。

开放式吧台，上面有苏格兰威士忌、波本威士忌和“垃圾筒”杰克·文森斯带来的一箱朗姆酒。迪克·斯坦斯兰用冷水箱调着老乌鸦[1]和蛋奶酒。唱机轰然播放黄色圣诞小调。房间里人满为患，抓捕流浪汉，夜班蓝制服和中央分局刑警队累得口干舌燥。

巴德望着人群，弗雷德·图伦泰恩在朝通缉海报投飞镖。迈克·克鲁格曼和沃尔特·杜克斯希尔在玩“他们叫啥”游戏，轮流辨认黑种疑犯的大头照，两毛五一局。杰克·文森斯在喝苏打水。弗里林警督醉卧案头。艾德·埃克斯利拼命想让大家安静，终于放弃，一头扎进拘留所，登记囚犯，填写逮捕报告。

几乎每个人要么已经醉了，要么正在努力喝醉。

几乎每个人都在谈论海伦诺斯基和布朗奈尔、已经归案的袭警罪犯和仍旧在逃的两个家伙。

巴德站在窗口。传言乱七八糟，听得他分外心焦，“布朗尼”布朗奈尔的嘴唇一直撕裂到了鼻子，一个墨西哥人咬掉了海伦诺斯基的左

① 美国廉价威士忌品牌。

耳。迪克·斯坦斯兰抓起霰弹枪，满街猎杀墨西哥人。最后这条他倒是相信，他亲眼看见迪克拎着伊萨卡霰弹枪走向停车场。周围吵得不堪忍受，巴德出门走进停车场，靠着一辆巡逻车休息。

天上飘洒着细雨。拘留所门口闹闹嚷嚷，迪克·斯坦斯兰推着两个男人进去。一声尖叫，巴德和自己打赌，斯坦斯兰是不是已经花完了那二十块。有他看着，一赔一；没他看着，一赔二。集合大厅传来弗兰克·杜赫迪的男高音，如泣如诉地唱着《银铃铛》。

巴德躲开音乐，音乐让他想起母亲。他点燃香烟，忍不住还是想起了她。

他目睹母亲被杀时只有16岁，无力阻止。老头子回到家，肯定拿儿子的警告当了真——敢再碰我妈，我就宰了你。他睡着后醒来，发现自己的手腕和脚腕被铐住，只能眼睁睁地看着老贼用千斤顶活活打死母亲。他喊得嗓子都哑了，戴着镣铐和母亲的尸体被关在房间里。一周的时间，没有水，精神错乱，他看着母亲腐烂。一个摸鱼的警察发现他，警局的人抓住老头子。审判，辩护称行为能力不足，认罪减刑，二级过失杀人。终身监禁，老头子蹲了十二年获得假释。他儿子，洛城警局的温德尔·怀特警员，决心杀死他。

老头子不知所终。

他逃了假释，巴德把洛杉矶翻个底朝天也没找到他。巴德还在找他，总被女人的惨叫惊醒，每次都要认真调查，结果永远只是普通的噪声。一次，他踹开门，发现是个女人烫了手。另一次，他冲进去，是夫妻在做爱。

老头子还是不见踪影。

他进了警探局，和迪克·斯坦斯兰成为搭档。迪克给他指点迷津，听他讲述过去，叫他主动出击以牙还牙。老爸就让他不见踪影好了，收拾打老婆的男人可以驱走噩梦。巴德的第一次出击闹得很凶，是场家庭暴力，报案人常年充当拳击沙袋，被捕者是个三进宫的孙子。巴德在回警局的路上兜个圈子，问犯人肯不肯和男人跳场探戈，不戴手铐，赢了就放你走人。那家伙同意了，巴德打断他的鼻梁和下巴，一脚踢破他的脾脏。迪克说得对，噩梦戛然而止。

洛城警局头号凶人的名声不胫而走。

他坚持不懈，跟踪回访。人渣无罪释放就打威胁电话，服刑假释出狱的欢迎礼物是铁腕手段。他逼着自己不接受那些女人的“感谢”，去别处发泄。他记录开庭和假释的日期，寄明信片给劳改农场里的浑球。有人投诉他滥用暴力，他用拳脚解决问题。迪克·斯坦斯兰把他培养成一个好警探，现在轮到他照顾导师了。他帮斯坦斯兰在执勤时保持清醒，在他脑子发热想拔枪或踢人时拦住他。他已经学会控制自己，而斯坦斯兰现在一身坏毛病，喝霸王酒，放走劫匪以私藏毒品。

屋里的歌声跑了调，难听，不能算是音乐。巴德听见刺耳的惨叫声从拘留所传来。

噪声翻倍，三倍。巴德看见人们从集合大厅纷纷跑向牢房。画面一闪，斯坦斯兰发狂，醉酒，闹事，痛揍袭击警察的犯人。他跑过去，没收住脚，撞在门上。

狭窄的通道挤得满满当当，牢房门开着，人们在排队。埃克斯利高声维护秩序，冲进人堆，却无济于事。巴德看见囚犯名单，“迪纳尔多·桑切斯”“胡安·卡比嘉”“以西结·加西亚”“雷耶斯·查斯科”“丹尼斯·莱斯”“克林顿·巴鲁皮克”后面打了钩，就是六名在押的袭警犯人。

醉鬼笼子里的流浪汉在辱骂他们。

斯坦斯兰冲进四号牢房，挥舞着铜指套。

威利·崔斯塔诺把埃克斯利按在墙上，科隆利抢过他的钥匙。

警察从一间牢房涌进另一间牢房。埃尔默·伦茨龇牙咧嘴，浑身是血。杰克·文森斯守住班头的办公室，弗里林警督在桌上鼾声大作。

巴德闯了进去。

进去的路上他吃了几肘子，众人看清他是谁，纷纷让出通道。斯坦斯兰钻进三号牢房，巴德挤进去。迪克在收拾一个皮包骨的小流氓，专打脑袋，小青年跪在地上，捂着牙齿。巴德抱住斯坦斯兰，墨西哥人吐出一口血。“喂，怀特先生。我认识你个烂人。你揍我的朋友卡尔多，就因为他抽了他的臭婆娘。那是个婊子。你没脑子吗？”

巴德松开斯坦斯兰，墨西哥人对他竖起中指。巴德一脚踢得他狗吃屎，俯身抓着脖子拎起来。好小子，真他妈的过瘾。巴德拿小流氓的脑袋撞天花板，一名蓝制服恶狠狠地扑上来。艾德·埃克斯利的富家子弟腔调：“住手，警员！这是命令！”

墨西哥人悬在半空中，一脚踢中他的裆部。巴德倒在栏杆上，那小子踉踉跄跄逃出牢房，迎面撞上文森斯。“垃圾筒”疼得死去活来，鲜血染红了开司米夹克衫。他左右开弓放翻小流氓，埃克斯利跑出拘留所。

尖叫，喊叫，惨叫，比一千个三号警报还要响。

斯坦斯兰咕咚咕咚灌下一瓶金酒。巴德看见在场所有人都注定要永远沉沦。他踮起脚，一览全局，埃克斯利在储藏室倾倒烈酒。

他听见“好小子，大巴德”的喊声，看到发出喊声歪扭错乱的脸。埃克斯利还在倒酒，禁酒主义先锋战士。巴德跑过通道，把他锁了起来。

第五章

被关在八英尺见方的房间里。没有窗户，没有外线电话，没有内线电话。架子上摆满表格、拖布、扫帚、堵塞的水槽灌满了伏特加和朗姆酒。门是钢板加固的，闷在房间里的酒味像是呕吐物。通风孔里隆隆传来喊叫声和重击声。

艾德使劲砸门，没有回应。他对着通风孔大喊，热空气扑在脸上。他看见自己被按住，被掏空口袋，警探局的弟兄认为他不会捅出去。真不知道父亲会怎么处理。

时间一分一秒过去，拘留所的闹声平息又起来，平息又起来。艾德使劲砸门，还是不走运。房间里越来越热，酒臭污染空气。艾德觉得回到了瓜达尔卡纳尔岛，躲避日本人，成堆的尸体压在身上。汗水浸湿制服，要是开枪打锁，子弹碰到钢板反弹，也许会打死自己。殴打事件注定闹得满城风雨，内务处调查，民事诉讼，大陪审团。警方滥用暴力指控，职业生涯冲下马桶。艾德蒙·詹·埃克斯利警司被钉死，因为他没能维持住秩序。艾德下定决心，用智慧反击。

他在警局表格的背面写报告——第一版，真相如下。

起因是传闻约翰·海伦诺斯基丢了一只眼睛。理查德·斯坦斯兰警司捉拿丹尼斯·莱斯和克林顿·巴鲁皮克归案，顿时点燃了群众的情绪。弗里林警督在睡觉，喝得人事不省，值班期间饮酒，违反各局通行的第4319条规定。接替他负责的艾·詹·埃克斯利警司发现办公室钥匙不知去向。参加分局圣诞酒会的大批人马冲进拘留所，用不知去向的钥匙打开了六名嫌犯的牢房铁门。埃克斯利警司试图重新上锁，但殴打已经开始，威利斯·崔斯塔诺警司按住埃克斯利警司，沃尔特·科隆利警司顺势抢走埃克斯利警司系在腰间的备用钥匙。

埃克斯利警司未能使用武力夺回备用钥匙。

更多的细节。

斯坦斯兰狂性大发，多名警察殴打无力反抗的囚犯。巴德·怀特单手扼住脖子，举起一名挣扎的囚犯。

埃克斯利警司命令怀特警员住手，怀特警员无视命令。囚犯自行脱身，埃克斯利警司松了一口气，因为排除了进一步干涉的必要性。

艾德做个鬼脸，写了下去。

1951年12月25日，中央分局拘留所袭击事件详情报告。多半要大陪审团起诉，组织跨局审查委员会，帕克局长名声扫地。

换一张纸，考虑同牢证人大部分是醉汉，警官也一个个都在狂喝滥饮。他们都是不保险的证人，他很清醒，未受影响，试图控制局势。他得找个体面的台阶下，警局要保住脸面，高官会感激一个尽量避免丑闻见报的弟兄，这个人眼光长远，看清了事态走向，事先做好准备。他写下第二个版本。

撇开第一个版本，集中焦点谴责少数几名警官：斯坦斯兰、约翰尼·布朗奈尔、巴德·怀特和已经挣足或即将挣到养老金的另外四五个人：克鲁格曼、塔克、海因克、哈夫、蒂斯布罗、杜赫迪。要是指控的烈焰烧得太凶，就把这些老东西扔给地检署。主观视角，裁剪得符合醉鬼囚犯的目击证词，袭警者企图逃出牢房，释放狱友。真相有所扭曲，但其他证人也不可能驳倒。艾德签上名字，听着通风孔里的声音，寻找三号版本的踪影。

线索来得很迟。有人急切地喊“斯坦斯兰”和什么“快醒来，再干一杯”。怀特离开拘留所，嘟囔什么真是浪费生命。克鲁格曼和塔克叫骂，回应是阵阵呜咽。没有怀特和约翰尼·布朗奈尔的其他响动，伦茨、哈夫和杜赫迪在通道里走来走去。啜泣，圣母在上，一遍又一遍。

早上6点14分。

艾德写出第三个版本。

没有啜泣，没有圣母在上，袭警者撩拨其他犯人。他琢磨着父亲会怎么评论这些罪行，警察手足遇袭，袭击者死有余辜。哪一方需要绝对正义？

通风孔传来的响动渐渐平息，艾德尝试睡觉，但睡不着。钥匙插进锁眼。

弗里林警督，脸色苍白，浑身颤抖。艾德推开他，走进过道。

六个牢房铁门敞开，墙上黏糊糊地沾满血迹。胡安·卡比嘉躺在铺位上，脑袋底下的衬衫浸得通红。克林顿·巴鲁皮克在用马桶水洗掉脸上的血。雷耶斯·查斯科全身没一块好肉。丹尼斯·莱斯在查看手指，肿成蓝紫色，断了。迪纳尔多·桑切斯和以西结·加西亚一起蜷缩在醉鬼笼旁边。

艾德打电话叫救护车。“拘留病房，县总院”这几个字让他险些呕吐。

第六章

达德利·史密斯说："怎么不吃东西，老弟？和好朋友玩到深夜毁了胃口？"

杰克看着他的盘子，里面有丁骨牛排、烤土豆、芦笋。"碰到地检署请客，我总要点最贵的。洛韦去哪儿了？我想让他看看他请我吃了什么。"

史密斯哈哈大笑，杰克打量他的西装式样，松松垮垮，极好的伪装。好比舞台上的爱尔兰人，遮住了点四五自动手枪、铜指套和警棍。"洛韦有什么新念头？"

达德利看看手表："嗯，半个多小时愉快享受，就算是救主生日谈正经事的前奏吧。老弟，艾里斯无非想当咱们这个伟大城市的地检官，继而竞选加利福尼亚州长。他已经当了八年副地检官，1948年参选地检官输掉了，1953年3月有一场小年竞选，艾里斯认为他能赢。他不遗余力地起诉刑事犯人渣，他是警察局的贴心好友，尽管他有希伯来血统，但我还是很喜欢他，认为他能成为一名出色的地检官。而你，老弟，你能帮他竞选成功，顺便让自己成为他很有价值的好朋友。"

墨西哥人被他打昏，整件事说不定会闹大。"我也许很快就需要他帮个小忙。"

“他会乐于伸出援手的，老弟。”

“要我干什么？中间人？”

“我总觉得‘中间人’这种黑话很难听，老弟。‘友情互惠关系’比较顺耳，特别是考虑到你手头的那些显赫关系。不过，洛韦先生的请求归根结底还是金钱，我要是一开始不挑明这一点就太不地道了。”

杰克推开餐盘。“洛韦要我敲诈《警徽荣光》剧组，向他的竞选阵营捐款。”

“对，还有不让该死的《秘闻》揭短小人纠缠他。既然‘互惠’是咱们的关键词，那么他也会还你一些特定的人情。”

“比方说？”

史密斯点燃香烟：“麦克斯·佩尔茨，剧集的制作人，他的税务问题已经持续好几年了，洛韦可以保证他不需要再担心听证会。布莱特·切斯，你尽心尽力教他怎么演警察，他却是个堕落的罪犯，洛韦可以保证永远不起诉他。洛韦愿意让剧组编剧看地检署犯罪科的档案，你的奖赏也少不了。地检署犯罪科的拳头鲍勃·加劳戴特要去法学院了，他表现出色，通过资格考试后会以检察官身份加入地检署。你将得到接替他的机会，还有警督头衔。老弟，我的提议够不够诱人？”

杰克从达德利的烟盒里拿了一支烟：“老大，你知道我离不开缉毒组，也知道我肯定会同意。我估计洛韦会露个面，对我说声谢谢，甚至不会留下吃甜点。所以，我同意。”

达德利使个眼色，艾里斯·洛韦钻进隔间：“二位，抱歉，我迟到了。”

杰克说：“我接受。”

“啊？史密斯警督已经解释过局势了？”

达德利说：“有些老弟不需要解释得太详细。”

洛韦摸着斐贝卡金链：“那就谢谢了，警司。要是我有什么帮得上忙的，不管什么事，尽管打电话给我，一分钟也别犹豫。”

“我不会的。吃甜点吗，长官？”

“我很想留下，但还有几个人等着我录证词呢。咱们有的是吃饭的机会，这个我确定。”

“听候差遣，洛韦先生。”

洛韦扔下一张二十块：“再谢你一次。警督，回头找你聊。二位，圣诞快乐。”

杰克点点头，洛韦大步走开，达德利说：“还没完呢，老弟。”

“还有别的任务？”

“差不多吧。你今年还负责威尔顿·莫罗的圣诞晚会现场安保吗？”

他的年度肥差，一张百元大钞落袋。“是啊，就是今晚。洛韦还需要邀请函？”

“倒是不需要。你帮过莫罗先生很大一个忙，对不对？”

那是在1947年10月，与现在相比实在是太大了。“是啊，对。”

“你和莫罗一家关系好吗？”

“就雇主和伙计而言，算是不错。怎么了？”

达德利哈哈大笑道：“老弟，艾里斯·洛韦想娶老婆。最好有社会地位。他在几个庆典活动上见过琼·莫罗，喜欢上了她。愿意扮演一下爱神，问问可爱的琼小姐有什么想法吗？”

“达德利，你莫非要我帮洛城未来的地检官安排约会？”

“一点不错。你觉得莫罗小姐会感兴趣吗？”

“值得一试。她有心想往上爬，总想嫁个好人家。”

“这倒是，老弟，确实存在这个问题。但你愿意帮忙带话，对吧？”

“当然。”

“然后就不是咱们能控制的了。说起来，昨晚分局是不是闹得很难看？”

说到正题了。“非常难看。”

“你觉得会爆出丑闻吗？”

“天晓得。布朗奈尔和海伦诺斯基怎么样？伤得有多严重？”

“皮外伤而已，老弟。我不得不说报复有点过头了。你有份吗？”

“有人打我，我还击，然后就走了。洛韦担心起诉吗？”

“只在要是起诉就会失去朋友的时候担心。”

“他今天交了我这个朋友。转告他一声，他比别人领先了。”

杰克开车回家，在沙发上睡了过去。他一觉睡过整个下午，被《镜报》落在门廊上的声音吵醒。报纸第四版上印着：《〈希望收获〉明星的圣诞大惊喜》。

没有照片，但莫蒂·本迪什塑造了好一个大文。“他的诸多线人之一”，听着像是杰克·文森斯有成群走狗满街巡游，口袋里装满他的钞票。众所周知，大文自掏腰包支撑他的毒品圣战。杰克剪下这则报道，在其余版面里寻找海伦诺斯基、布朗奈尔和袭警暴徒的消息。

没有。

情理之内，两个条子受点小伤，不值一提，小流氓还来不及勾搭讼棍。杰克掏出账本。

页面分成三栏：日期、支票号码和金额。金额从一百到两千不等，支票开给艾奥瓦州锡达拉皮兹的唐纳德和玛莎·斯科金。第三栏最底下是金额总计：32 350美元。杰克掏出银行存折，看看余额，决定下一笔将是五百整。五张大钞的圣诞礼物。在你们的杰克叔叔倒地而亡之前总有大把钞票，这笔债永远也还不清。

每年圣诞他都要大把花钱，事情开始于莫罗一家，他见过他们在圣诞节的表现。他是孤儿，害得斯科金家的孩子成了孤儿，而圣诞节是孤儿最难熬的一段时光。他强迫自己回顾过去。

1947年9月末。

老局长沃顿召唤他。威尔顿·莫罗的女儿凯伦和一帮败类尝试吸毒，毒品来自一个叫莱斯·韦斯科夫的萨克斯手。莫罗是个富得流油的律师，向洛城警局的基金会大笔捐款。他希望他们能摆平韦斯科夫，但事情不能见光。

杰克认识韦斯科夫，他贩卖氢吗啡酮，头发烫成直发，喜欢嫩模。沃顿说办成这事就送他个警司头衔。

他找到韦斯科夫，后者和一个年轻的红发姑娘在床上。姑娘溜之大吉，杰克用枪管抽了韦斯科夫一顿，搜查他的住处，发现满满一皮箱镇静剂。他带走皮箱。威尔顿·莫罗请他负责安保，杰克接受了，凯伦·莫罗被送到国外。警督头衔顺利到手。杰克留下皮箱，帮他在彻夜监视时提神。第二任妻子琳达和他的一个线人私奔了，那是个长号手，卖玛丽珍[①]贴补生活。杰克一头扑进皮箱，镇静剂和苏格兰威士忌混在一起灌下去，逮捕了爵士名人录上的一半人物，这家伙，爵士乐手的头号公敌。接着就是1947年10月24日。

他窝在车里，监视“马里布老地方”的停车场，盯着一辆帕卡德轿车里的两个白粉卖家。将近午夜，他一直在喝威士忌，在过来的路上，本尼吃个不停，但敌不过酒力。午夜交易的线报，白粉卖家和一个瘦皮猴黑人，身高七英尺。

12点一刻，黑鬼露面，他走向帕卡德，手里抓着个小包裹。杰克下车时绊了一跤，怪物拔腿就跑，白粉卖家举着枪跳下车。杰克摇摇晃晃起身，掏出佩枪，怪物转身射击。杰克瞥见两条人影逼近，以为是黑鬼的帮手，砰砰砰打光一个弹夹。人影倒下，白粉卖家朝黑鬼和他开枪，黑鬼一头扎进一辆46款斯图贝克。

杰克扑倒在地，念《玫瑰经》祈祷。一颗子弹撕破肩膀，另一颗擦伤双腿。他爬到车底下，好多轮胎吱嘎作响，好多嗓子吱哇乱叫。救护

① 大麻的街头俗称。

车赶到，县局一个男人婆警员扶他上担架。警笛，病床，医生和男人婆低声议论他身体里的药物，血检证实。镇静剂下的长时间睡眠，膝头的一份报纸上面印着：《马里布枪战三人丧命，英雄警察仅以身免》。

白粉卖家逃得无影无踪，三条人命栽在他们头上。

黑鬼当场死亡。

两条人影不是黑鬼的帮手，而是哈罗德·J. 斯科金夫妇，来自艾奥瓦州锡达拉皮兹的游客，17岁的唐纳德和16岁的玛莎的自豪父母。

医生总是用奇怪的眼神打量他，男人婆原来叫多特·罗斯坦因，是凯凯·泰特鲍姆的表妹，和传奇人物达德利·史密斯关系匪浅。

要是按惯例验尸，就会发现斯科金夫妇身上的子弹来自杰克·文森斯警司的佩枪。

两个孩子救了他。

他在医院提心吊胆了一星期。萨德·格林和沃顿局长来探望他，缉毒组的弟兄也来过。达德利·史密斯说愿意拉他一把，杰克琢磨他知道多少内情。《秘闻》杂志的主笔席德·哈金斯带着邀约登门，对他说："杰克，你抓名流毒虫，《秘闻》在逮捕现场报道，我们可以私下现金往来。"他接受了，心里琢磨哈金斯又知道多少内情。

两个孩子坚持不能验尸，因为他们认为验尸等于渎神。县验尸官很清楚枪手到底是谁，他送哈罗德·J. 斯科金夫妇回艾奥瓦州火葬。

杰克·文森斯警司化险为夷，报纸大吹大擂。

伤势痊愈。

他戒了酒。

他戒了药，扔掉皮箱。他在日历上标记戒断的时间，履行他和席德·哈金斯的协议，一步步成为当地名角。他卖人情给达德利·史密斯，哈罗德·J. 斯科金夫妇在梦中折磨他，烈酒和镇静剂应该能扑灭火焰，但也会灭了他这个人。席德帮他弄到《警徽荣光》的"技术顾问"职位，当时《警徽荣光》还只是电台节目。金钱滚滚而来，花在衣服和女人身上，但没有换来他想象中的刺激感觉。酒吧的诱惑力太可怕了。恐吓毒虫能让心里稍微舒服点，但还远远不够。他决定报答那两个孩子。

第一张支票有两百块，他附上字条“不知名的朋友”，就斯科金夫妇的悲剧夸夸其谈。一周后他打电话给银行，支票已经兑现。从此，快钱有了好去处。只要哈金斯不刊出1947年10月24日的实情，他就安全无虞。

杰克脱掉酒会服装。运动夹克来自伦敦商店，是用逮捕鲍勃·米彻姆[①]的报酬买的。挂穗懒汉鞋和灰色法兰绒长裤来自《秘闻》的揭露报道，将爵士乐手和阴谋扯在一起，他逮捕一个身上有针眼的贝斯手，榨出一些左倾内幕。他穿好衣服，喷上“幸运老虎”香水，驱车赶往贝弗利山。

后院举办着盛会，天蓬覆盖足足一英亩土地。大学生负责泊车，自助餐台供应肋排、烟肉和火鸡。侍者端着开胃小菜走来走去，露天竖起一棵参天的圣诞树，淋着纷纷细雨。宾客就着纸盘吃东西，汽油火炬照亮草坪。杰克按时赶到，看管人群。

威尔顿·莫罗把他介绍给第一批听众，高等法院的一群法官。杰克开始吹牛，讲述查理·帕克如何企图用妓女收买他，他如何侦破夏皮罗案件，米基·科恩的马仔贩卖亚硝酸戊酯，顾客是酒吧的变性脱衣舞者。大文搭救众生，杰克·文森斯单枪匹马逮捕了一屋子试妆参加丽塔·海华丝模仿竞赛的壮汉。一轮掌声，杰克鞠躬，看见琼·莫罗在圣诞树旁。孤身一人，多半百无聊赖。

他走过去。琼说：“节日快乐，杰克。”

漂亮，好身材，三十一二岁。没工作也没丈夫的代价，她大多数时候总闷闷不乐。

---

① 即罗伯特·米彻姆（1917—1997），美国著名电影演员。

“嘿，琼。”

“嘿你个头。我今天在报纸上看见你了。你逮捕的那两个人。”

“不值一提。”

琼哈哈一笑。“真是谦虚。他们会有什么下场？我说的是那个叫洛克什么的和那个姑娘。”

“姑娘九十天，洛克威尔估计要劳改一年。他们应该雇你老爸，他能帮他们脱罪。”

“你根本不在乎，对不对？”

“我希望他们认罪换轻判，省得约我出庭做证。我希望他们蹲大牢，受点教训。”

“我抽过一次，在大学里。害得我特别饿，吃了整整一盒曲奇饼，最后全吐了。你不会逮捕我吧？”

“当然不会，你为人太好。”

“实话实说：我已经无聊得想再试一次了。”

机会来了。“爱情生活怎么样，琼妮？”

“没有。认识一个叫艾德蒙·埃克斯利的警察吗？高个子，戴一副很可爱的眼镜。普莱斯顿·埃克斯利的儿子。”

正直艾迪，战争英雄，一根筋的直肠子。“我知道有这个人，但和他不熟。”

“他可爱吗？我昨晚在他父亲家见到他了。”

“富家子弟当警察总是有所图谋，不过我知道有个不错的家伙对你感兴趣。”

“是吗？谁？”

“艾里斯·洛韦，助理地检官。”

琼笑着皱起眉头：“我在扶轮社听过他的讲演。他是犹太人，对吧？”

“对，不过你要往好处看，他是共和党人，社会栋梁。”

"人怎么样？"

"好得很，体贴入微。"

琼摇了摇圣诞树，假雪晃动。"好吧，让他给我打电话。就说我暂时有心上人，但他可以排队。"

"谢了，琼妮。"

"谢你才对，迈尔斯·斯坦迪什[①]。哦，老爸似乎在冲我勾手指了。再见，杰克。"

琼匆匆走开，杰克搜肠刮肚寻找谈资。米彻姆那档事，换个清淡的版本。背后响起一个柔和的声音，"文森斯先生，哈喽。"

杰克转过身。凯伦·莫罗身穿绿色小礼服，肩头挂着雨珠。上次见到她，她还是个孩子，个子太高，动作笨拙，被迫向一个威吓毒贩的警察道谢。四年过去了，唯一的共同之处是个子太高，其余的都消失在从女孩到女人的转变过程之中。"凯伦，险些没认出来。"

凯伦微微一笑，杰克说："我就说你以后会很漂亮，这话你大概已经听厌了吧。"

"你说我就百听不厌。"

杰克笑道："大学怎么样？"

"说来话长，可我快冻死了，一个段子都说不完。我和父母说过，酒会应该在室内举办，英国血统没有让我习惯寒冷。我准备了演讲稿。愿意帮我喂邻居家的猫吗？"

"我有任务啊。"

"和我姐姐聊天？"

"我有个熟人看上她了。"

"可怜的家伙——不对，可怜的琼妮。妈的，我的计划可不是这样的。"

---

① 美洲的英国殖民者，1620年受英国清教徒雇用，担任殖民先锋官。

“妈的，咱们去喂猫吧。”

凯伦笑着带路，高跟鞋踩在草地上摇摇晃晃。雷声，闪电，大雨，凯伦踢掉鞋子，光脚奔跑。杰克在隔壁家的门廊追上她，浑身湿透，快要笑出声了。

凯伦打开门，门厅的灯亮着。杰克打量她，浑身颤抖起了一身鸡皮疙瘩。凯伦甩掉头发上的雨水。“猫在楼上。”

杰克脱掉运动夹克：“不，我想听你的演讲。”

“你肯定知道我要说什么，肯定有很多人感谢过你。”

“你没有。”

凯伦打着寒战说：“妈的。抱歉，但这实在太不符合我的计划了。”

杰克把上衣披在她身上：“在英国也能读到洛城报纸？”

“对。”

“读到我的报道了？”

“对。你……”

“凯伦，记者喜欢夸大其词，有些是瞎编的。”

“你难道想说我读到的都是谎话？”

“不完全。不，不是。”

凯伦转过身。“那就好，我知道是真的，所以请听我的讲演，别看我，免得我口吃。第一，你帮我远离了毒品。第二，你说服我父亲送我出国，我在国外受到了极好的教育，遇到了很多好人。第三，你逮捕了那个卖给我毒品的歹人。”

杰克伸手碰她，凯伦缩身闪开。“不，让我说完！第四，我本来不想提起的，莱斯·韦斯科夫免费送姑娘毒品，只要女孩陪他睡觉就行。我父亲给我的津贴很少，我迟早也要下水。所以，听着，你保住了我该死的贞操。”

杰克笑道：“我莫非是个该死的英雄？”

“对，而我不是那种容易神魂颠倒的女学生。”

“很好，因为我打算有空请你吃饭。”

凯伦转过身。睫毛膏化开了，她自己舔掉了大部分口红。“好的。父亲和母亲会心脏病发作，但我愿意。”

杰克说：“这是我这些年第一次犯蠢做傻事。”

第七章

一个月的烂事。

巴德撕掉日历上的1952年1月，数着重罪逮捕。1日到11日，无记录。他在电影拍摄现场维持秩序，帕克要个打手驱赶讨要签名的追星族。14日，袭警者的伤人指控宣判无罪，海伦诺斯基和布朗奈尔一败涂地，西崽的律师把事情渲染得像是两个警察存心煽动起了整件事情，威胁要提出民事诉讼。日期旁边的笔记上写着："找个律师？"

16日、19日、22日，这几天虐妻者假释出狱，迎接他们的家访。23日到25日，蹲点监视一帮劫匪，他和斯坦斯兰按线报出动，内线是似乎无所不知的约翰尼·斯托姆潘纳托，据传他曾经领导一个敲诈团伙。黑社会活动陷入奇怪的停滞期，斯托姆潘纳托尽量保持克制，替米基·科恩照看生意的莫·亚赫尔卡大概不敢乱折腾。

共计七起逮捕，定额完成得不错，但报纸大肆宣扬分局那场骚乱，将其命名为"血腥圣诞节"，风传地检署已经联系帕克，内务处要盘问平安夜狂欢的参与者，县大陪审团摩拳擦掌准备亮相。又是笔记："和迪克谈谈"、"律师？？？"和"律师，几时？？？"

本月最后一周，笑话似的放大假。迪克离开岗位，去二十九棕榈市的疗养院戒酒。刑警队的老大以为他去内布拉斯加参加父亲的葬礼了，大家凑钱送花去一个并不存在的殡仪馆。29日，两起重罪逮捕，是斯托姆潘纳托的线报，两个犯人违反假释条例，他揍得他们屁滚尿流，绑架他们，从县界拖到市区，以防县局插手抓人。31日，和奇克·纳德尔周旋，这个酒吧老板在月光酒廊门外销赃。他来个突袭，拿获奇克和一堆刚失窃的收音机，并告发劫卡车的那帮人，但他们躲藏在圣迭戈，洛城警局无权管辖。他只好逮捕奇克，收赃且有前科。本月共逮捕十名重罪犯，总算有两位数。

满是荒唐直到2月。

换回制服，指挥交通六天。这是帕克的主意，刑警队人员每年轮班当一周巡警。按姓氏字母顺序，W开头的他在最尾巴。晚起的鸟儿没虫吃，雨整整下了六天。

工作发水灾，女人闹旱荒。

巴德翻看地址簿。银星酒吧的洛琳，津巴房间的珍妮，轨道酒廊的南希，最近到手的号码。她们都是同一个面貌，年近四十，饥渴难耐，有个年轻人肯和颜悦色地待她们，让她们知道并非所有男人都狗屁不如，她们对此感激涕零。洛琳人高马大，压得床垫的弹簧撞上地面。珍妮播放歌剧唱片酝酿气氛，听着就像猫儿发春。南希性欲旺盛，喜欢在酒吧勾勾搭搭。都是无情女子，和他分手比他主动分手还要快。

“怀特，看看这个。”

巴德抬起头。埃尔默·伦茨举着《论坛报》的头版给他看。

头条：《遭警察殴打的嫌犯准备起诉》。

副标题：“大陪审团即将听取证词”和“帕克发誓洛城警局将完全配合”。

伦茨说：“好像会很麻烦。”

巴德说：“还用说？福尔摩斯？”

第八章

普莱斯顿·埃克斯利读完报告："艾德蒙，三个版本都很不错，但你应该当时就去找帕克的。现在事情已经曝光，你再出面就显得太慌张了。你打算告发？"

艾德扶扶眼镜："对。"

"你准备好了在局里受到鄙视吗？"

"对，还准备好了接受帕克以任何方式表达的谢意。"

普莱斯顿翻着报告说："有意思。把大部分罪责推给退休金已经有保障的人倒是很懂事，这位怀特警员似乎有点棘手。"

艾德的背脊发凉："确实棘手。内务处明天要和我面谈，描述他怎么收拾墨西哥人可不会让我心情愉快。"

"害怕报复？"

"不怎么怕。"

"不要对恐惧视而不见，艾德蒙，那是弱点。怀特和他朋友斯坦斯兰的表现是恶意漠视警局纪律，两个人显然都是流氓。面谈准备好了吗？"

"准备好了。"

"他们会来势汹汹。"

“我知道，父亲。”

“他们会强调你的无能，没有维持住秩序，还放任那些警员抢走了钥匙。”

艾德涨红了脸：“当时情况混乱，和他们搏斗会引发更大的混乱。”

“不要提高嗓门，也不要为自己辩解。对我如此，对内务处也一样。会让你显得……”

嗓音喑哑。“别说‘心虚’，父亲。别拿我和托马斯对比。别认为我处理不好这个局面。”

普莱斯顿拿起听筒：“我知道你有能力管好自己，但要让比尔·帕克表达谢意，你有能力让他产生谢意吗？”

“父亲，你曾经说过托马斯继承了你的天性一面，而我继承了你的机会主义者一面。你认为这说明了什么？”

普莱斯顿笑着拨出号码。“比尔吗？哈喽，是我，普莱斯顿·埃克斯利。对，我很好，谢谢问候。不，我打你的私人号码当然不是为了这个。不，比尔，是我儿子艾德蒙。中央分局平安夜那天恰好是他执勤，我认为他有很重要的情报可以提供给你。好的，今晚？没问题，他一定会去。好的，也替我向海伦问好。好的，再见，比尔。”

艾德觉得心脏怦怦乱跳。普莱斯顿说：“今晚8点去太平洋餐车见帕克局长。他会安排单间，方便谈话。”

“我该给他看哪一份？”

普莱斯顿把报告还给他：“这样的机会可不常有。我得到了亚瑟顿案件，你在瓜达尔卡纳尔岛尝了点甜头。读一读家族剪贴簿，想一想先例。”

“好的，但到底哪一份呢？”

“你自己想吧。去餐车好好吃一顿。晚餐邀请是个好兆头，比尔不喜欢挑食的人。”

艾德开车回到住处，开始阅读和回忆。剪贴簿里的剪报按时间排列，报纸没有提供的细节早已烙刻在了记忆里。

1934年，亚瑟顿案件。

被害者都是儿童，墨西哥裔、非洲裔、东方裔，三男两女。被发现时遗体遭到破坏，躯干出现在洛杉矶地区的风暴渠里，四肢均毁伤。报纸给凶手的外号是“弗兰肯斯坦博士”。普莱斯顿·埃克斯利警长主持调查。

他认为“弗兰肯斯坦”的标签贴得很合适，五个案发现场均发现了网球拍线，第三名受害者的腋窝处有缝补针眼。埃克斯利的结论是杀人魔在用针线和屠刀再造儿童，他开始抓捕性变态、精神病和进过疯人院的人。他不禁猜想，凶手要从哪儿弄他喜欢的脸呢？一周后，他知道了。

雷蒙德·迪特林旗下的童星小威利·维纳霍姆，在制片厂的辅导学校遭到绑架。第二天，人们在格伦代尔的铁路上发现尸体，头颅被斩。

案件有了新进展，格伦黑文州立精神病院的管理人员打电话给洛城警局，说洛伦·亚瑟顿，一名有吸血鬼情结的猥亵儿童者，于两个月前假释回到洛杉矶，但始终没有向假释官报到。

埃克斯利在贫民窟找到亚瑟顿，亚瑟顿有份工作，在血站洗瓶子。监控表明他盗窃血液，混在廉价葡萄酒里饮用。埃克斯利的部下在市区的一家电影院逮捕了亚瑟顿，当时他正对着恐怖片手淫。埃克斯利搜查他的旅馆房间，找到一组钥匙，钥匙属于一个废弃的车库储藏室。他去了那里，见到的是地狱。

干冰里存放着一个儿童样本，包括小威利·维纳霍姆的头部，背上缝着从鸟身上切下来的翅膀。周围扔着各种装备：恐怖电影的胶片、抽掉绷线的网球拍、创造拼合儿童的图纸。不同阶段的儿童尸体照片，壁橱暗室里塞满冲印设备。

地狱。

亚瑟顿对系列凶案供认不讳，受审定罪，在圣昆廷被绞死。普莱斯顿·埃克斯利保留了死亡照片的副本，给两个当警察的儿子看，让他们明白残忍的罪行需要绝对的正义。

艾德向后翻，略过母亲的讣告和托马斯的亡故。除了父亲的丰功伟绩，埃克斯利一家只在有人丧命的时候才能见报。他登上《观察家报》，文章说的是参加二战的名门子弟。和“血腥圣诞节”一样，故事的版本也不止一个。

《观察家报》登的是帮他赢得杰出服役十字勋章的版本：艾德·埃克斯利下士，全排战友在徒手搏斗中悉数遇难，他是唯一的幸存者，单枪匹马拿下挤满日本步兵的三个战壕，共杀敌二十九名，若是现场有军官见证壮举，他肯定能获得国会荣誉勋章。第二个版本：艾德·埃克斯利抓住机会，在日本人即将冲锋拼刺刀的当口外出侦察，他拖延时间，回来时发现全排均已丧命，一个日本巡逻小队向他走来。他躲在彼得斯军士和瓦斯尼奇一等兵底下，日本人扫射尸体，他感觉到尸体随之扭动。他咬住瓦斯尼奇的胳膊，咬断了手表皮带。他哭着等待天黑，死人掩护着他，透过尸体之间的狭窄缝隙呼吸。他在惊恐中跑向营部，见到另一个屠杀场景，他停下脚步。

一个小小的神道祭坛，设在伪装网覆盖的林间空地中央。日本兵的尸体躺在草垫上，消瘦而憔悴，黄疸发青的脸色。每个人都剖腹直到胸腔。装饰华丽的利剑凝着血块，整整齐齐码在一起。士兵集体自杀，过于骄傲，不愿被俘或死于疟疾。

祭坛背后挖了三条战壕，旁边有武器，步枪和手枪因为长时间淋雨而生锈。迷彩布裹着一部还能用的火焰喷射器。

他拿起火焰喷射器，脑子里只有一个念头：他无法活着离开瓜达尔卡纳尔岛。他将被分配给另外一个排，侦察避战的污名永远也洗不清。他不能要求留任司令部，父亲会认为这是懦夫行径。他将不得不忍受耻辱，洛城警局的同事英勇负伤，获得勋章。

想到“勋章”，他想到“债券巡演”，又想到犯罪现场重建。他瞅见一个好机会。

他找到一挺日本机关枪，把切腹自尽的尸体拖进战壕，将无用的武器塞进他们手里，摆放到面对林间空地的开口。他把机关枪放在那里，指着空地开口，送弹带上还有三排子弹。他端起火焰喷射器，把日本兵和祭坛烧得连法医都无法鉴证。他想好前因后果，跋涉返回营部。

侦察小队证实了他的说法，勇猛的艾德·埃克斯利，用日本兵的军火武装自己，烧死了二十九个小杂碎。

杰出服役十字勋章——美国向战士颁发的次高勋章。全国债券巡游，英雄的欢迎仪式，功成名就返回洛城警局。

普莱斯顿·埃克斯利对他的尊敬有所保留。

“读一读家族剪贴簿，想一想先例。”

艾德放下剪贴簿，仍旧不太清楚该怎么讲述“血腥圣诞节”，但明白了老头子的意思。

机会稍纵即逝，日后会付出代价。

父亲，我知道这一点，因为我捡起了火焰喷射器。

第九章

“要是闹到大陪审团，保证你不会有事。再说我和地检署会尽量不让事情发展到那一步。”

杰克数着手头的人情。花了一万六进了洛韦的润滑基金，米勒·斯坦顿帮他疏通《警徽荣光》剧组。他亲自收拾布莱特·切斯，只是稍微威胁了一下，《秘闻》就曝光了他的同性恋倾向。麦克斯·佩尔茨大出血，洛韦冻结了一次税务听证会。一次爱神人情，今晚洛韦要见到坏脾气的琼·莫罗了。“艾里斯，我连做证都不愿意。我明天要见内务处的鸟人，事情会闹上大陪审团。你必须帮我摆平。”

洛韦玩着斐贝卡金链。“杰克，一名囚犯袭击你，你合理还击。你是清白的。再说你也算个公众人物，原告律师提供的初步证词说四名遭到殴打的嫌犯认出了你。你必须出庭做证，杰克，但不会有事。”

“有你这句话我就心安了，但你要是逼我出卖弟兄，我就拿健忘症给自己辩护。明白了吗，律师大人？”

洛韦俯身在餐桌上说：“你我可别吵架，咱们合作得多好啊。应该担心的不是你，而是温德尔·怀特警员和理查德·斯坦斯兰警司。另外，葡萄藤传话说你的生活中有了新女人。”

“言下之意是琼·莫罗说的吧？”

“对，实话实说：她和她父母都不赞成。你比那姑娘大15岁，人生经历也太复杂。”

球童，滑雪教练，擅长服侍富人的孤儿。“琼妮说了什么细节吗？”

“就说那姑娘爱你爱得神魂颠倒，对剪报说的那一套深信不疑。我向琼保证说剪报说的都是真话。凯伦告诉琼说直到目前你的表现都还很绅士，这一点我觉得尤其难以置信。”

“今晚就要结束了，希望如此。咱们的四人约会结束以后，有一场《警徽荣光》的杀青酒会，中间可以找个地方亲热亲热。”

洛韦扭着马甲表链说：“杰克，琼是在跟我演欲擒故纵，还是真有那么多男人追她？”

杰克摆弄着餐刀说：“她从小就受欢迎，但那些电影男星都是绣花枕头。你要坚持下去。”

“电影男星？”

“绣花枕头，艾里斯。好看，但毕竟是绣花枕头。”

“杰克，我想谢谢你今晚能陪我来。我相信你和凯伦一定能劈开冰山。”

“那么，咱们上吧。”

踏浪唐尼餐厅，女人在观景隔间里等待。杰克介绍众人，“艾里斯·洛韦，凯伦·莫罗和琼·莫罗。凯伦，你看他俩是不是很般配？”

凯伦说：“哈喽。”没有握手，六次约会，她只送出了平淡无奇的晚安吻别。洛韦在琼身边坐下，琼妮上下打量他，大概是在寻找犹太佬的特征。“艾里斯和我已经是电话密友了，对吧？”

“确实如此。”洛韦换上出庭嗓门。

琼喝完一杯酒。“你俩是怎么认识的？警方和地检署配合很紧密？”

杰克忍住笑意，说："我是犹太小子的中间人。我们一起立案，我掌握证据，艾里斯起诉坏人。"

侍者靠近。琼点了岛民潘趣，杰克要咖啡，洛韦说："英国卫兵马丁尼。"凯伦伸手盖住酒杯。"这个'血腥圣诞节'案件会弄得警方和地检署之间的关系很紧张，是不是？"

洛韦答得飞快："不会，因为洛城警局上上下下都希望犯错者得到严惩。对吧，杰克？"

"当然。这种事抹黑了所有警察的名声。"

鸡尾酒上桌，琼三大口喝完她那杯。"你当时在场，杰克，对不对？老爸说你总去参加那个分局的聚会，至少你第二任妻子离开后都这样。"

凯伦说："琼！"

杰克说："我确实在。"

"也尝了几口正义的滋味吧？"

"对我来说并不值得。"

"言下之意是这么做上不了头版头条吗？"

"琼妮，别说了，你喝多了。"

洛韦摸着领带，凯伦摆弄烟灰缸。琼啧啧吸着杯底剩下的酒。"绝对禁酒者总喜欢下判断。你的第一任妻子离开你以后，你也经常参加那种聚会，对不对，警司？"

凯伦抓起烟灰缸："该死的臭婆娘。"

琼笑道："你要是想当英雄警察，我认得一个叫埃克斯利的男人，他至少敢为国家冒生命危险。没错，杰克八面玲珑，但你看不出他是什么货色吗？"

凯伦扔出烟灰缸，烟灰缸砸在墙上，碎片落在艾里斯·洛韦的膝盖上。洛韦把脑袋埋在菜单里，琼妮怒目而视。杰克领着凯伦走出餐厅。

去百花国际影业的路上，凯伦一刻不停地说琼妮的坏话。杰克在《警徽荣光》片场旁停车，山地摇滚飘了出来。凯伦叹息道："我父母会习惯这事的。"

杰克打开表盘灯。凯伦深棕色的头发烫成波浪卷，雀斑，稍微有点龅牙。"什么事？"

"嗯，咱们约会的这事。"

"进展可相当慢。"

"有一半是我的错。前一分钟你在说那些了不起的故事，下一分钟又忽然住了嘴。我总琢磨你到底在想什么，心想你有那么多秘密不能告诉我，让我觉得你肯定认为我年纪太小，所以我就退缩了。"

杰克推开车门："继续琢磨我到底是什么人吧，很快年纪就没那么小了。另外，给我说说你的事情，因为我有时候对我那些事很厌倦。"

"说定了？酒会后说说我的事情？"

"说定了。另外，你觉得你姐姐和艾里斯·洛韦怎么样？"

凯伦毫不犹豫地答道："她会嫁给他。我父母会对他的犹太血统视而不见，因为他野心勃勃，是共和党人。他会忍受琼妮在外面闹事，回家悄悄揍她。两人的孩子会一塌糊涂。"

杰克哈哈笑道："咱们去跳舞吧。别看见明星就发呆，人家会以为你是乡巴佬。"

他们挽着胳膊走进去。凯伦两眼放光，杰克打量着迄今为止最盛大的一场杀青狂欢。

"黑桃"库利[①]和他的乐队在舞台上，"黑桃"和贝斯手"两点"伯特·亚瑟·帕金斯凑在麦克风前，"两点"的绰号来自他在铁链囚徒队伍里的二号位置，罪名是对狗犯下变态行为。"黑桃"抽鸦片，"两

① 即唐尼尔·克莱德·库利（1910—1969），美国西部摇摆乐之王，外号"黑桃"来自一次打牌时连赢三把黑桃同花顺。

点”注射毒品，与《秘闻》配合的逮捕就在眼前。麦克斯·佩尔茨正在虚情假意地和摄影组打招呼，他身边是布莱特·切斯，正在和主摄比利·迪特林聊天。比利盯着相好蒂米·沃尔伯恩，也就是《梦幻一小时》节目的莫奇鼠。后墙摆着一排桌子，放满酒瓶和冷盘。凯凯·泰特鲍姆在准备餐点，佩尔茨多半请他的熟食店为今晚的聚会供应食物。凯凯的身边是约翰尼·斯托姆潘纳托，米基·科恩的前手下济济一堂。《警徽荣光》的全体演员、工作人员和乱七八糟的食客大吃大喝，跳舞作乐。

杰克带着凯伦走进舞池，随着快节奏的音乐转圈，“黑桃”唱慢歌就耳鬓厮磨。凯伦始终闭着眼睛，杰克始终睁着眼睛，方便他好好利用感伤气氛。有人轻拍他的肩膀。

米勒·斯坦顿插了进来。凯伦睁开眼睛，小吃一惊，一位电视明星想和她跳舞。杰克鞠躬道：“凯伦·莫罗，米勒·斯坦顿。”

凯伦盖过音乐喊道：“嘿！我看过你演的所有雷蒙德·迪特林老电影。你太厉害了！”

斯坦顿像跳方块舞那样提起她的双手，“我那会儿还小！杰克，去见麦克斯，他想和你聊聊。”

杰克走向安静的片场深处，暂时逃离了音乐。麦克斯·佩尔茨递给他两个信封。“一个是你的季度奖金，一个是‘黑桃’库利给洛韦先生的赞助。”

洛韦的钱袋子鼓起来了，“库利想要什么？”

“要我说，这是保护费，免得你纠缠他的小癖好。”

杰克点燃香烟：“‘黑桃’对我不感兴趣。”

“名声还不够响亮？”

“说话当心点，麦克斯。”

佩尔茨凑近他：“杰克，你做事当心点，因为你在这个行当的名声越来越臭。大家说你脑子发热，不跟别人玩。为洛韦先生收拾布莱特？

没问题，布莱特那厮活该有报应。但你不能咬金主的手，这个行当有一半人时不时总要飞个叶子。你接着收拾黑鬼好了，那些爵士乐手对报纸销量很有好处。”

杰克瞄着片场。布莱特·切斯和比利·迪特林和蒂米·沃尔伯恩开怀畅饮。凯凯和约翰尼·斯托姆潘纳托在闲扯，“两点”帕金斯和李·瓦切斯加入了进来。佩尔茨说：“我说真的，杰克。要多跟别人玩。”

杰克指着那帮恶棍说：“麦克斯，我玩的是我这条命。看见那帮人了？”

“当然，这有……”

“麦克斯，局里管这个叫知名罪犯集会。帕金斯是个有前科的小头目，连狗都搞，亚伯·泰特鲍姆正在假释期间。留小胡子的高个子叫李·瓦切斯，为米基·科恩杀过至少十几个人。那个好看的黑人是约翰尼·斯托姆潘纳托，年纪估计还不到三十，逮捕记录比你胳膊还要长。洛杉矶警察局给我权力，有所怀疑就可以抓捕这些王八蛋，我现在不动手已经算是渎职了。为什么？因为我在陪你们玩。”

佩尔茨挥舞着雪茄说：“那就好好玩呗，但别动不动就要硬汉派头。听我说：米勒瞄上你的妹子了。老天，你倒是爱啃嫩草。”

传闻，麦克斯和年轻女孩搞在一起。“不如你喜欢的那么年轻。”

“哈！该死的土匪，滚吧，你的妞儿在找你呢。”

凯伦站在墙上的海报旁，布莱特·切斯扮演文斯·文森特警督。杰克走过去，凯伦的眼睛一亮。“天哪，太有意思了！快说说这些人都是谁！”

音乐全力轰鸣，库利在唱约德尔小调，“两点”帕金斯猛砸贝斯。杰克带着凯伦穿过舞池，来到摆满弧光灯的一个角落。这是个最佳地点，安静，能一览全局。

杰克隔着乐手一个一个地指给凯伦看：“布莱特·切斯，你肯定很熟悉。他没跳舞，因为他是娘娘腔。拿雪茄的老头子是麦克斯·佩尔茨。他是制片人，也导演了大部分集数。你和米勒跳过舞，所以你已经认识他了。穿圆领衫的是奥吉·鲁格尔和汉克·克拉夫特，后台工作人员。拿着记事板的姑娘叫佩妮·福尔维德，她就算想休息也不能停止工作，因为她是剧本监督。知道剧集布景为什么那么现代派吗？喏，舞台另一头那个金发男人叫戴维·默滕斯，布景师。有时候你会以为他喝醉了，但其实并没有。他患有某种非常罕见的癫痫症，每天吃药预防。听说有次他发生事故，头部受到撞击，从此就这样了。他脖子上有伤疤，所以兴许是真的。他旁边是菲尔·申克尔，助理导演，再旁边是杰瑞·马萨拉斯，负责照顾默滕斯的男护士。泰瑞·里戈特，扮演杰佛里斯警监的演员，正在和高个子红发姑娘跳舞。冷饮机旁边那三位是摄影组的比利·迪特林、查克·麦克斯韦和迪克·哈维尔，剩下的就都是约会对象了。”

凯伦直勾勾地望着他：“这是你的主场，你很喜欢。还有，你拿他们当回事。”

“我喜欢他们，米勒是个好朋友。”

“杰克，你骗不了我。”

“凯伦，这是好莱坞。好莱坞有九成角色是傻子。”

“扫兴。我正鼓足勇气想疯狂一把呢，你别挡了我的兴头。”

挑战他敢不敢。

杰克猛地低头，凯伦凑上来接吻。两人试探、品尝，同时抽身，结束这个吻，杰克头晕目眩。

凯伦的手迟迟不肯松开：“邻居度假还没回来，咱们可以去喂猫。”

“嗯，好的。”

“临走前拿杯白兰地给我。”

杰克走向食品台。“两点”帕金斯说：“好货色，文森斯。品位和我一样好。”

皮包骨头，黑色牛仔衬衫带粉色绲边，穿上靴子身高接近六点六英尺，双手硕大无朋。“帕金斯，你喜欢的货色闻消防龙头。”

“‘黑桃’恐怕不会喜欢你这么和我说话。你口袋里揣着他的信封呢。”

李·瓦切斯和亚伯·泰特鲍姆望着他们：“一个字也别说了，帕金斯。”

“两点”嚼着牙签说：“你的小女友知道你靠收拾黑鬼取乐吗？”

杰克指着墙壁说：“卷起袖子分开腿。”

帕金斯吐掉牙签：“你没那么疯。”

约翰尼·斯托姆潘纳托、瓦切斯和泰特鲍姆都竖着耳朵在听。杰克说：“贴墙站好，二货。”

帕金斯探身越过桌子，手掌按在墙上。杰克拉起他的袖管，手上有新鲜的针孔。接着掏空他的口袋，又有收获，里面有注射器。人群聚集起来，杰克迎合观众。“针孔和工具，够你去州监狱蹲三年了。告诉我卖家是谁，我就放你一马。”

“两点”额头冒汗。杰克说：“当着你的朋友告密，这次就算你走运。”

帕金斯舔舔嘴唇：“巴尼·斯丁森。皇后医院的勤杂工。”

杰克一脚踢得他腾空飞起。

帕金斯一头扎进冷盘，桌子塌倒在地。

整个房间长出一口气。

杰克走向房门，人群散开，让出去路。凯伦等在车边，颤抖着说：“非得这么做？”

他的汗水浸透了衬衫：“对，非得这么做。”

“真希望我没见到。”

“我也是。”

“在报纸上读到这种事是一码事，亲眼见到又是另外一码事。你愿不愿意……”

杰克搂住她：“我会让你远离这种事的。”

“但还是会给我讲你的故事？”

“不……嗯，当然。”

“真希望能把时钟拨回今晚的开头。”

“我也是。我说，想吃东西吗？”

“不。还想去喂猫吗？”

猫有三只，很友好，企图在他们做爱时攻占大床。凯伦管灰猫叫“人行道”，黄斑叫“老虎”，瘦子叫“艾里斯·洛韦”。杰克认命，退到一旁，猫逗得凯伦咯咯笑，他希望每一声笑都能把“两点”帕金斯抛得更远一点。他们做爱，聊天，玩猫。凯伦尝试抽烟，咳得惊天动地。她求杰克讲故事，杰克借用温德尔·怀特警员的经历，编造自己办案的温和版本。最少量的威逼利诱，绝大多数时候是甜心老爹，大文为人宽厚，保护儿童不受毒品残害。刚开始撒谎有困难，但凯伦的温暖让他越说越容易。接近黎明，姑娘打起瞌睡，他毫无睡意，三只猫闹得他要发疯。他一直盼望凯伦醒来，好让他继续讲故事。但他一阵阵发怵，害怕自己记不住所有虚构的情节，凯伦会揭穿他的弥天大谎，把两人的约定炸上天。睡着以后，凯伦的身体越发温暖，杰克贴紧她。他思考该怎么圆谎，渐渐入睡。

第十章

走廊有四十英尺长，左右两边排满伤痕累累、遍覆灰尘的长椅，像是刚从哪个储藏间里拖出来的。周围人来人往，都是身穿警服或便服的警察。大部分在读报，是那份大肆渲染“血腥圣诞节”的报纸。巴德想着他和斯坦斯兰在头版被诋毁，西崽和西崽的律师钉死他们。凌晨4点他接到出席电话，纯粹的内务处恐吓战术。迪克在大厅另一头，从戒酒疗养院回来，即将进监狱。每人六次内务处面谈，两人谁也没有告密。最普通的圣诞节聚会，所有人都在，除了艾德·埃克斯利。

时间一分一秒过去，审讯室人来人往，准备接受盘问。埃尔默·伦茨抛下炸弹，电台说大陪审团请求召开辨认会，1951年12月25日在中央分局的所有警员明天要站成一排，六名囚犯前来指证行凶者。帕克局长的门开了，萨德·格林走出来：“怀特警员，请进。”

巴德走过去，格林示意他进屋。一进屋就看到帕克的办公桌和面对办公桌的几把椅子。墙上没有备忘录，但有一面反射灰光的镜子，多半是双向的。警长坐在办公桌前，身穿制服，肩膀上四颗金星闪闪发亮。达德利·史密斯坐在中间一把椅子上，格林坐回最靠近帕克的一把椅子。巴德坐上拷问椅，这是三个人视线的焦点位置。帕克说：“警员，你认识格林副局长，相信你也听说过史密斯警督。警督在这次危机中担任我的顾问。”

格林点燃香烟：“警员，这是你合作的最后机会了。内务处反复盘问你，而你一次次拒绝合作。通常来说，你应该已经被停职，但你是个好警探，帕克局长和我认为你在聚会上的行为相对清白。你只是受到了对方的撩拨。警员，你和大部分受到指控的人不一样，没那么放纵暴力。”

巴德刚想开口，却被史密斯打断。“老弟，我想我在这件事上可以代表帕克局长，所以我就冒昧地直话直说了。袭击我们弟兄的六个人渣没有被当场击毙，这实在太可惜了，落在他们身上的暴力在我看来不算什么。可是，另外一方面，警察要是无法控制冲动就丧失了当警察的资格，外面那些人搞的闹剧害得洛杉矶警察局成了笑柄。这一点不可容忍。必须有人头落地。必须有警察出面担任证人，弥补警局形象受到的损害。在帕克局长的领导下，我们的形象大幅度得到改善。我们已经有了一个重要的警察证人，副地检官艾里斯·洛韦坚定不移地表示他不想起诉洛城警局的成员，哪怕大陪审团真的批准起诉也一样。老弟，愿意做证吗？为了我们警局，不是为了控罪。”

巴德看看镜子，肯定是双向的，方便地检署犯罪科的狗腿子记录。“不，长官，我不愿意。”

帕克扫了一眼一张纸：“警员，你抓住一个人的脖子把他举起来，撞得他险些脑浆涂墙。看起来很不妙，尽管你受到了言语上的挑衅，但这种行为仍旧超出了六名囚犯受到的大部分虐待，情况对你不利。不过，你离开拘留所的时候，有人听见你嘟囔说‘真他妈丢脸’，这点对你有利。现在你明白了吗？你富有想象力的武力炫耀带来了许多不利因素，只有主动做证才有可能抵消。”

巴德灵机一动，想起埃克斯利是他们的小弟，他被锁在储藏室里，听见了自己说的话。“长官，我不愿做证。”

帕克的脸色涨得通红。史密斯说：“老弟，我跟你说实话。你不肯出卖警队的弟兄，我很佩服，我感觉到那背后是你对搭档的忠诚，这点我尤其佩服。帕克局长授权我和你谈个交易。假如你愿意做证讲述迪克·斯坦斯兰的行为，而大陪审团决定起诉他，要是他被判有罪，那么一天也不必蹲监狱。我们有艾里斯·洛韦的保证。警局开除斯坦斯兰，取消养老金，但私下里会通过‘遗孀和孤儿基金’悄悄补偿他。老弟，你愿不愿意做证？”

巴德盯着镜子：“长官，我不愿做证。”

萨德·格林指着房门说：“明天上午9点去第四十三大陪审团议事堂。准备站在人墙里接受辨认和受召唤做证。要是拒绝做证，你会收到传票，并停职等待委员会审查。出去吧，怀特。”

达德利·史密斯笑了，微微一笑。巴德朝镜子竖起中指。

第十一章

双向镜子污渍斑斑，对面的表情模糊不清。萨德·格林很难读懂，帕克简单得多，他的脸色变得很难看。达德利·史密斯喜欢玩弄辞藻，说话带拖腔，满腹算计，不可能看透。巴德·怀特太聪明了，警长一引用“真他妈丢脸”这句话，大大的旁白框跳出来：“艾德·埃克斯利是眼线。”巴德竖起中指让他背脊发凉。

艾德敲敲扬声器，静电噪声噼啪作响。小隔间很热，但不像中央分局拘留所的储藏室那么憋闷。他想着自己过去的两周。

他厚着脸皮和帕克玩大胆，亮出全部三份报告，答应以警局的关键证人身份出庭。帕克认为他对局势把握得很准，这是出色警员的象征。他把破坏力最小的一份证词交给艾里斯·洛韦和他最喜欢的地检署调查员——年轻的法学院毕业生鲍勃·加劳戴特。罪名将落在理查德·斯坦斯兰警司和温德尔·怀特警员头上，他们实在活该；也将落在养老金已经牢靠的另外三个人头上，他们就不怎么活该了。局长给模范证人的奖赏：破格提拔调任到警探大队。再加上警督考试的第一名成绩，一年后他就是警探艾·詹·埃克斯利警督了。

格林离开办公室，艾里斯·洛韦和加劳戴特走进来。洛韦和帕克商谈，加劳戴特开门。“文森斯警司，请进。”扬声器里传来静电噪声。

“垃圾筒”杰克穿着黑底白条纹西装，显得油光水滑。没有寒暄，他边看手表边坐进中间座位。“垃圾筒”和艾里斯·洛韦交换眼神。帕克盯着新来的小杂鱼，眼神不难读懂，是纯粹的蔑视。加劳戴特站在门口抽烟。

洛韦说：“警司，咱们开门见山。你一向配合内务处的工作，这点对你有利。但是，九名证人指证你殴打了胡安·卡比嘉，四名醉鬼笼的犯人看见你带来一箱朗姆酒。明白吗？你的坏名声已经传出去了，连酒鬼都读丑闻小报。”

达德利·史密斯接过话头，说：“老弟，我们需要你的坏名声。我们有个明星证人会告诉大陪审团说你只在遇袭后还击，事实也多半如此，加上犯人的证词，你会得到无罪判决。但是，我们需要你承认是你带来了烈酒，众人因此喝醉。承认你违反了跨局守则，你就只需要接受委员会审查。洛韦先生保证一有机会就抹掉这条犯罪记录。”

“垃圾筒”一声不吭。艾德读懂了，巴德·怀特带来了大部分烈酒，文森斯不敢告他的密。帕克说：“局里会有一场大扫除。只要你做证，审查委员会只是走个过场，对你不停职，不降级。我保证对你从轻发落，调任风化组一年半载。”

文森斯对洛韦说：“艾里斯，这一点有得商量吗？你知道缉毒组这份工作对我有多重要。”

洛韦皱起眉头。帕克说：“不行，还没完呢。你明天也要站在队伍里接受指认，我们要你做证告发克鲁格曼警员、塔克警司和普拉特警员。这三个人已经挣到了退休金。我们的关键证人会毫无遗漏，但你碰到和其他人有关的问题可以声称不知道。实话实说：公众想见血，我们只能牺牲几个弟兄，满足他们的欲望。”

达德利·史密斯说：“你这辈子恐怕都没做过傻事，老弟，现在可别犯浑。”

“垃圾筒”杰克说：“我做证。”

众人微笑。加劳戴特说：“我会和你过一遍证词，警司，今晚太平洋餐车见面，洛韦先生请客。”文森斯站起身，洛韦送他到门口。

扬声器里传来窃窃私语：“我向库利保证说你不会再那么做了。”

“好的，头儿。”帕克朝镜子点点头。

艾德走进房间，径直坐进焦点座位。史密斯说：“老弟，这下可全看你的了。”

帕克微笑。“艾德，我让你旁听，是因为你对局面的把握能力很敏锐。做证前还有什么新想法吗？”

“长官，如果我没理解错，那么不管大陪审团提出什么刑事起诉，洛韦先生都会在后起诉阶段拖延处理或干脆撤销，对不对？”

洛韦做了个鬼脸。他击中要害，正如父亲的预料。“长官，请问我的猜测对不对？”

洛韦居高临下道：“你上过法学院吗，警司？”

“不，长官，我没上过。”

“那你那位备受尊重的父亲一定给你请了个好律师。”

艾德音调平稳：“不，长官，他没请。”

史密斯说：“假设你说得没错，假设我们正在竭尽全力，实现所有忠诚警官的目标，那就是不让任何一名弟兄公开受审。要是假设成立，你有什么建议？”

他逐字逐句排练过的那番话：“这么做，公众会得寸进尺，要看见比起诉书、拖延战术和撤销诉状更带劲的东西。跨局审查委员会、停职和大规模调职整顿满足不了他们。你对怀特警员说必须有人头落地。我同意，为了局长和警局的威信，我认为我们需要刑事判罚和监狱服刑。”

“老弟，你这番话的言下之意让我震惊。”

艾德对帕克说：“长官，你从豪洛尔和沃顿手里挽救了警局。你的名声堪称楷模，警局得到了极大改善。你可以让现状保持下去。”

洛韦说：“你就说吧，埃克斯利，咱们这位小警官告密者认为我们该怎么做？”

艾德盯着帕克说：“撤销对已经服役期满二十年的几名警官的指控。公开处理调职整顿，让大部分人接受委员会审查和停止。起诉约翰尼·布朗奈尔，叫他请求无陪审团判决，让法官给他一个缓刑——他弟弟是最初遇袭的警员之一。起诉、公审并判迪克·斯坦斯兰和巴德·怀特有罪。确保他们入狱服刑，把他们踢出警局。斯坦斯兰是个酒鬼暴徒，怀特险些杀人，他带来的酒比文森斯更多。拿这两个人喂他妈的鲨鱼。保护你，保护警局。”

寂静，长时间的寂静。史密斯打破沉默：“各位，我认为咱们这位年轻警司的建议轻率而伪善。斯坦斯兰确实有粗暴的一面，但温德尔·怀特是个有价值的好警察。”

“长官，怀特是个杀气腾腾的暴徒。”

史密斯正要说话，帕克举起一只手。“我认为艾德的建议值得考虑。明天在大陪审团面前压他们一头，小伙子，换身漂亮西装，压他们一头。”

艾德说：“是，长官。”他按捺住自己，没有向三位栋梁喊出他的喜悦。

第十二章

聚光灯打在身高标尺上，杰克五英尺十一英寸。弗兰克·杜赫迪、迪克·斯坦斯兰和约翰·布朗奈尔个子较矮，威尔伯特·哈夫、巴德·怀特超过六英尺。中央分局拘留所的几个流氓在玻璃的另一边，和地检署犯罪科的条子窝在一起，记录名字。

扬声器吱嘎响起传来声音："左侧面。"六个男人随即转身。"右侧面""面对墙壁""面对镜子""各位请稍息"这几句话说完后又陷入了沉默。接着又说："杜赫迪、斯坦斯兰、文森斯、怀特和布朗奈尔每人被认出十四次，哈夫四次。妈的，麦克风没关！"

斯坦斯兰嘿嘿笑。弗兰克·杜赫迪说："吃屎吧，孙子。"怀特保持面无表情，就像他已经进了劳改农场，在保护斯坦斯兰不受黑鬼伤害。扬声器又传来声音："文森斯警司请去114号房间，怀特警员请去格林副局长的办公室报到。其他人解散。"

114号房间——大陪审团的证人室。

杰克走在前面，撩起帘布走进114号。房间里挤满了人，'血腥圣诞节'的原告，艾德·埃克斯利身穿新得过头的西装，袖口还有线头，圣诞节的小流氓嗤嗤嘲笑。杰克找上埃克斯利，说："你就是关键证人？"

“没错。”

“早该猜到是你。帕克扔你什么？”

“扔我什么？”

“对，埃克斯利。扔你。交易，报酬。你以为我做证是免费的？”

埃克斯利摸摸眼镜：“我只是在履行职责。”

杰克哈哈笑道：“你肯定有好处，大学生。肯定能得到点什么，普通警察会因为你告密而对你恨之入骨，这样你就不必和他们打交道了。要是帕克许诺调你进警探局，那你可得当心，警探局这次会有人倒霉，你将和他们的朋友共事。”

埃克斯利打个哆嗦，杰克笑道：“报酬不错，这我必须承认。”

“你是报酬方面的专家，我不是。”

“你的警衔很快就要比我高了，所以我得对你好点。知道吗？艾里斯·洛韦新交的女朋友迷上你了。”

一名办事员叫道：“艾德蒙·詹·埃克斯利，请进议事堂。”

杰克使个眼色：“去吧，扯掉上衣的线头，否则会像个乡巴佬。”

埃克斯利穿过走廊而去，边走边整理衣服，扯断线头。

杰克消磨时间，心里想着凯伦。聚会已经过去十天，生活大体而言相当愉快。他被迫向“黑桃”库利道歉，威尔顿·莫罗被他和凯伦气得要死，不过琼妮和艾里斯·洛韦的关系差不多让他消了气。

旅馆房间很烧钱，凯伦住在家里，他的小窝过于破烂。他不再给斯科金兄妹寄钱，拿来支付大使酒店的房费。凯伦喜欢这种不正当的浪漫恋情，他喜欢她喜欢这一点。可是，席德·哈金斯一直不打电话，洛杉矶像是断了海洛因供应，没了缉毒外快。风化组蹲一年，还不如进毒气室。

他感觉像是准备冲锋的战士。圣诞节小混混盯着他看个不停，挨他揍的流氓鼻子上了夹板，多半是犹太律师叫他戴上的假货。大陪审团议事堂的门有条缝，杰克走过去偷窥。

六名陪审员坐在面对证人席的桌前，艾里斯·洛韦正在愤慨地提问，艾德·埃克斯利在证人席上。

他没有摆弄眼镜，没有哼哼哈哈，声音比平时低沉一个八度，音调四平八稳。皮包骨头，不像条子，但他仍旧很有权威感，时间拿捏得很准确。洛韦投出漂亮的外野曲线球，埃克斯利早有准备，但装得一脸惊讶。不知道是谁教导的，总之他的表现棒极了。

杰克记住细节，感觉到埃克斯利的说服力，像是战争英雄，不像是软弱小妹妹身陷塞满地痞流氓的拘留所。洛韦帮他掩饰，埃克斯利答得聪明，说他寡不敌众，钥匙被抢走，人被锁进储藏室，事实便是如此。他知道自己是什么人物，知道硬充英雄也无济于事。

埃克斯利滔滔不绝地说，告发布朗奈尔、哈夫和杜赫迪。他说迪克·斯坦斯兰是人渣中的人渣，眼睛眨也不眨就告发了巴德·怀特。杰克不禁微笑，因为他陡然想通，事情正在向我们这边倾斜。克鲁格曼、普拉特和塔克的养老金已经到手，反而被踢出去，就为了他的证词。斯坦斯兰和怀特离起诉越来越近。多么了不起的表演。

洛韦要他总结陈词。埃克斯利听从，喋喋不休地宣讲正义。洛韦让他离开，陪审员几乎陷入狂喜。埃克斯利瘸着走下证人席，多半是压麻了腿。

杰克在外面迎上他。“你太厉害了。帕克会爱死你的。”

埃克斯利伸伸腿：“你认为他能读到庭审笔录？”

“他十分钟后就会看见，巴德·怀特会用一辈子报复你的。列队辨认后，他被叫进萨德·格林的办公室，我敢和你打赌，格林已经停了他的职。你最好祈祷他也能达成交易，留在警局里，否则他要是成了平民，你恐怕不会想和他打交道。”

“所以你没有告诉洛韦，大部分烈酒是他带去的？”

一名办事员喊道：“约翰·文森斯，五分钟。”

杰克鼓起勇气。“我要告发三个下个月就要去俄勒冈钓鱼的老东西。我和你一样清白和聪明。”

“咱们都在做正确的事情。区别在于你因此讨厌自己，这可不够聪明。”

杰克看见艾里斯·洛韦和凯伦在走廊的另一头。洛韦走过来。“我告诉琼你今天要做证，她告诉了凯伦。抱歉，我跟琼说过这是机密。杰克，我很抱歉。我告诉凯伦说她不能进议事堂旁听，但可以去我的办公室通过扬声器偷听。杰克，真的抱歉。”

“犹太小子啊，你真会卖好处给证人。”

第十三章

巴德小口喝着加冰威士忌。

点唱机轰鸣，敲打他的身体。他坐的是酒吧里最差劲的座位，最里面紧靠投币电话的沙发。当初打橄榄球留下的旧伤隐隐作痛，就像他对埃克斯利的勃然怨恨。没有警徽，没有枪，距起诉的日期越来越近。那个40来岁的红发女人看着像是他这辈子见过的头号美女。他端着酒走过去。

女人对他微笑，她的红发似乎是染的，但眉眼和善。巴德微笑道："你喝的莫不是古典鸡尾酒？"

"对，我叫安吉拉。"

"我叫巴德。"

"不会有人生下来叫'巴德'。"

"要是爹妈给你起名'温德尔'，你就会另外找个别名。"

安吉拉笑道："你是干什么的，巴德？"

"现在算是在两份工作之间。"

"哦？好吧，你以前是做什么的？"

巴德心想：老子停职了！你他妈别不知好歹！但还是说："我不肯乖乖陪老板玩。安吉拉，你觉得咱们……"

“你是说起了工会纠纷什么的吗？我是教师联合同盟会的成员，前夫是运输工会的工人代表。你是不是……”

巴德感觉到有一只手搭在肩上：“老弟，能和你说句话吗？”

达德利·史密斯，内务处的跟屁虫。

“公事吗，警督？”

“正是如此。和你的新朋友道晚安，咱们到后面找张桌子坐坐，我吩咐过酒保了，把音乐关小点，方便咱们谈话。”

跃动的旋律轻下来，史密斯走开。一名水手开始勾搭安吉拉。巴德慢悠悠地走向休息区。

史密斯坐在舒适的位置，两把椅子，一张桌子。报纸盖住桌面，底下隆起一小块。巴德坐下，问他：“内务处在跟踪我？”

“对，还有其他可能受指控的人。是你好朋友埃克斯利的主意。那位老弟咬住了帕克局长的一只耳朵，告诉帕克说你和斯坦斯兰也许会狗急跳墙。埃克斯利在证人席上诋毁你和其他很多优秀警察，老弟。我读了庭审笔录。他卑鄙的证词严重背叛和侮辱了所有可敬的警官。”

斯坦斯兰躲起来狂喝滥饮。“报纸不是说我们已经被起诉了吗？”

“别着急，老弟。我也咬着局长的一只耳朵呢，我说服他撤掉了你的尾巴，所以你有个朋友。”

“警督，你要什么？”

史密斯说：“叫我达德利。”

“达德利，你要什么？”

达德利哈哈大笑，像是完美的男高音。“老弟，你给我印象很深。我佩服你拒绝做证的勇气和对搭档的忠诚，尽管毫无意义。我佩服你做警察的能力，尤其是你在不可避免的时候愿意用暴力解决问题，最让我佩服的是你收拾打女人的渣滓的手段。老弟，你就那么恨他们？”

达德利说了一大堆词，令他晕头转向。“对，我恨他们。”

“就我对你背景的了解而言，恨得很有道理。除了他们，还有什么也让你恨到那个程度吗？”

巴德拳头攥得双手生疼。“埃克斯利。他妈的埃克斯利。‘垃圾筒’杰克，他也在名单上。迪克·斯坦斯兰正把自己往肝硬化喝呢，就因为这两个孙子告我们的密。”

史密斯摇摇头。“不必恨文森斯，老弟。他是警局的挡箭牌，而且我们需要他交代几个人给地检署。他只告发已经二十年期满的弟兄，还帮你扛了你带去警局的烈酒。不，老弟，你不该恨杰克。”

巴德趴在桌上：“达德利，你到底要什么？”

“我要你逃脱指控，返回岗位，我有办法让你做到这一点。”

巴德看着报纸说：“怎么做？”

“为我工作。”

“做什么？”

“现在就别问那么多了。老弟，你是否认为有必要将犯罪限制在杰斐逊大道以南的黑人聚居区之内？”

“当然。”

“你是否认为应该允许有组织犯罪在一定程度上的存在，以防止某些可接受的恶习伤害大众？”

“当然，政治分赃嘛。游戏本来就该那么玩。这和我们……”

史密斯拉开报纸，露出警徽和闪闪发光的点三八警枪。巴德头皮发麻。“我知道你油水足。你和格林有一腿吗？”

“对，老弟，确实有一腿，不过是和帕克。咬着埃克斯利还没毒害的那只耳朵呢。他说只要大陪审团不决定起诉你，他就不因为拒绝做证惩罚你。现在快收起你的家伙，免得店主叫警察。”

警枪闪闪发光，巴德一把捞起他的宝贝。“他妈的不起诉我？”

达德利笑他：“老弟，局长知道他这是给我放长线，看来你还没读《四星论坛报》。”

巴德问：“怎么说？”

“还不到时候，老弟。”

“迪克呢？”

“他完了，老弟。你别多折腾，因为这不可避免。大陪审团已经决定起诉，他会受到指控，下场会很惨。他充当警局的替罪羊，这是帕克的命令。埃克斯利说服帕克把迪克交出去。刑事指控，入狱服刑。”

房间酷热，巴德扯开领带，闭上眼睛。

“老弟，我会给迪克在劳改农场找个好铺位的。我认识那儿的一个女看守，能摆平事情，等他出来，我保证让他收拾埃克斯利。”

巴德睁开眼睛，史密斯已经摊开《论坛报》。

头条：《警察因“血腥圣诞节”丑闻受指控》。

底下围绕图片的专栏：理查德·斯坦斯兰警司受到四项指控，三名老警察将被起诉，伦茨、布朗奈尔和哈夫每人受到两项指控。

达德利读出画线部分的内容：“温德尔·怀特警员，现年33岁，尚未受到指控，但地检署犯罪科的消息称一级人身伤害指控已经离他不远。大陪审团的首席陪审员发表声明称四名遭到警方殴打的受害人撤回证词，证词称怀特警员试图掐死现年19岁的胡安·卡比嘉。被撤回的证词与洛城警局艾德蒙·詹·埃克斯利警司的证词相互矛盾，埃克斯利警司宣誓做证说怀特仅仅是想严重伤害卡比嘉。大陪审团并未宣布埃克斯利警司的证词存在瑕疵，因为这份证词很可能会导致另外七名警员受到指控。但是，尽管大陪审团对撤回证词一事有所怀疑，但仍旧认为其足以驳回地检署对怀特警员的指控。副地检官艾里斯·洛韦告诉记者：‘发生了一些可疑的事情，我不知道具体是什么。四份撤回的证词肯定比一名证人的证词更有效，哪怕证人是拿过勋章的战争英雄，像埃克斯利警司那么优秀。’”

报纸转回达德利面前。巴德说：“为什么？为什么要帮我这个忙？你是怎么做到的？”

史密斯把报纸揉成一团：“老弟，帕克交给我一项新任务，我需要你帮忙。这是个围堵性的手段，附属于重案组。我们打算起名叫‘监控大队’，名字平淡无奇，职责却很少有人能胜任，但你天生是这块料。这份工作需要体力和射击，参与者不能问这问那。老弟，听得懂我的意思吗？”

“完全明白。”

“等帕克宣布整顿，你将被调离中央分局刑警队。愿意来为我做事吗？”

“我疯了才会拒绝。但是为什么呢，达德利？”

“什么为什么，老弟？”

“你逼着艾里斯·洛韦帮我脱身，地检署谁不知道你和他是铁哥们儿。所以，为什么？”

“因为我喜欢你的风格，老弟。这个理由还不够好？”

“也只能够了。现在请回答‘怎么’？”

“什么怎么，老弟？”

“怎么让西崽撤回证词的。”

史密斯轻轻把铜指套放在桌上，上面有裂口，沾满了血迹。

日历：1952年

报摘：《洛杉矶镜报新闻》，5月19日

警察殴打嫌犯丑闻：警局惩办害群之马，主犯即将出庭受审

“血腥圣诞节”丑闻案情复杂，牵涉警方暴力和平民诉讼，洛城警局的威廉·亨·帕克局长承诺他将不计代价地主持正义。

七名警员因去年圣诞节清晨在中央分局拘留所的行为受到刑事指控。这些警员是：

沃德·塔克警司，二级人身伤害罪。

迈克尔·克鲁格曼警员，二级人身伤害和非法侵犯罪。

亨利·普拉特警员，二级人身伤害罪。

埃尔默·伦茨警司，一级人身伤害和非法侵犯罪。

威尔伯特·哈夫警司，一级人身伤害和非法侵犯罪。

约翰·布朗奈尔警员，一级人身伤害和严重伤害罪。

理查德·斯坦斯兰警司，一级人身伤害、严重伤害、一级非法侵犯和故意伤害罪。

帕克并没有满足于上述警察受到指控，也没有止步于受害者迪纳尔多·桑切斯、胡安·卡比嘉、丹尼斯·莱斯、以西结·加西亚、克林顿·莱斯和雷耶斯·查斯科对警员本人和洛杉矶警察局提出的民事诉讼。他宣布以下警员将接受跨局委员会的审查，假如无法证明自己的清白，他们将受到内部的严厉处分。

这些人是沃尔特·克隆利警司、沃尔特·杜克斯希尔警司、查尔斯·海因茨警员、约瑟夫·赫尔南德斯警员、威利斯·崔斯塔诺警员、弗雷德里克·图伦泰恩警员、詹姆斯·弗里林警督、温德尔·怀特警员、约翰·海因尼克警员和约翰·文森斯警司。

帕克在结束记者发布会前称赞了艾德蒙·詹·埃克斯利警司，这位中央分局的警员出面向大陪审团做证。“艾德·埃克斯利这么做需要极大的勇气。”局长说，“我对他满怀敬意。”

报摘:《洛杉矶观察家报》，4月11日

“血腥圣诞节”五名被告撤销指控，帕克透露审查委员会调查结果

地检署今天发表声明称，去年“血腥圣诞节”警方暴力丑闻的五名被告将不出庭受审。迈克尔·克鲁格曼警员、亨利·普拉特警员和沃德·塔克警司在受到指控后被迫从洛杉矶警察局辞职，因证词被放弃而得以撤销指控。负责指控他们的副地检官艾里斯·洛韦解释说：“无法找到大量次要证人，也就是去年圣诞节在中央分局拘留所的犯人。”

与此相关的结果是，洛城警局的威廉·H. 帕克局长宣布了警方人事“大规模整顿”的结果。以下受指控和未受指控的警员因去年圣诞节清晨的行为被认为违反了多项跨局规定。

沃尔特·克隆利警司，停职停薪六个月，调任霍伦贝克分局。

沃尔特·杜克斯希尔警司，停职停薪六个月，调任牛顿街分局。

弗朗西斯·杜赫迪警司，停职停薪四个月，调任威尔夏分局。

查尔斯·海因茨警员，停职停薪六个月，调任南城游民管理处。

约瑟夫·赫尔南德斯警员，停职停薪四个月，调任七十七街分局。

威尔伯特·哈夫警司，停职停薪九个月，调任威尔夏分局。

威利斯·崔斯塔诺警司，停职停薪三个月，调任牛顿街分局。

弗雷德里克·图伦泰恩警员，停职停薪三个月，调任东谷分局。

詹姆斯·弗里林警督，停职停薪六个月，调任洛城警校指导处。

约翰·海因尼克警员，停职停薪四个月，调任威尼斯分局。

埃尔默·伦茨警司，停职停薪九个月，调任好莱坞分局。

温德尔·怀特警员，不停职，调任重案组附属监控大队。

约翰·文森斯警司，不停职，调任风化组。

报摘：《洛杉矶时报》，5月3日

警方丑闻被告判处缓刑

约翰·布朗奈尔警员，现年38岁，是第一名面临公审的卷入“血腥圣诞节”丑闻的洛杉矶警员，于今天在传讯时认罪，并请求亚瑟·J. 菲茨休法官当即就他面临的一级故意伤害和严重伤害指控做出判决。

布朗奈尔的弟弟是洛城警局巡警弗兰克·D. 布朗奈尔，也就是在去年平安夜于酒吧殴斗中受到六名年轻人伤害的两位警员之一。菲茨休法官考虑到他弟弟受到的伤害，也考虑到他已经被洛杉矶警察局开除并取消养老金，参考洛杉矶县假释办的报告后，报告建议判处缓刑，不需要进监狱服刑。他判处布朗奈尔在县监狱服刑一年，缓期执行，并命令他向本县的缓刑监督长官兰道尔·米尔迪报到。

报摘：《洛杉矶观察家报》，5月29日

斯坦斯兰被判有罪，洛城警员入狱服刑

八男四女组成的陪审团认为斯坦斯兰的四项罪名均成立：一级人身伤害、严重伤害、一级非法侵犯和故意伤害罪，上述指控源于这名前警探在去年“血腥圣诞节”丑闻中对中央分局拘留所犯人实施的虐待。洛城警局的艾·詹·埃克斯利警司提供了言辞激烈的证词，描述斯坦斯兰如何“疯狂对待手无寸铁的犯人”。斯坦斯兰的辩护律师雅克布·凯勒曼攻击埃克斯利的证词不可信，称埃克斯利在事情发生的大多数时间内被锁在储藏室里。最后，陪审员采信了埃克斯利警司的说法，凯勒曼援引“血腥圣诞节”被告约翰·布朗奈尔得到的缓刑，请求亚瑟·菲茨休法官从宽处理他的委托人。法官没有接受，而是判处已经被洛城警局开除的斯坦斯兰在县监狱服刑一年，当庭移交县局警员看管，将其押往威塞德荣誉农场。斯坦斯兰被带走时高声咒骂埃克斯利警司，记者未能找到埃克斯利，询问他的看法。

特别报道:《洛杉矶镜报》之《巡游周刊》，7月3日

埃克斯利家两代人服务南城

见到普莱斯顿·埃克斯利和他的儿子艾德蒙，你的第一印象是他们的谈吐不像警察，尽管普莱斯顿曾在洛杉矶警察局服役十四年。而艾德于1943年加入洛城警局，不久后出国征战，在太平洋战场的表现为他赢得一枚杰出服役十字勋章。事实上，在埃克斯利家移民美国之前，族内早有数代先辈担任苏格兰场的警探。警务工作流淌在这个家族的血液之中，但更胜一筹的是对出类拔萃的渴望。

证据一：普莱斯顿·埃克斯利白天在危险的商业区巡逻，靠夜间学习获得了南加州大学的工程学位。

证据二：普莱斯顿已故的大儿子托马斯·埃克斯利，以洛城警校有史以来的最高平均分毕业，警校行政大楼里挂有他的纪念铭牌。不幸的是，托马斯在毕业后不久就以身殉职。

进一步的证据：警校的最高平均分得主正是艾德·埃克斯利，1941

年他从加州大学洛杉矶分校以优异成绩毕业时，年仅19岁。

两代人的证据：埃克斯利父子的谈吐不像警察，是因为他们并非典型警察。

埃克斯利父子最近都是新闻人物。58岁的普莱斯顿和世界知名的卡通画家、电影制作者、电视节目主持人雷蒙德·迪特林联手建造梦幻乐园，这个宏伟的游乐场已于六个月前破土动工，计划明年4月底完工并开园。1936年，老埃克斯利离开洛城警局后进入建筑业，昔日头号部下亚瑟·德西班警督担任他的副手。普莱斯顿·埃克斯利在宽敞的汉考克公园豪宅里接受了《镜报》通讯员迪克·圣杰梅因的采访。

“我有工程学位，亚瑟了解建筑材料。”他说，“我们拿出毕生积蓄，又找了几个欣赏冒险性格的独立投资人借了些钱，创立埃克斯利建筑公司，从修造廉价住宅开始，然后是比较好的住宅，然后是办公楼，然后是阿罗约塞科公路。我们的成功远远超出我最狂野的梦想。现在轮到了梦幻乐园，几百万人的美梦将在两百英亩土地上成真。简而言之，这个顶点很难逾越。”

埃克斯利笑着说：“雷·迪特林是个梦想家。梦幻乐园将让人们有机会去他在电影和动画片里创造的诸多异世界旅行。命名为‘保罗世界’的山峰就是个好例子。20世纪30年代中期，雷的儿子保罗·迪特林悲剧性地死于一场山崩。如今将有一座山峰向那个孩子做证，山峰也能带给人们欢乐，而且利润的一部分将捐给儿童福利事业。这个顶点更难逾越。”

你会尝试逾越吗？

埃克斯利又笑着说：“我下周要向洛杉矶县议会和州议会发表演讲，主体是南加州大规模快速运输的成本和用快速公路连接南城的最佳途径。实话实说：我想拿下这个项目，打算向县里提出一个难以拒绝的报价。”

接下来呢？

埃克斯利微笑叹息道："接下来嘛，我的政界伙伴一直在游说我参政。他们认为我天生就是市长、州长、参议员或者更高一步的料子，但我总是说弗莱彻·鲍隆、迪克·尼克松和厄尔·沃伦[1]都是我的朋友。"

言下之意是他排除从政的可能性吗？

"我不排除任何可能性。"普莱斯顿·埃克斯利说，"设立界限违背我的天性。"

正如我报记者已经注意到的，他的儿子艾德蒙警司，现在是洛城警局好莱坞分局的一名警探，也深有同感。艾德·埃克斯利最近因在"血腥圣诞节"丑闻庭审中做证而频频见报，前途光明。尽管他计划终生从事警务工作。小埃克斯利在家族的箭头湖度假屋里对我报通讯员说："我只想做一名有价值的出色警探，侦破最有挑战性的案件。我父亲解决了洛伦·亚瑟顿案件。"他指的是1934年残害了六名儿童的连环杀手，受害者包括小威利·维纳霍姆。"我希望能坐上办理如此要案的位置。在正确的时间身处正确的地点非常重要，我从内心深处渴望解决问题，从纷乱的局面中理出头绪，我认为这些是担任警探的必要条件。"

1943年秋天，埃克斯利无疑在正确的时间处在了正确的地点上，他是肉搏战中全排的唯一幸存者，单枪匹马消灭了挤满三条战壕的日本士兵。他勇敢地做证揭露同事们在警方施暴丑闻中的所作所为，再一次在正确的时间来到了正确的地点。提起这两件事，埃克斯利说："那都是过去，现在我要创造未来。好莱坞分局刑警队的工作能帮我积累扎实的经验，我父亲、德西班和我经常整晚互相盘问，磨炼我的审讯技巧。我父亲什么都想要，但警察局有我想要的一切东西。"

普莱斯顿·埃克斯利和艾德·埃克斯利失去了托马斯和玛格丽特（原姓蒂贝茨），族长的妻子在六年前死于癌症。他们是否感觉到了个人生活中的缺憾呢？

---

① 三个人分别是当时的洛杉矶市长、加州参议员和加州州长。

普莱斯顿说：“天哪，当然，每天都能感觉到。他们都是不可替代的。”

提起这个话题，艾德蒙陷入沉思。“托马斯就是托马斯，”他说，“他牺牲那年我只有17岁，我恐怕不怎么了解他。我母亲则不同。我了解她，她和善、勇敢而坚强，但总有些哀伤。我想念她，我也想娶一个她那样的女人，不过最好更活泼一点。”

本周的人物专访介绍了两代人，这两个男人走遍世界，服务南城。

通栏标题：《洛杉矶时报》，7月9日

洛韦宣布参选地检官

通栏标题：《洛杉矶先驱快报》，社会版，9月12日

洛韦与莫罗举行盛大婚礼，好莱坞与法律界人士济济一堂

节选：《洛杉矶时报》，11月7日

麦克菲尔森和洛韦，地检官预选遥遥领先，春季选举将一分胜负

谋求第四次连任洛杉矶地区检察官的威廉·麦克菲尔森，将在明年3月的普选中面临副地检官艾里斯·洛韦的挑战，这两位同僚在共有八名候选人的预选中大幅领先。

现年56岁的麦克菲尔森获得了百分之三十八的选票，现年41岁的洛韦获得了百分之三十六的选票。最接近两人的竞争者是市府前园林专员唐纳德·查普曼，得票率为百分之十四。其余的五名候选者只是冒险一搏，胜率微乎其微，得票共计百分之十二。

麦克菲尔森在例行记者发布会上预测选战将直到最后一刻才能分出胜负，声明他首先是肩负义务的人民公仆，其次才是政坛候选人。洛韦和妻子在家中琼对他的观点做出回应，预测明年3月必定取得胜利，并向所有选民表示感谢，尤其感谢执法机构人士的大力支持。

1953年

洛城警局年度考评报告（机密）

日期：1953年1月3日

提交者：达德利·史密斯警督

抄送：人事和行政管理处（1953年1月2日）

任职日期：1952年4月4日至1952年12月31日

考评对象：怀特，温德尔·A，警徽号码916

级别：警员（警探）（四级公务员）

部门：警探局（重案组附属监控大队）

上级：达德利·利·史密斯警督，警徽号码410

各位：

本备忘录既是怀特警员的考评报告，也是监控大队成立九个月以来的情况通报。就本部门的十六名人员而言，我认为怀特是其中最出色的。到目前为止，他一直专注而细心，长时间加班毫无怨言。他的出勤记录堪称优秀，经常连续两周每天工作十八小时。怀特因为去年不幸的圣诞骚乱而调任监控大队，格林副局长援引针对他的四份过度使用暴力投诉，对此次调职有疑虑（事实将证明，怀特的暴力倾向和这个职位潜在的暴力属性是会酿成灾难的组合）。事实证明并非如此，我毫不犹豫地在考评的所有栏目中都给怀特警员打“A”。他经常表现出难以匹敌的勇敢。在此我愿意用几个例子说明怀特的表现远远超出职责要求。

1. 1952年5月8日。在蹲点监控一家酒铺时，怀特警员（当时正遭受早年打橄榄球留下的旧伤折磨）追逐一名逃跑的武装嫌犯达半英里。嫌犯多次回身向怀特警员开枪，警员害怕误伤平民，因此没有开枪还击。嫌犯挟持一名女性人质，用枪顶住人质头部，使得增援警官不敢上前。同事尝试安抚嫌犯，怀特趁机跑过旁边的小巷。嫌犯拒绝释放人质，怀特开枪，近距离射杀嫌犯。人质没有受到伤害。

2. 多次实例。监控大队的关键职责之一是在假释犯回到洛杉矶时找到他们，尝试让他们相信，在我们这座城市进行暴力犯罪有多么愚蠢。这项工作需要强健的体魄，怀特警员事实上震慑住了很多顽固罪犯，使得他们乖乖度过假释期。他花了大量休息时间跟踪有恶劣暴力记录的假释犯，曾两度入狱的强奸犯和武装劫匪“大狗”约翰·卡塞斯正是因此被捕。1952年7月20日，怀特在一家鸡尾酒廊监控卡塞斯时，偷听到卡塞斯企图教唆一名女性卖淫。卡塞斯试图反抗，怀特警员通过强制手段制服了他。事后，怀特和监控大队的另外两名警员（迈克尔·布鲁宁警司和R. J. 卡莱尔警员）详细盘问卡塞斯假释出狱后的活动情况，卡塞斯承认他强奸和杀害了三名女性（参见重案组逮捕报告168-A，呈交于1952年7月22日）。卡塞斯受审，被判决有罪，在圣昆廷被处决。

3. 1952年10月18日。怀特警员在监控假释犯珀西·哈斯金斯时，注意到哈斯金斯与罗伯特·马凯和卡尔·卡特·高夫构成知名罪犯集会。三人均有多次武装抢劫记录，怀特觉察到他们在策划一起大型重罪，据此开始办案。他跟踪哈斯金斯、马凯和高夫来到圣贝伦多街1683号的一个市场。三名罪犯抢劫市场，出来时怀特尝试抓捕。三名罪犯拒绝放下武器。怀特射杀高夫，重伤马凯，哈斯金斯投降。马凯后来死于重伤，哈斯金斯承认武装抢劫罪名，由于前科累累，被判终身监禁。

总而言之，怀特警员功勋卓著，对监控大队第一年取得的极大成功来说至关重要。我将于1953年3月15日返回重案组任原职，希望届时怀特警员能加入我的队伍，担任重案组的正式探员。在我看来，他具备办案好手的一切条件。

此致

敬礼！

达德利·利·史密斯，警徽号410

警督，重案组

洛城警局年度考评报告（机密）

日期：1953年1月6日

提交者：拉塞尔·米拉德警监

抄送：人事和行政管理处（1953年1月6日）

任职日期：1952年4月13日至1952年12月31日

考评对象：文森斯·约翰，警徽号码2302

级别：警司（警探）（五级公务员）

部门：警探局（风化组）

上级：拉塞尔·A. 米拉德警监，警徽号码5009

各位：

文森斯警司的总体考评得分是“D+”，补充说明如下：

A. 由于不喝酒，因此文森斯在违反烈酒管制的行动中表现出色。

B. 文森斯屡次在牵涉麻醉品的案件中越界，在风化组的犯罪现场发现毒品时，坚持以持有毒品罪名逮捕嫌犯。

C. 我的担忧没有成真，他没有忽视他在风化组的职责，前去协助他在警探局的导师达德利·史密斯警督。这一点算是文森斯的加分项。

D. 文森斯并未因他在圣诞节伤害案中做证而广受怨恨，原因一：他丢掉了他最热衷的缉毒组工作；原因二：他告发的同事都没有进监狱。

E. 文森斯持续催促我调他回缉毒组。我不会签署调令，除非他能在风化组办出一个大案，这是调离风化组的长期惯例。文森斯请副地检官艾里斯·洛韦向我施加压力，同样被我拒绝。即便洛韦当选地检官，我也会继续拒绝下去。

F. 风传文森斯向《秘闻》小报跨局泄露情报。我已经警告他，严禁泄露我们的工作情况，否则我就剥了他的皮。

G. 结论：作为一名风化组警员，文森斯的表现仅仅勉强合格。他的出勤记录很好，报告写得也漂亮（但我怀疑有水分）。他太出名，所以不可能缉拿簿记和打击卖淫。他并未忽视职责以投身于电视节目拍摄，这一点也是他的加分项。风化组在未来几个月内很可能将破获一起淫秽书刊大案，文森斯有机会以此证明他的能力（从而满足大案调职的要求）。最后重复一次，总体得分“D+”。

此致

敬礼！

拉塞尔·A. 米拉德，警徽号码5009

风化组组长

洛城警局年度考评报告（机密）

日期：1953年1月11日

提交者：阿诺德·瑞汀警督

抄送：人事和行政管理处（1953年1月11日）

任职日期：1952年3月1日至1952年12月31日

考评对象：埃克斯利，艾德蒙·詹，警徽号码1104

级别：警司（警探）（五级公务员）

部门：警探局（好莱坞分队）

上级：阿诺德·D. 莱汀警督，警徽号码556

各位：

就埃克斯利警司，此人无疑拥有警探的天赋。他心细如发，聪明过人，似乎完全没有个人生活，工作时间长得可怕。他年仅三十，在担任警探的九个月内积累了可观的逮捕记录，经手案件（以侵犯财产轻度重罪为主）的定罪率高达百分之九十五。他撰写的报告详细而清晰。

埃克斯利和搭档合作较差，擅长单独办案，因此我允许他单独盘问嫌犯。他的审讯技巧出类拔萃，据我所知，曾多次获得嫌犯难以想象的坦白（没有动用武力）。各项指标过硬，我对埃克斯利的总体打分是不折不扣的“A”。

但是，他广受同事憎恨，这是他在圣诞节打人事件中告密的结果，他靠这个获得警探局任命更是招人鄙视（埃克斯利靠告密进入警探局似乎已经广为人知）。另外，埃克斯利不喜欢以武力对待嫌犯，大部分同事认为他是懦夫。

埃克斯利以极高分数通过警督考试，空缺很快就会出现。我认为对于警探警督而言，他年纪太轻，经验也不足，如此提拔会招来强烈嫉恨。我认为他将成为一名广受憎恨的高级警官。

此致

敬礼！

阿诺德·D. 莱汀警督，警徽号码556

节选:《洛杉矶每日新闻》，2月9日

官方证实：建筑大王埃克斯利将用快速公路连接南城

今天，三县公路委员会宣布消息，普莱斯顿·埃克斯利这位往日的旧金山报童和洛城警官，将负责修建公路系统，连接好莱坞与洛城商业区、洛城商业区与圣佩德罗、波莫纳与圣贝纳迪诺、南湾与圣费尔南多谷。

“细节稍后公布。”埃克斯利在电话中告诉本报，“我明天将召开电视直播的记者发布会，州议会和三县委员会的代表将和我一起出席。”

《秘闻》杂志，1953年2月刊

洛城地检官竞选期间忙里偷闲，和黑肤美女寻欢作乐！！！

作者：西德尼·哈金斯

现任洛杉矶地区检察官比尔·麦克菲尔森喜欢高个长腿、大胸热情的姑娘，而且肤色越深越好。从哈莱姆的糖山到洛杉矶的黑人区，这位已婚有三个女儿的57岁男士，以甜心老爹而闻名，把公关基金的绿票子挥霍在黑洞洞、热烘烘的地方。这些场所灯红酒绿，爵士奏鸣，大麻烟雾腾腾，黑白孽缘呼应萨克斯风呜咽的丛林节拍。

弟兄们，能想象吗？麦克菲尔森忙于竞选连任，正在和头号犯罪斗士艾里斯·洛韦为了政治前途较量，需要休息放松。他是去安静的乔纳森俱乐部游泳吗？不。他是带着全家去迈克雷曼或太平洋餐车吃饭吗？不。那他去了哪儿？去了《黑人区快步舞厅》①。

杰斐逊大道以南全在摇摆。弟兄们，那边是另外一个世界。烫个波浪卷，弄身紫色鲨皮衣裳，去体验黑人狂想吧。比尔·麦克菲尔森地检

---

① 爵士名曲。

官就喜欢去，每周四晚上都要去。

咱们让事实说话。玛丽昂·麦克菲尔森，黑人区比尔家饱受折磨的主妇，还以为比尔这小子每周四晚上去奥林匹克礼堂，看墨西哥最轻量级拳手互相往傻里打呢。她大错特错，因为坏小子比尔周四晚上享受的不是殴斗，而是欢爱。

事实一：比尔·麦克菲尔森是米妮·罗伯茨行宫的常客，这里是洛杉矶南城最时髦的有色妓院，就当这是道听途说吧。弟兄们，但我们听说他喜欢三十五美元一次的牛奶浴，两个特大号的刚果美人儿服侍他。

事实二：有人看见麦克菲尔森在汤米·塔克游乐房喝着特制的种植园潘趣酒，酩酊大醉后听"大鸟"查理·帕克演奏。他那晚的约会对象叫勒奈特·布朗，年仅18岁，一个黑肤小美女，两次因持有大麻被捕。勒奈特告诉《秘闻》杂志的秘密通讯员说："比尔喜欢黑妹子，他说：'约会过一次黑妹子就戒不掉了。'"他迷恋爵士乐，喜欢饮宴作乐。他真的有家室吗？他真是我们的地检官吗？

他确实是，亲爱的，但还能维持多久呢？从今天到选举日还有好些个星期四，坏小子波普比利能按捺住他对黑人的欲望吗？

请记住，亲爱的读者，首先爆料的是我们——小道消息，私下流传，正牌《秘闻》。

节选:《洛杉矶先驱快报》，5月1日

"血腥圣诞节"行凶警察即将出狱

4月2日，理查德·亚历克斯·斯坦斯兰以自由人身份离开威塞德荣誉农场。他去年因四项与1951年"血腥圣诞节"警方暴力丑闻有关的伤人指控被判入狱，出狱时这位前警察未来渺茫。

斯坦斯兰的前搭档温德尔·怀特警员对本报说："圣诞节那档子事

就像抽生死签。我当时也在，倒霉的也可能是我。结果却是迪克抽了坏签。他把我培养成一个好警察，我欠他的，他的遭遇气得我发疯。我仍旧是迪克的朋友，我敢打赌他在局里还有很多朋友。”

看起来，他在平民里也有很多朋友。斯坦斯兰告诉本报记者，他出狱后将为亚伯拉罕·泰特鲍姆工作，后者是西洛杉矶一家熟食店“亚伯美食”的老板。问及他对害他入狱的人是否心怀怨恨时，斯坦斯兰答道：“只恨一个，但我是守法公民，什么也不会去做。”

《洛杉矶每日新闻》，3月6日

丑闻曝光，地检官选情急转直下

现任本市地检官威廉·麦克菲尔森对副地检官艾里斯·洛韦，胜者将在接下来四年间担任南城首席民选犯罪斗士，预料中竞争会难舍难分。两人的竞选议题相同：如何最佳分配本市的执法预算，均声称将以最严厉的手段打击犯罪。洛城执法部门认为麦克菲尔森对犯罪过于手软，政治观点偏向自由派，因此转而支持洛韦。工会组织支持现任地检官。麦克菲尔森坚守现状，维持他的好好先生形象。洛韦尝试年轻煽动者的老一套，可惜收效甚微。他的姿态过于夸张，过于渴望选票。但在《秘闻》杂志的2月号登上报摊之前，双方的竞争都还算彬彬有礼。

大部分人认为《秘闻》和其他丑闻小报同样不值一提，但现在毕竟是选战期间。一篇文章声称已婚二十年、家庭和睦的麦克菲尔森地检官与黑种年轻女性有染，配有他和一名黑种女人在洛杉矶南城中区一家夜总会的照片。地检官对此不做回应，麦克菲尔森夫人却无法不做回应，她申请离婚。艾里斯·洛韦在选战时没有提到这篇文章，但麦克菲尔森开始流失选票。投票前三天，“匿名线报”称日落大街的丁香园汽车旅馆九号房间有不法性行为，县局警员前去扫荡。行为者是麦克菲尔森地检官和一名黑人妓女。县警以强奸指控逮捕了麦克菲尔森，听取了因拉客两次被捕的女性马薇尔·威尔金森的叙述。

她说麦克菲尔森在西大道南搭上她，答应每小时给她二十块，带她来到丁香园。麦克菲尔森声称失忆，他记得在太平洋餐车与支持者共进晚餐，喝了“几杯马丁尼”，坐进汽车后就什么都不记得了。接下来的事情众所周知，记者和摄影师紧跟县警赶到丁香园汽车旅馆，麦克菲尔森成为头版新闻，艾里斯·洛韦于星期二以压倒性优势当选本市地区检察官。

事情似乎有蹊跷。丑闻小报的记者不该左右政治选举的结果，尽管我们《每日新闻》（麦克菲尔森的支持者）绝不会剥夺他们的权利，无论他们想出版的东西有多么恶心。我们尝试寻找马薇尔·威尔金森，但这名女性被释放后就消失得无影无踪。我们《每日新闻》毫无先入之见，诚恳请求新当选的地区检察官洛韦对此启动大陪审团调查，哪怕只是为了不让乌云笼罩他的新办公室。

第二部

夜枭大屠杀

Nite Owl Massacre

第十四章

整个办公大间只有他一个人。

楼下在庆祝某位同事的退休，但没有邀请他。每周犯罪报告需要有人阅读，写总结钉上告示板——别人谁都不干，他们知道他做得最好。报纸大肆宣传梦幻乐园开幕，其他警察学着莫奇鼠恶心地朝他吱吱叫。“黑桃”库利在聚会上表演，变态“两点”帕金斯在走廊游荡。午夜降落，毫无倦意，艾德在边读边打字。

1953年4月9日：一名异装癖店堂小偷光顾好莱坞大街的四家商店，用柔道劈砍手制服了两名店员。1953年4月10日：两名白人刺死格劳曼中国剧院的一名领座员，仅仅因为领座员请他们熄灭香烟。嫌犯仍旧在逃，瑞汀警督说他经验不足，尚不能处理凶杀案，案件没有交给他。1953年4月11日：一摞刑案登记表，过去两周内，多人目睹一车黑人青年在格里菲斯公园的丘陵地区对空放枪。他们的身份不明，所驾车辆为1948—1950年生产的水星轿车。1953年4月11日至13日：五起劫案，发生在白天，地点均为好莱坞大街以北的私人住户，珠宝被抢。案件尚未分配。得去抢到这个活儿，在现场被破坏前对进入途径采指纹。今天是14日，也许还有机会。

艾德写完报告。大间空荡荡的，他很高兴，没有恨他的人，宽敞的房间放满办公桌和文件柜。墙边摆着各种表格，供完成逮捕和逼嫌犯招供后填写。供词也许犹如密码，顶多只是承认罪行而已，但你对待嫌犯的手法若是巧妙，一边爱他一边恨他，让角度恰到好处，他就会告诉你一些情况、一些小细节，让你据此构造出足以支撑案件的实景，给你更多的情报去收拾下一个嫌犯。亚特·德西班和父亲教他如何寻找突破口。他们有成箱的旧案审讯笔录，猥亵幼童犯、劫匪、形形色色向他们招供的人渣。亚特会一巴掌打在你后脖颈上，但这么做的威胁意义大于实质。普莱斯顿·埃克斯利极少动手，他认为这代表了罪犯挫败警察，反而会造成混乱。他们朗读语焉不详的回答，让他猜问题是什么。他们简要介绍常见的罪犯经历，这是开启话头的契机。他们向他展示凡人各有不同程度的软弱，有些可以接受，因为别人能宽恕，有些则会产生巨大的耻辱感，人们会尽量隐藏，只有最厉害的审讯者才能问出实情。他们磨炼他对致命弱点的把握本能，磨炼得过于锋利，他有时候都不敢照镜子。

训练常到深夜结束，两个鳏夫，一个没有女人的年轻男人。残害多人的谋杀犯是亚特的心结，他拉着他父亲反复排演洛伦·亚瑟顿案件，恐怖的快照、证人的证词。普莱斯顿用心理学理论满足亚特的请求，但不太情愿，他希望把给他带来荣誉的案件彻底封存在脑海深处。他们仔细讨论亚特办过的案件，三颗优秀大脑的努力得到收获，供词无懈可击，定罪率达到九成五。但是迄今为止，他的犯罪知识从未遇到过挑战，破案的欲望更是谈不上得到满足了。

艾德下楼去停车场，开始有了倦意。“呱，呱”，背后传来叫声，几只手揪着他转身。

一个头戴儿童面具的男人，是丹尼鸭。“丹尼鸭”用一套左右组合拳打掉他的眼镜，腰眼上的一记放倒了他，猛踢侧肋，他蜷成一团。

艾德使劲缩起来，脸上挨了几脚。闪光灯噼啪一亮，两个男人走开，一个嘎嘎叫，一个哈哈笑。很容易分辨身份，迪克·斯坦斯兰的哑嗓门，巴德·怀特打球伤的腿。艾德啐了一口血，发誓报复。

第十五章

拉斯·米拉德对风化组四小队训话，议题是色情书刊。

“淫秽画册，各位，最近在多种犯罪现场屡次连带发现，贩毒、簿记和扫黄都有。这种东西通常在墨西哥印刷，所以超出我们的管辖范围。通常是有组织犯罪的副业，因为大规模的黑帮有制作资金和分销渠道。然而，杰克·德拉加纳被驱逐出境，米基·科恩在蹲监狱，而且他这人偏向清教徒，莫·亚赫尔卡混得自身难保。色情画片不是杰克·华伦的风格，他是簿记，有意插手维加斯的赌场。另外，这东西的覆面质量太好，所以不是洛城地区印刷作坊的产品：牛顿街分局风化组已经扫荡过了，他们是清白的，设备制作不出这个质量的杂志。但是，画面背景说明拍摄地点就在洛杉矶，你能在某些窗口看见好莱坞山，许多场景的装饰风格也符合典型的洛杉矶廉价公寓。因此，我们的任务是挖出这肮脏东西的源头，逮捕制作、拍摄和分销的罪犯。”

杰克呻吟一声，1953年色情画册大扫荡行动。米拉德吞了一粒洋地黄药片。“牛顿街分局的警探盘问了连带案件的嫌疑人，嫌疑人均否认是那些东西的持有者。印刷作坊的伙计都不知道出处。警探局和各分局风化组传阅后也没有辨认出照片上的男女。所以，各位，你们自己看吧。”

亨德森和凯夫卡伸出手，斯塔西斯垂涎欲滴。米拉德把黄书递给他们。“文森斯，你是不是更想去别的地方？”

“对，警监。缉毒组。”

“哦？还有别的地方吗？”

“去二队对付妓女。”

“办个大案，警司，我会很高兴签字放你走的。”

三个人男人哄笑，摇头表示难以置信。杰克抢过杂志。

七份杂志，高等级光面铜版纸，纯黑色封面。每本十六页，照片彩色、黑白都有。两本撕成两半，里面是赤裸裸的性照片，窗外的好莱坞标记，墨菲床上的性交快照。一间廉价房间，灰泥拉成旋涡花纹的墙壁，还有洛杉矶每个单身汉公寓必然有的小桌和轻便电炉。黄书本身就是那么回事，但模特不是眼神蒙眬的毒虫，而是好相貌、好身材的年轻人，有赤身裸体的，也有穿着衣服的，如伊丽莎白风格的行头，日本和服。杰克把撕破的杂志拼起来，一名叫鲍比·英吉的男妓在上面，那人曾因持有大麻被他抓过。

米拉德说：“有眼熟的吗，文森斯？”

有计策了。“没，警监。撕碎的杂志是从哪儿来的？”

“在贝弗利山一幢公寓楼背后的垃圾箱里找到的。发现人是管理员，老太婆洛蕾塔·唐尼，她打电话给贝弗利山警局，他们打电话通知我们。”

“有那幢楼的地址吗？”

米拉德找到证物登记表。“查理维尔大道9849号。怎么？”

“这部分工作交给我好了。我在贝弗利山关系不错。”

“好吧，难怪大家叫你‘垃圾筒’。行，你跟进贝弗利山。亨德森，你和凯夫卡去找犯罪报告上的被捕者，尽量搞清楚那些东西是从哪儿搞到的，我等会儿给你们一套复本。就说只要肯交代就不追加指控。斯塔西斯，带上那些画册去找服饰销售公司，看能不能对上谁家的库存，然后找出那些表演者的服装是谁租用的。先这么试试看，要是对着大头照辨认身份，咱们估计会浪费一个星期。解散，各位。动起来，文森斯。记得别分神，这是风化组，不是缉毒组。”

杰克行动起来，去档案处查看鲍比·英吉的材料。他的计策闪现而出，去贝弗利山，找到老太婆，看能查到什么，并捏造一条重要线索，指向他已经知道的情况。鲍比·英吉有罪，蓄意传播淫秽物品，这是联邦重罪，鲍比会告发同演者和摄影师。这样的话，调职要求就搞定了。

清风习习，天气凉爽，杰克走奥林匹克大街径直向西。他开着收音机，新闻节目在采访艾里斯·洛韦，内容是地检署削减预算。艾里斯唠唠叨叨，杰克转动旋钮，调到另一个频道，免得他多想比尔·麦克菲尔森。他调到一首欢快的百老汇歌曲，还是想到了麦克菲尔森。

《秘闻》杂志是他的主意，麦克菲尔森喜欢小妞，席德·哈金斯喜欢爆名人的料。艾里斯·洛韦得知，点头允许，当作又一笔人情债。麦克菲尔森的妻子申请离婚，洛韦很满意，他在选举中领先。达德利·史密斯还不满足，策划了逮捕那场戏。

这真是一个一本万利的好事情。

多特·罗斯坦因认识一个在少管所服刑的有色姑娘，她因数次拉客被捕。那姑娘服刑时，多特总和她打得火热。多特把她弄出来，达德利及其金牌打手迈克·布鲁宁在丁香园汽车旅馆搞定房间，那里是日落大街上最臭名昭著的炮房，县局辖地，市府地检官只是又一个脱了裤子被逮住的嫖客而已。麦克菲尔森在太平洋餐车参加社交晚宴，达德利让马薇尔·威尔金森等在外面，她皮肤黝黑且妖艳。布鲁宁通知县警西好莱坞分局和报纸，大文在麦克菲尔森的最后一杯马丁尼里下了药。地检官离开餐厅时晕头转向，开着凯迪拉克走了一英里左右，在威尔夏大道阿尔瓦拉多街路口停车，失去知觉。布鲁宁开车跟着他，带着身穿小礼服的马薇尔作为鱼饵。他开上麦克菲尔森的凯迪拉克，把恶棍比尔和女孩送到幽会地点，剩下的就是政治历史了。

他们没有告诉艾里斯·洛韦，洛韦还以为自己撞了大运。多特送马薇尔去了蒂华纳，费用全包，是从女子监狱预算里揩的油。麦克菲尔森丢了老婆和工作，强奸指控被撤销，因为怎么都找不到马薇尔。

大文的脑子里灵光一闪，这是一笔他妈的人情债。理由是1947年10月时，多特·罗斯坦因就在救护车上。她知道，达德利多半也知道。假如他俩知道，他就必须陪他们玩下去，以防其他人知道，以防凯伦知道。

他当她的英雄已经足足一年，事情不知怎的就成了真。他不再寄钱给斯科金兄妹，还欠四万块就清盘退出。他需要现金追求凯伦，和她在一起能让他远离“马里布老地方”。琼·莫罗·洛韦仍旧刻薄，威尔顿和夫人不情不愿地接受了他，凯伦爱他爱得过于用力，简直让他心痛。在风化组做事让他头痛，工作无聊之至。席德·哈金斯的电话越来越少，他不再是缉毒组的警探了。经过麦克菲尔森那档子事，他倒是很高兴，天晓得他还能不能再干一票。

凯伦也在继续自欺欺人，这能帮他更好地扮演英雄角色。信托基金，老爸掏租金的海滩公寓，研究生院。只是个玩笑而已，他38岁，她才23岁，迟早会明白过来。她想嫁给他，他拒绝了。要是当了艾里斯·洛韦的连襟，那就只能一辈子做他的中间人了。他知道英雄角色为什么行得通，因为凯伦是他永远想打动的观众。他知道她能接受什么，不能接受什么。她的爱塑造了他的表演，因此他只需要自然而然做事就行，外加隐藏住某些秘密。

交通拥堵，杰克向北转上杜赫尼公路，向西驶向查理维尔大道9849号，一幢两层楼的都铎式住宅，离威尔夏大道有一个街区。杰克并排违停，下车检查信箱。

有六个投信口，洛蕾塔·唐尼和另外五个名字，三对夫妇，一个男人，一个女人。杰克抄下姓名，走到威尔夏大道找到投币电话。打给档案科和车管所的警方热线，等待了两次。房客没有犯罪记录，但有未结的交通违章记录，上面记着克里斯蒂娜·伯杰伦的名字。信箱上标着"小姐"，四次危险驾驶指控，但没有吊销执照。杰克向办事员询问得到了其他信息，这女人今年37岁，职务是女演员和汽车餐厅女招待，从1952年7月起在好莱坞的斯坦免下车快餐店工作。

杰克有个直觉，汽车餐厅女招待不会住在贝弗利山，克里斯蒂娜·伯杰伦多半搭上了什么大鱼，借此贴补房租。杰克走回9849号，敲敲标着"经理"的房门。

一个老太婆打开门："什么事，年轻人？"

杰克亮出警徽："洛杉矶警局，夫人。来问问你发现的那些书。"

老太婆隔着瓶底厚的镜片眯眼看他。"我先生要是还活着，早就自己主持公道了，哈罗德·唐尼先生决不容忍脏东西。"

"那些杂志是你发现的吗，唐尼太太？"

"不是，年轻人，是我的清洁女工发现的。她撕烂杂志，扔进垃圾箱，被我看见。我先打电话给贝弗利山警察局，然后问欧拉到底是怎么回事。"

"欧拉是在哪儿发现那些书的？"

"呃，我……不知道该不该……"

杰克突然变招。"给我说说克里斯蒂娜·伯杰伦。"

"啊哈！那女人！还有她的那个崽子！真不知道谁更堕落！"

"她这个房客难伺候吗，女士？"

"她一天二十四小时和男人瞎混！她穿上紧绷绷的女招待衣服，在楼上溜旱冰！她的儿子也不是好东西，从来不去上学！懒骨头，和一帮吃软饭的混在一起！"

杰克掏出鲍比·英吉的大头照，老太婆举到眼镜前。"对，达瑞尔的坏朋友之一，我见他鬼鬼祟祟来过十几趟。他是谁？"

"女士，欧拉是在伯杰伦的公寓里发现那些黄色书刊的吗？"

“呃……”

“女士，克里斯蒂娜·伯杰伦和她儿子这会儿在家吗？”

“不在，我听见他们几小时前出去了。我眼神不好，可耳朵厉害得很。”

“女士，你要是允许我进他们的公寓，假如我又发现几本黄色书刊，你就能拿到一笔奖金。”

“呃……”

“你有钥匙的，对吧，女士？”

“我当然有钥匙，我是经理嘛。嗯，你要是保证不乱摸东西，我那笔奖金不用付所得税，我就放你进去看看。”

杰克收回大头照。“都依你，女士。”老太婆上楼走向二楼的单元，杰克跟上去，老太婆打开第三扇门。“五分钟，年轻人。多注意家具，这幢楼是我妹夫的。”

杰克走进房间。整洁的客厅，刮花的地板，多半是旱冰鞋留下的。家具质量很好，但多有磨损，缺乏保养。光秃秃的墙壁，没有电视，茶几上摆着两张带框的照片，像是宣传照的风格。

杰克仔细打量，老太婆唐尼凑近。相配的白镴相框，照片上是两个好看的人。

一个漂亮的女人，浅色头发烫成齐肩鬈发，亮闪闪的眼神很俗气。漂亮的男孩很像她，头发特别金黄，一双傻呆呆的牛眼。“克里斯蒂娜和她儿子？”

“对，都很迷人，这点我必须承认。年轻人，你刚才说的奖金有多少钱？”

杰克没搭理她，直奔卧室，彻底搜查抽屉、壁橱、床垫下。没有色情杂志，没有毒品，没有任何可疑的，只有女式睡衣值得多看一眼。

“年轻人，你的五分钟到了。写个我一定会收到奖金的保证书给我。”

杰克转过身，笑呵呵地说："我会寄给你的。我还需要一两分钟检查他们的地址簿。"

"不！不行！他们随时都会回来！你马上给我出去！"

"就一分钟，女士。"

"不，不，不行！立刻出去！"

杰克走向房门。老太婆说："电视节目里有个特别有名的警察，你让我想起他。"

"他那些东西还不都是我教的？"

他预感到一场火速袭击正在成形。

鲍比·英吉告发黄书销售者，转为州证人，给他和达瑞尔·伯杰伦弄点什么违反伦理指控，那孩子还没成年，鲍比是个臭名昭著的果蝇，拉皮条前科累累。办得滴水不漏，有供词，有嫌犯的下落，大堆文书工作交给米拉德。了不起的大文侦破淫秽书刊集团大案，荣归缉毒组。

向北来到好莱坞大街，绕着斯坦免下车餐厅兜一圈，克里斯蒂娜·伯杰伦蹬着旱冰鞋溜得正欢。噘着小嘴，模样撩人，是准妓女那一型。杰克停车，翻看鲍比·英吉的前科记录。有两张未执行的法院拘票，数张交通告票，一份没有报到的假释传票。最后登记地址是西好莱坞北哈梅尔公路1424号——"薰衣草冲沟"的心脏地带。"所知经常出没地点"是三家酒吧：里奥避难所、盔甲骑士和BJ喧闹房间，都在圣莫妮卡大街前后。杰克驶向哈梅尔公路，手铐打开放在身边。

日落大街附近的一幢平房，处于县局地界，信箱标着"英吉——6号"。杰克找到那个房间，敲敲门，没人应声。"鲍比，喂，亲爱的。"捏着嗓子尖声叫，鱼儿还是不咬钩。门锁着，窗帘拉着，整个地方一片死寂。杰克回到车上，向南开去。

酒吧区，英吉经常出没的场所，位于两个街区之内。里奥避难所要到4点才开门，盔甲骑士空空荡荡。酒保装模作样地问："鲍比什么？"

像是真不知道似的。杰克冲进BJ喧闹房间。

带缨穗装饰的人造革贴满墙壁、天花板，连接小乐池的一个个卡座吧台前坐着几个娘娘腔。酒保闻到警察的味道。杰克走过去，把大头照正面朝上摆了一排。

酒保一眼认出："那个叫鲍比谁谁谁的，他经常来。"

"多经常？"

"很经常，一个星期好几趟。"

"下午来还是晚上来？"

"下午和晚上都来。"

"最后一次来是什么时候？"

"昨天。说起来就是昨天这会儿。你不如——"

"我到那头儿找个卡座坐着等他。他要是露面，别说我在。明白了？"

"明白。可你看啊，你一出现，我的舞池这就没人了。"

"帮你抵税。"

酒保嘿嘿笑，杰克走到乐池旁的卡座坐下。这是个视野开阔的地方，可以观察前门、后门、吧台。黑暗吞没了他，他默默观察。

他们那种人的求欢仪式：暗送秋波，窃窃私语，携手出门。吧台上方有面镜子，方便他们那种人互相打量，交换眼神，勾勾搭搭。两个小时，杰克抽了半包香烟，可鲍比·英吉还没出现。

肚子咕咕叫，喉咙干疼，吧台上的酒瓶对他微笑。无聊得发痒，他决定到4点就去里奥避难所。

3点53分时，鲍比·英吉走了进来。

他挑个高脚凳坐下，酒保给他斟酒。杰克走过去。

酒保心惊胆战，眼神乱转，双手颤抖。英吉猛地转身，杰克说："警察，双手抱头。"

英吉抄起酒杯泼向他。杰克尝到苏格兰威士忌，烈酒烧灼双眼。

他使劲眨眼，脚下一绊，眼前一黑，他摔倒在地。他拼命咳掉嘴里的酒味，爬起身，又能看见了，但视线模糊，鲍比·英吉不见踪影。

他跑出酒吧。人行道上没有鲍比，一辆轿车吱吱嘎嘎启动。他的车停在两条马路以外。

烈酒逼得他要发狂。

杰克穿过马路，进了加油站，冲进男厕所，脱下夹克衫扔进垃圾桶。他洗脸，用肥皂蹭衬衫，想呕掉烈酒的味道，但做不到。他咕咚咕咚喝了几大口水槽里的肥皂水，开始反胃。

开始见效了，心脏不再猛跳，两腿重新站直。他摘下枪套，用纸巾裹住，走向轿车。他看见一部投币电话，出于本能打了个电话。

席德·哈金斯接听。“《秘闻》杂志，小道消息，私下流传。”

“席德，是我，文森斯。”

“杰克，你回缉毒组了？我需要销量啊。”

“没有，但风化组有案子了。”

“案子好吗？跟名人有关系？”

“不知道好不好，但要是有结果就肯定归你。”

“你听着上气不接下气啊，杰克，正搞女人呢？”

杰克使劲咳嗽，都是肥皂泡。“席德，我在跟一个淫秽书刊案件。画报，交配照片，但模特不像毒虫，穿的衣服不便宜。制作精良，我猜你也许听到过什么风声。”

“没。没有，我屁也没听到过。”

答得太快，一句话太斩钉截铁。“知道一个叫鲍比·英吉的男妓和一个叫克里斯蒂娜·伯杰伦的女人吗？女人是汽车餐厅的女招待，说不定顺便推销黄书。”

“两个人都从没听说过，杰克。”

“妈的。席德，一般性的独立黄书贩子呢？认识吗？”

“杰克，我只清楚这是秘密，我一无所知。说到秘密，杰克，人人都有秘密。你也不例外。杰克，咱们回头聊。你有案子了打电话给我。”

电话咔嗒一声挂断。

人人都有秘密——你也不例外。

席德今天不怎么像席德，最后一句不怎么像警告。

他难道知道了？

杰克经过斯坦免下车餐厅，他在哆嗦，摇下车窗，驱散肥皂味。里里外外哪儿都找不到克里斯蒂娜·伯杰伦。回到查理维尔大道9849号，敲她公寓的房门，没人应声，门锁和门框之间有条缝。他推了一把，门啪地弹开。

客厅地板上衣物撒了一溜儿。相框没了。

进卧室，惊慌，枪在车上。

壁橱和抽屉空空如也。床上用品搬空了。

走进卫生间，牙膏和卫生棉扔在淋浴房里，玻璃架砸碎在水槽里。

他们逃跑了，十五分钟溜之大吉的路数。

杰克火速赶回西好莱坞，很容易就踹开了鲍比·英吉的房门，杰克举着枪冲进去。

清场二号，跑得更彻底。

干干净净的客厅，干干净净的卫生间，干干净净的卧室衣柜抽屉。冰箱里有一罐沙丁鱼。厨房的垃圾桶干干净净，里面衬着个新纸袋。

杰克把公寓翻个底朝天。客厅、卧室、卫生间、厨房，拉倒架子，扯开地毯，拆散马桶。他灵光一闪停下来，想到摆在马路左右两边装得满满的垃圾箱。

要么还在，要么已经没了。

从他和英吉狭路相逢已经过了一小时二十分，龟孙子应该没有直接归巢，多半会避开交通要道，慢慢兜回来，把车停在小巷里，自己冒险摸回家。他猜警察找他不是为了旧令状就是色情杂志，他知道条子在追他，害怕被逮住他藏有淫秽物品。他不会冒险把罪证带上车，路遇搜查的概率太高。下水沟或者垃圾箱，离顶部肯定不远，“垃圾筒”杰克也许能多认出几个人。

杰克冲上人行道，在垃圾箱里翻找，一群顽童嘲笑他。一个，两个，三个，四个，五个。还剩两个就到路口了。最后一个垃圾箱没有盖子，黑色光面硬纸戳了出来。

杰克径直跑过去。

最顶上是三本黄色杂志。杰克一把抓起，跑回车上，开始翻看，那群顽童隔着挡风玻璃看得入神。第三本翻到一半，照片越来越狂乱。

胳膊和腿喷出红色液体。杰克眯起眼睛使劲看，红色是彩色墨水，照片经过处理，伤口是伪造的。

杰克尝试辨认身份，淫秽画面让他分神。没有一张他认得的脸，直到最后一页。克里斯蒂娜·伯杰伦和她儿子穿着旱冰鞋站在伤痕累累的硬木地板上。

第十六章

一张照片，扔进他的信箱，照片上是艾德·埃克斯利警司流着血，惊恐万状的样子。背后没有写字，因为不需要，底片在斯坦斯兰和怀特手上，以保证他永远不会尝试反击。

艾德单独坐在刑警队大间里，晨间6点。下巴上的缝针在发痒，牙齿松动让他没法吃东西。事情已经过去三十多个小时，可他的双手还在颤抖。

报复。

他没有告诉父亲，没有冒着受辱的风险去找帕克和内务处。向巴德·怀特复仇会很麻烦，怀特是达德利·史密斯的手下，史密斯刚给他安排了个重案组的好位置，册封怀特为他的头号打手。斯坦斯兰更容易对付，还在假释期间，为米基·科恩的旧部下亚伯·泰特鲍姆跑腿。这个醉鬼，活该回去蹲监狱。

报复——已经展开。

艾德收买县局的两个人，动用了一丁点母亲的信托基金。两人跟踪迪克·斯坦斯兰，只要稍微违反假释条例就抓他归案。

报复。

艾德做着文书工作。肚子咕咕叫，没有食物，裤子松垮垮地坠在枪套上。扬声器里响起响亮且惊慌的叫声。

“呼叫刑警队！夜枭咖啡馆，切洛基大道1824号！多重谋杀！去见在场的巡警！三号警报！”

艾德起身时撞痛了腿。没有其他警探听到呼叫，案子归他了。

巡逻车停在好莱坞大街和切洛基大道上，蓝制服在设置犯罪现场的封锁线。看不见便衣警察，他大概中了头奖。

艾德停车，关掉警笛。一个巡警跑过来。“死了好多人，似乎有几个是女的。是我发现的，我顺道来喝咖啡，看见门上挂着假告示：‘因病歇业。’老弟，夜枭从不关门。店里黑洞洞，我知道事情有问题。埃克斯利，召唤的不是你，应该归市区管，所以——”

艾德推开他，硬挤到门口。门开着，门上贴着告示：“因病歇业。”艾德走进去，默记场景。

长方形的店堂。右手边是一排桌子，每张桌子配四把椅子。侧面墙上贴着壁画，一眼开一眼闭的猫头鹰蹲在街道标牌上。方格油毡地面。左手边是放着十几把高脚凳的柜台。柜台里是服务通道，厨房在后面，前面对着厨师台，台上有炸锅，钩子上挂着刮铲，放餐盘的平台。左前方是收银机。

收银机打开，里面是空的，旁边的地垫上扔着些硬币。

三张桌子乱七八糟，食物撒得到处都是，餐盘倒空；地上是纸巾盒和打碎的碟子，拖拽的痕迹向后通往厨房，一把翻倒的椅子旁有一只无系带高跟鞋。

艾德走进厨房。地板上扔着炸到一半的食物、锅子和打碎的碗碟。厨师台底下有个嵌壁保险箱，一打开，硬币散落。拖拽痕迹与其他拖拽痕迹纵横交错，深黑色的脚印止于食品储藏室门口。

门开着，插头拔出插座，没有冷气保鲜。艾德打开门。

映入眼帘的是这幅场景：尸体血淋淋地堆在地上。血迹和墙上的大号铅弹。排水槽里积了两英尺深的鲜血。血泊上浮着十几个霰弹枪的弹壳。

过去两周内，多人在格里菲斯公园的丘陵地区，目睹驾驶48到50款水星轿车的黑种青年对空放枪。

艾德作呕，尝试数尸体。

没有能看清的面容。也许有五个人为了收银机、保险箱和随身财物送命。

“妈的。”一个新兵模样的人惊呼，他脸色惨白，几乎发绿。艾德问：“外面有多少人？”

“我……不知道。很多。”

“别给我吐出来，你去把所有人聚在一起，开始挨个盘查。我们需要知道今晚有没有人在附近见过一辆特定类型的轿车。”

“长……长……长官，有个警探局的想见你。”

艾德走出店堂。天亮了，黎明的光线照着乱哄哄的场面。巡警拦下记者，看客蜂拥而至。汽车喇叭轰鸣，摩托车试着开道，人群挡住了运尸车。艾德寻找高级警官，记者喊出的问题砸向他。

他被推下人行道，按在巡逻车上动弹不得。闪光灯啪啪啪，他转过脸，免得被拍到瘀伤。一只强有力的手抓住他。“回家去，老弟。这儿我说了算。”

第十七章

这是有史以来第一次警探局全体动员，市区各分局的所有警探待命。局长的简报室挤得水泄不通。

萨德·格林和达德利·史密斯站在落地麦克风旁，众人面对他俩，心痒难耐地想离开。巴德寻找艾德·埃克斯利，想要趁机欣赏一下伤疤，但找不到，也粉碎了他接到夜枭报案的传闻。

史密斯抓过麦克风。“各位伙计，你们都知道今天来是为了什么。‘夜枭大屠杀’的叫法也许夸张，但毕竟是一个惊天大案，需要快速而彻底地得到解决。报纸和公众会这么要求，我们已经有了靠得住的线索，所以会给他们一个答复。

“储藏室里有六名死者——三男三女。我和夜枭咖啡馆的老板谈过，他说其中三名死者应该是夜班招待帕蒂·切斯玛德和收银员唐娜·德鲁卡，女性，白种人，还有厨师兼洗碗工吉尔伯特·埃斯科巴，男性，墨西哥裔。另外三名受害者，两男一女，几乎可以肯定是顾客。收银机和保险箱空了，受害人的口袋和手包也干干净净，说明动机似乎是劫财。鉴证组正在勘查现场，但目前只在收银机和食品储藏室的门上发现了橡胶手套的印痕。尚未确定死亡时间，但从顾客的稀少数量和我们手头的另一条线索看，发案时间应该是凌晨3点。我们在储藏室共找到四十五枚12毫米口径雷明顿霰弹枪的弹壳，说明凶手有三人，各携带一支装弹量为五发的唧筒式霰弹枪，每人重新装弹两次。其中四十发子弹打得毫无必要，兄弟们，我想我就不必多解释了。我们要对付的是凶残疯狂的禽兽。”

巴德环顾四周。还是找不到埃克斯利，百来号警察拼命记笔记。杰克·文森斯缩在角落里，没拿记事簿。萨德·格林接过话头。

“没有通向室外的血迹。我们本来希望能找到脚印，进行排除对比，可惜没有找到，鉴证组的雷·平克说现场鉴证至少需要四十八小时。验尸官说尸体的情况使得极难辨别顾客身份。但是，我们有一条非常烫手的线索。

“好莱坞分局一共收到四起案情报告，所以你们听仔细了。在过去两周内，数次有人目睹一车黑种青年在格里菲斯公园对空放枪。他们有三个人，用的正是唧筒式霰弹枪。没能逮捕这帮流氓，但目击证人说他们开一辆48到50款的水星轿车，紫色。就在一小时前，史密斯警督的盘查小组找到一名证人，是个报贩，看见一辆48到50旧款的紫色水星轿车昨夜凌晨3点前后停在夜枭咖啡馆对面。”

房间里人声鼎沸，隆隆作响。格林示意安静。“还没完呢，所以仔细听着。近期烫手车辆清单里没有48到50款紫色水星轿车，因此我们要找的应该不是失窃车辆，州车管所给了我们一份全州范围内的48到50款水星轿车注册清单。紫色是48到50款轿车的出厂颜色，而且黑种人特别喜欢这一系列车型。加州范围内共有1600辆注册在黑种人名下，南加州注册在白人名下的寥寥无几。洛杉矶县有156辆注册在黑种人名下，咱们在那儿有差不多一百个人。我们已经编录了一份名单，列出这些人的家庭和工作地址。好莱坞分局刑警队在交叉比较前科记录。你们两两组队，每个小组负责三个名字。我们在好莱坞分局设立了一条专线，需要查询过往地址和已知联系人之类的信息就打过去。要是抓住重要嫌疑人就带到市政厅这儿来。我们已经安排好了一排审讯室，还有一个人负责所有审讯。史密斯警督马上给你们分配任务，帕克局长有话要说。现在请提问。”

一个声音喊道：“长官，谁主持审讯？”

格林答道：“艾德·埃克斯利警司，好莱坞分局刑警队。”

嘘声满场。帕克走向麦克风。“够了。各位，出去抓犯人吧。动用一切必要武力。”

巴德笑了。言下之意：杀光那帮黑人。

第十八章

杰克的名单：

乔治·耶尔伯顿，黑种男性，南海滩路9781号；

伦纳德·蒂莫西·比德维尔，黑种男性，南迪凯纳大道10062号；

戴尔·威廉·普里奇福特，黑种男性，南诺曼底大道8211号。

杰克的临时搭档是卡尔·登顿警司，诈骗组的，得克萨斯州立监狱的前警卫。

登顿开车，向南驶向黑人区，电台在念叨“夜枭大屠杀”。登顿嘟囔，伦纳德·比德维尔曾经是次中量级拳手，登顿看过他和“小孩”加维兰打到第十回合，这个黑鬼相当硬气。杰克琢磨着他回缉毒组的船票，鲍比·英吉和克里斯蒂娜·伯杰伦逃了，刑警队其他弟兄没有淫秽书刊的新线索。一帮疯子为了区区几百块枪杀六个人，搞砸了他私藏的线索。他嘴里还有酒味，还能听见席德·哈金斯说：“我们都有秘密。”

他和登顿先找内线打听，他们向擦鞋摊、台球房、美发院、街边教堂盘问线人，利诱威逼。黑人区天翻地覆，紫色轿车和霰弹枪波普爵士，模糊、扭曲，流氓说着说着就扯起了托卡伊甜酒和护发素。四个小时过去，没有确切的新名字，只能回到名单的三个人上。

南海滩路9781号——沥青纸糊墙的小屋，草坪上停着一辆48款紫色水星，没有车轮，生锈的大轴陷在草丛里。登顿停车。“也许这就是他们的不在场证明。也许他们劫完夜枭就拆了车，让我们以为他们没开车去过任何地方。”

杰克指着车说：“野草都包住刹车片了。昨晚不可能有人开它去过好莱坞。”

“你这么想？”

“我这么想。”

“确定？”

“对，确定。”

登顿重新启动，来到南迪凯纳大道那个地址——又是一个沥青纸糊墙的窝棚。车道上停着一辆黑鬼风格的紫色水星，带挡泥板和挡泥胶皮，引擎盖的铭牌上刻着“紫色异教徒”。门廊上用铆钉固定着吊式沙袋和速度沙袋。杰克说：“你的次重量级拳手。”

登顿笑了，杰克上去按门铃。屋里响起犬吠，犹如怪物般的嘶吼声。登顿站到车道侧面，瞄准房门。

开门的是个瘦长结实的黑人，好不容易才拉住一条獒犬。狗呜呜低吼，男人说：“因为我不付抚养费吗？警察连他妈这个也管？”

“你是伦纳德·蒂莫西·比德维尔？”

“没错。”

“车道上那辆是你的车？”

“没错。假如二位是兼职收债的警察，那可真是找错了人，因为我虽然打输了约翰尼·萨克斯顿，但还是掏腰包付了咱家宝贝的抚养费。”

杰克指着那条狗说："把它弄进去，关上门，你出来，双手放在墙上。"

比德维尔用最慢的速度执行命令，杰克搜他身，把他转过来。登顿走上来："小子，喜欢12毫米口径唧筒式吗？"

比德维尔摇摇头："你说什么呢？"杰克扔出一个慢球："昨夜凌晨3点你在哪儿？"

"就在咱的小窝里呗。"

"你一个人？要是有伴儿，那就算你走运。快说你运气不错，别惹我搭档生气。"

"这个星期由我监护孩子。他们和我在一起。"

"孩子这会儿在家吗？"

"在睡觉呢。"

登顿用枪口戳了戳他的侧肋。"小子，知道昨天夜里发生了什么吗？天大的坏事，我不蒙你。你有霰弹枪吗，小子？"

"哥们儿，我他妈要霰弹枪干什么？"

登顿戳得更用劲了。"小子，别在我面前说脏话。给我说说昨晚是谁借了你的车，否则我们就把你的崽子揪出来。"

"哥们儿，我没把车借给任何人啊！"

"那你把12毫米口径唧筒式霰弹枪借给谁了？小子，你给我说实话。"

"哥们儿，我说过了，我没有霰弹枪！"

杰克走上去："给我说说紫色异教徒。是一帮喜欢紫色轿车的人吗？"

"哥们儿，那只是我们俱乐部的名字而已。我有辆紫色轿车，俱乐部里其他弟兄也有紫色轿车。哥们儿，这到底是闹什么啊？"杰克取出车管所的名单，水星车主都打在上面："伦纳德，你今早没看报纸？"

"没有。哥们儿，到底——"

“嘘——没听收音机，也没看电视？”

“这两样我全没有。你们——”

“嘘——伦纳德，我们在找三个有色男人，他们喜欢放霰弹枪，有一辆你这种水星，48、49或者50款。我知道你不会伤害别人，我看过你和加维兰打拳，我喜欢你的风格。我们要找的是几个坏种。他们有一辆你这种车，说不定就属于你那个俱乐部。”

比德维尔耸耸肩：“我凭什么要帮你？”

“因为要是不帮我，我就随便我搭档收拾你。”

“是啊，然后还要给我安个告密者的名头。”

“不给你安名头，你什么都不需要说。看看这份名单，指给我就行。拿着，读一遍。”

比德维尔摇摇头：“他们是坏种，所以我就告诉你好了。‘甜雷’科特斯，开一辆49款轿车，漂亮极了。他有两个好哥们儿，李洛伊和泰隆。‘甜雷’喜欢带着霰弹枪乱转，听说他打狗取乐。他想挤进我的俱乐部，但被我们拒绝了，因为他就是个彻底的人渣。”

杰克查看名单，有了：“雷蒙德·科特斯，南中央大道9611号114室。”登顿也掏出了他那份名单。“离这儿两分钟。咱们走，也许最早赶到。”

英雄头条。“出发。”

台伯旅馆，一幢L形建筑物，无电梯，底楼是个自助洗衣店。登顿悄悄开进停车场，杰克看见向上的楼梯，只有一层客房，大门洞开。

两人上楼，进旅馆。一条短走廊，房门看起来薄如纸板。杰克掏出枪，登顿抽出两把枪，一把点三八，一把脚腕枪套里的自动手枪。他们数着房间号码，114迎面而来。登顿退后抬腿，杰克退后抬腿，两人同时踹门，门干净利落地脱钩而飞，一个黑人小年轻跳下床。

小年轻举起双手。登顿笑着瞄准。杰克堵住枪口，登顿条件反射地扣动扳机，打穿天花板。杰克跑进房间，小年轻企图逃跑。杰克按住他，枪托朝着脑袋就是几下，他不再反抗，登顿从他背后铐住双手。杰克戴上铜指套，握紧拳头。“李洛伊、泰隆，他们在哪儿？”

小年轻的碎牙直往下掉，带着血沫说出“1—2—1”。登顿揪住他的头发，把他拽起身。杰克说：“留他一条命。”

登顿一口啐在他脸上，走廊里叫声震天。杰克跑出去，绕过“L”形转弯，滑行着在121房间门口急刹车。

门关着，背景噪声震耳欲聋，没法偷听房间里的动静。杰克抬脚就踹，木屑崩裂，门被撞开。屋里有两个有色青年，一个睡在行军床上，一个在床垫上打鼾。

杰克走进去。警笛呜呜，已经很近。床垫上的年轻人翻个身，杰克用警棍揍得他安静，另一个小子还没来得及反应就被他打昏。警笛尖啸，停止。杰克看见衣橱上有个小盒子。

盒子里面装着霰弹枪的子弹，雷蒙德12毫米口径双零号子弹。一盒五十发，少了大部分。

第十九章

艾德略读杰克·文森斯的报告。萨德·格林看着他，电话铃响得都快把听筒震飞了。

清晰且简练，“垃圾筒”知道如何快速撰写报告。

三名黑种男性在押：“甜雷”雷蒙德·科特斯、李洛伊·方坦和泰隆·琼斯。拒捕时负伤，已接受医治。告发者是另一名黑种男性，他描述科特斯随身携带霰弹枪，喜欢射杀犬只。科特斯在车管所的那份名单上，线人说科特斯有两个伙伴，泰隆和李洛伊，同样住在台伯旅馆。三人身穿内衣被捕。文森斯把嫌犯交给接到枪击报警赶来的巡逻车，回去搜查房间寻找证据。他找到一个装五十发雷明顿12毫米口径双零子弹的盒子，子弹少了四十多发，但没找到霰弹枪、橡皮手套、血衣、大量现金、硬币和其他武器。房间里的衣物只有脏T恤和拳击短裤，还有一些熨烫整齐的衣物，干洗店的玻璃纸都没拆掉。文森斯查看旅馆背后的焚烧炉，炉火烧得正旺。经理说他看见“甜雷”科特斯今天早晨7点左右把大量衣物倒进焚烧炉。文森斯说琼斯和方坦严重醉酒或者吸了毒，枪声和科特斯拘捕闹出的响动都没有吵醒他们。文森斯吩咐后来赶到的巡警寻找科特斯的车辆，车不在停车场内，也不在方圆三个街区之内。全境通缉令已经发布，文森斯说三名嫌犯的双手和胳膊散发出浓烈的香水味，石蜡检验无法给出决定性的结果。

艾德把报告放在格林的办公桌上。“他没有宰了他们，真是让我吃惊。”

电话铃使劲响，格林没有搭理。“这么做能造出更多的头条新闻，他在睡艾里斯·洛韦的小姨子。要是三只浣熊真用香水洗爪子以干扰石蜡检验，那我们就得谢谢杰克了，他把这一丁点情报给了《警徽荣光》剧组。艾德，你能办这个案子吗？”

艾德的胃里一抽。“能，长官，我能。”

“局长想让达德利·史密斯和你一起办案，但我说服他放弃了。这家伙尽管优秀，但对有色人种的成见非常深。”

“长官，我知道这有多么重要。”

格林点燃香烟。“艾德，我要供词。我们在夜枭找到的弹壳有十五个在击发点上有刻痕，所以只要找到枪支就能钉死这个案子。我要枪支和车辆的下落，在他们出庭接受传讯前问出口供。他们七十一个小时后要见法官。我希望到时候已经办成一个铁案。滴水不漏。”

具体要求：“三个小子有前科吗？”

格林说：“三人都有偷车兜风和入室行窃。科特斯和方坦有窥淫前科。另外，他们已经不是‘小子’了。科特斯22岁，另外两个20岁。他们非得进毒气室不可。”

“格里菲斯公园那条路呢？有弹壳样本可供比较，有对空放枪者的目击证人。”

“弹壳样本也许是靠得住的辅助证据，但前提是我们能找到和嫌犯不招供。报案的公园管理员正要来尝试辨认嫌犯。艾德，阿尼·雷汀说从没见过你这么优秀的审讯员，但你没办过这么——”

艾德站起身：“交给我吧。”

“孩子，你要是办得好，日后就能坐上我的位置。”

艾德微微一笑，松脱的牙齿痛得厉害。格林说：“你的脸怎么了？”

“追商店小偷摔了一跤。长官，谁和嫌犯说过话？”

“只有给他们包扎的医生。达德利想让巴德·怀特给他们个下马威，但——”

“长官，我不认为——”

“别打断我，我正要说我的看法和你相同。不行，我要的是主动招供，所以怀特没戏。三个人都交给你问第一轮。我们在双向镜的另一边观察，你如果需要搭档唱红脸、黑脸，就摸摸领带。我们会有一群人在外面用扬声器听你审问，会有录音机现场录音。三个人在三个房间里，要是想离间他们，你知道应该按哪些按钮。”

艾德说：“我能问垮他们。”

重案组拘留室外的一条走廊是他的舞台。三个小隔离室，前侧安装了双向镜，房间接通了扬声器，拨动开关，嫌犯就能听见伙伴彼此告发。六英尺见方的隔离室里有焊接固定的小桌，铆钉固定的椅子。一、二、三号分别是：“甜雷”科特斯、李洛伊·方坦、泰隆·琼斯，前科记录贴在外面墙上。艾德默记日期、地点和已知联系人，深呼吸，克制怯场，推开一号房门。

“甜雷”科特斯被铐在椅子上，身穿县监狱松垮垮的粗布囚服。高个子，浅肤色，接近混血儿的黄褐色。一只眼肿得睁不开，嘴唇肿胀劈裂。鼻子被打烂，两边鼻孔都缝了针。艾德说：“看起来咱们都挨了一顿好揍。”

科特斯眯眼打量他，单眼，惶恐不安。艾德打开他的手铐，把香烟和火柴扔在桌上。科特斯转动手腕。艾德笑着说：“大家叫你‘甜雷'，是因为雷·罗宾逊吗？"

没有回答。

艾德坐进另一把椅子。"据说雷·罗宾逊打一套四连击组合拳连一秒钟都不用。这我就不信了。"

科特斯抬起胳膊，胳膊扑通一下落回去，死沉死沉。艾德打开烟盒。"我知道，截断血液循环。你22岁，雷，对不对？"

科特斯："说啥呢，怎么着？"嗓音嘶哑。艾德细看他的喉咙，上面满是瘀青和指印。"脖子是被警察掐成这样的？"

没有回答。艾德说："文森斯警司？打扮得特时髦的那位？"

沉默。

"不是他？那就是登顿了？胖子，得州口音，说话像电视上的'黑桃'库利？"

科特斯没受伤的眼睛一抽。艾德说："是啊，我挺同情你，登顿那家伙确实是个下三滥。看见我的脸了？登顿和我比画了几圈。"

不咬钩。

"天杀的登顿。'甜雷'啊，你和我就像打完最后一场的罗宾逊和拉莫塔。"

还是不咬钩。

"你22岁，对吧？"

"哥们儿，你倒是为啥要问这个？"

艾德耸耸肩："只是想弄清楚事实。李洛伊和泰隆只有20岁，所以不会判死刑坐电椅。雷，你应该早几年犯这么大的罪。终身监禁，在未成年监狱受点罪，成人后转进福尔松。给自己找个娘娘腔，尝尝最好的监狱私酿。"

"娘娘腔"击中要害，科特斯双手抽搐。他捡起一根香烟，点燃，咳嗽。"我才不和娘娘腔来往呢。"

艾德微笑："孩子，这我知道。"

“我不是你的孩子，该死的。你才是娘娘腔。”

艾德笑道：“你倒是懂事，这点我承认。你蹲过少管所，知道我是唱红脸的，来哄你开口。该死的泰隆，险些蒙住我。登顿肯定打得我脑子不好用了。我怎么会听他放的那种屁？”

“他说什么了，哥们儿？什么屁话？”

“没什么，雷，咱们换个话题吧。那几把霰弹枪怎么处理了？”

科特斯揉搓面颊，双手颤抖：“什么霰弹枪？”

艾德凑近他：“你和你的朋友在格里菲斯公园玩的那几把唧筒式。”

“我不知道什么霰弹枪。”

“不知道？李洛伊和泰隆的房间里有一盒子弹。”

“那是他们的事。”

艾德摇摇头：“那个泰隆啊，真是王八蛋。你和他一起去过科西塔斯少年营，对吧？”

耸肩。“怎么着？说啥呢？”

“没什么，雷，就是想着想着说出声了。”

“哥们儿，你为什么总说泰隆？泰隆的事是泰隆的事。”

艾德摸到桌子底下3号房间的扬声器开关。“‘甜雷’啊，泰隆说你在科西塔斯当了娘娘腔，说你熬不住，就找了个白种大小伙子照顾自己。说他们叫你‘甜雷’就是因为你玩得乐在其中。”

科特斯猛拍桌子。艾德拨动开关。“怎么说，‘甜雷’？”

“哥们儿，老子是我那个宿舍的老大！泰隆才是娘娘腔！”

关掉开关。“雷，咱们换个话题吧。你说你和你的朋友为什么被捕？”

科特斯摸着烟盒：“什么小罪呗，大概是在市界内放枪，这种小罪呗。泰隆怎么说？”

“雷，泰隆说得就太多了，但咱们先问最基本的事实吧。昨夜凌晨3点你在哪儿？”

科特斯用烟屁股又点了根烟："窝里呗，睡觉呢。"

"嗑了什么？泰隆和李洛伊肯定嗑了，他们被捕的时候还不省人事呢。什么犯罪伙伴哪。泰隆说你是小仙女，你被神经病痛揍，他和李洛伊却呼呼大睡。还以为你们哥们儿都很团结。你嗑了什么，雷？受不住自己做的那些事情，所以弄了些毒品，然后——"

"受不住什么！你什么意思！泰隆和李洛伊吃傻瓜丸，我才不碰！"

艾德拨动二号和三号房间的开关。"雷，你在科西塔斯保护泰隆和李洛伊，对不对？"

科特斯咳出一大口烟："这你倒是没说错。泰隆卖淫，李洛伊吓得险些跳楼，喝牢酒喝瞎自己。乡巴佬，脑子还不如一条狗好使。"

关上开关。"雷，听说你喜欢开枪打狗。"

耸肩。"狗没有理由活下去。"

"是吗？你觉得人也是这样？"

"哥们儿，你说什么？"

拨动开关。"嗯，你肯定这么看李洛伊和泰隆。"

"妈的，李洛伊和泰隆蠢得都活不下去。"

关上开关。"雷，你们在格里菲斯公园玩的霰弹枪在哪儿？"

"在——我……我没有霰弹枪。"

"你那辆49款水星轿车呢？"

"我让……留在个安全的地方了。"

"少唬我，雷。那么鲜艳的好东西，在哪儿？我要是有那么漂亮的一辆车，非得锁起来不可。"

"我说过留在安全的地方了！"

艾德摊开双掌，猛拍桌面："卖掉了？扔掉了？这是联邦重罪的交通工具。雷，你别以为——"

"我没犯什么重罪！"

“少胡扯了！车在哪儿？”

“我不说！”

“霰弹枪在哪儿？”

“我不……我不知道！”

“车在哪儿？”

“我不说！”

艾德敲鼓似的敲桌子。“为什么，雷？行李箱里放着霰弹枪和橡胶手套？座位上都是钱包、手袋和血迹？听我说：傻瓜，我想拉你一把，想让你和伙伴一样不用进毒气室。他们不到年龄，而你不是主犯，这么大的案子，总得有人倒霉。”

“我不知道你在说什么！”

艾德叹息道：“雷，咱们换个话题吧。”

科特斯又点燃一根香烟。“我不喜欢你这些话题。”

“雷，你为什么大清早7点钟烧衣服？”

科特斯一激灵。“你说什么？”

“就说这个。你、李洛伊和泰隆今天上午被捕，但身边都没有昨晚穿的衣服。有人看见你早晨7点烧了一大包衣服。这个，再加上你藏匿了昨晚你、泰隆和李洛伊兜风的车辆。雷，情况不妙哪，但如果你交代点儿好料，我交给地检署，脸上有光，我会说：‘甜雷和他的娘娘腔搭档不一样，不是坏种。’雷，说点什么吧。”

“比方说呢？你逼我说的那些事情我都没做过啊。”

艾德拨动2号和3号房间的开关。“嗯，你说了李洛伊和泰隆的坏话，暗示他们是毒虫。试试这个：他们的毒品是从哪儿来的？”

科特斯盯着地板。艾德说：“地检署最讨厌毒贩。你见过杰克·文森斯，就是咱们的大文。”

“该死的疯子。”

艾德哈哈笑道：“对，杰克确实有点儿疯。要我说，人应该有权用毒品毁掉自己，咱们毕竟是个自由的国家嘛。可是，杰克和新地检官是好哥们儿，而且两人见了毒贩就眼睛发绿。雷啊，你就告发一个吧，我好向地检官交差，随便一个小人物就行。”

科特斯勾勾手指，艾德没碰开关，凑近他。“甜雷”悄声说：“罗兰德·纳瓦雷特，住邦克山。有个供潜逃假释犯躲藏的小地方，贩卖‘红魔鬼’，这不是地检署告诉我的，而是因为泰隆把不住他那张肥嘴。”

打开开关。“好的，雷。你说了罗兰德·纳瓦雷特卖‘红魔鬼’给李洛伊和泰隆，咱们算是有进展了。你吓得屁滚尿流，你知道这是毒气室级的案子，甚至都不问警察为啥抓你。雷啊，你的脖子上挂了个大大的‘有罪’的牌子。”

科特斯按得指节噼啪响，没受伤的眼睛四处乱瞅，眼神闪烁。艾德关掉广播线路。“雷，咱们换个话题。”

“聊聊棒球怎么样，浑蛋？”

“不，咱们聊聊小姐。你是昨晚睡了女人，还是洒香水想扰乱石蜡检验的结果？”

科特斯神经紧张地颤抖。

艾德说：“凌晨3点你在哪儿？”

没有回答，继续颤抖。

“问到点子上了，‘甜雷’？香水？女人？就算是你这种渣滓，也有放在心上的女人吧？你有母亲吗？姐妹呢？”

“哥们儿，你别往我母亲身上扯！”

“雷，我要是不了解你，估计会说你在保护哪个良家闺女的名声。她是你的不在场证明，你昨晚在什么地方搞她。可是啊，泰隆和李洛伊的手上也洒了同一种香水，我敢打赌你们没有玩群交，我打赌你们在劳改营学到了石蜡检验的知识，我敢打赌你还稍许有点良心，杀了三个无辜的女人还会内心不安。”

“我没杀人！”

艾德抽出早上的《先驱报》。“帕蒂·切斯玛德、唐娜·德鲁卡和一个身份不明的。我出去透透气，你好好读一读。等我回来，我给你坦白的机会，可以做个交易，兴许能救你一命。”

科特斯全身筛糠似的发抖，到处都在抽搐，汗水浸透囚服。艾德把报纸扔在他脸上，走出房间。

萨德·格林在走廊里，达德利·史密斯和巴德·怀特在监听台。格林说：“公园管理员确认了，在格里菲斯公园放枪的就是他们。你的表现好极了。”

艾德闻到自己的汗味。“长官，提到那几个女人，科特斯反应强烈。我能感觉到。”

“我也能，你接着问。”

“枪和车找到了吗？”

“没有，七十七街刑警队在盘问他们的亲属和关系人。肯定能定罪。”

“我打算先问琼斯。能帮个忙吗？”

“尽管说。”

“给方坦设个套。解开他的手铐，让他读晨报。”

格林指着三号审讯室的双向镜。“这个快崩溃了，小杂种哭鼻子呢。”

泰隆·琼斯哭哭啼啼，椅子旁的地上积了一摊尿。艾德别开视线。“长官，请史密斯通过扬声器读报，慢慢读，特别是有人在夜枭附近看见那辆车的段落。拾掇好了等我下刀。”

格林说：“交给我了。”艾德打量泰隆·琼斯，深色皮肤，一身肥膘，满脸痘痕。他号啕大哭，被铐在椅子上，直不起腰。

走廊那头呼哨一声。达德利·史密斯对着麦克风说话，嘴唇无声翕动。艾德盯住琼斯。

小伙子扭动、耸身、屈服，像是警校播放的影片，电椅失灵，犯人扑腾十几下才死。走廊那头一声响亮的呼哨，琼斯瘫软，双腿分开，下巴垂落。

艾德走进去。“泰隆，雷·科特斯已经告发了你。他说夜枭是你的主意，说在格里菲斯公园兜风的时候你想出这个点子。泰隆，你给我说实话。我认为是雷的主意，你是被他强迫的。告诉我枪支和轿车的下落，我认为我们能救你一命。”

没有回答。

“泰隆，这案子是要进毒气室的。你要是不跟我交代，六个月后就没命了。”

琼斯没有回答，只是低着头。

“孩子，你只需要告诉我枪支的下落，告诉我‘甜雷’把车扔在哪儿了。”

没有回答。

“孩子，说吧，一分钟就说完了。你告诉我，我把你转进保护性监禁牢房。‘甜雷’一根手指都碰不到你，李洛伊一根手指都碰不到你。地检署会让你当州证人。你不用进毒气室。”

死不吭声。

“孩子，死了六个人，总得有人倒霉。可以是你，也可以是雷。”

没有回答。

“泰隆，他说你是娘娘腔。他说你享受——”

“我没杀人！”

泰隆强有力的嗓音吓得艾德险些向后跳。“孩子，我们有目击证人，我们有证据。科特斯这会儿正在招供。他说整件事都是你策划的。孩子，拉自己一把。枪、车，告诉我都在哪儿。”

“我没杀人！”

“嘘——泰隆，知道雷·科特斯怎么编派你吗？”

琼斯抬起头："我知道他在撒谎。"

"我也认为他在撒谎。我不认为你是娘娘腔。我认为他才是娘娘腔，因为他恨女人。我认为杀那些女人让他很开心。我认为你很难受。"

"我们没有杀什么女人！"

"泰隆，昨夜凌晨3点你在哪儿？"

没有回答。

"泰隆，'甜雷'把车藏在哪儿了？"

没有回答。

"泰隆，你们几个为什么把在格里菲斯公园玩的霰弹枪藏了起来？这件事上我们有证人指认你们。"

没有回答。琼斯垂下脑袋，双眼紧闭，泪水汩汩而下。

"孩子，雷为什么要烧掉你们昨夜穿的衣服？"

琼斯开始哀号，犹如动物般的惨叫。

"上面有血迹，对不对？你们杀了六个人，溅得浑身是血。雷负责清理，给大家擦屁股，藏枪的就是他，他是领头的，他发号施令，因为你在科西塔斯向别人献身。他妈的，你给我快说！"

"我们没杀人！我不是娘娘腔！"

艾尔绕过桌子，走得快，说得慢。"我猜事情是这样的。我猜'甜雷'是老大，李洛伊是跟屁虫，你是'甜雷'喜欢戏弄的胖小子。你们一起蹲过劳改营，你和'甜雷'因为窥淫被抓过。'甜雷'喜欢看姑娘，你喜欢看小子。你们有12毫米口径霰弹枪，你们有时髦的49款水星轿车，你们有从罗兰德·纳瓦雷特手上买的'红魔鬼'。你们去了好莱坞，白种人的天堂。'甜雷'取笑你是水果佬，你说那是因为身边没姑娘。'甜雷'说你证明一下，你证明给我看，然后你们开始偷窥。你们憋得发疯，嗑药嗑得飘上了天，时间是深夜，没什么可看的，正经白人都拉上了窗帘。你们开车路过夜枭，里面有几个好看的白种人，简直不堪忍受。可怜的胖子娘娘腔泰隆，他接过指挥棒，领着弟兄们闯进夜枭。店里有六个人，三个是女的。你们把他们拖进储藏室，砸开收银机，逼着厨子打开保险箱。你们抢了那些人的钱夹和手袋，把香水洒在手上。‘甜雷’说：‘去摸那些姑娘啊，娘娘腔。证明一下你不是。’你做不到，于是举枪就射，他们也跟着开枪，你太开心了，因为你总算不是一个可怜的胖子娘娘腔了。”

“不是！不不不不不不是！”

“就是！枪在哪儿？你给我坦白，交出证据，否则就进毒气室！”

“不！没杀人！”

艾德拍桌子：“车扔在哪儿了？”

琼斯甩头，挥洒汗水。

“为什么烧衣服？”

没有回答。

“香水是从哪儿来的？”

没有回答。

“‘甜雷’和李洛伊先强奸了那些女人吗？”

“没有！”

“哦？你是说你们三个都强奸了？”

“我们没杀人！我们都不在那儿！”

“那在哪儿？”

没有回答。

“泰隆，昨夜你们在哪儿？”

琼斯啜泣，艾德抓住他的肩膀。“孩子，要是不交代，你知道会发生什么。老天在上，你就承认了吧。”

“没杀人！我们没杀人。我们根本不在场。”

“孩子，你们杀了。”

“没有！”

“孩子，你们杀了，快说吧。”

“我们没杀！”

“别嚷嚷。告诉我吧，说清楚点，慢慢说。”

琼斯开始叽里咕噜。艾德在椅子旁跪下，听他说。

他听见：“求你了上帝，我只想破个处。”他听见：“没打算伤害谁，否则我们都得死。”他听见：“不要因为我们没做的事情惩罚我们……也许她没事，她不死我就不用死，因为我不是娘娘腔。”他感觉自己坐在电椅上，浑身通电。顶上的标志显示着：不是他们干的。

琼斯神志错乱，嘴里念着：“耶稣，耶稣，耶稣，神圣的天父。”

艾德走进二号审讯室。里面满是汗味与香烟混杂的恶臭。李洛伊·方坦，这个深肤色的大块头，头发拉直，跷起两脚搁在桌上。艾德说：“放聪明点，别学你那两个朋友。就算确实杀了她，也比杀六个人强得多。”

方坦捏捏裹着绷带的鼻子，遮住了半张脸。“报纸这破文章比屎还臭。”

艾德关上门，心里发怵。“李洛伊，验尸官正在估计死亡时间，你最好希望你那会儿和她在一起。”

没有回答。

“她是妓女？”

没有回答。

“你们杀了她？”

没有回答。

“你们想帮泰隆破处，可事情失控了。对不对？”

没有回答。

“李洛伊，她要是死了，而且是有色人种，你们可以认罪求轻判。她如果是白人，你们也许还有活命的机会。记住，我们可以把夜枭硬栽给你们，而且栽得天衣无缝。除非你们能说服我，你们当时在别处做什么坏事，否则我们就可以按报上说的钉死你们。”

没有回答。方坦用纸板火柴抠指甲。

弥天大谎。“假如你们绑架了她，而她还活着，那就和小林白[①]性质不同。不会有死刑指控。”

没有回答。

“李洛伊，枪和车在哪儿？”

没有回答。

“李洛伊，她还活着吗？”

方坦笑了，艾德觉得背脊发凉。“她如果还活着，那就是你们有不在场证明。我不跟你开玩笑，绑架、强奸、伤人，这些会让事情变得很难看。但是，如果你们能洗清夜枭案的嫌疑，就能帮我们节省时间，地检署会为此喜欢你们。松口吧，李洛伊，帮自己一个忙。”

没有回答。

“李洛伊，你看，情况往左往右都说得通。我认为你们持枪绑架了一个姑娘，害得她在车上流血，因此把车藏了起来。血也溅到了你们的衣服上，所以你们烧掉了衣服。你们把她的香水洒得浑身都是。假如夜枭不是你们做的，那我实在想不通为什么要把枪藏起来，也许认为她能认出那些枪？孩子，姑娘如果还活着，那可就是你们唯一的希望了。”

方坦说：“我认为她还活着。”

艾德坐下：“你认为？”

“对，我认为。”

“她是谁？在哪儿？”

没有回答。

“她是有色人种吗？”

“墨西哥人。”

---

① 美国飞行英雄查尔斯·林白之子，仅20个月大即被绑架撕票，罪犯被判死刑。

“叫什么？”

“不知道。像个大学生。”

“你们在哪儿抓到她的？”

“不知道。东区哪儿吧。”

“你们在哪儿伤害她的？”

“不知道……敦刻尔克大道哪儿的一幢老楼吧。”

“车和枪在哪儿？”

“不知道。‘甜雷’，他负责处理。”

“你们如果没杀她，科特斯为什么要把枪藏起来？”

没有回答。

“为什么，李洛伊？”

没有回答。

“为什么，孩子？告诉我。”

没有回答。

艾德拍桌子：“快告诉我！”

方坦跟着拍桌子，更用力：“‘甜雷’，他用枪戳她！他害怕沾上证据！”

艾德闭上眼睛：“她这会儿在哪儿？”

没有回答。

“你们把她留在那幢楼里了？”

没有回答。

眼睛睁开：“把她留在别的地方了？”

没有回答。

艾德思路跳跃，想到三个人身上都没现金，姑且说钱就是证据吧，应该是“甜雷”烧衣服的时候藏起来了。“李洛伊，你们卖了她吗？带了几个伙伴去敦刻尔克大道那地方？”

“我们……开车带她转了转。”

“去了哪儿？你们朋友的住处？”

“没错。”

“在好莱坞？”

“那些人不是我们打死的！”

“证明给我看，李洛伊。凌晨3点你们在哪儿？”

“哥们儿，我不能告诉你！”

艾德使劲拍桌子。“那就因为夜枭上电椅吧！”

“不是我们！”

“把那姑娘卖给谁了？”

没有回答。

“她这会儿在哪儿？”

没有回答。

“害怕报复对吧？把姑娘留在什么地方了对吧？李洛伊，你们把姑娘留在哪儿了？留给谁了？要是不想进毒气室，她就是你们唯一的希望！”

“哥们儿，我不能说，‘甜雷’，他会杀了我！”

“李洛伊，她在哪儿？”

没有回答。

“李洛伊，你转为州证人，会比‘甜雷’和泰隆早好几年出狱。”

毫无反应。

“李洛伊，我会给你弄个单人牢房，谁也不能伤害你。”

毫无反应。

“孩子，你必须跟我说。我现在是你唯一的朋友。”

毫无反应。

“李洛伊，你们把姑娘留给谁了？你这么怕他。”

没有回答。

“孩子，他总不至于比毒气室更可怕吧。快告诉我，姑娘在哪儿？”

门砰然打开。巴德·怀特闯进来，揪住方坦摔在墙上。

艾德愣住了。

怀特抽出点三八，扳开弹仓，子弹掉在地上。方坦从头到脚都在抖，艾德还是动弹不得。怀特合上弹仓，把枪管插进方坦的嘴里。“六分之一。姑娘在哪儿？”

方坦咬住枪管，怀特扣动扳机两次：咔嗒，咔嗒，是空弹仓。方坦顺着墙往下滑，怀特抽回枪，抓着方坦的头发。“姑娘在哪儿？”

艾德仍旧愣在那里。怀特扣动扳机，又是咔嗒一声轻响。方坦眼珠都快掉出来了。“西……西……西尔维斯特·菲……菲奇，一零九街阿瓦隆大道路口，拐角的灰色房子，求你别伤害我，别……”

怀特跑出房间。

方坦晕了过去。

走廊里闹哄哄的，艾德想起身，腿却不听使唤。

第二十章

四辆车的队伍，两辆黑白警车，两辆无标记。半英里外关掉警笛，悄悄驶向拐角的灰色屋子。

达德利·史密斯驾驶领头的巡逻车，巴德抱着霰弹枪，给警枪装子弹。四车围堵，黑白警车开进小巷。迈克·布鲁宁和迪克·卡莱尔在路边停车，长枪瞄准灰色屋子的大门。巴德说："头儿，他是我的。"

达德利使个眼色："准了，老弟。"

巴德从后面摸进去，穿后巷，翻围栏。后门廊有扇纱门，屋内有插销和猫眼。他用小折刀拨开插销，踮着脚走进去。

四周黑暗，只能看到洗衣机模糊的形状。拉着遮光帘的门，从缝隙里透出几缕光线。

巴德试了试那扇门，没有锁，他轻轻推开。走廊里侧面的两个房间射出光线。有地毯，方便悄然行走。有音乐，进一步提供掩护。他蹑手蹑脚走到第一个房间门口，旋身进去。

一个赤身裸体的女人，大字形绑在床垫上，被领带捆得结结实实，嘴里也塞着一条领带。巴德顾不上掩盖响动，径直冲进隔壁房间。

桌边坐着一个肥胖的黑白混血儿，正在大嚼卜卜米。他放下调羹，举起双手："别开枪，长官，我不找麻烦。"

巴德给他面门一枪，掏出备用枪从对方的角度砰砰开枪。那家伙倒地而亡，致命的伤口淌出鲜血。巴德把备用枪塞在他手里，有人撞开前门。他把卜卜米撒在尸体上，大喊叫救护车。

第二十一章

杰克望着凯伦沉睡，把两人的争吵抛在脑后。

引起争吵的是报纸照片，照片内容是大文和卡尔·登顿逮捕三名有色流氓——洛杉矶“世纪大案”的嫌犯。登顿揪着方坦的脑袋，大文抓着另外两人的脖子。凯伦说他们让她联想起“斯科茨伯勒九青年”①。杰克说他救了他们三条狗命，但现在知道他们轮奸了一个墨西哥裔女孩，他真希望当时允许登顿直接宰了他们。争论就此开始。

凯伦蜷成一团，远离他睡觉，裹得紧紧的，像是认为他会打她。杰克边看她边穿衣服，过去的两天回到眼前。

他撤出夜枭案，回到风化组。艾德·埃克斯利的审讯暂时排除了三人的嫌疑，待盘问完遭他们施暴的女人再说。巴德·怀特玩了一把俄罗斯轮盘赌，三个人死不开口。目前无从得知他们是否有时间撇下那女人，开车去夜枭杀人，再返回黑人区轮奸。有可能是科特斯或方坦留下琼斯看着那姑娘，两人伙同其他帮凶抢劫屠杀。寻找霰弹枪没碰上好运，科特斯的紫色水星仍告失踪。他们住的旅馆没有发现餐馆的被劫物

① 1931年，九名年龄在13—21岁的黑种男青年因斗殴被捕，随后被控强奸了两名白人女孩，事发地点即斯科茨伯勒，八人被草率定罪，判处死刑，只有年仅13岁的罗伊·赖特幸免。

品，焚烧炉里的残渣无法进行纤维血迹检验。黑鬼手上有香水，干扰了石蜡测试的结果。警探局受到巨大压力，务必尽快解决这个该死的案子。

验尸官努力鉴别顾客受害者的身份，用齿模和体貌特征与失踪人口公告和报案进行交叉对比。厨师、洗碗工、女招待、收银女孩的身份对比成功，另三位客人尚无结果，尸检证明女性没有遭遇性侵。扣扳机的也许确实不是科特斯、琼斯和方坦。达德利·史密斯负责调查，他的部下逼问武装劫匪、疯人院假释犯和洛城每一个有枪支前科的地痞。见到紫色水星停在夜枭对面的报摊主再次受到盘问，这次他说也有可能是福特或雪佛兰。警方在核查福特和雪佛兰的注册信息，指认黑鬼的公园管理员这会儿说他也拿不准了。艾德·埃克斯利对格林和帕克说紫色轿车兴许是被存心停在夜枭附近的，就是为了嫁祸给黑人。达德利对此嗤之以鼻，他说更可能这是巧合。板上钉钉的案件忽然变成一大堆待定。

报纸疯狂报道此事，席德·哈金斯已经打过电话，色情杂志毫无线索，也没什么“我们都有秘密”。五十块拍他逮捕嫌犯的英勇画面，席德飞快挂断。

夜枭浪费了他应该追查淫秽书刊的一整天。他查看集合厅的告示牌，没有线索，没有别人在跟黄书的案子。他捏造报告提交上去，只字不提克里斯蒂娜·伯杰伦和鲍比·英吉，只字不提他发现的其他杂志，只字不提他的淫梦。

杰克亲吻凯伦的脖子，希望她能带着笑容醒来。

没这个运气。

第一步：排查。

查理维尔公路，杰克对周围房客进行问话，但运气不好。克里斯蒂娜·伯杰伦那幢楼的其他房客都没听见她和儿子搬走，都对她伺候的那些男人一无所知。邻近几幢公寓楼，也彻底是一个大零蛋。杰克打电话到贝弗利山高中，得知达瑞尔·伯杰伦长期逃学，这次有一周没进课堂了。副校长说这孩子很沉默，不惹是非。可他根本不在学校，怎么惹是非？杰克没说达瑞尔太累了，想惹也没法惹，孩子还小。

下一个电话：斯坦免下车餐厅。经理说克里斯·伯杰伦前天接了个电话，两秒钟后消失，从此不见踪影。他不知道电话是谁打来的，还说她要是露面，他马上打电话给文森斯警司。克里斯[1]没有越轨亲近顾客，上班时也没有访客。

接着出门去西好莱坞。

鲍比·英吉的地方，杰克对其他房客和邻居进行谈话。鲍比按时缴房租，独来独往，没人看见他搬家。隔壁的脂粉男人说他“非常花心，没有特别的交往对象”。“淫秽书刊”“克里斯·伯杰伦”“小浑蛋达瑞尔”的线索断了，水果佬傻乎乎地看他。

西好莱坞这条线索进死胡同了。逃出BJ喧闹房间之后，鲍比不可能再在同性恋酒吧出没。杰克随便吃个汉堡，查看英吉的前科记录，上面没有列出已知联系人。他翻看私藏的黄书，却难以集中精神，照片的矛盾之处让他不停分神。

模特那么漂亮，布景却很粗糙。美丽的服装，吸引你对令人作呕的表演看了又看。艺术气息浓厚的色情场面，墨水配制的假血，躯体在被褥上翻腾。这让你眯眼端详，在过度裸露中寻找女体，放肆的展示让你想看点平常的。制作这鬼东西当然是为了挣钱，但过程中肯定有艺术家参与。

杰克驱车来到一家杂货店，买了剪刀、透明胶带和绘图本，回到车里开始动工。他剪下杂志模特的脸孔，贴在本子上，男女分开，同一个人贴在一起，方便辨认身份。接着去市区警探局比较了黄书头像对白人大头照册子。四小时眯眼查看让他眼睛酸痛，却无收获。又去好莱坞分

① “克里斯”是“克里斯蒂娜”的昵称。

局，比对他们自己风化组的大头照册子，还是零蛋。西好莱坞县分局，零蛋三号。除了鲍比·英吉，他的黄书美人模特都是雏儿，没有案底。

下午4点半，杰克觉得他的选择正在迅速减少。又一个点子涌上心头：通过车管所查询鲍比·英吉，再次详查克里斯·伯杰伦，彻底刨一次纸堆。

他再次向档案科查询英吉，看记录有没有更新。

他找到投币电话，开始一个个打电话。鲍比·英吉在车管所很干净，没有传票，没有出庭记录。伯杰伦的完整档案，里面有交通违章日期，履约保证人的姓名。英吉的档案只更新了一件：一年前的一份保释报告。一个名字对上了，从伯杰伦到英吉。

英吉受到卖淫指控，保释出狱，出面签字者是莎朗·科斯坦扎，北哈文赫斯特公路1649号。同一个女人缴纳了伯杰伦危险假释的保证金。

杰克打给档案科，查询莎朗·科斯坦扎的情况和家庭住址，她在加州没有犯罪记录。他请办事员查询四十八州总册，等了足足十分钟。“抱歉，警司，这个名字什么都查不到。”

再打给车管所，吃了一惊，莎朗·科斯坦扎名下无论现在还是过去都没有加州驾照。杰克驱车赶往北哈文赫斯特公路，发现根本没有1649这个门牌号。

杰克大脑飞转，鲍比·英吉卖淫，科斯坦扎保释他，男妓用假名字，男妓拍色情照片。北哈文赫斯特公路多年来一直是应召女郎的话务中心。

他开始敲门。

十几次快速访谈，让房客指出附近的淫窝。哈文赫斯特公路上有两个，分别是1611号和1564号。

下午6点10分。

1611号开门营业，听见莎朗·科斯坦扎、鲍比·英吉和伯杰伦母子的名字，老板毫无反应。从色情杂志上剪下来的面孔也毫无收获，在淫窝卖身的姑娘同样一脸茫然。1564号的女老板很合作，但那些名字和面孔对她和她的妓女来说仿佛天书。

杰克再吃个汉堡包，回到西好莱坞分局。翻阅化名档案，又是一个彻头彻尾的死胡同。

7点20分时，没有名字可供调查了。杰克开车去北哈梅尔公路，找个视野开阔的地方停车，这个地方能看见鲍比·英吉的房门。

他死盯着前院。没有行人，车流稀少，日落大街要再过几个钟头才会活过来。他抽着烟耐心等待，满脑袋色情照片。

8点46分，一辆敞篷轿车驶过，贴着人行道慢慢爬行。二十分钟过后又来一趟。杰克想看清车牌号码，可做不到，灯光太暗了。他有个直觉，对方在找窗户里的灯光。假如在看的是鲍比的窗户，那就是他要逮的人。

他走上前院，左右查看有没有人看见他，运气不错，没有被发现。手铐棘爪撬开门，钢齿切开廉价木料。他在墙上摸灯，碰上开关。

还是那个搬空的客厅，贼窝仍旧凌乱不堪。杰克在门口坐下，等待着。

无聊的时间越拖越长，十五分钟，三十分钟，一个钟头。有人敲前窗。

杰克俯下身，门遮住他的身影。他挤出轻快的声调说："门开着呢。"

一个英俊年轻人大摇大摆走进门。杰克说："妈的。"蒂米·沃尔伯恩，又名莫奇鼠，是比利·迪特林的"朋友"。

"蒂米，你来这儿干什么？"

沃尔伯恩懒洋洋地站住，一边屁股高一边屁股低，毫不害怕。"鲍比是我朋友。他不吸毒，所以这趟你是白跑了。再说这地方不在你的管辖区域之内吧？"

杰克关上门。"克里斯蒂娜·伯杰伦、达瑞尔·伯杰伦、莎朗·科斯坦扎。他们是你的朋友吗？"

“听都没听过这些名字。杰克，怎么回事？”

“我正要问你呢，你花了几个钟头鼓足勇气上来敲门。先从鲍比去哪儿了说起吧。”

“我不知道。要是知道，我来这儿干——”

“你和鲍比有一腿？和他好上了？”

“朋友而已。”

“比利知道你和鲍比的事情吗？”

“杰克，嘴巴别这么坏。鲍比是我的朋友。我估计比利不知道我和他是朋友，但我们确实只是朋友而已。”

杰克掏出记事簿。“相信你和他有很多共同的朋友吧？”

“没有。收起那东西，因为鲍比的朋友我一个也不认识。”

“好吧，你是在哪儿认识他的？”

“一家酒吧。”

“说说名字。”

“里奥避难所。”

“比利知道你背着他勾三搭四吗？”

“杰克，说话别那么难听。我可不是你能随便扇耳光的罪犯，我是正派公民，可以报警说你擅闯民宅。”

杰克换了个话题。“淫秽书刊。照片画册。你找他就是为了这个吧，蒂米？”

蒂米一只小眼闪呀闪，不是调情。杰克又问：“你就靠这个助兴？你喜欢带着这种东西上床？”

蒂米毫不退缩。“嘴巴别这么坏，杰克。这不是你的风格，咱们好好说话。记住我是比利的什么人，记住比利是那个节目的什么人，记住你那么喜欢的名声是从哪儿来的。记住比利都认识什么人。”

杰克的动作格外慢，把黄书和脸孔剪贴簿放在一把椅子上，拽过落地灯照亮。“看看这些照片，要是认出什么人就告诉我。我只有这一个要求。”

沃尔伯恩翻个白眼，低头查看。先看剪贴簿，露出疑惑、好奇的表情。再看化装色情画册，面无表情，像一个久经沙场的色鬼。杰克凑近，盯着他的眼睛。

最后是黄色画册，蒂米看见墨水血，转不开眼睛。杰克看见他脖子上的青筋久久暴起。

沃尔伯恩耸耸肩：“没一个认识的，抱歉。”

这是一个有经验的演员，很难看穿他的表演。“一张脸都不认得？”

“不，不认识。”

“但鲍比你总认得吧？”

“当然，因为我和他很熟。”

“其他人呢？”

“杰克，说真的。”

“一个眼熟的都没有？没有在你这种人喜欢去的酒吧里见过的？”

“我这种人？杰克，你在影视圈混得还不够久吗？有话就不能好好说吗？”

杰克不接这个话茬：“蒂米，你把想法隐藏得很好。也许你的莫奇鼠演得有点太久了。”

“你在找什么样的想法呢？我是演员，给个提示吧。”

“不是想法，是反应。你看见我当警察十五年来见过的最古怪的东西，眼睛都没多眨一下。十几个人浑身喷洒红墨水。这难道是你的家常小菜？”

蒂米优雅耸肩：“杰克呀，我太好莱坞了。我打扮成一只大耗子去娱乐儿童，这个城市没什么能让我吃惊的。”

“我恐怕不怎么相信。”

“我说的是实话。我不认识那些照片里的人，也没有见过那些杂志。”

“你这种人交际广泛。你认识鲍比·英吉，那些照片里有他。我想看看你的小黑本。”

蒂米说：“不行。”

杰克说：“来吧，否则我就把你和比利·迪特林是闺密的事捅给《秘闻》《警徽荣光》《梦幻一小时》。想见识见识一炮三响吗？”

蒂米笑了。“麦克斯·佩尔茨会因为这个解雇你。他喜欢你乖乖的，所以你就乖乖的吧。”

“小黑本在身边吗？”

“不，不在。杰克，记住比利的父亲是谁。记住你退休以后能在影视圈挣多少钱。”

杰克恼怒，就快见血。“把钱包给我。不给我就发脾气，把你钉在墙上。”沃尔伯恩耸耸肩，掏出皮夹。杰克搜寻他想要的东西，名片、字条上的姓名和电话。“记得还我。”

杰克把瘪下去的钱包还给他：“当然，蒂米。”

“你迟早会搞死自己的，杰克。知道吗？”

“已经搞死了，而且我就靠这个挣钱。决定向麦克斯告状之前，记得想想这句话。”

沃尔伯恩姿态优雅地走出去。

这是酒吧的果实，没有姓氏的名字，电话号码。但有张名片很眼熟，上面写着：“鸢尾花。一天二十四小时服务，满足你的所有欲望。HO-01239。”背后没写字，杰克搜肠刮肚，但想不起来。

他有了个新计划，他要拨打这些号码，假扮鲍比·英吉，提两句黄书，看谁咬钩。还要在这儿蹲点，看谁打电话或露面。放长线，钓大鱼。

杰克打给“泰德——DU-6831”，却是忙音。接着打给“高夫——CR-9640”，吃吃地说“嘿，是我，鲍比·英吉”，没有咬钩。又打给“宾——AX-6005”，没人接听。重新打给“泰德”，对方反问：“鲍比是谁？抱歉，好像不认识。”最后打给“吉姆”“纳特”“奥托”，没人接听。他还是想不起在哪儿见过那张名片。最后一招，他决定打给太平洋贝尔公司的警方热线。

丁零零，丁零零。“你好，我是萨瑟兰小姐。”

“你好，我是洛城警局的文森斯警司。我有个号码，需要查姓名和地址。”

“你们不是有反查索引吗，警司？”

“我在电话亭，我想查的号码是好莱坞01239。”

“好的，请不要挂断。”

杰克等着，女人回来。“这个号码没有分配出去。贝尔公司刚开始分配五位的号码，还没用到这个号码。实话实说：有可能永远也用不出去，换号码的进展非常慢。”

“你确定吗？”

“当然确定。”

杰克挂断电话。第一个念头，这是非法线路。赌博簿记有这种号码，收买贝尔公司的职员私接线路，保留号码不被分配出去。免费使用，警察无法用传票调取记录，无法追查打入电话。

习惯成自然，杰克又打给了车管所警方热线。

“你好？你是哪一位？”

“文森斯警司，洛城警局。我要查个地址，蒂莫西·沃—尔—伯—恩，白种男性，年龄在25岁到30岁之间。我估计他住在威尔夏地区。”

“收到，请稍等。”

杰克等待，办事员回来。“确实是威尔夏。南卢塞恩大街432号。我说：是不是在迪特林节目上演老鼠的那个沃尔伯恩？”

“对。”

“呃……嗯……请问你找他干什么？”

“持有非法途径得来的奶酪。”

老鼠之家，一幢有年头的法国地方风格房屋，花钱重新翻修过。水银灯、修剪出莫奇鼠和其他迪特林人物形状的灌木丛。车道上有两辆车，一辆是巡游哈梅尔公路的敞篷车，另一辆是《警徽荣光》片场的道具，比利·迪特林的帕卡德加勒比轿车。

杰克偷偷摸摸蹲点监视，这些娘娘腔到处有关系，很难被拉下水，他的黄书案子走进死胡同，“满足你的所有欲望”岔线估计还是条死胡同。他可以找蒂米和比利谈判，逼问他们，挤出他们的联系人，间接认识鲍比·英吉的人，以及间接认识黄书制作者的人。他开着收音机，音量很低，连绵不断的情歌帮他梳理思绪。

他之所以要追查那些色情杂志，是因为他有一部分心思想知道一件东西怎么可能既丑陋又美丽，而另一部分心思已经被彻底迷住了。

他浑身发痒，急于行动。一个嘶哑的女高音把他推出车门。

跑上车道，绕过水银灯。窗户关着，没拉窗帘。他望进去。

莫奇鼠小玩意儿铺天盖地，不见蒂米和比利。在最后一扇窗户，他看见一对鸳鸯吵得不可开交。

耳贴玻璃，只听得见含混噪声。车门砰然关上，门铃叮咚响。抬头再看，比利走向屋前。

杰克继续偷看。蒂米叉着腰昂首阔步，比利领着一个肌肉发达的大块头回来。肌肉佬不情愿地交出一堆好东西，几个药瓶和满满一玻璃纸包大麻。杰克冲向马路。一辆别克轿车停在路边，前后挡泥板上都是烂泥。车门上锁，要么踢碎车窗，要么空手回家。

杰克踢向驾驶座一侧的车窗。碎玻璃溅在前排的战利品上，是一个棕色纸袋。

他抓起纸袋，跑回自己的车上。

沃尔伯恩家的门开了。

杰克吱吱嘎嘎发动轿车，驶向东上第五街，曲里拐弯向南去西大道，停进一个灯火通明的大停车场。他撕开纸袋。

苦艾酒，瓶标上写着强度190[①]，黏稠的绿色液体。

黑白光面照片：戴着歌剧面具的女人。

“满足你的所有欲望。”

① 酒精度为95。

第二十二章

帕克说："艾德，你那天很厉害。我不赞成怀特警员擅自插手，但面对结果也无话可说。我需要你这种精明人，也……需要巴德这种直截了当的。我要你俩一起办夜枭案。"

"长官，我认为怀特和我不可能一起工作。"

"不需要你们一起。达德利·史密斯指挥调查，怀特直接向他报告。另外两个人，迈克·布鲁宁和迪克·卡莱尔，和怀特一起办案，天晓得达德利打算怎么玩。好莱坞分局刑警队也在查这个案子，他们向雷汀警督报告，雷汀警督向达德利报告。我们安排好了各个分局的联络人，警探局的所有人都在找线人帮忙。格林局长说罗斯·米拉德想脱离风化组，和达德利一起唱主角，他有可能批准。所以一共有二十四个警察全时间办这个案子。"

"具体要我干什么？"

帕克指着画架上的案情示意图说："首先，我们还没找到霰弹枪和科特斯的车，在那帮流氓凌辱的姑娘排除他们的作案时间之前，他们仍旧是我们的头号嫌犯。怀特那次小小越轨导致他们谁也不肯开口，只能以绑架和强奸指控暂时收押。我认为——"

"长官，我很愿意试试再审他们一次。"

“让我说完。其次，我们依然没有搞清楚另外三名受害者的身份。雷曼医生正在加班加点忙这个，我们每天都要记录下四百个电话，都是担心亲友失踪的人打来的。还有个不太大的可能性是这场血案不只是多重抢劫杀人，万一真是这样，那么我会指派你从那个角度入手。就目前而言，你是我们和鉴证组、地检署和各分局之间的联络人。我要你每天浏览所有现场报告，评估判断，然后单独和我谈看法。我要你每天撰写总结报告，交给我和格林副局长。”

艾德尽量按捺住笑容，下巴上的缝针帮了他。“长官，咱们说下去之前，能听我说两句吗？”

帕克往后一靠：“当然。”

艾德数着要点：“第一，格里菲斯公园可供比对的弹壳搜索得如何了？第二，假如那姑娘排除了三个嫌犯的作案时间，那么夜枭马路对面那辆紫色轿车又怎么说呢？第三，我们找到车和枪的机会到底有多大？第四，嫌犯说他们先带姑娘去了敦刻尔克大道的什么地方，我们在那儿找到了什么证据吗？”

“问得好。但是第一，找到供比对的弹壳样本的机会不大。霰弹枪是后膛装弹，弹壳有可能弹回了那帮流氓驾驶的车辆里。另外，报案记录里的地点说得不太清楚，格里菲斯公园处于丘陵地带，过去两周内有过多次雨水和泥石流，公园管理员也不敢确认就是在押的三人。第二，声称见到夜枭对面有辆紫色轿车的卖报人现在说也有可能是福特或雪佛兰，按照车主信息调查完全是场噩梦。你也许想说有人存心把那辆车停在那儿嫁祸，但我认为这是胡说八道，谁会知道应该把车停在那个地方？第三，七十七街分局刑警队把南城掀了个底朝天，逼问已知联系人，细节我就不说了，但怎么都找不到车和枪。第四，敦刻尔克大道那幢楼的床垫上洒满了血液和精液。”

艾德说：“所以全回到那姑娘身上了。”

帕克拿起一份报告表格：“伊内兹·索托，现年21岁。大学生。现在皇后医院，今天上午刚从镇静剂中清醒过来。”

“有人和她谈过吗？”

“是巴德·怀特送她去医院的，过去三十六小时内没人和她说过话，你这个任务我可一点都不羡慕。”

“长官，能安排我单独和她谈吗？”

“不行。艾里斯·洛韦想起诉那三个小子绑架和强奸。他想送他们进毒气室，因为绑架强奸，因为夜枭案，或者两样一起。他希望有一名地检署调查员和一名女警官在场。一小时后你去皇后医院找鲍勃·加劳戴特和县局的一名女看守。我想我就不需要提醒你了吧，索托小姐的证词将决定调查的走向。”

艾德站起身，帕克说：“私下里问你一句，你觉得案子是那三个黑小子做的吗？”

“长官，我说不准。”

“你暂时洗清了他们的嫌疑。你认为我会因此怪罪你吗？”

“长官，我们都想要绝对的正义。另外，你太喜欢我了。”

帕克微笑道：“艾德蒙，别总惦记怀特那天做的事情。你比他好十几倍。他执行公务的时候杀过三个人，但比起你在战场上的功绩啥也不是。记住这一点。”

加劳戴特在那姑娘的病房外等他。走廊散发着消毒水的气味，很熟悉，他母亲就在楼下一层过世。“哈喽，警司。”

“叫我鲍勃，艾里斯·洛韦叫我替他谢谢你。他就怕嫌犯被活活打死，他没机会起诉他们。”

艾德笑道：“他们也许会洗清夜枭案的嫌疑。”

“我无所谓，洛韦也无所谓。绑架和强奸已经够判死刑了。洛韦想埋了那三个小子，所以我也想，等你和那姑娘谈过，估计你也会想。来，让我问你一个六十四块钱的问题：案子是他们犯的吗？”

艾德摇摇头："按照他们的反应，我倾向于不是。但方坦说他们带着那姑娘开车乱转。他的反应来自'卖了她'这三个字。我认为有可能是'甜雷'·科特斯和一个绑架小团伙，也许还有买下那姑娘的那两个家伙。三个人被捕时身上都没现金，无论他们犯了什么案子，夜枭还是轮奸，我认为钱都藏在了某个地方，钱上有血，和科特斯焚烧的血衣一样。"

加劳戴特吹声口哨："所以我们需要那姑娘对作案时间的描述，并指认其他强奸犯。"

"没错。三个嫌犯口风很紧，而巴德·怀特杀了本来有可能帮上忙的证人。"

"怀特那厮真让人头疼，对吧？别一脸见了鬼的表情，害怕他说明你是正常人。来吧，咱们和那位年轻女士聊聊。"

他们走进病房。县局的一名女看守堵在床边，她又高又胖，头发用发蜡梳成背头。加劳戴特说："艾德·埃克斯利，多特·罗斯坦因。"女人点点头，让到旁边。

伊内兹·索托。

黑眼圈，脸上有割伤和瘀伤。黑发剃得露出前额、缝线。胳膊上插着导管，床单下插着导管。指节割伤，劈裂的指甲，她反抗了。艾德仿佛看见自己的母亲，光头，体重六十磅，靠铁肺呼吸。

加劳戴特说："索托小姐，这位是埃克斯利警司。"

艾德趴在病床栏杆上："很抱歉，没法等你再休养一段时间了，我尽量问得简短些。"

伊内兹·索托盯着他，黑眼睛，充血。她用嘶哑的声音说："我没法再看照片了。"

加劳戴特说："索托小姐通过大头照指认了科特斯、方坦和琼斯。我和她说过也许还要让她看些大头照，指认其他罪犯。"

艾德摇头道："暂时没这个必要。现在，索托小姐，我希望你能尽量按时间顺序回忆两晚前你遇到的所有事情。我们可以慢慢来，现在也不用说得太详细。等你休息好了，咱们重新来过。你仔细回忆，从那三个人绑架你说起。”

伊内兹从枕头上猛地起身：“他们不是人！”

艾德攥紧栏杆：“我知道。他们会为此受到惩罚的，但要惩罚他们，我们还得排除或确认他们在另外一个案子上的嫌疑。”

“我要他们死！我听收音机说了！我要他们为了这事去死！”

“这可不行，因为要不然，其他伤害你的人就会逃之夭夭。我们必须正确处理。”

嘶哑的耳语声。“正确意味着六个白人比一个博伊尔高地的墨西哥姑娘更重要。那帮禽兽撕烂了我。我家里人认为我活该，因为我16岁的时候不肯嫁给一个蠢农民。我什么都不会告诉你，畜生。”

加劳戴特说：“索托小姐，埃克斯利警司救了你的命。”

“他毁了我的一辈子！怀特警官说他洗清了那三个黑人的谋杀嫌疑！怀特警官是英雄，他杀了那个玩我屁股的狗东西！”

伊内兹啜泣。加劳戴特打个到此为止的手势。艾德下楼去礼品商店，他很熟悉，因为那是为母亲送终的日子。他每天都给875病房买几大捧美丽的鲜花。

第二十三章

巴德早早上班，看见桌上有一份备忘录。

1953年4月19日

老弟：

文书工作不是你的强项，但我需要你帮我查两个人的档案。雷曼医生已经确认三名顾客受害人的身份。按我教你的标准程序做，先阅读刑警队集合厅公告板的十一号公告牌，上面有案件最新的总体状况和其他调查警员的任务详情，能避免你做不必要和多余的工作。

1. 苏珊·南希·莱佛茨，白种女性，出生于1922年1月29日，无犯罪记录。圣贝纳迪诺人，最近来到洛杉矶。在布洛克威尔夏大楼当售货员（背景调查已经分配给埃克斯利警司）。

2. 迪尔伯特·梅尔文·凯斯卡特，别名“公爵”，白种男性，出生于1914年11月14日。两次因强奸定罪，在圣昆廷服刑三年。三次因拉皮条被捕，未定罪。（确认身份困难重重：洗衣店标记和尸体与监狱体检表交叉对比，好不容易才找到。）无已知工作地点，最后登记地址为银湖区文多姆街9819号。

3. 马尔科姆·罗伯特·兰斯福特，别名“马尔”，白种男性，出生于1912年6月2日。无近期登记地址，在北卡温格山路1680号的能人安保担任警卫。曾任洛城警局警员（巡警），任职十一年，大部分时间在好莱坞分局度过。1950年6月因能力不足被解雇。已知经常深夜光顾夜枭。我查过兰斯福特的人事档案，结论是此人是警队的耻辱（所有上司的考评报告均为“D”）。你去查他在好莱坞分局的所有档案（布鲁宁和卡莱尔可以帮你跑腿）。

总结：我仍然认为三名黑人是我们的嫌犯，但凯斯卡特的犯罪记录和兰斯福特的前警察身份说明我们不该止步于草率的背景调查。我要你担任我在此案中的副手，就当是你正式担任重案组警探的绝佳考验吧。今晚9点半来太平洋餐车见我。我们讨论案件和相关事宜。

达·史

巴德查看集合厅的公告板。夜枭案的案卷很厚实，里面有现场报告、验尸报告、总结报告。他找到十一号公告牌，一目十行。

档案科派出六名文员检查犯罪记录和车辆注册记录，七十七街分局刑警队在黑人区搜寻霰弹枪和雷·科特斯的水星车。布鲁宁和卡莱尔逼问已知的枪贩子，夜枭咖啡馆的附近地区经过九次拉网排查，未能找到新的目击证人。黑鬼拒绝向洛城警局的警员和地检署犯罪科的调查员甚至艾里斯·洛韦本人开口。伊内兹·索托拒绝合作，澄清犯罪时间。艾德·埃克斯利搞砸了一次盘问，汇报称应该温和地待她。

沿着公告牌往下看，是马尔科姆·兰斯福特在洛城警局的人事档案。坏消息是兰斯福特喜欢白吃白喝，各方面都不称职。有一次恶劣的逮捕记录，因玩忽职守接到三张传票。跨局协查通知发出，四名曾和兰斯福特共事的警员回应，说他贪污受贿。马尔当班喝酒，敲诈妓女。还试图用不当班时提供“保护服务”，去敲诈好莱坞大街商家允许他拖欠房租，被赶出门后还在店堂睡觉。大量投诉导致兰斯福特于1950年6月被开除。四名回应通知的警员认为他多半不是计划内的受害者，当警察那会儿他就喜欢窝在通宵营业的咖啡馆里，一般是为了白吃白喝。他凌晨3点出现在夜枭多半是因为灌饱了黄汤，大麻吸得昏昏欲睡，夜枭看起来舒适又暖和。

巴德开车到好莱坞分局，心里想着伊内兹，还有达德利和迪克·斯坦斯兰。伊内兹拼命挣扎，想爬下轮床，扑向捆在敛房担架上西尔维斯特·菲奇的尸体。她喊道：“我已经死了，我要他们都死！”他把她推进救护车，趁没人注意，拿起吗啡和注射器，给她打了一针。最难熬的时刻应该已经过去，但难熬的日子还没结束。

埃克斯利会盘问她，逼她吐露细节，逼她看性犯罪者的照片，直到她崩溃。艾里斯·洛韦要一个滴水不漏的案子，意味着要辨认嫌犯、出庭做证且让她成为有史以来最野心勃勃的地检官的第一个明星证人。可他能做的不过是去医院探望她，说：“嘿。”尽量缓冲压力。一个勇敢的女人被扔给艾德·埃克斯利，喂给那个胆小的野心家。

从伊内兹想到斯坦斯兰。

一场漂亮的复仇，丹尼鸭面具，埃克斯利哀号。照片是最好的保险，迪克还想见血，浅尝滋味告诉他，他还宝刀未老。他在凯凯熟食店的工作很糟糕，那个鬼地方是著名的流氓聚集地，他迟早会违反假释条例。斯坦斯兰睡在车里，酗酒赌博，监狱彻底教坏了他。

巴德向北拐上瓦因街，阳光照亮他在挡风玻璃上的倒影。领带很显眼，戴着印有数字“2”的洛城警局的盾徽。数字代表他杀过两个人，他得换新领带了，加上西尔维斯特·菲奇是三个。这是达德利的点子，体现监控大队的团体精神。还是个好东西，女人见了这种领带觉得很刺激。最大的刺激就是达德利，直截了当，潜移默化。

他欠达德利的比欠迪克·斯坦斯兰的更多，达德利帮他渡过“血腥圣诞节”难关，招募他进入监控大队，随后又是重案组。可是，达德利·史密斯提携你，你就必须属于他，他比别人精明无数倍，你永远拿不准他到底要你干什么，以及他会如何利用你。他说得天花乱坠，掩盖了所有乌七八糟。倒是并不特别难受，但你能感觉到，看见迈克·布鲁宁和迪克·卡莱尔如何把灵魂送给他，你会不寒而栗。达德利能折弯你，塑造你，扭曲你，改变你，指点你，但不会让你觉得自己是一块没有知觉的陶土。他总是提醒你记住一点：他对你的了解超过你对自己的了解。

停车位全部占满，街边没地方停车。巴德隔了三条马路停车，走路来到刑警队的大间。不见埃克斯利，每张办公桌都有人，人们在接听电话，记笔记。一块超大号的公告牌，完全献给夜枭案，文件摞了六英寸厚。两个女人守一张桌子，背后是交换台，脚边的牌子上写着“档案科 / 车管所查询”。巴德走过去，盖过嘈杂的电话交谈声说：“我在调查凯斯卡特，我要你们能弄到的所有东西：已知联系人，案底。那孙子因为强奸罪被判过两次刑。我要原告的全部资料和目前住址。他因为拉皮条被抓过两次，没有定罪，我要你们向市局和县局所有分局的风化组查询，看有没有他的档案。如果有，我要他手下姑娘的名字。如果问到名字，就去查出生日期，再通过档案科、车管所、市县假释办和女子监狱查询。越详细越好，明白了？”

两个姑娘转向交换台，巴德走向公告牌，牌上标着“受害者兰斯福特”的简报。有一条更新：好莱坞分局的一名刑警找到能人安保，和兰斯福特的老板谈了谈。事实是兰斯福特在匹克威克书店大厦从下午6点到凌晨2点值班，每天凌晨都要光顾夜枭。兰斯福特是典型的酒鬼警卫，公司不允许他携带武器。兰斯福特没有已知的敌人，没有已知的朋友，没有已知的女伴，和能人安保的同事不来往，在好莱坞露天剧场背后的露营帐篷里睡觉。已经查过帐篷，里面有睡袋一个、能人制服四套、老蒙特里麝香葡萄酒六瓶。

别了，倒霉蛋，你只是在错误的时间来到了错误的地点。巴德查看兰斯福特的逮捕记录，当警察十一年，十九起轻度重罪逮捕，勾销了复仇动机的可能性，为了一个人屠杀六个人本来就不算什么好动机。仍旧不见埃克斯利，不见布鲁宁和卡莱尔。巴德记起达德利的备忘录，便打算在分局档案里查看兰斯福特的记录册。

值得一赌，现场盘问卡片是按警员姓氏排列。巴德走进储藏室，拉开“L”柜，没有“兰斯福特·马尔科姆警员”的文件夹。也许放错了地方，从“A”到“Z”查了一个小时，零蛋。没有现场盘问记录，真是件怪事，酒鬼马尔也许从没填写过现场卡片。

就快中午，该吃饭了，巴德吃了一个三明治，准备打算找迪克聊聊。卡莱尔和布鲁宁露面，晃膀子，喝咖啡。巴德找到一部空闲的电话，打给线人。

“毒蛇”塔克屁也没听说，“胖子”莱斯和约翰尼·斯托姆潘纳托也一样。杰瑞·卡曾巴赫说肯定是罗森堡夫妇①，他们在死刑牢房里下令杀人，杰瑞多半又开始吸毒了。档案科的一个姑娘走过来。

她递给巴德一页从本子上撕下来的纸。“没多少东西。没查到凯斯卡特的已知联系人，除了逮捕记录也没多少详细情况。法定强奸案原告的情况我没查到多少，只知道她们二战期间在洛克希德工作。我猜她们是临时工。县局中央分局风化组有一份凯斯卡特的档案，列出他疑似控制的九名妓女。我查了下去，两人死于梅毒，三人离开本州以交换缓刑，两人查不到。剩下两个写在这张纸上了。能帮上忙吗？”

① 冷战期间的美国人，被指控为苏联进行间谍活动，判处并于1953年6月19日执行死刑。

巴德挥手叫布鲁宁和卡莱尔过来。“能，肯定能。谢谢。”

办事员走开。巴德看着她给的那张纸，在上面圈出两个名字：简·（别名“羽毛”）罗伊科，辛西娅·（别名“罪孽辛迪”）贝纳维迪斯。最后登记地址和出没地点：波因塞蒂亚路和尤加街的公寓，鸡尾酒廊。

达德利的打手走近。巴德说：“有两个名字。能去查一下吗？”

卡莱尔说：“背景调查有个屁用。我说就是那三个黑人浑蛋。”

布鲁宁接过那张纸：“达德说干啥，我们就干啥。”

巴德看着他们的领带，加起来一共五条人命。胖子布鲁宁，瘦子卡莱尔，不知怎的却像孪生兄弟。“那就去干吧。”

亚伯快餐店，没地方停车，绕着街区转圈。迪克的雪佛兰停在后门口，座位上有几个空酒瓶，违反假释条例第一条。巴德找个地方停车，走过去趴在窗户上看。他看见斯坦斯兰一边狂饮马尼舍维茨[①]，一边和几个前科累累的家伙扯淡，是李·瓦切斯、“两点”帕金斯和约翰尼·斯托姆潘纳托。柜台前有个条子模样的人在吃饭，吞一口，瞥一眼知名罪犯集会，再吞一口，钟表般精确。回到好莱坞分局，他很恼火，因为他还要扮演保姆。

布鲁宁在等他，和两个妓女模样的人在审讯室里哄堂大笑。巴德敲敲玻璃，布鲁宁走出来。

巴德说：“谁是谁？”

“金发的是‘羽毛’罗伊科。哎，有没有听过大鼻子小象的笑话？”

“你跟她们说了什么？”

“我说这是‘公爵’凯斯卡特的例行背景调查。她们读报看到了消

① 美国品牌，生产符合犹太教规的洁净葡萄酒。

息，所以并不吃惊。巴德，肯定是那三个黑人。他们会因为那个墨西哥烂货上电椅，达德利费神做这些破事只是因为帕克想立个标杆，而且他特听鬼小子埃克斯利那套假模假——”

手指恶狠狠戳在胸口上。“伊内兹·索托不是烂货，案子可能确实不是黑人做的。你和卡莱尔去做点警察应该做的事情吧。”

奴颜婢膝，布鲁宁晃晃悠悠地走开，抚平衬衫。巴德走进审讯室。两个妓女不怎么体面，一个是漂白的金发，一个是染红的头发，年龄太大，化妆太重。

巴德说：“你们读了今天早上的报纸，对吧？”

羽毛罗伊科说：“对，可怜的小公爵。”

“听起来你并不怎么怀念他。”

“‘公爵’就是‘公爵’。人是烂人不假，但从不打我们。他格外喜欢辣味汉堡，夜枭的辣味汉堡很好吃。这次吃出事了吧？‘公爵’，愿你安息。”

“报纸说是抢劫，你们相信吗？”

辛迪·贝纳维迪斯点点头。羽毛说：“当然了。肯定是抢劫吧，难道不是？我是说：你难道有别的想法？”

“难说。敌人呢？‘公爵’有敌人吗？”

“没有。‘公爵’就是‘公爵’。”

“他还控制了几个姑娘？”

“就我俩。‘公爵’的马厩里就剩下我们两匹老马了。”

“听说‘公爵’有一阵控制了九个姑娘。然后呢？遇到竞争对手了？”

“先生啊，‘公爵’是个空想家。他本人就喜欢年纪小的，也喜欢控制年纪小的。年纪小的总会腻味，换点别的事情去做，鸡头必须下狠手才能留住人。‘公爵’对男人能下狠手，但对女人就不行了。‘公爵’，愿你安息。”

"'公爵'肯定还有别的生意。两个姑娘恐怕养不活他。"

羽毛摘着指甲油说："'公爵'最近在折腾什么新计划，但你得明白，他总在搞什么新计划。他是个空想家，琢磨计划让他开心，让他觉得辛迪和我交给他的那点小钱也不算太糟糕。"

"他透露过细节吗？"

"没有。"

辛迪取出口红，涂得正高兴。"辛迪，他跟你说过什么吗？"

"没——"尖细的小嗓子。

"知道他有什么敌人吗？"

"不知道。"

"女伴呢？'公爵'最近有没有搞到够嫩的姑娘？"

辛迪掏出一张纸巾，擦掉多余的口红。"没……没有。"

"羽毛，你相信吗？"

"我觉得'公爵'跟谁都没提过。我们能走了吗？我是说——"

"走吧。上马路往北走有个出租车候车点。"

两个姑娘逃得很快，巴德等了一小会儿，然后跑向自己的轿车。向北开，在日落大街候车点对面停下，等待两分钟。辛迪和羽毛走了过来。

不同的车子，不同的方向。辛迪到威尔考克斯大道向北拐，估计是回家了——尤加街5814号。巴德抄近道，出租车如期出现。辛迪走向一辆绿色德索托，向西开去。巴德数到十，跟上。

向北上高地大道，走卡温格山路到圣费尔南多山谷，向西上文图拉大道。巴德跟得很紧，辛迪在中间车道开得飞快。急转弯，在路边停车，一家汽车旅馆，房间围绕着浑浊的游泳池。

巴德急刹车，掉头，观察。辛迪走向左侧的一个房间，敲门。一个金发姑娘，开门让她进屋，年纪很小。是"公爵"凯斯卡特的"对象"。

巴德在现场监视。

十分钟后，辛迪离开房间，走得飞快，掉头返回好莱坞。巴德上去敲门。

女孩开门，眼睛泪汪汪的。收音机轰鸣："夜枭大屠杀""南城世纪大案"。女孩的目光聚焦。"你是警察？"

巴德点点头。女孩目光涣散，眼睛模糊。

"亲爱的，你叫什么？"

"凯西·简威。K字头的凯。"大草原口音。

"你从哪儿来？"

"北达科塔。你送我回去，我还会再跑出来。"

"为什么？"

"非得让我说得栩栩如生？'公爵'说很多男人就靠这个助兴。"

"别这么硬邦邦的行吗？我站在你这边。"

"这笑话不错。"

巴德扫视房间。毛绒熊猫、电影杂志、衣柜上的罩衣。没有妓女行头，没有吸毒工具。"'公爵'对你好吗？"

"他不逼我陪男人做那事，你想问的是这个吧？"

"你是说你只和他做那事？"

"不，还有个男人逼我和别人做那事，但'公爵'从他手上买走了我。"

鸡头的交易。"那个男人叫什么？"

"不知道！我不会告诉你，你不能强迫我，再说我也忘了！"

"到底是哪个原因，亲爱的？"

"我不想说！"

"嘘——这么说：'公爵'对你很好？"

"少嘘我。'公爵'是我的大熊猫，他只想和我睡同一张床，和我打扑克。这有什么不好的？"

"宝贝——"

“我爸爸才更坏！我叔叔亚瑟坏得多！”

“别嚷嚷，好吗？”

“你不能强迫我！”

巴德抓住她的手。“辛迪找你干什么？”

凯西抽出手。“她说‘公爵’死了，其实只要有收音机就早都知道了。她说‘公爵’说他要是出了事，就由她来照顾我，她给了我十块钱。她说警察找她麻烦。我说十块不怎么够，她觉得受了侮辱，冲我大喊大叫。你怎么知道辛迪来过？”

“这你就别管了。”

“房间的租金一周九块，我——”

“我可以帮你弄点钱，但你得——”

“‘公爵’对我从没那么吝啬！”

“凯西，你别嚷嚷，让我问你几个问题，也许咱们能逮住杀了‘公爵’的凶手。好吗？行吗？”

孩子的叹息声。“好吧，行，你问吧。”

巴德柔声说：“辛迪说‘公爵’说他要是出了事，就由她照看你。你觉得他知道自己会出事吗？”

“不知道。有可能。”

“为什么说有可能？”

“说有可能是因为‘公爵’最近总是很紧张。”

“他为什么紧张？”

“不知道。”

“你问过他吗？”

“他说：‘就是生意的事。’”

羽毛描述凯斯卡特：“在折腾什么新计划。”

“凯西，公爵在开展什么新业务吗？”

“不知道，‘公爵’说女孩没必要懂生意经。我知道他留给我的肯定不止一张十块小票。”

巴德给她一张警探局的名片：“这是我的工作电话。打给我，好吗？”

凯西捡起床上的熊猫玩具：“‘公爵’又懒又邋遢，但我不在乎。他笑起来很好看，胸口有条怪好看的伤疤，而且从不对我嚷嚷。我爸爸和亚瑟叔叔总对我嚷嚷，所以‘公爵’从不嚷嚷。难道不是很贴心吗？”

巴德捏了捏她的手。还没走到街上，就听见了她的啜泣声。

回到车上，回想凯斯卡特这条线目前的状况。“公爵”的“新生意”和鸡头交易与案情有关的可能性微乎其微，夜枭的辣味汉堡九成九是死亡证明书上的钢印。法定强奸犯鸡头和下三滥前警察死于非命，有点奇怪，但对凌晨3点的好莱坞大街来说却也平常。就算是达德利留的家庭作业吧，也许辛迪除了现金还隐藏了别的东西。他可以逼她交出那笔钱，编点鸡头什么的瞎话，给凯斯卡特这条线画上句号，求达德利派他去黑人区。这很简单，但辛迪知道点什么，而凯西又牵住了他的心，大救星没别的路可走。他突然想到公告牌上缺了什么，没有凯斯卡特公寓的搜查报告。“公爵”的卖淫记录也许就在那儿，有他的新生意和卖出凯西那个鸡头的线索，很适合消磨时间。

巴德开向卡温格山路。他注意到有辆红色轿车在背后磨蹭，觉得在汽车旅馆附近见过。他加快车速，经过辛迪的住处，没有绿色德索托，没有红色轿车。他驶向银湖，边开车边看后视镜。没人盯梢，只是想象力作怪。

文多姆街9819号看上去平平常常，灰泥外墙小屋背后用车库改建的公寓。没有记者，没有犯罪现场的警戒绳，没有住户在室外晒太阳。巴德单手撬开房门。

这是一套典型的单身汉公寓，客厅卧室二合一，有卫生间和小厨房。巴德开灯，按照达德利教他的方式飞快地清点物品。

墙上挂着廉价海景画，一张放下的墨菲床，一个衣柜，一个独立壁橱。卫生间和小厨房没有门，干净且整洁。公寓整洁得不像话，和凯西的话截然相反：“‘公爵’又懒又邋遢。”

详细搜查，达德利教的另一个花招。茶几上有部电话，检查抽屉，有铅笔，没有地址簿，没有卖淫记录。一摞黄页号码簿，翻看洛杉矶县，河畔县，圣贝纳迪诺县，文图拉县。只有圣贝纳迪诺县那本用过，因为它纸页皱起，书脊开裂。巴德查看皱起的纸页，从头到尾浏览“印刷所”名录。有个联系，但多半是巧合，受害者苏珊·莱佛茨，是圣贝纳迪诺居民。

巴德用目光搜寻。卫生间和厨房一尘不染，衣柜里的衬衫叠得四四方方。地毯很干净，屋角有点脏。咔嗒一声对上了，有人翻查并整理过这套公寓，很可能是行家。

他进壁橱走了一圈，夹克衫和便裤胡乱地挂在衣架上。凯斯卡特的行头可够瞧的，要么有人一件一件试过他的衣服，要么这才是真正的“公爵”，即凯西所谓的“邋遢”。总之搜查者懒得收拾他的衣物。

巴德检查每件衣服的每个口袋，棉绒、零钱，没什么值得关注的。再检测一下，看能不能找到搜查者留下的证据。他走回车上，拿出取证套件，准备扫尘，衣柜上肯定能取到潜指纹。扫开粉尘，露出擦拭的痕迹。确定有专业高手擦掉了公寓里的指纹。

巴德收拾工具，离开公寓，继续思索，想到鸡头争斗，排除了“公爵”凯斯卡特的马厩里只有两匹驽马，硬不下心肠让小美女出去卖，他这个鸡头就是一场灾难。他尝试把有人搜查“公爵”住处和夜枭案联系在一起，齿轮不转，三头浣熊的嫌疑仍旧最大。要是搜查真的扮演了什么角色，那多半和凯斯卡特的“新生意”有关系，“羽毛”罗伊科口风不紧，她有什么说什么，但罪孽辛迪有所隐瞒。接下来去找辛迪，因为她欠凯西钱。

黄昏降临。巴德驱车前往辛迪的公寓，看见那辆绿色德索托。一扇窗户半开，飘出呻吟声，他按住窗台，翻进房间。

黑洞洞的走廊，前方一扇门里传来“嗯——嗯——嗯”的声音。巴德走过去，偷看。辛迪和一个穿菱形花纹袜的胖子，床都快摇散架了。胖子的裤子挂在门把上，巴德摸出钱夹，掏空，呼哨。

辛迪尖叫，胖子接着耸动身子。巴德大喊：“狗东西，你和我女人在干什么！！！”

事情发生得飞快。

胖子捂着下身逃出去，辛迪钻到被单底下。巴德看见一个手包，倒空，拿起钞票。辛迪叫得声嘶力竭。巴德踢床。“‘公爵’的敌人。快说，否则就逮捕你。”

辛迪探出脑袋：“我……什么都……不知道。”

“不知道个屁。听着，有人闯入‘公爵’的住处，说说谁嫌疑最大。”

“我……不……知道。”

“最后一次机会。你在分局有所隐瞒，而羽毛交代得很清楚。你去凯西·简威的汽车旅馆，用十块钱打发她。你还隐瞒了什么？”

“你看——”

“坦白。”

“坦白什么？”

“坦白‘公爵’的新生意和他的敌人。告诉我凯西以前的鸡头是谁。”

“我不知道她以前的鸡头是谁！”

“那就回答另外两个问题吧。”

辛迪擦擦脸，抹开的口红，化好的妆散开。“我只知道有个男人四处逛，搭讪鸡尾酒廊的姑娘，言谈举止很像‘公爵’。你明白的，都说一样的俏皮话，和‘公爵’一套做派。听说他招募姑娘帮他做电话应召生意。他没找我和羽毛谈过，所以只是我听说的陈年往事而已，差不多两周以前吧。”

也许就是这个“男人”搜查了“公爵”的住处，这个“男人”试过凯斯卡特的衣服。“你接着说。”

“我听说的就是这些，按原话说给你听了。”

“这男人什么模样？”

“不知道。”

“谁告诉你的？”

“一样不知道，反正就是某家酒吧里坐隔壁酒桌的什么姑娘呗。”

“好吧，放轻松。‘公爵’的新生意。给我说说这个。”

“先生啊，那只是‘公爵’的另一个白日梦而已。”

“那你之前为什么不说实话？”

“知道有句古话叫‘不说死人坏话’吗？”

“知道。知道女子监狱的牢头长什么样吗？”

辛迪叹息道：“‘公爵’的第六千个白日梦，贩卖黄书。够下贱的对吧？公爵说他打算推销什么怪兮兮的黄书。我就知道这么多，这个话题我和他一共聊了两秒钟，‘公爵’就说了这一句。我没有追问，因为我一听就知道他又在做白日梦。现在你能出去了吗？”

警探局的闲话，风化组在调查色情书刊案件。“什么样的黄书？”

“先生啊，我说了我不知道，一共只聊了两秒钟。”

“‘公爵’托付给你的钱，你会给凯西的，对吧？”

“当然，好心人。今天十块，明天十块。我要是一次全给她，她会统统拿去买电影杂志。”

“我还会再来的。”

“我屏住呼吸等你。”

巴德开车找到一个邮筒，用特种投递寄出现金给凯西·简威到兰景汽车旅馆，贴了足量邮票，附上问候的字条。共计四百块，对一个年轻女孩来说算是笔小财了。

见面时间定在7点，见达德利之前巴德还有点时间可以消磨。他要去风化组的集合厅公告牌消磨时间。

四队在查黄书，凯夫卡、亨德森、文森斯和斯塔西斯四人调查淫秽书刊，均报告没有线索。左右无人，明早再来问问，也许根本屁也不是。他回到重案组，打电话到亚伯快餐店。

接电话的是斯坦斯兰。

“亚伯。”

“迪克，是我。”

“哦？在查我吗，警官？”

“迪克，你别逗了。”

“不，我说真的。你已经是达德利的人了。是达德利不喜欢买我家腌牛肉的顾客，还是达德利想要内部消息，以为我会告诉你？你似乎已经不是自己说了算了。”

“搭档啊，你最近是不是喝得太凶了？”

“我最近改喝犹太酒了。记得告诉埃克斯利。告诉他，丹尼鸭想和他跳个舞。告诉他，我读到他老爸和梦幻乐园的消息。告诉他，我会去参加开幕式，丹尼鸭打算请艾德·龟孙子埃克斯利警司再他妈跳一支舞。”

“迪克，你都语无伦次了。”

“你放什么屁。再跳一支舞，丹尼鸭会打烂他的眼镜，咬断他喉咙——”

“迪克，该死——”

“喂，去你的！我看报纸了，看见夜枭案的办案人员名单。你、达德利·史密斯、埃克斯利，还有达德利的其他走狗。你和那个害我被开除的龟孙子成了搭档，你俩如今喝一碗汤，你以为——”

巴德抓起电话扔出窗户。他下楼走向停车场，见什么踢什么。这时候，整件事突然扑向他。

他本应该因为“血腥圣诞节”倒霉。

达德利救了他。

目前埃克斯利还是夜枭案的英雄，他会送伊内兹重返地狱。

凯斯卡特这条线有蹊跷，案情或许会有意外发展，不只是几个癞佬抢劫杀人。他可以破案，挫败埃克斯利，琢磨个办法拉斯坦斯兰一把。这意味着：不能把黄书线索告诉风化组。他要向达德利隐瞒证据。

独立自主，当个警探，而不是打手。

他重复斯坦斯兰的醉话，给自己壮胆：

你似乎已经不是自己说了算了。

你似乎已经不是自己说了算了。

你似乎已经不是自己说了算了。

他害怕。

他欠达德利的人情。

他要背叛全世界唯一比他更危险的人。

第二十四章

雷·平克带着艾德走遍夜枭咖啡馆，重建犯罪现场。

“砰，砰，我打赌前后经过就是这样。首先，三个人进来，亮出武器。一个人控制住收银姑娘、厨子和女招待。他用霰弹枪的枪托砸倒唐娜·德鲁卡，她站在收银机前，我们在那儿的地上找到她的一块头皮。她交出收银机里的钱和自己手包里的钱，罪犯把她和帕蒂·切斯玛德推进储藏室，顺便押上厨房里的吉尔伯特·埃斯科巴。吉尔伯特反抗，你看拖拽的痕迹和地上的锅碗瓢盆。枪托砰砰砸头，你看用粉笔勾出的一小摊血迹。保险箱暴露在厨师工作台底下，三名雇员受害者中的一个打开了保险箱，你看散落的硬币。砰，砰，吉尔伯特继续反抗，又吃了一枪托。你看地上圈出的1-A标记，我们在那儿发现三枚金牙，装袋回去比对，是属于吉尔伯特·路易斯·埃斯科巴的。拖拽的痕迹从这儿开始，吉尔老弟不再反抗。砰，砰，一号嫌犯把一、二、三号受害者关进食物储藏室。”

回到餐厅前面，凶案发生后三晚仍旧封锁。看客趴在窗户上，平克说个不停。“与此同时，二号和三号凶手攻击了四、五、六号受害者。拖拽痕迹一直到后面的储藏室，撒落的食物和碗碟就是证据。也许看不清，因为油毡颜色太深，但最前面两张餐桌底下有血迹，凯斯卡特和兰斯福特，分开坐，各吃一枪托。我们通过血型知道了两人的位置。凯斯卡特倒在二号桌，兰斯福特在一号桌。哪——”

艾德插嘴道：“在餐盘上取指纹进行确证了吗？”

平克点点头：“污渍和油迹，兰斯福特桌下的盘子上取到两枚可辨认的潜指纹。我们正是通过指纹查到他身份的，对上了他加入洛城警局时登记的指纹。凯斯卡特和苏珊·莱佛茨的手被轰碎了，没法交叉对比，而且他们的盘子本来就污损严重。我们通过部分齿模和监狱体检表判定了凯斯卡特的身份，莱佛茨有完整的齿模。喏，看见地上的那只鞋了吗？”

“看见了。”

“嗯，通过角度分析，看起来是莱佛茨正在扑向隔壁桌的凯斯卡特，但两人是分开坐的。纯粹出于惊恐，她显然并不认识凯斯卡特。她开始尖叫，一名凶手从那个盒子里抓了一叠纸巾塞进她嘴里。雷曼医生验尸时在她喉咙里发现一大块吞下的纸巾，他认为开枪刚开始她就已经窒息而死了。砰，砰，凯斯卡特和莱佛茨被拖进储藏室，兰斯福特走进去，倒霉蛋估计还以为只是普通抢劫而已。进了储藏室，手袋和钱包被收走。我们发现吉尔伯特·埃斯科巴驾驶执照的一角漂在门口的血泊里，还有六个涂蜡的棉球。凶手倒是聪明，不忘保护耳朵。”

最后一点对不上，那几个黑人没那么细心。“干这么多事，他们似乎人手不够。”

平克耸耸肩：“反正干成了。你难道想说有一名或多名受害者认识一名或多名凶手？”

“我知道，确实不太可能。”

“看看储藏室？想看只能现在看了，我们答应店老板要把这地方还给他。”

“那天夜里已经看过了。”

“我看过照片。天哪，根本看不出他们曾经是活人。你在做莱佛茨的背景调查，对吧？”

艾德望向窗外，一个漂亮的黑发拉丁裔姑娘对他挥手，看上去像伊内兹·索托。

“对。”

“然后呢？”

“然后我在圣贝纳迪诺调查了一整天，毫无头绪。她住在母亲家，母亲用了镇静剂半醒半睡，不肯和我说话。我找她的熟人聊了聊，他们说苏·莱佛茨长期失眠，经常整晚听收音机。不记得她最近有男朋友，从来没有敌人。我查过她在洛杉矶的公寓，就是你想象中一个31岁的售货女郎的样子。圣贝纳迪诺有人说她裤带比较松，有人说她在一家希腊餐厅跳过几次肚皮舞，但只是为了取乐。没什么可疑的。”

“想来想去只能是那几个黑人了。”

“是啊，确实。”

“车和武器有下落吗？”

“没有，七十七街分局翻垃圾箱和阴沟找手袋和钱包也一无所获。我知道有条路可以节省大量调查时间。”

平克微笑道：“去格里菲斯公园搜寻有刻痕的弹壳。”

艾德转向窗户，那位像伊内兹的姑娘已经走了。“要是能找到弹壳，就能确定凶手是在押的三个黑人还是另有其人了。”

“警司，这个希望够渺茫的。”

“我知道，我会帮忙的。”

平克看看手表：“10点半了，我去找那几次开枪的发案报告，确定地点，明天黎明带一队工程人员等你。天文台停车场如何？”

“到时候见。”

“需要得到史密斯警督的批准吗？”

“照我说的做，好吗？这个案子我直接向帕克报告。”

“那就天亮公园见。穿身旧衣服，会弄得很脏。”

艾德在阿尔瓦拉多路吃中餐。他知道自己为什么走这个方向，皇后医院很近，伊内兹·索托可能醒着。他打过电话给医院，医院说伊内兹恢复得很快，家人没来探望过，姐姐打过电话，说妈妈和爸爸把这场噩梦怪在她头上，衣着挑逗，生活随便。她哭着要毛绒玩具，他请礼品店送上去一堆，用礼物平息内心的不安，他想让伊内兹当他第一个谋杀大案的关键证人。另外一方面，他只想让她喜欢自己，想让她否认那七个字："怀特警员是英雄。"

他靠最后一杯茶拖延时间。缝针，牙科治疗，伤势正在痊愈，相比之下微不足道的是，他母亲和伊内兹合二为一。他收到报告，迪克·斯坦斯兰和知名武装劫匪来往，和簿记赌博，收现金当工资，频繁拜访妓院。等手下当场逮住他，就打电话给县假释办，再次逮捕他。

放在"怀特警员是英雄"和伊内兹·索托对他的满腔恨意旁边，却显得那么苍白。

艾德付账，开车去皇后医院。

巴德·怀特正好出来。

两人在电梯口相遇。怀特首先开口："让你的野心歇一歇，让她睡一觉吧。"

"你来干什么？"

"反正不是来逼问证人的。让她清静清静，少不了你的机会。"

"只是来探望她而已。"

"她一眼就看穿你了，埃克斯利。你没法用几只泰迪熊收买她。"

"你不想破案吗？还是没人可杀让你心痒难耐了？"

"告密鬼马屁精，口气倒不小。"

"你不是来找人上床的吧？"

"换个别的地方，单凭这句话我就生吃了你。"

"我迟早要搞死你和斯坦斯兰。"

“你死我活呗。战争英雄，我呸！那些日本人是自己撞枪口上的吧。”

艾德吓得一抖。

怀特使个眼神。

艾德浑身发抖地走向她的房间，张望后再敲门。

伊内兹醒着，正在看杂志。地上点缀着毛绒玩具，床上有一个速松鼠充当脚垫。伊内兹看见他，说：“不。”

瘀青在褪色，容貌迅速恢复。“不什么，索托小姐？”

“不，我不陪你重述案情。”

“连问几个问题都不行？”

“不行。”

艾德拖过一把椅子：“这么晚见到我，你似乎并不惊讶。”

“确实不，你就是玩心眼那种人，”她指着毛绒玩具说，“地检官报销费用吗？”

“不，我自掏腰包的。艾里斯·洛韦来过？”

“对，我一样说不。我说三个渣滓开车带着我到处走，收了另外几个渣滓的钱，把我留给怀特警员杀死的那个渣滓。我说我现在记不清，以后记不清，根本不想记清任何细节，他爱怎样就怎样，咱们到此为止。”

艾德说：“索托小姐，我只是来问候一声的。”

她对着他哈哈大笑：“还想听后面的事情？他走了一个钟头，我哥哥胡安打电话说不准我回家，说我玷污了家族的名声。然后渣滓洛韦先生打电话说我要是合作，就安排我住旅馆，再然后礼品店的姑娘带着毛绒玩具上来，说是个戴眼镜的好心警官送的。我上过大学，白痴。以为我看不懂前因后果？”

艾德指着速松鼠说：“这个你没扔掉吗？”

“它比较特别。”

“喜欢迪特林角色？”

“喜欢又怎样？”

“问问而已。要你说的话，巴德·怀特在前因后果里的什么地方？”

伊内兹拍送枕头：“他为我杀了一个人。”

“他杀人是为他自己。”

“那个渣滓禽兽反正一样死了。怀特警官刚来打过招呼。他提醒我当心你和洛韦先生。他说我应该合作，但没有逼我。他恨你，玩心眼的。我看得出。”

“你很聪明，伊内兹。”

“少说了‘就墨西哥裔而言’吧？我知道。”

“不，你错了。你是真的聪明，而且还很孤独，否则早就请我出去了。”

伊内兹扔下杂志：“孤独又怎样？”

艾德捡起杂志。有几页翻得起毛，那是一篇“梦幻乐园”的文章。“我打算建议给你一段时间恢复健康，打算建议等这件烂事上法庭的时候，允许你书面做证。要是能通过其他源头坐实夜枭案，你也许根本不需要做证。还有，如果你不想再看见我，那我就不来了。”

她盯着他：“但我还是没处可去。”

“读了梦幻乐园开幕的那篇文章吗？”

“读了。”

“看见‘普莱斯顿·埃克斯利’这个名字了吗？”

“看见了。”

“他是我父亲。”

“那又怎样？我知道你是富家子弟，烧钱买了那么多毛绒玩具。那又怎样？我该去哪儿？”

艾德握紧床栏杆：“我在箭头湖有个度假小屋，你可以去住。我不会碰你，还会带你参加梦幻乐园开幕式。”

伊内兹摸着脑袋说：“我的头发怎么办？”

“我给你弄一顶漂亮的假发。”

伊内兹哭着抱紧速松鼠。

黎明时分，艾德和工程人员碰头，一夜多梦，他头昏眼花，想着伊内兹和其他女人。雷·平克带来闪光灯、铁铲和金属探测器，他请公关部发布公告，请格里菲斯公园放枪事件的目击者前来辨认枪手。案发报告上的地址标在网格上，全都是覆盖灌木丛的陡峭山坡。他们挖掘翻找，挥动金属探测器扫描，嘀嗒，嘀嗒，嘀嗒——找到了硬币、铁罐和一把点三二左轮。几个小时匆匆过去，火辣辣的阳光照下来。艾德干得卖力，呼吸尘土，冒着中暑的危险。梦境重返脑海，千弯万绕回到伊内兹身上。

马尔伯勒校园舞会的安妮，在38款道奇车里做爱，她的双腿砰砰地撞击车门。加大洛杉矶分校生物课的同学潘妮，在兄弟会的联谊会上，喝着朗姆潘趣酒，在后院飞快交媾。债券巡游的一连串爱国浪女。和年长女性的一夜情，对方是中央分局的接线员。已经记不清她们的面容。他努力去看，见到的却总是没有瘀伤、不穿病号服的伊内兹。幻觉令人头晕目眩，高温令人头晕目眩，他浑身肮脏，筋疲力尽，感觉反而更好。又是几个钟头过去，再也无法思考女人或其他东西。时间继续过去，远处传来叫声，一只手按住他的肩膀。

雷·平克举着两枚霰弹弹壳和一张霰弹弹壳击发面的照片，与横贯表面的撞针擦痕一模一样。

第二十五章

开始调查鸢尾线索已有两天，很难说清他到底能查到什么程度。

两天，一名叫拉玛·辛顿的嫌犯，现年26岁，因暴力伤害被捕，被判持致命武器攻击罪，在奇诺监狱服刑两年，1951年3月假释出狱。目前职业是太平洋贝尔公司的一名电话安装员，假释官怀疑他帮地下赌博组织偷接线路。通过大头照对比，发现肌肉小子辛顿在蒂米·沃尔伯恩家露过面。

两天，尚未打破僵局，办个能帮他重返缉毒组的大案，但办这个案子意味着要传召沃尔伯恩和比利·迪特林充当重要证人。这两个同性恋神通广大，会把他的好莱坞事业冲下马桶。

两天翻查各种档案，试过了每一条迂回路径。他查阅连带案件的案情报告，找被捕者谈话，但只有更多的否认，没人承认买过色情杂志。一天白白浪费，没能在风化组找到有利于他的线索的材料。斯塔西斯、亨德森和凯夫卡一无所获，米拉德还在努力共同领导夜枭案调查——根本不把淫秽物品放在心上。

两天一晃而过，第二天过到一半，他突然灵光一闪——偷接的号码，肌肉小子。

鸢尾电话没有列出，杰克猛地想到了一个关键信息：第一次看见那张名片是何时何地。

记忆回溯：

1951年平安夜，就在“血腥圣诞节”事件之前。席德·哈金斯安排了一场大麻卷逮捕，他抓了两个草蜢，在他们住处发现那张名片，当时没有多想。

可怕的席德说：“我们都有秘密，杰克。”

他继续往下想，回头大浪驱策他。他想知道那些淫秽书刊的制作者是谁，还有为什么制作。他冲进太平洋贝尔公司的人事处，交叉核对雇用记录和体貌特征，终于找到拉玛·辛顿。回忆、回忆、回忆、回忆、回忆，杰克环视大开间，同事在谈论夜枭、夜枭、夜枭，大文在追查手枪书。

黄色照片。

眩晕。

杰克继续追查。

辛顿的路线：从高尔街到拉伯雷大道，富兰克林街到好莱坞水库。他上午的安装客户在克莱斯顿公路，北伊瓦尔大道。杰克在车里的地图上找到克莱斯顿公路，位于好莱坞山，一条上山的断头路。

他开到那里，看见电话公司的卡车，停在一幢仿法式城堡的大宅门口。拉玛·辛顿在马路对面的电线杆上，在强烈的阳光下，他身躯庞大如魔怪。

杰克停车，查看卡车，装货门敞开。工具、黄页、“黑桃”库利的唱片，没有可疑的棕色纸袋。辛顿盯着他，杰克举着警徽走过去。

辛顿爬下电线杆，他至少有六英尺四，金发，肌肉叠肌肉。“假释办的？”

“洛杉矶警察局。”

“和我的假释没关系？”

“没关系，跟你合作就能逃过违反假释的指控有关系。”

“你这是——”

“你的假释官并不喜欢你做这份工作，拉玛，他怕你会去私接线路。”

辛顿伸展脖子、手臂和胸膛的肌肉。杰克说：“鸢尾，‘满足你的所有欲望’。不想违反假释条例就告诉我。不交代，就回奇诺去。”

最后伸展一下。“是你打破我的车窗？”

“你可以去当爱因斯坦了。现在就看你有没有足够的脑子当线人了。”

辛顿换个站姿，杰克按住佩枪。“鸢尾。谁在经营，怎么经营，你卖什么？迪特林和沃尔伯恩。告诉我，五分钟后我就从你生命中消失。”

肌肉小子仔细思考，T恤鼓起，起了褶皱。杰克掏出一本色情杂志摊开。“故意传播淫秽物品，持有并销售重罪毒品。我掌握的材料足够送你回奇诺，蹲到1970年。告诉我，你是不是在替鸢尾销售这些色情杂志？”

辛顿上下点头：“是……是的。”

“算你机灵。告诉我，是谁制作的？”

“我不……不知道。真的，实话，我不……不知道。”

“模特是谁？”

“我不知……知道，我只管送……送……送货。”

“比利·迪特林和蒂米·沃尔伯恩。说。”

“只……只是顾……顾客。你知道的，他们喜欢玻璃派对。”

“很合作嘛，现在回答我一个大问题吧。谁……”

“警官，请别……”

杰克掏出点三八，扳开击铁。“想搭下一班火车回奇诺？”

“不……不想。”

“那就回答我。”

辛顿转身抓住电线杆。“皮……皮尔斯·帕切特。他是经营者，他……他算是个合法生意人。”

“形容一下，电话号码，地址。”

“大概50来岁。我认……认为他住在布……布伦特伍德，不知道他的号……号码，因为他通……通过邮……邮件付我钱。”

“多说点帕切特。说。”

“他……他给整得像电影明星的女孩拉软……软皮条。他……他很有钱。我……我只见过他一次。”

“是谁介绍你们认识的？”

“一个叫彻……彻斯特的男人，我以前在肌……肌……肌肉海滩认识的。”

“彻斯特，姓什么？”

“不知道。”

辛顿肌肉紧绷，杰克估计再逼几秒钟他就会崩溃。“帕切特还卖什么？”

“很……很多男……妓和妓女。”

“通过鸢尾卖什么？”

“满……满足你的一切欲……欲望。”

“少给我念叨广告词，说具体点。”

与其说是害怕，不如说是被激怒了。“男妓、妓女、烈酒、毒品、画册、捆绑用具！”

“放松，别紧张。送货的都有谁？”

“我和彻斯特。他白天送，我不喜欢……”

“彻斯特住哪儿？”

“不知道！”

“放松，别紧张。很多有钱正派人用鸢尾的服务，对吧？”

“对……对。”

车厢里的唱片。“‘黑桃’库利呢？他是顾客吗？”

“不……不是，我在一个派对上认识了伯特·帕金斯，唱片是他免费送我的。”

“你居然认识他。来几个顾客的名字，说。”

辛顿的手指插进电线杆。杰克眼前闪过魔怪逃跑的画面，六颗点三八子弹也留不下他。“今晚你送货吗？”

“是……是的。”

“地址。”

“不……求你了。”

杰克搜他的身，有皮夹、零钱、发蜡、表链上的一把钥匙。他举起钥匙，辛顿砰砰撞头，电线杆染血。

“地址，说了我就走。”

砰砰——魔怪脑门淌血。“谢拉莫亚大道5261B。”

杰克扔下他口袋的东西。“你今晚别露面。你给假释官打个电话，说你帮了我的忙，请他因为违反假释条例抓你，找个地方把你关起来。算你在这个案子上是清白的，我要是逮住帕切特，会做得像是某个黄书制作者告的密。你要是敢清空那地方，我就让你死在奇诺。”

“可……可你答……答应过我的。”

杰克跑上车，火速离开。辛顿空手撕开电线杆。

皮尔斯·帕切特，50来岁，“算是个合法生意人”。

杰克找到投币电话，打给档案科和车管所。查到：皮尔斯·莫尔豪斯·帕切特，1902年6月30日出生于密歇根州格罗斯波因特。无犯罪记录。住在布伦特伍德市格雷特纳格林路1184号。自1931年有三次轻度交通违规。

查到的信息不太多。接下来打给席德·哈金斯，在黄书这事上他很可疑，但现在也顾不得了。又是忙音，便打给《镜报》的莫蒂·本迪什。

“本市新闻组，我是本迪什。”

“莫蒂，是我，杰克·文森斯。”

“大文！杰克，你几时能回缉毒组啊？我太缺精彩的毒品新闻了。”

莫蒂要的是噱头。“我再帮罗斯·米拉德破个大案就能彻底摆脱他了。你也可以帮我一把。”

“接着说，我洗耳恭听。”

“皮尔斯·帕切特。有印象？”

本迪什吹声口哨：“这是出什么事了？”

“现在还不能告诉你，但要是在他这方面有突破，保证给你独家新闻。”

“先给我，再给席德？”

“对。现在轮到我洗耳恭听了。”

又是一声口哨。“其实也不多，但都是好料。帕切特是个大帅哥，50来岁，但看上去顶多38。二十五年前他就混在洛杉矶了，是什么柔道还是柔术专家，不是职业化学家就是大学里主修化学。他挣的钞票车载斗量，我知道他借钱给生意人，不但收三分利，还要拿分红，我知道他私底下投资拍过很多电影。有意思吧？再听听这个，风传他长期吸食海洛因，风传去泰利·拉克斯的诊所戒过毒。总而言之，他就是那种所谓权势滔天的幕后怪人。”

泰利·拉克斯，给明星做整容手术。还是个“疗养院老板”：帮助戒酒、堕胎，提供戒毒服务给吸食毒品的人，警察视而不见，泰利免费治疗洛城政客。“莫蒂，你只知道这些吗？”

“还不够？我不知道的，席德可能知道。给他打电话，但记住独家是我的。”

杰克挂断电话，打给席德·哈金斯。席德接听：“《秘闻》杂志，小道消息，私下流传。”

“是我，文森斯。”

“杰克！有什么夜枭案的猛料能告诉席德老伙计吗？”

“没有，但我会留意的。”

“那缉毒内幕消息呢？我想出一期毒虫特刊，电影明星和黑人爵士乐手，罗森堡案件让大众热血沸腾。喜欢这主意吗？”

“好得很。席德，有没有听说过一个叫皮尔斯·帕切特的人？”

电话那头沉默，漫长的几秒钟嘀嗒过去，太像席德的作风了。“杰克啊，我只知道他非常有钱，我管他这种人叫‘面目不清’。他不是喜欢男人，不是反社会分子，不认识任何我可以拿来爆料的人。你是在哪儿听说他的？”

席德在胡扯，杰克一听就知道。“一个卖黄书的跟我说的。”

静电杂音，呼吸急促。“杰克，黄书源于饥渴，纯粹是给碰不到女人的可怜虫准备的。别管它，有事可做了就捎个信给我，成吗？”

杰克挂断电话，砰的一声关上门。二人分道扬镳，他要跨过一条没法回头的界限。杰克开车回警探局，“马里布老地方”几个字钉在那道门上。

风化组的大间空空荡荡，只有米拉德和萨德·格林在衣帽间咬耳朵。杰克查看任务公告牌，没有更多的线索，又偷偷摸摸绕了一圈走进储藏室。门没锁，很容易潜入偷听，他听到高级警官在谈论夜枭案。

“拉斯，我知道你想入局，但帕克想要达德利。”

“他对黑人太反复无常，副局长，你我都清楚。”

“你求我办事才会叫我‘副局长’，警监。”

米拉德笑道：“萨德，挖掘人员在格里菲斯公园找到了相符的弹壳，我听说七十七街分局发现了钱包和手袋。真的吗？”

“是真的，一小时前在一条阴沟里发现的。结了血块，指纹被擦掉。鉴证组鉴定后认为就是受害者的血。是那三个黑人，拉斯，我早就知道。”

“我不认为凶手是被拘押的那三个人。你想想看，他们离开南城的强奸现场，开车带着那姑娘四处转，供他们的朋友玩弄，然后千里迢迢跑到好莱坞犯下夜枭大案，其中两个人还嗑了药，可能吗？”

“很勉强，我承认。我们必须找到还没归案的强奸犯，想办法让伊内兹·索托开口。她到现在还不肯合作，但艾德·埃克斯利在使劲，这家伙有两下子。”

“萨德，我不会让我的自尊心碍事的。我是警监，达德利是警督，我愿意和他分享指挥权。”

“我担心的是你的心脏。”

“心脏病发作是五年前了，我又没有变成残疾人。”

格林笑道：“我找帕克聊聊。天哪，你和达德利。这算什么组合？”

杰克找到了他需要的东西：磁带录音机和电话窃听器，可以用螺钉锁死的型号，且附带耳机。他拿着东西从边门溜走，没人看见。

黄昏时分，谢拉莫亚大道：好莱坞，离富兰克林街一条马路。5261号，一幢都铎式小楼，四套公寓，楼上楼下各两套。没有灯光，很可能已经太晚，错过了上白班的“彻斯特”。杰克按下B套的门铃，没有回应。耳贴房门，没有声音，便用钥匙开门进屋。

中大奖了！草草一眼就知道辛顿没玩花样，公寓没被清空。这是变态佬的乌托邦，架子上从天花板到地板全塞满了好东西。

大麻、药丸、专利迷幻药和其他名字好听的危险品。苦艾酒、纯酒精，品脱瓶、夸脱瓶、半加仑瓶。乙醚、荷尔蒙药品，小信封装的粉末。电影胶片筒，上面写着下流的标题。旧黄书蒙着灰尘，不是畅销货。

旁边有几格空位，也许曾经堆着好货、他要找的货色。是拉玛来运走了？为什么要运走？剩下这些足够判重罪，关押他们到二十一世纪。

还有一些偷拍的快照，是现实生活中毫无防备的电影明星。

杰克找到卫生间，撒尿。镜子映出他衰老而怪异的脸。他开始工作，窃听器接在电话上，翻看旧黄书。

廉价东西，多半是墨西哥出品，瘦巴巴的模特，留着墨西哥发型。看着很眩晕，天旋地转的，像是嗑药上头。架子上的麻醉品让他头昏脑涨，他想象凯伦出现在那些照片里。他踱来踱去，踩到一块空洞的地方，掀起地毯，发现一个隐蔽的藏物处，是个地窖，楼梯通向空洞黑暗的深处。

电话铃响了。

杰克打开录音机，拿起听筒，模仿拉玛·辛顿的声音说："嘿，满足你的一切欲望。"

咔嗒，挂断，他不该说那句广告词。半小时过去，电话铃响了。他自然而然地说："嘿，是我，拉玛。"

停顿，咔嗒。

杰克一根接一根抽烟，喉咙生疼。电话铃响了。

他试着咕哝一声。"嗯？"

"嘿，是我，贝尔艾尔的塞斯。能带点东西过来吗？"

"当然。"

"要一大罐苦艾酒。来得越快，小费越多。"

"呃……能再说一下地址吗？"

"怎么会忘了我这种老主顾住哪儿？罗斯科米尔路941号，别磨蹭啊。"

杰克挂断。铃声又响。

"嗯？"

"拉玛，告诉皮尔斯我必须……拉玛，是你吗，小伙子？"

是席德·哈金斯的声音。

杰克带上颤音，假装是拉玛。"呃，是，你哪位？"

咔嗒。

杰克按下“重播”，重听哈金斯说话，恍然大悟。

席德认识帕切特。席德认识拉玛。席德知道鸢尾花的勾当。

电话又响，杰克没有搭理。他抓起窃听器，擦拭电话，擦拭他碰过的所有下流物品，准备逃之夭夭。出了门，想吐，可晚风让他神经警醒。

他听见一辆车加速。

一枪敲掉前窗，两枪打烂房门。

杰克拔枪射击，那辆车驶近，没开灯。

笨拙的枪法，两枪打中树木，碎屑四溅。又三枪，没有击中目标，那辆车摇尾前进。几扇门打开，是目击证人。

杰克跳上他的车，滑行、鼠窜，到富兰克林街汇入车流才开灯。天黑，没有灯，无法辨认枪手的车辆。附近的车辆看着都一个样，都是流线型，没有不对劲的。一根烟让他缓和下来。他径直向西驶向贝尔艾尔。

罗斯科米尔路蜿蜒曲折，他一路上坡，来到豪宅，屋前种着棕榈树。杰克找到941号，驶上车道。

车道环形，围绕一幢宽敞的仿西班牙式建筑，只有一层，是石板矮屋顶。车辆排成一行，一辆捷豹，一辆帕卡德，两辆凯迪拉克，一辆劳斯莱斯。杰克下车，没人拦他。他俯身记录车牌号码。

五辆高级的车，铺着长毛绒的前座上没有鸢尾花纸袋。屋子里有明亮的窗户，丝绸涡纹窗帘。杰克走过去，向里看。

他知道他永远也忘不了这些女人。

一个几乎是《荡妇姬黛》里的丽塔·海华丝。一个几乎是身穿翡翠绿礼服的爱娃·加德纳。一个几乎是贝蒂·葛莱宝，身穿亮片泳装，渔网长袜。身穿燕尾服的男人混杂其中，但只是充当背景的垃圾。他的视线无法离开这些女人。

令人震惊的假货。辛顿描述帕切特：“他给整得像电影明星的女孩拉软皮条。”“整得像”还不足以形容眼前的境况，应该说这些女人是由专家精心挑选、培育养成的。令人震惊。

维罗妮卡·莱克走过灯光。面容甚至谈不上接近，只是散发着那种猫女的优雅气质。充当背景的男人蜂拥而上。

杰克趴在窗户上，看着眼前活生生的女人，想起淫秽书刊，他感到眩晕。又想起席德、砰然关闭的那扇门，还有陡然切断的那个电话。他开车回家，眩晕得可怕，令他发痛、发痒、神经紧张。他看见他家门上有张《秘闻》名片，最底下写着“马里布老地方”。

他看见头版头条：

缉毒英雄吸毒上头，射杀两名无辜百姓！

明星警察因杀人被起诉！

风光大文魂断毒气室！富家女友痛别死刑台！

第二十六章

手挽手进场，伊内兹身穿她最好的礼服，戴面纱遮挡瘀伤。艾德把警徽别在外面，帮他们挤过记者人群。服务员请宾客排成几队，梦幻乐园开幕营业。

伊内兹敬畏惊叹，呼吸急促，吹拂面纱。艾德前看后看左看右看，每个细节都让他想起父亲。

大型徒步景观区，是20世纪20年代的美国大街，有冷饮小店、五分钱戏院，还有跳舞的临时演员：警察在巡逻，报童抛接苹果，天真少女跳查尔斯顿舞。亚马孙河上有机械鳄鱼、丛林探险船。雪顶山峰，小贩兜售鼠耳套头帽。莫奇鼠单轨列车，在热带小岛上，这座魔法王国面积是以英亩计算的。

他们登上单轨列车的第一节车厢，第一班发车。先去保罗世界乘雪橇。高速的颠倒翻转后，伊内兹咯咯笑着解开安全带。午餐是热狗、甜筒冰激凌、莫奇鼠芝士球。

继续去“沙漠仙境”、“丹尼鸭欢乐屋”、外太空航行展览。伊内兹似乎累了，拼命享受刺激。艾德打个哈欠，开始还熬夜的债。

深夜接到报警电话，在谢拉莫亚大道有枪战，没有抓到嫌犯。他必须去现场勘察，一栋公寓楼，楼下一套单元中了好几枪。有几个奇怪的点：

寻获到了点三八和点四五两种子弹。客厅全是架子，除了施虐受虐用具外空空荡荡，也没有电话。找不到这套公寓的住户。管理员说住户邮寄银行本票付租金，他每个月拿一百块现金，有免费住处，所以乐得不问问题，他甚至不清楚房客姓甚名谁。公寓现状说明有人迅速清空物品，但谁也没见到半个鬼影子。四个钟头撰写报告，办夜枭案的时间被偷走四个小时。

展览很无聊，蜻蜓点水地介绍人类文明。伊内兹指指女厕所，艾德走到室外。

贵宾游览徒步景观区，蒂米·沃尔伯恩领着一群大人物。《先驱报》头版闯进脑海：梦幻乐园，夜枭案，除此之外像是都不再重要。

他尝试重新审问科特斯、琼斯和方坦，但他们一个字都不肯说。应警局征求前来辨认格里菲斯公园放枪案的目击证人无法确认肇事者就是在押的三个人，纷纷表示“实在拿不准”。车辆搜寻范围已经扩展到48至50款福特和雪佛兰，目前尚无烫手线索。调查指挥权还在争夺，帕克局长支持达德利·史密斯，萨德·格林鼓吹罗斯·米拉德。没有找到霰弹枪，没有“甜雷”那辆水星车的下落。在台伯旅馆几个街区外的阴沟里发现受害者的钱包和手袋，加上在格里菲斯公园找到了相符的弹壳，能推断出没有见报的事实：艾里斯·洛韦逼迫帕克。洛韦逼迫他：“目前这些都只是间接证据，所以让你家埃克斯利接着说服那个墨西哥姑娘，看起来他开始接近她了，让他说服她注射喷妥撒接受盘问，帮咱们弄点像样的绑架细节，一次性搞清楚夜枭案的时间顺序。”

伊内兹在他身边坐下。两人眺望亚马孙和石膏山峰的风景。艾德说：“还好吧？想回去了？”

“我想抽烟，但我从没抽过。”

“那就别开始抽。伊内兹——”

“好的，我愿意搬进你的小屋。”

艾德笑着说：“你什么时候下定决心的？”

伊内兹把面纱塞进帽子底下：“我在卫生间看见报纸，艾里斯·洛韦提到我就眉飞色舞。他说得越开心，我就越觉得应该和他保持距离。说起来，我还没谢你送我这顶无边帽呢。”

“用不着。”

“必须谢，因为每次碰到白人好言好语地待我，我就自然而然地恶声恶气。”

“你是在等我说关键词吗？其实并没有。”

“哈，肯定有。再正式声明一次，我不会描述给你听，不会看照片，也不会做证。”

“伊内兹，我已经建议上头了，现在先让你休养身体。”

“‘现在’就是关键词，另外一个关键词是你喜欢我，这倒不错，因为我好起来了挺漂亮，当然我从来就不怎么喜欢墨西哥男人。知道最可怕的是什么吗，埃克斯利？”

“我说过了，叫我艾德。”

伊内兹翻个白眼：“我有个白痴哥哥叫艾德蒙多，所以还是叫你埃克斯利吧。知道最可怕的是什么吗？最可怕的是我今天心情很好，因为这地方就像一场美梦，但我知道情况还会变糟，因为发生过的事情比这些真实一百倍。能理解吗？”

“能理解。不过，现在你应该试着相信我。”

“我不相信你，埃克斯利。‘现在’不相信，很可能永远也不会相信。”

“你能相信的只有我一个人。”

伊内兹放下面纱：“我之所以不相信你，是你并不因为他们做过什么而恨他们。也许你认为你恨，但其实只是为了帮自己往上爬。怀特警员，他恨他们。他杀了一个伤害我的男人。他不如你聪明，所以我大概可以相信他。”

艾德伸出一只手，伊内兹躲开。“我要他们死。死得不能再死，明白吗？”

“我明白，你明白你爱的怀特警员是个天杀的恶棍吗？”

“除非你明白你嫉妒他。看哪，我的天。”

他父亲和雷·迪特林来了。艾德站起身，伊内兹站起身，目眩神迷。普莱斯顿说：“雷蒙德·迪特林，我儿子艾德蒙。艾德蒙，介绍一下这位年轻女士？”

伊内兹直接对迪特林说：“先生，能见到您真是太荣幸了。我多年来……天哪，我是您的忠实影迷。”

迪特林抓住她的手：“谢谢你，亲爱的。请问芳名？”

“伊内兹·索托。我多年来……天哪，我是您的忠实影迷。”

迪特林笑容哀伤，想起这姑娘的遭遇是头版新闻。他转向艾德：“警司，很荣幸。”

紧紧握手：“先生，是我的荣幸。恭喜你。”

“谢谢，我和你父亲分享你的恭喜。普莱斯顿，你儿子看女人很有眼光，对不对？”

普莱斯顿笑道：“索托小姐，艾德蒙很少表现出这么好的品位。”他递给艾德一张字条：“县局有人打电话到家里找你，我替他传话。”

艾德收起字条，面纱后的伊内兹羞红了脸。迪特林微笑：“索托小姐，喜欢梦幻乐园吗？”

“对，喜欢。天哪，太喜欢了。”

“我很高兴，我告诉你，你随时可以来这儿做一份好工作，只要说一声就行。”

“谢谢，先生，谢谢你。”伊内兹晃晃悠悠。艾德扶住她，低头看字条：“斯坦斯兰在延期酒馆灌黄汤，西盖奇街3871号。重罪犯聚会，违反假释条例。待命，等你——基佛。”

生意搭档鞠躬走开，伊内兹使劲挥手。艾德说：“我送你回去，但有个地方要先去一趟。”

他们开车回洛杉矶，收音机里在唱歌，伊内兹和着拍子敲仪表盘。艾德眼前浮现斯坦斯兰被打倒，他妙语连珠的场景。一小时后到达延期酒馆，艾德停在县局的便衣警车背后。“我去一趟，几分钟就回来。你在车里等我，好吗？”

伊内兹点点头。帕特·基佛走出酒吧，艾德下车，吹口哨。

基佛走过来，艾德领着他远离伊内兹：“他还在里面？”

“对，烂醉如泥。知道吗？我等你等得险些放弃。”

酒吧旁的黑暗小巷：“假释办的人呢？”

“他叫我抓迪克，这是县局的辖区。他的伙伴都闪了，现在就他一个人。”

艾德指着小巷说：“给他戴上手铐带出来。”

基佛回去，艾德等在小巷门口。叫喊声传来，砰砰的重击，迪克·斯坦斯兰被押出来，臭烘烘的，衣冠不整。基佛揪起他的脑袋，艾德抡起胳膊，使出上勾拳、下勾拳、王八拳揍他，直到手臂没了力气。斯坦斯兰倒地作呕，艾德猛踢他的面门，踉跄走开。伊内兹站在人行道上。她俏皮地说：“怀特警员是恶棍？”

第二十七章

巴德在喂女人喝咖啡，打算赶她出门，去拘留所看斯坦斯兰。

卡洛琳，在轨道酒廊看上去还凑合，晨光给她加了10岁。他是一闪念间勾上她的，刚听说迪克的消息，要是不找个女人回家，他会冲出去找到埃克斯利杀了他。她床上功夫不赖，但他必须靠想着伊内兹来提高热情，这让他觉得自己很下贱，伊内兹还会爱上床的概率大概是六万亿分之一。他停止想她，夜晚剩下的时间全献给白兰地和乏味聊天。

卡洛琳说："我看我该走了。"

"我会打电话给你的。"

门铃响了。

巴德送卡洛琳出去。纱门外，是达德利·史密斯和西谷分局的一名刑警——乔·迪森佐。

达德利笑笑，迪森佐点头。卡洛琳溜出去，仿佛明白他们知道这是怎么一回事。巴德扫视前室：一张打开的折叠床、一瓶酒、两个杯子。

迪森佐指着床说："这是他的不在场证明，再说我也不认为是他做的。"

巴德关上门："做了什么？老大，出什么事了？"

达德利叹息道："老弟，很抱歉，我带来了坏消息。昨夜有人发现一位名叫凯西·简威的年轻女性在她的旅馆房间里被强奸，遭殴打致死。警方在她手袋里找到你的名片。迪森佐警司接到报案，知道你是我的门徒，打电话给我。我去过犯罪现场，发现一个寄给简威小姐的信封，一眼就认出你不怎么体面的字迹。老弟你简单解释一下，迪森佐警司指挥调查，希望你能排除自己的嫌疑。”

巴德像是身体中弹，想起小凯西啜泣的样子。巴德圆谎：“我调查过凯斯卡特的背景，他手下的一个妓女告诉我凯斯卡特最近的姘头叫简威，但他不给简威拉皮条。我找那姑娘聊了聊，但她不知道任何值得报告的事情。她说之前那个妓女扣下了凯斯卡特留给她的钱。我收拾了她一顿，把钱寄给小姑娘。”

迪森佐摇头道：“你经常收拾妓女？”

达德利叹息道：“巴德对女人心肠特别软，从这个弱点来看，我觉得他的叙述相当可信。老弟，你说的那个‘妓女’是谁？”

“辛西娅·贝纳维迪斯，绰号‘罪孽辛迪’。”

“老弟，你呈交的所有报告都没提到她。不得不补充一句，你的报告很差劲。”

报告有谎言，隐瞒了他发现的色情杂志的情况。凯斯卡特的住处被搜过，是要找把凯西卖给“公爵”的鸡头。“我不觉得她有多重要。”

“老弟，她是夜枭案的相关证人。我没教过你写报告要详尽细致吗？”

达德利想到凯西躺在停尸房，怒不可遏。

“教过，你教过。”

“从咱们吃那顿饭往后算，请问你到底都做了什么？为什么不报告简威小姐和贝纳维迪斯小姐？”

“我还在调查兰斯福特和凯斯卡特的已知联系人。”

“老弟，兰斯福特的已知联系人和本案没有关系。关于凯斯卡特，你还查到了什么？”

“没有。”

达德利对迪森佐说：“老弟，满意了吧？巴德不是你要找的凶手。”

迪森佐掏出雪茄：“满意了。他不是有史以来最精明的人类，这点我也很满意。怀特，扔根骨头给我，你认为是谁办了那姑娘？”

巴德想起卡温格山路汽车旅馆的红色轿车，说：“不知道。”

“多么简洁的回答。乔，让我和这位朋友单独聊几分钟，可以吗？”

迪森佐抽着烟出去，达德利靠在门上。“老弟，你不能随便收拾妓女，勒索钱财贴补未成年情妇。我明白你对女性有情结，也知道这是你的警察人格的核心要素，但这种过度卷入是不可容忍的。从现在开始，你停止调查凯斯卡特和兰斯福特，回去查案子的黑人区线索。帕克局长和我深信在押的三名黑人就是凶手，顶多还有另外一伙黑种匪徒参与。我们依然没有找到凶器和科特斯的车，艾里斯·洛韦想要更多的证据，好交给大陪审团定夺。漂亮的索托小姐不肯开口，我们恐怕只能逼她注射喷妥撒，接受一次盘问。你的任务是查阅档案，盘问已知的黑种性犯罪者。我们需要知道那三条恶棍让哪些人糟蹋过索托小姐，我认为这个任务正适合你。愿意帮我这个忙吗？”

达德利说得冠冕堂皇，巴德身体像是又中了几弹。

“当然，达德利。”

“好老弟。你到七十七街分局打卡上下班，以后把报告写得详细些。”

“当然，老大。”

史密斯开门：“这次训你是因为爱护你，算是客气的，老弟，明白吗？”

“当然。”

“好得很。我经常想着你，老弟。帕克局长允许我采取新的围堵手段，我已经找了迪克·卡莱尔和迈克·布鲁宁，等办完夜枭案，我就请你入伙。”

“听起来太棒了，老大。”

“好得很。还有，老弟？你肯定知道迪克·斯坦斯兰被捕，艾德·埃克斯利使了坏。你不准报复。听明白了？”

红色轿车，也许只是有可能。

凯斯卡特的住处被搜查，所有指纹被抹去，全部衣服被翻过。

罪孽辛迪，“公爵”的黄书贩卖白日梦。

“羽毛”罗伊科这样描述“公爵”：“在折腾什么新计划。”

像“公爵”的男人尝试招募酒廊姑娘。风化组对淫秽书刊案件的调查毫无进展。“垃圾筒”杰克大文，是注水报告的高手，请求调职侦办夜枭案，他说黄书案件源于饥渴。罗斯·米拉德最后一份指挥官总结是放他滚蛋，算是清洗队伍。

他向达德利撒谎，心里打鼓。

假如他向犯罪组告发小凯西，她也许还在什么地方读电影杂志。

把她卖给“公爵”的鸡头：“那男人逼我和别人做那事。”

埃克斯利，埃克斯利，埃克斯利，埃克斯利，埃克斯利，埃克斯利——

根据罪孽辛迪的前科记录，巴德列出四个妓女出没的知名酒吧。先去辛迪的住处，不见人。又去哈尔巢穴、月雾酒廊、萤火虫、罗斯福饭店的朱砂吧，不见辛迪。按风化组老警察的说法，妓女在小内勒免下车餐厅聚头，女招待帮她们拉客。去小内勒，辛迪的德索托停在外面，车门上搭着个餐盘。

巴德在她旁边停车。辛迪看见她，扔下餐盘，摇起车窗。“轰——”是德索托倒车的声音。巴德冲上去，打开引擎盖，拔掉分电器，德索托熄火。

辛迪摇下车窗："你偷了我的钱！你毁了我的午饭！"

巴德把五块钱扔在她大腿上："算我请客。"

"大人物！真慷慨！"

"凯西·简威被强奸，被活活打死。告诉我以前是谁给她拉皮条，帮她找过哪些嫖客。"

辛迪把脑袋放在方向盘上。喇叭呜呜响，她抬起头，面色苍白，没有眼泪。"德怀特·吉列。能冒充扮白人的那种浅肤色黑人。她以前的嫖客我就不知道了。"

"吉列开一辆红色轿车吗？"

"不知道。"

"知道他的地址吗？"

"听说住在鹰岩的一个居民区，是个白人社区，所以他假装自己是白人。但我知道凯西不是他杀的？"

"怎么知道的？"

"他是娘娘腔，特别在意他那双手，而且从不碰女人。"

"还有什么？"

"他随身带刀。他手下的姑娘叫他'蓝刀'，因为他姓吉列。"

"听说凯西倒霉，你似乎并不吃惊。"

辛迪摸摸眼睛，比沙漠还干。"她天生就这个命。'公爵'宠着她，所以她不再恨男人。再过几年大概就是普通人了。妈的，我应该待她好些的。"

"唉，我也是。"

鹰岩，查询档案科：德怀特·吉列，绰号"刀片""蓝刀"，家住鹰巢新区，木槿路3245号。四次因教唆被捕，零次定罪，登记为白种男性。他如果真是黑鬼，那么装得还挺有档次。巴德找到他那个住宅区所在的道路，舒适的灰泥外墙小宅子，木槿路景观不错，俯瞰烟雾腾腾的洛杉矶。

桃色墙漆的3245号，草坪上有几只钢铁火烈鸟，车道上停着一辆蓝色轿车。巴德走上去，按门铃，听见叮叮当当的门铃声。

一个浅黄肤色的男人开门。30来岁，矮胖，穿便裤和B先生翻领丝绸衬衫[①]。“我听收音机说了，知道你们迟早要来。收音机说是午夜时分，所以我有不在场证明。他住处离这儿只有一个街区，我马上就能叫他来。凯西是个好孩子，我不知道谁会那么对待她。对了，你们不总是成双成对露面的吗？”

“你说完了？”

“没。我的不在场证明是我的律师，他的住处离这儿还是只有一个街区，他在美国公民自由联盟很有地位。”

巴德挤进屋子，吹声口哨。

简直是水果佬的天堂，层层叠叠的厚地毯，希腊神祇雕像。墙上挂着裸男像，画布是天鹅绒。巴德说：“美极了。”

吉列指着电话说：“两秒钟，不出去我就打给律师。”

巴德开门见山：“‘公爵’凯斯卡特。你把凯西卖给他了，对不对？”

吉列面无惧色地说：“凯西脾气倔，‘公爵’出了个价钱。‘公爵’死在可怕的夜枭案里，你可别说我有嫌疑。”

“听说‘公爵’在卖黄书，你听说了吗？”

“黄书这东西很没格调，答案是没听说过。”吉列仍旧面无惧色。

“说说‘公爵’的生意经吧，你听说过什么？”

吉列歪着胯站在那儿：“听说有个家伙四处打听‘公爵’，他长得像‘公爵’，估计是想搞垮他的马厩，虽说马厩里本来就没几匹马了，听说而已。现在你能走了吗？省得我打给我那位朋友。”

---

① 指爵士歌手比利·艾克斯坦喜欢穿的大翻领衬衫。

电话铃响，吉列走进厨房，拿起分机话筒。巴德慢慢跟进去。一台高级的电冰箱，电炉开足火力，炉里的水沸腾着，在煮着鸡蛋和炖菜。

吉列发出亲吻的声音，挂断电话：“你怎么还在？”

“地方不赖嘛，德怀特，生意肯定很旺。”

“生意非常兴隆，谢谢夸奖。”

“很好。我需要凯西以前的嫖客名单，所以请交出你的卖淫记录册。”

吉列按下水槽上方的开关。马达呜呜地发动，他把菜渣塞进垃圾处理孔。巴德关掉开关。“记录册。”

“没门，没戏，不行，想也别想。”

巴德一个勾拳打在他肚子上。吉列顺势退开，抓起厨刀，使劲挥舞。巴德闪开，一脚踢中他的下体。吉列弓下腰，巴德按下垃圾处理开关。马达呜呜，巴德把吉列拿刀的手插进孔洞。

呜——巴德拉出那只手，少了一根指头，呜呜的噪声响了五十倍。残桩按在电炉上，残桩按在冰箱上，嗞嗞作响。

“给我他妈的记录册。”吼声响彻呜呜声回荡的房间。

吉列翻了白眼：“抽屉……电视旁边……救护车。”

巴德扔下他，跑进客厅。倒空抽屉，返回厨房，吉列躺在地上吃纸。

巴德赶紧锁住吉列的喉咙，吉列吐出嚼到一半的纸。巴德捡起纸团，踉跄出门，烧肉的味道让他作呕。他抚平那张纸，姓名、电话号码都脏了，只有两个还能看清：琳恩·布雷肯、皮尔斯·帕切特。

第二十八章

杰克坐在桌前，清点谎言。

工作上，一连串死胡同报告，其他同事也都一无所获，负负得正算他走运，米拉德想放弃黄书案件。上班摸鱼也算谎言，他花了一整天追查人名，对比贝尔艾尔那几辆车。找到四个名字。在一家专门提供明星脸的模特公司碰壁，那些姑娘没一个像他见到的那些美人。除了四个名字，一整天等于白费功夫。席德·哈金斯害得调查撞上南墙。他只想再看一眼那些女人，这也算是他对凯伦撒的谎。

他们在凯伦的海滩住处过了一个上午。凯伦想做爱，他用胡扯拒绝她，他没法集中精神，他请求调进夜枭案，是因为正义实在太重要。凯伦想脱他衣服，他说他拉伤了后背，他没说他不感兴趣，是因为他只想利用她、强迫她，重建淫秽书刊的场景。他最大的谎言是：他没说他终于踏上不可能变成苜蓿田的狗屎地，没说他玩的把戏会送他走进毒气室，没说他回缉毒组的车票上写着“别了，小情人”。因为她将从1947年10月24日那天顺藤摸瓜，揭穿其他的谎言，他苦心孤诣营造的好人大文形象将堕入火海。

他没说他怕极了。她没觉察到，他的门面功夫仍旧很好。

其他门面也都还没垮，纯粹运气好。

席德没打过电话，这个月的《秘闻》准时出版，没有评论文章，有麦克斯·佩尔茨和嫩妹的“花边”新闻，没什么吓人的东西。他查过鸢尾枪战的案情报告，伶俐小子艾德·埃克斯利接到报案。埃克斯利大惑不解，查不到被弃公寓的租客，架子悉数清空，只剩下几件捆绑用具，其他脏东西估计都进了藏物地窖。让拉玛·辛顿为枪击负责，搭个顺风车，大文离开本案，另有新任务。

席德·哈金斯认识皮尔斯·帕切特，知道鸢尾花。席德·哈金斯知道“马里布老地方”。席德积累了大量丑闻档案。大文的目标是：找到他的档案，销毁。

杰克查看车牌列表，姓名对照车管所的照片。

塞斯·大卫·克鲁格列克，贝尔艾尔一幢豪宅的所有者，一个油腻腻的胖子，电影业律师。皮尔斯·莫尔豪斯·帕切特，鸢尾花的老板，衣冠楚楚，英俊潇洒。查尔斯·沃克·查普兰，投资银行家，剃着光头，留着山羊胡。莱恩·玛格丽特·布雷肯，29岁。维罗妮卡·莱克。没有犯罪记录。

“哈喽，老弟。”

杰克转过身：“达德利，近来可好？什么风吹你来风化组的？”

“和罗斯·米拉德开碰头会，他现在和我一起办夜枭案。说到夜枭案，听说你想加入。”

“听说得很对。能帮个忙吗？”

史密斯递给他一张油印纸：“已经帮了，老弟。你将参与搜寻科特斯的车辆。需要搜查这张纸列出范围内的每一个车库，主人同不同意都得搜。你马上开始行动。”

是洛杉矶南城的街道网格的油印地图。“老弟，我需要你帮我个人一个忙。”

“尽管说。”

“帮我盯着点巴德·怀特。有个妓女不幸被杀，他动了个人感情，我需要他保持冷静。你是跟踪大师，晚上能盯紧他吗？”

暴脾气巴德，碰到离家少女就心软。“当然，达德利。他现在归哪儿？”

“七十七街分局。分配他调查有性犯罪记录的黑人浑蛋。他在七十七街值白班，你也上那儿打卡上下班。”

“达德利，你救了我这条老命。”

“愿意仔细解释一下吗，老弟？”

“免了。”

第二十九章

备忘录：

自：帕克局长。

至：格林副局长、罗·米拉德警监、达·史密斯警督、艾·埃克斯利警司。

会议地点：局长办公室。

时间：1953年4月23日，下午4点。

主题：盘问证人伊内兹·索托。

父亲的字条：“她是个好姑娘，雷·迪特林相当喜欢她。但她是重要证人，又是墨西哥裔，我建议你别太迷恋她。无论如何都不能和她上床。同居违反警局条例，墨西哥女人会严重影响你的前程。”

帕克首先发言：“艾德，夜枭案的嫌犯已经锁定，不是在押的三名黑人，就是另一个黑人犯罪团伙。哎，据说你和那个索托姑娘走得很近。史密斯警督和我认为她必须接受盘问，以澄清时间顺序，确认在押的三人到底有没有不在场证明，并辨认其他侵犯她的犯人。我们认为喷妥撒是获得成果的最佳途径，喷妥撒在对象放松的情况下效用最佳。我们想让你说服索托小姐合作。她多半会相信你，你也会得到赏识。”

艾德见过目睹斯坦斯兰那一幕的伊内兹惊魂未定的样子，被迫搬去箭头湖。“长官，我认为目前掌握的全是间接证据。我认为我们应该先获取实质证据，我再去说服索托小姐。另外，我想再试试盘问科特斯、琼斯和方坦。”

史密斯笑道：“老弟，他们上次就不肯和你说话，现在又多了个左倾公设辩护律师建议他们保持沉默。艾里斯·洛韦想向大陪审团说明案情，夜枭和绑架，你可以帮忙推推车。好言好语劝可爱的索托小姐让我们毫无进展，现在不能继续宠着她了。”

罗斯·米拉德说：“警督，我赞同埃克斯利警司。继续在南城使劲，肯定能找到强奸案的目击者，也许还能找到凶器和科特斯的车。本能告诉我那姑娘对当晚的记忆很可能过于混乱，帮不上我们什么忙，要是逼她回忆，多半会彻底毁掉她已经被毁掉了的人生。能想象艾里斯·洛韦在大陪审团面前强迫她开口吧？不怎么好看，对吧？”

史密斯对着米拉德哈哈大笑。“警监啊，你要了那么多政治手腕和我共享指挥权，现在居然鼓吹这种煽情借口。这是一场残忍的多重谋杀案，需要迅速而果断地破案，而不是妇女联谊会喝茶聊天。艾里斯·洛韦是个了不起的检察官，富有同情心。我相信他会谨慎对待索托小姐的。”

米拉德吞了一粒药片，喝了几口水。“艾里斯·洛韦是个追名逐利的小丑，不是警察，没资格主宰调查的方向。”

“我的好警督，我觉得你的评语近乎煽动。”

帕克举起一只手：“二位，够了。萨德，你带米拉德警监和史密斯警督去走廊那头，请他们喝杯咖啡，让我和警司聊几句。”

格林领着两人出门。帕克说：“艾德，达德利说得对。”

艾德默不作声。帕克指着一摞报纸：“媒体和大众呼吁伸张正义。要是不尽快结案，我们会很难看的。”

“长官，我知道。”

“你关心那姑娘？”

“对。”

“你知道她迟早要合作吧？”

“长官，别低估她。她外柔内刚。”

帕克微笑：“那就得看你有多硬了。说服她合作，要是能拿到足够多的确凿证据，让艾里斯·洛韦相信他能搞到一个精彩的大陪审团案件，我就破格提拔你。你立刻成为警探和警督。”

“带队权呢？”

“阿尼·雷汀下个月退休。我把好莱坞分局刑警队交给你。”

艾德浑身刺痒。

“艾德，你今年31岁。你父亲到33岁才当上警督。”

“交给我了。”

第三十章

变态佬巡查。

克里奥蒂斯·约翰逊，有前科的性犯罪者，新伯特利卫理圣公锡安教会的牧师，伊内兹·索托被绑架当晚有不在场证明，他在七十七街醉鬼仓里。戴维斯·沃尔特·布什，有前科的性犯罪者，六名目击者证明他不在场，他们在新伯特利卫理圣公锡安教会的休息室彻夜掷骰子赌博。弗莱明·彼得·汉利，有前科的性犯罪者，整晚都在中央医院。

变态佬巡查，打电话到鹰岩医院，医院说德怀特·吉列是活着进去的。躲过一劫，娘娘腔没死在他手上。

又是四个前科性犯罪者有不在场证明，跑一趟法院监狱。斯坦斯兰喝多了土酒，一名狱卒请他喝私酿鸡尾酒。他开始说胡话：艾德·埃克斯利，丹尼鸭搞艾里斯·洛韦。

巴德回家淋浴后，向车管所询问有关皮尔斯·帕切特和琳恩·布雷肯的消息。又打了个电话给西谷分局内务处的一个哥们儿。结果很好，吉列没有投诉，三个人在查凯西命案。

再冲个澡，他还能闻到这一天留在身上的气味。

巴德开车去布伦特伍德，找皮尔斯·莫尔豪斯·帕切特问话，此人没有犯罪记录，对一个列在鸡头记录册上的名字来说很奇怪。格雷特纳格林路1184号，一幢西班牙式大宅，全漆成粉色，许多瓷砖。

他停车，走上去。门廊灯亮起，灯光柔和，照亮一个坐在椅子上的男人。他符合帕切特的车管所记录，就生日而言年轻得出奇。“你是警察？”

他的手铐挂在腰带上：“对，你是皮尔斯·帕切特？”

“正是。你是给警察慈善基金筹款的吗？上次你们直接打电话给我的办公室。”

帕切特瞳孔缩小，有可能嗑了什么药。长期健身的肌肉，贴身衬衫勒出线条。声音轻松，像是经常坐在黑暗里等警察上门。“我是重案组的警探。”

“哦？谁被杀了？为什么觉得我能帮忙？”

“一个姑娘，叫凯西·简威。”

“只回答了我的一半问题，先生怎么称呼？”

“叫我怀特警员。”

“那就叫你怀特先生好了。再问一遍，为什么觉得我能帮忙？”

巴德拖过一把椅子：“认识凯西·简威吗？”

“不，不认识。她声称认识我？”

“不。你昨晚午夜前后在哪儿？”

“就在这儿，主持一场酒会。要是非得逼我，虽说不愿意，但我会提供一份宾客名单。你为什么——”

巴德打断他：“‘公爵’迪尔伯特·凯斯卡特。”

帕切特叹息道：“我也不认识他。怀特先生。”

“德怀特·吉列、琳恩·布雷肯。”

帕切特扬起大大的微笑：“嗯，这两位我认识。”

“嗯？接着说。”

“允许我先问一句。我的名字是他们中的一位告诉你的吗？”

“我收拾吉列，逼他交出卖淫记录册。他想吃掉有你和布雷肯这两个名字的那一页。帕切特，为什么一个下三滥鸡头有你的号码？”

帕切特俯身道：“你关心和简威命案无关的犯罪事实吗？”

“不关心。”

“知道了也不认为必须向局里报告，对吧？”

这孙子倒是有格调。“没错。”

“那就听仔细了，因为我只说一遍，要是传出去是我说的，我会否认。我经营应召女郎。琳恩·布雷肯是其中之一。几年前我从吉列手里买下琳恩，吉列想吞掉我的名字，是因为他知道我讨厌和害怕警察，他没想错，要是我认为是他把警察引到我这里的，我会像碾死虫子似的碾死他。怎么说呢，我待我的姑娘们很好。我自己也有几个已经成年的女儿，还有一个女儿早夭。我不喜欢伤害女性，实话实说：我有很多钱，能让我幻想成真。这个叫凯西·简威的姑娘死得惨吗？”

凯西被活活打死。“对，非常惨。”

“那么，怀特先生，请务必抓住凶手。要是成功，我会给你一大笔赏金。要是这违背你的道德准则，那我就捐给警察慈善基金。”

“谢谢，但还是算了。”

“违反你的原则？”

“我没什么原则。跟我说说琳恩·布雷肯。她上街拉客吗？”

“不，应召上门。吉列给她拉的嫖客不像样，简直是糟蹋人。顺便说一句，我对我手下姑娘接的客人很挑剔。”

“你从吉列手里买下了她。”

“一点不错。”

“为什么？”

帕切特微笑：“琳恩很像女演员维罗妮卡·莱克，我需要她充实我的小小工作室。”

“什么‘小小工作室’？”

帕切特摇摇头："不说了。我欣赏你咄咄逼人的态度，我感觉这已经是你最讲礼貌的样子了，但我能说的只有这些。我很合作，你再问下去，我就只好请你见我的律师了。想知道琳恩·布雷肯的地址吗？我猜她根本不清楚简威小姐的事情，但你要是坚持，那我就打电话给她，请她合作。"

巴德指着房子说："我有她的地址。这地方就是靠经营应召女郎来的？"

"我是金融家，有化学方面的高等学历，在医药业做了好些年，投资也很成功。用'企业家'这个字眼总结我就再合适不过了。你别拿罪犯黑话套我，怀特先生，别让我后悔跟你说实话。"

巴德打量他。一赔二，他确实在说实话，认为警察好比小虫，说实话有时候很有用。"好吧，那就到此为止了。"

"谢谢。"

掏出笔记簿："你说吉列为琳恩·布雷肯拉皮条，对吧？"

"我不喜欢'拉皮条'这个词，不过答案是对。"

"那好，你还有其他姑娘上街拉客、电话拉客吗？"

"不，我的姑娘要么是模特，要么是我救回来的好莱坞心碎姑娘。"

巴德突然变色道："你不太读报，对吧？"

"是啊，尽量避免看见坏消息。"

"但肯定听说过夜枭大屠杀。"

"当然，我又不是住在岩洞里的原始人。"

"'公爵'凯斯卡特是其中一名受害者。他是鸡头，最近有个男人四处打听他，想招揽姑娘做应召生意。吉列让凯西·简威上街卖，而你认识他。我觉得你做生意说不定认识什么人，能给我点这个男人的线索吗？"

帕切特跷起腿，伸个懒腰："那么，你认为也许是这个'男人'杀了凯西？”

“不，我不这么认为。”

“还是你认为是他主使了夜枭案？我还以为凶手就是那几个黑种年轻人呢。怀特先生，你到底在调查什么案子？”

巴德攥紧椅子，椅子纤维崩裂。帕切特举起双手，掌心向外。“你那个问题的答案是没有。德怀特·吉列是那方面我唯一有交往的人。低等卖淫不属于我的专业领域。”

“闯空门呢？”

“闯空门？”

“破坏和擅自闯入。凯斯卡特的公寓被搜查过，所有表面都擦得干干净净。”

帕切特耸耸肩：“怀特先生，你开始说天书了。我实在不明白你到底在讲什么。”

“是吗？那么淫秽书刊呢？你认识吉列，吉列把琳恩·布雷肯卖给你，吉列把凯西·简威卖给凯斯卡特。凯斯卡特据说正在开展黄书业务。”

“黄书”刺激了他，眼神微微一闪。巴德说：“有印象了？”

帕切特拿起杯子，摇晃冰块。“没印象，你的问题越来越离题万里。你这条路倒是独辟蹊径，所以我愿意听你说。不过你快要磨平我的耐心了，我不得不认为你来这儿的动机非常混乱。”

巴德怒气冲冲起身，他镇不住这个男人。帕切特说：“你的某个次要动机和你个人有关，对吧？”

“对。”

“关于那个叫简威的姑娘，我说的都是真话。我或许教唆女人从事非法活动，但她们得到的报酬也很可观，我待她们都很好，会确保她们交往的男人完全尊重她们。晚安，怀特先生。”

巴德边开车边想，帕切特为何一眼看穿他的来意？他隐瞒证据是不是招来了反效果，达德利起疑心，达德利那么精明，知道为了伤害埃克斯利，他愿意做到什么程度。琳恩·布雷肯住在洛斯菲立兹大道下来的诺丁汉路上，他很容易就找到地方，是一幢现代主义风格的三层公寓。彩色灯光射出窗户，他先偷看再按门铃。

人影穿过红、蓝、黄的光束。巴德独自观赏色情表演。

酷似维罗妮卡·莱克的女人，从头到脚光溜溜，苗条的身材，胸部丰满，金发剪成完美的听差头。男人蹲着配合。

巴德看得入神，街上的噪声悄然消失。他屏蔽男人，端详女人在各种光影下的每一英寸娇躯。他开车回家，视野变成隧道，只看得见她。

伊内兹·索托坐在门前台阶上。

巴德走过去。她说："埃克斯利在箭头湖有个地方，我住在那儿。他说过没有附加条件，但忽然出现，说我必须注射一种帮助回忆的药物。我说不行。你知道你是中区黄页上唯一的温德尔·怀特吗？"

巴德扶正她的帽子，把松脱的面纱塞回帽檐下。"你怎么过来的？"

"搭出租车。花了埃克斯利一百块，所以他好歹还有点用处。怀特警员，我不想回忆。"

"亲爱的，你已经在回忆了。来，我给你找个地方住。"

"我想留在你这儿。"

"我只有一张折叠床。"

"我无所谓。第一次一共只有一次嘛。"

"歇一阵，给自己找个大学生吧。"

伊内兹站起身："我都开始相信他了。"

巴德打开门。第一眼看见的就是床，被他和那个卡洛琳还是什么名字的女人搞得凌乱不堪。伊内兹倒头躺下，几秒钟后就酣然入睡。巴德给她盖上被单，他去门厅躺下，卷起警服上衣当枕头。睡意迟迟不来，漫长而怪诞的一天不停闪现。他睡着时满脑子琳恩·布雷肯；快天亮时他翻个身，发现伊内兹蜷缩着躺在身旁。

他让她留在那里。

第三十一章

他知道他在做梦，知道他停不下来。重播让他不停畏缩。

他梦见伊内兹在木屋，说他是“胆小鬼”“投机分子”“用我当垫脚石”。出门时对他言语攻击的火力更密集，说：“怀特警员是条汉子，比你强十倍，脑子不到你一半，也没有大人物老爸。”他放她离开，随后追上去，返回洛杉矶，索托家的窝棚。三个地痞哥哥盛气凌人，老索托盖棺论定：“我已经没有那个女儿了。”

电话铃响。艾德翻身抓起听筒：“埃克斯利。”

“是我，鲍勃·加劳戴特。快祝贺我。”

艾德推走他的梦境：“为什么？”

“我通过执业考试了，所以我既是检察官也是地检署犯罪科的调查员了。难道不厉害吗？”

“祝贺你，早上8点打电话不是为了说这个吧？”

“猜对了，你听仔细。昨夜一个叫杰克·凯勒曼的律师打电话给艾里斯·洛韦。他代表两名证人，是一对兄弟，说能证明‘公爵’凯斯卡特和米基·科恩有关系。他们声称能让夜枭案真相大白。他们因为贩卖苯丙胺被洛城通缉，艾里斯愿意帮他们撤销令状，要是他们和夜枭案有牵连，艾里斯也可以帮他们免予起诉。我们一小时后在美丽华饭店开会，两兄弟和凯勒曼、你、我、洛韦和罗斯·米拉德。达德利·史密斯不来。是萨德·格林的命令，他认为米拉德更适合处理这种事。”

艾德跳下床：“这对兄弟是什么人？”

“彼得和巴克斯特·恩格克林。听说过？”

“没有。这次算是正式审问吗？”

加劳戴特笑道：“岂不遂了你的心？不是，而是凯勒曼读预先准备好的声明，我们和洛韦讨论收不收他们当州证人，有结论了再接手。具体情况我会告诉你的。美丽华饭店停车场，三刻钟？”

“到时候见。”

四十五分钟丝毫不差。加劳戴特在大堂和他碰头，没有握手寒暄，开门见山：“想听听已经掌握的情况？”

“说吧。”

他们边走边说：“他们在等我们，又加了个速记员，两个人是彼得和巴克斯·恩格克林，一个36岁，一个32岁，家住圣贝纳迪诺……身份算是准流氓吧。两人都因为在20世纪40年代初贩卖玛丽珍进过少管所，除了贩卖本尼被通缉外没有其他案底。他们在圣贝纳迪诺有一家合法的印刷作坊，他们就是所谓的天才巧手，他们过世的父亲是号人物。听着：他是大学化学老师，算是走在时代最前列的制药学家，开发出了早期安定类药物。了不起吧？再听这个：他们老爸在1950年夏天去世，为老一代黑帮开发过混合毒品，米基·科恩当初做保镖的时候就保护过他。”

“倒是肯定不会无聊。你认为是科恩策划了夜枭案？别忘了他还在监狱里。”

“埃克斯利，我认为就是在押的三个黑人。匪帮不杀无辜平民。不过实话实说：洛韦挺喜欢黑帮这条思路。来吧，他们在等我们。”

走进309套房，他们在小客厅开会。一张长桌上，洛韦和米拉德面对三个男人：一个中年律师，另外两个很像孪生兄弟，头发稀疏，圆溜溜的小眼睛，烂牙。速记员在卧室门口，抱着打字机准备记录。

加劳戴特搬来椅子。艾德对众人点头，在米拉德身旁坐下。律师在看文件，兄弟两人点燃香烟。洛韦说："为正式记录起见，现在是1953年4月24日上午8时53分。出席者有我，艾里斯·洛韦，洛杉矶市地区检察官、地检署犯罪科的鲍勃·加劳戴特警司，洛杉矶警察局的罗斯·米拉德警监和艾德·埃克斯利警司。雅克布·凯勒曼代表彼得和巴克斯特·恩格克林，今年4月14日夜枭咖啡馆多重命案的潜在检方证人。凯勒曼先生将宣读一份两位委托人预先准备的声明，委托人将在速记员的笔录上签名。为感谢他们自愿做证，地检署将取消于1951年6月8日对彼得和巴克斯特·恩格克林签发的第16114号重罪告票。假如这份声明导致逮捕多重命案凶手被捕，彼得和巴克斯特·恩格克林将在上述案件中享有豁免权，包括从犯、同谋及其他重罪和轻罪。凯勒曼先生，你的委托人是否明白以上所述？"

"是的，洛韦先生，他们明白。"

"他们是否明白在声明宣读后将有可能被召唤接受盘问？"

"他们明白。"

"请宣读声明，律师先生。"

凯勒曼戴上双焦眼镜："我清除了彼得和巴克斯特比较俚俗的口语，整理过他们的用词和句法，敬请记住这一点。"

洛韦拽拽马甲："这方面我们有甄别的能力。请继续。"

凯勒曼读道："我们，彼得和巴克斯特·恩格克林，在此发誓这份声明完全属实。今年3月底，夜枭杀人案前约三周，有人通过我们的合法公司，即圣贝纳迪诺的'速王印刷'，接触我们。接触我们的人是迪尔伯特·'公爵'凯斯卡特，声称他从'某某先生'口中得知我们的名字，某某先生是我们在少管所服刑认识的人。某某先生告诉凯斯卡特说我们经营的印刷所有一台我们自己设计的高速胶印机，这是事实。某某先生还告诉凯斯卡特说我们总是有兴趣‘捞点快钱’，这也是事实。”

众人嗤笑。艾德写下：“受害人苏珊·莱佛茨也是圣贝纳迪诺人，有何联系？”洛韦说：“请继续，凯勒曼先生。我们都有一边笑一边思考的能力。”

凯勒曼说：“凯斯卡特出示人们进行露骨性行为的照片。有些照片相当‘装艺术’。言下之意是，人们身穿五彩戏服，有些特写用红墨水做出栩栩如生的立体效果。凯斯卡特声称他听说我们能快速制作高质量的书刊，我们说这是事实。凯斯卡特还声称他已经用淫秽照片生产了大量书刊，并向我们列出其中牵涉的费用。我们知道我们能用八分之一价格制作同样的书刊。”

艾德递给米拉德一张字条：“风化组是不是在调查淫秽物品案件？”兄弟俩哧哧笑，洛韦和加劳戴特咬耳朵。米拉德递还字条：“对，四人小组，毫无线索。追查（陈述中所谓“怪异戏服”）书刊的线索断了，我们已经放弃。另外，尚无现场报告将凯斯卡特和淫秽物品联系在一起。”

凯勒曼喝口水：“凯斯卡特又说他听说我们已故的父亲‘医生’弗朗茨·恩格克林和正在麦克尼尔岛服刑的洛杉矶黑帮分子梅耶·哈里斯·米基·科恩是朋友。我们说这是事实。凯斯卡特于是提出他的基础方案。他说这些淫秽书刊只能在‘小圈子内’分销，因为拍照和做后期的那些‘怪胎’似乎有很多不可告人之事。他没有深入解释。他说他能接触到一个‘有钱变态’的联络网，他们愿意花大价钱买这种书刊，提议我们同时生产‘普通的操吸画书’，可以大量销售。凯斯卡特声称他能拿到‘变态邮寄名单’，让‘毒虫和妓女’担任模特，还能接触到‘高等应召女郎’，只要她们的‘疯子甜心老爹’点头，就可以来摆姿势照相。凯斯卡特没有深入解释以上各点，也没有提到特定的人名和地点。”

凯勒曼翻过一页：“凯斯卡特说他将负责采购、星探和调停。我们负责生产书刊。我们还要去麦克尼尔岛见米基·科恩，请他提供启动资金，问问他该怎么创建这么一个分销网络。交换条件是科恩可以拿到‘一大坨’分成。”

艾德传字条：“没有名字可供跟进，未免太便宜他们了。”米拉德对他耳语道，“而且夜枭案也不符合米基的风格。”巴克斯·恩格克林哧哧笑，彼得用铅笔掏耳朵。凯勒曼读道：“夜枭案之前大约两周，我们去麦克尼尔岛探望米基·科恩。我们向他提出那套方案。听我们说出主意的人是‘公爵’凯斯卡特，他不但拒绝帮忙，还大发雷霆，说凯斯卡特‘是臭名昭著的王八蛋’。得出结论，我们认为是米基·科恩雇用的枪手制造了夜枭大屠杀，起因是他对‘公爵’凯斯卡特恨之入骨，杀六人只是为了做掉其中一个人而已。另外一种可能性是科恩在监狱活动场上提起凯斯卡特的计划，风声泄露，科恩的对头‘执法人’杰克·华伦收到消息，他总在寻找机会破坏别人的非法勾当，于是刺杀了凯斯卡特，带上五名无辜百姓是为了避人耳目。我们发誓以上证词句句属实，并未遭受肉体或精神上的胁迫。”

两兄弟呱唧呱唧鼓掌，凯勒曼说：“我的当事人欢迎提问。”

洛韦指着卧室说：“先让我和我的同事们聊几句。”

他们走进去，洛韦关上门：“说说结论。鲍勃，你先来。”

加劳戴特点燃香烟：“米基·科恩尽管有许多缺点，但不会因为怨恨而杀人。杰克·华伦只对别人的赌博档口有兴趣。我相信他们的说法，但就我们挖掘出来的情况看，凯斯卡特只是个倒霉的九流货色，做不出这么大的勾当。要我说：这顶多是一份无关证词罢了。我仍然认为犯案的是那三个黑鬼。”

“我同意。警监，你的看法。”

米拉德说：“我觉得有这么一种可能性，但大部分地方还持保留意见。也许科恩在麦克尼尔的活动场上谈起这个勾当，风声传到外面，有人动心想接手。但是，假如这门生意确实和淫秽书刊有关系，那恩格克林兄弟应该要么已经被杀，要么被人找上门来。最近两周我们风化组在查一个黄书案件，我的小组没找到任何线索，砖墙撞了一堵又一堵。我认为艾德和鲍勃应该找华伦聊聊，然后飞到麦克尼尔找米基聊聊。我来盘问隔壁房间那对人渣，然后找风化组我的手下聊聊。我读过夜枭案所有人呈交的现场报告，完全没提到淫秽书刊。我认为鲍勃说得对，这是一份无关证词。”

“同意。鲍勃，你和埃克斯利找科恩和华伦聊聊。警监，你手下有得力好手吗？”

米拉德微笑道：“三个好手和‘垃圾筒’杰克·文森斯。别见怪，艾里斯，我知道他和你小姨子有关系。”

洛韦脸红了：“埃克斯利，你有什么要补充的吗？”

“鲍勃和警监已经说完了，不过有两点我认为值得一提。第一，苏珊·莱佛茨也是圣贝纳迪诺人。第二，假如凶手确实不是在押的三名黑人或其他有色人种帮派，那么夜枭咖啡馆附近那辆车就是存心栽赃，我们要处理的是个巨型阴谋。”

“我认为我们已经抓住了凶手。说到这个，你和索托小姐有进展吗？”

“正在努力。”

“再努力一点。虽败犹荣是哄小学生的，结果才最重要。去吧，各位。”

艾德开车回公寓换衣服，出发去麦克尼尔。他发现门上别着张字条。

埃克斯利：

我仍然认为你就是我说的那种人，不过我打电话回家，和我姐姐聊了聊，她说你来过，看起来很关心我的情况，所以我没那么生气了。你待我挺好（除了耍心眼和打人的时候），也许我也是个投机分子，只是利用你找个地方休息，等身体恢复就接受迪特林先生的工作，因此我根本没资格朝你扔石头。以上就算是我的道歉了，而我依旧拒绝合作。明白了吗？迪特林先生真的肯让我在梦幻乐园工作吗？你给我的钱还没用完，我今天去购物。忙忙碌碌能让我少胡思乱想。我今晚过来。留一盏灯给我。

伊内兹

艾德换好衣服，把备用钥匙贴在门上，留下一盏灯亮着。

第三十二章

杰克在车里等着跟踪巴德·怀特。割伤的双手，染血的衣服，一班警察撞破车库大门，烈性子黑鬼突袭搜查队伍，屋顶混战逃跑。没找到科特斯的水星车，米拉德炸弹还在爆发，还好他只是在电话上听，否则非得吓得拉裤子。

“文森斯，两名证人联系了艾里斯·洛韦。他们说‘公爵’凯斯卡特有个没有实现的计划，就是推销我们正在追查的那种淫秽书刊。我估计事情和夜枭案没关系，但你真的什么都没查到吗？”

他说：“没有。”他问队里其他人查没查到线索。米拉德答道：“没有。”

他没说他的报告全是放屁。他没说哪怕黄书和夜枭案有天大的关系他也不在乎。他没说一天拿不到席德·哈金斯的档案，黑鬼一天不进毒气室，管他们有没有罪，他就一天不得安生。

眼睛盯着大间后门：蓝制服抓来性犯罪者。巴德·怀特进去，挥舞橡皮管。他昨晚跟丢了对象，达德利很恼火。今晚他要盯紧点，然后去找哈金斯：抹掉“马里布老地方”的证据。

怀特出来。光线很好，杰克看见他衬衫上的血迹。他发动引擎，默默等待。

第三十三章

没有彩灯，拉着的窗帘背后亮着白色灯光。巴德按门铃。

门开了，灯光从背后照着琳恩·布雷肯："嗯？你就是皮尔斯说过的那个警察？"

"没错。帕切特有没有说是什么事？"

她拉开门："他说你也不太确定，还说我应该说实话，跟你合作。"

"他怎么说你就怎么做？"

"对。"

巴德走进室内。琳恩说："画是真的，我是妓女。我没听说过凯西那个谁谁谁，德怀特·吉列绝对不会性侵女性。他肯定会用刀杀人。我听说过'公爵'凯斯卡特，基本上是个窝囊废，对手下的姑娘心很软。适合见报的消息就这么多了。"

"说完了？"

"没。我不知道德怀特其他姑娘的情况，我对夜枭案的了解全是从报上看来的。满意了？"

巴德险些笑出声："你和帕切特聊得不错嘛。他昨晚给你打过电话？"

"不，今天上午。怎么了？"

“随口问问。”

“你是怀特警员，对吧？”

“叫我巴德。”

琳恩笑道：“你相信皮尔斯和我告诉你的情况吗？”

“相信，基本相信。”

“你知道我们为什么哄你开心。”

“再这么说话，搞不好会逼我生气。”

“好的。但你知道。”

“对，我知道。帕切特操纵卖淫，也许还有那方面的其他勾当。你们不希望我告发。”

“没错。我们的动机是自私的，所以愿意合作。”

“想听点建议吗，布雷肯小姐？”

“叫我琳恩。”

“布雷肯小姐，听我一句劝。继续合作，贿赂和威胁他妈的连试也别试，否则我就让你和帕切特吃屎吃到天荒地老。”

琳恩笑笑。巴德捕捉到这个瞬间，他看过某部烂片里的维罗妮卡·莱克，艾伦·拉德从战场返乡，发现他的老婆被杀。“巴德，喝点什么吗？”

“好，纯苏格兰。”

琳恩走进厨房，端着两个小杯回来：“那姑娘的案件有进展吗？”

巴德一口喝完：“罪犯有三个人。性侵，所以警察会盘问有案底的所有变态佬，认真调查两个星期，然后放弃。”

“但你不会放弃。”

“也许会，也许不会。”

“你为什么这么在意？”

“以前的事情。”

“以前个人的事情？”

“对。”

琳恩喝一小口：“只是随口问问，夜枭案有结果了吗？”

“罪名会落在已经被捕的那几个黑鬼头上。一个该死的烂摊子。”

“你的衬衫上有血。工作中不可或缺的一部分？”

“对。”

“乐在其中？”

“那要看他们是不是活该了。”

“你说的是伤害女性的男人。”

“聪明。”

“今天这几个活该吗？”

“不。”

“但你还是下手了。”

“对，就像你今天睡的那五六个男人一样。”

琳恩笑道：“其实只有两个。私下里问问，你收拾了德怀特·吉列吗？”

“私下里告诉你，我把他的手塞进了垃圾处理机。”

琳恩没有惊呼，没有愣住：“乐在其中？”

“呃……没有。”

琳恩轻轻咳嗽：“我这个主人真是糟糕。愿意坐一坐吗？”

巴德坐在沙发上，琳恩隔着一臂距离坐下：“重案组警探确实不一样。五年来你是第一个没有在一分钟之内说我很像维罗妮卡·莱克的。”

“你比维罗妮卡·莱克好看。”

琳恩点燃香烟：“谢谢。我不会把这话告诉你女朋友的。”

“你怎么知道我有女朋友？”

“你的上衣皱巴巴的，一股香水味。”

“你猜错了。逢场作戏而已。”

“意思是说……”

“对，我偶尔也做这种事。继续合作，布雷肯小姐。给我说说皮尔斯·帕切特和他的勾当。”

“私下里？”

“对，私下里。”

琳恩抽一口烟，喝一口酒：“好吧，除去他为我做的事情不谈，皮尔斯是个博学多才的人。他研究化学，精通柔道，会保养身体。他喜欢漂亮的女人对他感恩戴德。他有过一场失败的婚姻和一个早夭的女儿。他对手下的姑娘很诚恳，只让我们约会教养良好的有钱人。你可以说他有救世主情结。皮尔斯喜欢漂亮女人，喜欢操纵她们，利用她们挣钱，但其中也有真情实意。第一次见到皮尔斯，我说我的小妹妹死在醉酒司机手上。他真的哭了。皮尔斯·帕切特做生意是个狠角色，没错，他经营应召女郎。可另一方面，他也是个好人。”

听着像实话。“帕切特还做什么生意？”

“没有违法的。他撮合商业和电影交易，对手下的姑娘提供商业建议。”

“淫秽书刊？”

“天哪，那可不是皮尔斯。他喜欢实践，不喜欢观赏。”

“也不喜欢贩卖？”

“对，也不喜欢贩卖。”

说得太流畅了，就仿佛帕切特的黄书嫌疑需要洗白。“我开始觉得你在糊弄我了。这里头肯定有什么变态勾当。拉软皮条是一码事，你把他说得活像神一样是另外一码事。给我说说帕切特那个‘小小工作室’。”

琳恩摁熄香烟：“我似乎不该和你谈这个。”

“我似乎应该把你和帕切特交给风化组？”

琳恩摇摇头：“皮尔斯认为你在搞自己的什么复仇计划，不管你在调查什么案件，排除他的嫌疑、守住他的秘密最符合他的利益。他认为你不会告发他，你除非犯傻才会那么做。”

“犯傻就是我的教名。帕切特还有什么看法？”

“他在等你提要多少钱。”

“我不敲诈勒索。”

“那为什——”

“我他妈只是好奇不行吗？”

“那好吧。知道泰利·拉克斯医生吗？”

“当然，在马里布有一家戒瘾疗养院。龌龊到了骨子里。”

“两点都说得很对，他还是整容医生。”

“他帮帕切特做过整容手术，对吧？他那个岁数看上去不可能那么年轻。”

“这我就不清楚了。泰利·拉克斯帮皮尔斯的小小工作室给女孩整容。有伊娃、凯瑟琳、丽塔和贝蒂。说全了分别是加德纳、赫本、海华丝和葛莱宝。皮尔斯负责寻找有点像电影明星的姑娘，泰利用整容手术做得一模一样。她们陪皮尔斯睡觉，还有精挑细选的客人，都是能帮他撮合电影和商业交易的人物。变态？也许吧。但皮尔斯从姑娘们挣的钱里分出一部分，帮她们投资。他让那些姑娘年满三十就洗手上岸，毫无例外。他不允许她们吸毒，也不虐待她们，我欠他很多。你们警察的脑子能理解这些相互矛盾的细节吗？”

巴德说：“天哪。”

“不，怀特先生。皮尔斯·莫尔豪斯·帕切特。”

“拉克斯把你整成维罗妮卡·莱克的样子？”

琳恩摸摸头发：“不，我拒绝了。皮尔斯为此更加爱我。我其实是黑发，但其他都是原装。”

“你几岁了？”

“下个月满30岁，我打算开一家时装店。看见时间怎么改变一切了吧？假如你下个月遇到我，我就已经不是娼妓了，而是一个黑发女人，模样不怎么像维罗妮卡·莱克。”

“天哪。”

“不，琳恩·玛格丽特·布雷肯。”

答得太快，像是脱口而出：“呃，我还想再见到你。”

“你这是要约我吗？”

“对，因为我付不起帕切特收的费用。”

“可以等一个月吗？”

“不，等不了。”

“那么不许谈正事。我可不想被人当嫌犯看。”

巴德在半空中打个钩，洗清帕切特在凯西和夜枭案上的嫌疑：“成交。”

第三十四章

米基·科恩的牢房。

加劳戴特哈哈大笑，天鹅绒床单，贴着天鹅绒的木架，裹着天鹅绒的马桶圈。墙上的通风孔吹出热气，4月的华盛顿州，还很冷。艾德累极了，他们找“执法人”杰克·华伦面谈，排除他的嫌疑，随后一口气飞了上千英里。凌晨1点，两个警察在等一个病态土匪头打完深夜牌局。加劳戴特拍拍科恩的宠物牛头犬：米基·科恩二世，身穿内衬天鹅绒的毛线衫，显得很时髦。艾德查看盘问华伦的笔记。

喋喋不休，他们都没法让他闭嘴。华伦嘲笑恩格克林兄弟的推测，离题鬼扯洛城的有组织犯罪。

米基·科恩倒霉以后，黑帮活动大体停顿。从内部视点来看，米基帮派已经散伙，瑞士银行里的钱被卷走，那本来是重建资金。科恩帮派的二老板莫里斯·亚赫尔卡得到部分权力，却被他搞得一塌糊涂，投资失败，没钱发工资。华伦说他活得还不赖，也提出他对科恩的看法。

他猜科恩把赌博、高利贷、贩毒和卖淫生意化整为零，精挑细选分包出去。等他假释出狱再重新合并，收回这些生意帮他挣到的钱，重建帮派。华伦基于他的理论猜测嫌犯李·瓦切斯，科恩以前的枪手，看似已经上岸。还有约翰尼·斯托姆潘纳托和亚伯·泰特鲍姆，两个家伙习惯捞偏门，走路都没法走直线。估计三个人依然从事非法勾当，也许是保护科恩的非法利益。帕克局长害怕本地黑帮偃旗息鼓会导致黑手党入侵，刚布置下新的防线，抵挡外地打手渗透。达德利·史密斯和他的两个手下，在加德纳市一家汽车旅馆设立指挥所，把帮派分子打得半死，抢走他们的钱，捐给警察慈善基金，把他们扔回大巴、火车或汽车上，怎么来就怎么回去，从头到尾秘密行事。

华伦的结论：

之所以允许他操盘，是因为必须有人提供赌博服务，否则一群红了眼的单干户就会打得满城子弹乱飞。“围堵”，达德利·史密斯用的词说得很清楚。警方知道他只有在被人放枪的时候才会还击，他懂游戏规则。他，或者是米基因为手淫册子灭掉六个人简直是痴人说梦。不过，世道最近太平静，狗屎风暴正在酝酿。

米基·科恩二世汪汪叫，艾德抬起头。米基·科恩抱着一盒狗饼干走进牢房。他说：“我只杀按江湖规矩非死不可的人。我从不分销色情物品，只和彼得和巴克斯·恩格克林聊过一次，纯粹是看在他们已故老爸的面子上，愿上帝让他的灵魂安息，尽管他是个德国人。我不杀无辜路人，因为戒律不允许，也因为只要不挡财路我就严守十诫。霍普金斯典狱长说了你们的来意，我存心让你们等，因为只有白痴才会以为我会犯那种十恶不赦的愚蠢罪行，那明摆着是二货黑人的行为。不过，既然米基二世喜欢你们，我就给你们五分钟吧。来爸爸这儿，小乖乖！”

加劳戴特狂笑。科恩跪倒在地，咬住一块饼干。小狗跑上来，抢过饼干，亲吻他。米基用鼻子拱小狗，科恩二世尖叫生气。艾德看见过道里有个人，是达维·戈德曼，米基的头号会计，因为自己的税务问题也在麦克尼尔蹲大牢。

戈德曼走过去。加劳戴特说：“米基，恩格克林兄弟说他们提到主意是‘公爵’凯斯卡特出的，你就大光其火。”

科恩吐掉饼干残渣：“知道有个说法叫‘泄愤’吗？”

艾德说："知道，能提供两个其他的名字吗？恩格克林除了凯斯卡特还提到了谁？"

"没有，而且我没见过凯斯卡特本人。我听说他犯过法定强奸罪，据此对他做出判断。但既然我愿意被人论断，那就允许我说：'论断吧，米基大人。'"

"你有没有就建立分销网络给两兄弟任何建议？"

"没有！上帝和我亲爱的米基二世为我做见证，没有！"

加劳戴特说："米基，有个关键问题。你有没有在活动场上谈起他们的提议？你都告诉了谁？"

"我没告诉任何人！色情册子源于罪孽和饥渴！那对疯子兄弟登门的时候，我连达维都赶开了！达维是我的耳目，你看我多么尊重保密这项美德！"

加劳戴特说："艾德，你和典狱长说话的时候，我给罗斯·米拉德打了个电话。他说他找风化组的弟兄问过淫秽书刊的案子，他们什么都没查到。没有凯斯卡特，没有黄书线索。罗斯翻阅了夜枭案的全部现场报告，还是一无所获。巴德·怀特查了凯斯卡特的背景，他也没报告任何结果。艾德，苏珊·莱佛茨来自圣贝纳迪诺应该只是巧合。凯斯卡特再怎么努力也做不成黄书生意。整件事从头到尾都是恩格克林兄弟想撤销令状，好一场闹剧。"

艾德点点头。米基·科恩抱着米基·科恩二世。"父子关系真是值得深思，一场真正的思想盛宴。我的犬类儿子和我，'医生'弗朗茨和两个豁牙的垃圾人渣。弗朗茨是化学天才，为精神病患者做出了伟大的贡献。许多年前我有整整一船海洛因被盗，我想到弗朗茨，想到我要是有他的脑子，而不是我这个诗意头脑，我肯定会自己造白粉去卖。回家吧，小伙子。下流书刊不会帮你们破获命案。就是那些黑人。"

第三十五章

威士忌、金酒、白兰地酒瓶乱倒。施乐兹、蓝带，徽标闪烁。水手痛饮冰啤酒，快乐男女喝得人事不省。离哈金斯的住处还有一个街区，烈酒能给他壮胆。跟踪巴德·怀特前他就知道，此刻有了一千倍的理由。

酒保喊："最后一轮。"杰克喝完汽水，把玻璃杯贴在脖子上。今天又一次涌上心头。

米拉德说"公爵"凯斯卡特卷入什么计划，销售他正在追查的黄书。

巴德·怀特拜访酷似明星的娼妓琳恩·布雷肯，一进去就是两个小时，娼妓送他出门。他跟踪怀特回家，开始梳理证据：怀特认识布雷肯，布雷肯认识皮尔斯·帕切特，皮尔斯·帕切特认识哈金斯。哈金斯知道"马里布老地方"，达德利·史密斯多半也知道。达德利老大跟踪任务的原因：一个妓女被杀，怀特玩出格了。

啤酒徽标明灭：霓虹怪兽。车里有铜指套，席德应该会就范，交出他的档案。

杰克行动起来，去往哈金斯的地方，灯灭着，帕卡德车停在路边。

他走进门用铜指套敲门，敲了三十秒，没有动静。杰克试着推门，不开，便用肩撞门框。门砰然打开。

气味。

杰克如慢镜头一般取出手帕，拔出手枪，手肘贴墙，目的是让灯的开关不留指纹。按下开关，灯亮。

席德·哈金斯在地上，被大卸八块。地毯浸成黑色，地板滑溜溜的全是血。

双臂、两腿被破坏，以怪异的角度脱离躯干。

背后的文件柜倾覆，档案夹扔在地毯上一块干净的地方。

杰克咬住胳膊，防止尖叫。

没有血脚印，说明凶手走后门离开。哈金斯一丝不苟，满身红黑血块。伤口处有缕缕血丝，涡旋花纹酷似黄书里的墨水图案。

杰克拔腿就跑。

绕过屋子，跑下车道。后门半开，洒出灯光。室内地板光滑如水面，没有血迹，脚印被擦掉。他走进去，在水槽下找到几个购物袋。晃晃悠悠走进客厅。翻倒文件柜，里面有五个黑档案夹，分两次搬上车。

凌晨2点20分，宁静的洛城街道，按捺住慌乱。

五十万亿人有动机。没人知道他见过红墨水黄书。砍断手脚会被忽视，被当作精神病人的行径。

他必须找到他的档案。

杰克关灯，用手铐齿锯前门让警察认为是盗贼。他逃之夭夭，没有目的地，只顾开车。

车越开越无聊。他找到一家汽车旅馆，按时计费的炮房：奥斯卡甜梦山房。

他付了一周的租金，拎着购物袋进去，冲澡，穿上臭烘烘的脏衣服。满是蟑螂窝，床头的墙壁油腻腻的。他闻到自己的味道，脏活累得他臭气熏天。他锁上门，翻阅黑档案。

《秘闻》过刊，剪报，偷来的警方文件。一份档案：蒙哥马利·克里福特的老二是全好莱坞最小的，埃洛尔·弗林是纳粹间谍。一份烫手材料：弗林和同性恋作家杜鲁门·卡波蒂。和黑鬼上床的名人，从琼·克劳馥到前地检官比尔·麦克菲尔森。大量毒虫：查理·帕克、安妮塔·奥黛、亚特·派柏、汤姆·尼尔、芭芭拉·佩顿、盖尔·拉塞尔，都是他们的丑闻。未经处理的《秘闻》文章：《黑手党勾结梵蒂冈！！！》《同妻疑云：洛克·哈德森其实该叫萝珂？》《草蜢警报：当心好莱坞的快乐宝贝》。这份完整的档案，内容不咸不淡，包含了毒虫、色魔、花痴、厌女症、黑帮收买的政客，不可能是哈德逊的珍藏。

没有杰克·文森斯警司的材料。

没有《警徽荣光》的材料，那是哈德逊格外关照他们，他知道席德有一份布莱特·切斯的档案。

奇怪。

更奇怪的是《秘闻》抹黑过麦克斯·佩尔茨，却没有他的材料。

也没有皮尔斯·帕切特、琳恩·布雷肯、拉玛·辛顿、鸢尾花。

杰克打量着面前这一堆能撑爆文件柜的黑材料，假如凶手是为了偷档案，那么被拿走的档案肯定不多。

谁有不在场证明？

杰克把档案塞进壁橱。门口挂上“请勿打扰”，返回自己的公寓。

凌晨5点10分。

门环底下留着字条：“杰克——记得咱们星期四要碰面。”“杰克亲爱的——你在冬眠吗？××××——凯。”他进屋，抓起听筒，拨888。

“报警热线。”

杰克用爵士迷般的拖腔说：“哥们儿，我要报告一起杀人案，我要是撒谎，就叫老天收了我。”

“先生，你不是开玩笑吧？”

“不是，我要是撒——”

“请问你的地址，先生？”

“我的地址你别管，我本来想进这家偷东西，却看见了一具尸体。”

“先生——”

“南亚历山大里亚大道421号，记住了？”

“先生，你在哪儿——”

杰克挂断电话，脱光衣服，在床上躺下。估计蓝制服要二十分钟到现场，用十分钟辨别哈金斯的身份。他们傻乎乎地乱转，最后认定是大案，打电话给重案组。值班的想到高级警官，把某个老大从床上叫起来。萨德·格林、罗斯·米拉德、达德利·史密斯，都会立刻想到我大文，一小时内他的电话就会响。

杰克躺在那里，汗水浸透干净床单。6点58分时电话响起。

杰克打着哈欠：“哪位？”

“文森斯，是我，罗斯·米拉德。”

“呃，警监。几点了？什么？”

“别管那些。知道席德·哈金斯住哪儿吗？”

“知道，查普曼公园附近。警监，怎么了？”

“南亚历山大里亚大道421号。快来，文森斯。”

杰克赶紧去刮脸，冲澡，换上一身干净衣服。四十分钟赶到现场，警车停在席德·哈金斯家的草坪上。停尸房的人抬出塑料袋，上面沾了血迹，里面是尸块。

杰克开上草坪停车。一名救护员推出轮床，床单包裹着的血腥。罗斯·米拉德在门口，唐·克莱克纳和道恩·菲斯克刚到车道口。巡警驱赶围观者，记者挤满人行道。杰克走向米拉德说：“哈金斯？”他表现得不怎么震惊，是职业老手气概。

“对，你的好兄弟。抱歉，死得很惨。一个盗贼打电话报警。他打算入室偷窃，却看见这具尸体。门框上有撬痕，所以我相信。你要是吃了东西就别进去看。”

杰克进去看。干血，白色胶带贴出双臂、两腿、躯干的轮廓，标明切断点。米拉德说："有人非常恨他。看见那些抽屉了吗？我猜想凶手杀他是为了他的档案。我请克莱克纳打电话给《秘闻》的发行商了。他会去办公室，拿哈金斯正在采编的东西给我们。"

老罗斯想听他的见解。杰克画个十字，孤儿院以来头一遭，天晓得他为啥这么做。

"文森斯，你是他的朋友。有什么看法？"

"我认为他是人渣！是人就恨他！整个洛杉矶都是你的嫌犯！"

"别急，喂，别急。我知道你向哈金斯透露消息，我知道你俩私底下有交易。要是几天内破不了案，那我就要你给个交代了。"

道恩·菲斯克滔滔不绝地和莫蒂·本迪什说话，保证《镜报》独家报道。杰克说："我会说实话的。否则呢？阻碍警方调查不成？"

"你的责任感值得敬佩。哪，咱们谈谈哈金斯。姑娘、男人，他喜欢什么？"

杰克点燃香烟："他喜欢丑闻。他是个天杀的下九流。搞不好他撒泡尿照了照自己，忽然决定自我了结，谁知道呢。"

唐·克莱克纳走上来，摊开一份《秘闻》：电视大亨性趣独特，热衷先看后玩！最爱变装少年！"警督，我在路口报摊买的。发行商说哈金斯一听《警徽荣光》就浑身发热。"

"很好。唐，你开始拉网排查。文森斯，你过来。"

杰克走到草坪上，米拉德说："事情怎么总落在你认识的人头上？"

"我是警察，又混好莱坞，认识许多人。我知道麦克斯·佩尔茨喜欢啃嫩草。那又怎样？他60岁，而且不是杀人那块料。"

"今天下午再下结论吧。你在夜枭案上，搜查街区，对吧？找科特斯的车？"

"对。"

"现在继续去找车，下午2点来警探局。我要请《警徽荣光》的几个关键角色过来，问几个友好的问题。你可以帮忙缓和气氛。”

比利·迪特林、蒂米·沃尔伯恩，“你认识的人”浮现在眼前。“好的，到时候见。”

莫蒂·本迪什跑过来：“杰克，以后你的独家是不是全归我了？”

闯进车库门，黑鬼丢水果，真正的案件留在汽车旅馆。开车去黑人区的路上，他突然犯了瘾。

他拐向东，在同花大顺酒吧门口停下。克劳德·迪宁的别克就停在前面一个街区，狗东西多半在男厕所卖毒品。

杰克走进去。一切凝固，大文意味着倒霉。酒保倒一杯双份老福斯特，杰克一口喝完，结束了五年斋戒生涯。烈酒让他浑身暖烘烘的，他踹开男厕所的门。

克劳德·迪宁正在注射。

杰克一脚踢翻他，拽出他胳膊上的注射器。搜身，没有抵抗，克劳德在云霄以上第十层。找到了锡箔包着的镇静剂，把针头冲下马桶。他说：“老子回来了。”

他精神抖擞地冲进汽车旅馆，正适合推理演绎。翻阅档案第二轮。

没蹦出什么新东西，他灵机一动，哈金斯没有把“秘密”档案放在家里。凶手杀他如果是为了某份特定的档案，折磨他肯定是想问出存放地点。凶手没有拿走很多档案，他偷走的数量和文件柜的容量不会差太多。席德的大文档案依然下落不明，凶手拿到手也许会留下，也有可能会扔掉。

思路跳跃起来，他认为哈金斯和帕切特有联系，淫秽书刊和色情业就是联系点。暂且不管凯斯卡特和夜枭案的联系，米拉德和埃克斯利认为此路不通，华伦和米基·科恩双双否认，凯斯卡特的黄书生意根本没跑起来。米拉德的报告上说恩格克林兄弟不知道照片是谁拍的，凯斯卡特搞到一些淫秽书刊，被自己的轻浮计划搞昏了头。且不管这些，他掌握的情况如下。

鲍比·英吉、克里斯蒂娜和达瑞尔·伯杰伦逃了。拉玛·辛顿，很可能在鸢尾花仓库朝他放冷枪，毫无疑问也逃了。鸢尾花的客户蒂米·沃尔伯恩被他盘问，联系到比利·迪特林，《警徽荣光》的摄影师，去米拉德的问话现场找他问问。不过必须保持冷静。假设蒂米告诉比利说被他盘问，他砸辛顿车窗时比利也在，但没有声张，两个人要是承认与鸢尾花有关系，就会失去无数东西。另外，罗斯·米拉德并不知道鸢尾花的存在。

开动脑筋，一根接一根地抽烟。

哈金斯尸体的毁伤符合他在鲍比·英吉窝点外找到的黄书里的红墨水照片。其他警察没有见过那几本书，米拉德看过尸体，把砍断四肢视为普通的分尸行为。

哈金斯警告他远离鸢尾花。琳恩·布雷肯是帕切特的娼妓，也许她认识席德。

一个未知因素是达德利·史密斯吩咐他跟踪巴德·怀特，理由是怀特在一桩妓女命案上不服从命令。布雷肯是妓女，帕切特是鸡头。但是，达德利没有提到妓女命案与夜枭案和淫秽书刊案是否有联系，帕切特、布雷肯、黄书和鸢尾花对他来说兴许闻所未闻。先放下恩格克林兄弟和凯斯卡特不管，黄书、帕切特、布雷肯、鸢尾花和哈金斯不可能进入各分局呈交的无数夜枭案文件之中。

苯丙胺让他飘上天了，刺激了他警察的思考逻辑。11点20分，去警探局之前还有时间要消磨。有两条货真价实的线索：皮尔斯·帕切特、琳恩·布雷肯。

布雷肯更近。

杰克开车来到她家，在她的轿车后面停下。等她一个钟头，她要是离开就随机应变。

嗑了药，时间一闪而过，布雷肯家大门紧闭。12点33分，报童把报纸扔向大门。莫蒂·本迪什要是手脚麻利，孩子扔的如果是《镜报》那就错失良机。

门开了，琳恩·布雷肯捡起报纸，打着哈欠回去。报童呼啸而过，装报纸的口袋看得分明是《洛杉矶镜报新闻》。莫蒂，你可别让我失望。

砰！布雷肯摔上门，跑向轿车。她把油门踩到底，掉头向西开上洛斯菲立兹大道。杰克等了两秒钟，跟上去。

车开往西南方向，洛斯菲立兹大道上西大道的日落大街，日落大街一直开，超速十英里。杰克打赌：布雷肯看到报纸后惊慌失措，逃向帕切特家，不想用电话。

杰克向南拐，走捷径，磨轮胎，赶到格雷特纳格林路1184号。西班牙式大宅，宽阔的前院，琳恩·布雷肯还没露面。他忘记了嗑本尼的代价，心跳加速。他停车，打量屋子，室外和附近没人。到门口，绕到侧面，找到几扇窗户。

窗户全关着。后院有园丁在干活，绕过去不可能不被发现。车门砰然关上，杰克跑向前窗，窗关着，但窗帘没拉满，可以偷窥。

门铃响了，杰克眯眼张望。帕切特走到门口，打开门。琳恩·布雷肯把报纸塞进他手里，镜头拉近，恐慌二重唱：嘴唇默然翕动，恐惧非常巨大。杰克把耳朵贴上窗户，只听见自己的心跳声。没必要仔细听，他们不知道席德死了，他们怕得要死，他们没有杀席德。

他们走进隔壁房间，窗帘拉满，无法偷看偷听。杰克跑向车子。

他赶到警探局，迟了十分钟。重案组大间挤满《警徽荣光》人员：布莱特·切斯、米勒·斯坦顿、布景师戴维·默滕斯、护士杰瑞·马萨拉斯，坐满一条长凳。站着的有：比利·迪特林、摄制组和五六个领着公文包的律师。一帮人显得很紧张，道恩·菲斯克和唐·克莱克纳拿着记事簿走来走去。不见麦克斯·佩尔茨，不见罗斯·米拉德。

比利·迪特林用死鱼眼瞪他，其他人挥手。杰克也挥手，克莱克纳抓住他："艾里斯·洛韦要见你。六号审讯室。"

杰克走过去。洛韦盯着后墙上的双面镜，镜子另一头架起测谎仪。现在是米拉德盘问佩尔茨的测谎时间，雷·平克操作仪器。

洛韦看见他："真不希望麦克斯经受这种折磨，你能搞定吗？"

麦克斯是保护政治献金大主顾。"艾里斯，我和米拉德没交情。如果麦克斯的律师建议他接受测谎，那他就必须接受。"

"达德利搞得定吗？"

"达德利和米拉德也没交情，米拉德为人死板。还有，省得你问了，我不知道也不在乎是谁杀了席德。麦克斯有不在场证明吗？"

"有，但他宁可不用。"

"年轻吗？"

"非常年轻。那——"

"会，罗斯会为此指控他。"

"天哪，为了哈金斯这种人渣闹得满城风雨。"

杰克笑道："检察官大人，他泼的一盆脏水帮你当选了。"

"是啊，政治能制造出诡异的盟友，但恐怕没人会缅怀他。我和外面那群律师谈过，他们都保证自己的客户有可靠的不在场证明。他们会提供证词，洗清嫌疑，《警徽荣光》的其他人员也会找到不在场证明，接下来咱们就必须去整个好莱坞大海捞针了。"

一条门缝被打开。"艾里斯，想听点儿建议吗？"

"好啊，说说你最拿手的愤世嫉俗的观点吧。"

"晾着。追查夜枭案，大众想看到水落石出的是那个案子。哈金斯狗屁不如，调查会引出无数狗屎，我们永远逮不住凶手。就这么晾着好了。"

门开了，道恩·菲斯克两个大拇指向下："不走运，洛韦先生。不在场证明前后连贯，听起来靠得住。验尸官认为哈金斯死于凌晨12点到1点之间，这些人都在其他地方，都有目击证人。我们会去查证，但我认为没戏。”

洛韦点点头，菲斯克走出去。杰克说：“就这样吧。”

洛韦微笑：“你有不在场证明吗？你和我小姨子在床上？”

“我一个人在床上。”

“不奇怪，凯伦说你最近很阴沉，难得露面。你看着提心吊胆的，杰克，害怕你和哈金斯的勾当被公开？”

“米拉德要我录一份证词，我会给他的。你难道觉得席德和我真有那么铁？”

“那当然。就像达德利·史密斯、我本人和另外几个著名高官。关于哈金斯，杰克，你说得对。我会这么劝告比尔·帕克的。”

杰克打了个哈欠，本尼的药效就快过去。“这是个烂案子，你不会想起诉的。”

“对，既然受害者帮助我当选，说不定留下了什么记录，说是你向他透露了麦克菲尔森先生所谓的‘黑色欲望’，杰克……”

“明白了，我会盯着的，要是见到你的名字出现，我保证销毁。”

“好兄弟。要是我……”

“对，正好想请你帮个忙。追踪本案的调查报告。席德隐藏了一些秘密丑闻档案，你的名字如果会出现，就肯定在那里面。如果我查到线索，知道了下落，一定会带着火柴去。”

洛韦脸色发白：“没问题，我今天下午就去找帕克谈谈。”

雷·平克敲敲双面镜，把一张图表按在玻璃上，是两条轨迹线，没有大幅的起落。扬声器传出声音：“无罪，但拒绝透露他的不在场证明。是不是去偷腥了？”

洛韦微笑。扬声器里传来罗斯·米拉德的吼声：“去做事，文森斯。夜枭案街区排查，没忘记吧？该死的剧组还没洗清嫌疑，交一份你和哈金斯往来的陈述给我。明早8点以前。”

黑人区在招手。

向南去七十七街分局。杰克再吞一片药，拿起他的搜查地图。班头说黑狗越来越暴躁，有左倾煽动分子在撩拨他们，警察继续遭受垃圾攻击。扫车库的弟兄三人一组出动：一名警探，两名巡警，马路两边各一组人。去一百一十六街和威尔斯大道路口和他的组员会合，他们从中午开始就缺了一个人。

本尼开始起效，杰克恢复精神。他开车去一百一十六街和威尔斯大道路口，遍地煤渣砖的小破房，硬纸板堵住窗口。肮脏的小巷，自行车队伍，黑人孩童在垒水果。他的组员在前面，两名巡警在马路左边，两名蓝制服和一名便衣在右边。所有人全副武装，拿着钢丝剪和长枪。杰克停车，加入左边，变成三人小组。

一等一的狗屁活儿。

警察敲门，获得许可搜查车库。四分之三的百姓装聋作哑，到屋后找到车库，开门，剪锁。右边那组人问也不问，拿着钢丝剪直接进去，晃晃悠悠，朝骑自行车的小孩亮家伙。左边的小孩装硬汉，一个孩子冲他们脑袋扔西红柿。蓝制服朝他头部上方开枪，打掉鸽子窝，击中棕榈树。尘土飞扬的车库一个又一个，就是不见牌号DG114的49款水星车。

黄昏，一个街区的荒弃屋子，窗户破碎，门前杂草丛生。杰克浑身不对劲，牙痛，胸口发紧。他听见马路对面传来大呼小叫，右边的小组砰砰开枪。他望向搭档，然后一起奔过去。

耗子横行的车库里发现了圣杯：紫色49款水星车，拆得只剩下了框架。加州牌照DG114，注册在“甜雷”雷蒙德·科特斯名下。

两名巡警掏出酒瓶。

一辆刷着漂亮车漆的自行车摇摇晃晃，一只白猫在巷口逡巡。

左边的弟兄跳起庆功舞步。

杰克隔着侧面侧窗张望。座位间的地上扔着三把唧筒式霰弹枪，大口径，多半是十二号。

喊声震耳欲聋，有人拍他的脊背，重得能砸碎骨头，孩子跟着喊。一名巡警让大家喝他的酒。杰克痛饮一大口，朝着路灯打空弹仓，最后一枪击中灯泡，周围的人欢呼呐喊。杰克让孩子用他的枪比赛拔枪速度。席德·哈金斯阴魂不散，再喝一大口酒，赶走死鬼。

第三十六章

太平洋餐车的包间。达德利·史密斯和艾里斯·洛韦肩并肩，巴德坐对面。手掌起水泡，三天挥舞橡胶管的结果，一张张性犯罪者的脸孔已经模糊。

达德利说："老弟，一小时前我们找到了车和霰弹枪。没有指纹，但一枚撞针完全符合夜枭案现场弹壳击发点的擦痕。我们在台伯旅馆附近的阴沟里找到了受害者的手袋和钱包，这说明咱们的案件已经近乎滴水不漏。不过，洛韦先生和我想一锤定音。我们需要口供。"

巴德推开他的餐盘。证据全都指回三条黑狗，断了他报复埃克斯利的路："这么说，你们要让聪明小子再去盘问那三个黑人浑蛋了。"

洛韦摇摇头："不，埃克斯利太软。我要你和达德利盘问他们，明天上午，拘留所。雷·科特斯因为耳道感染住进医务室，不过明天一早就会被送回普通牢房。我要你和达德利清早过去，7点如何？"

"卡莱尔和布鲁宁不行吗？"

达德利笑道："老弟，你比他们吓人得多。这个任务明明白白写着'温德尔·怀特'的名字，就像我最近分配给你的其他任务一样。你肯定会感兴趣的。"

洛韦说："警官，案件目前仍旧归艾德·埃克斯利管，但现在荣誉也有你一份了。另外，就当还我一个人情吧。”

“是吗？”

“是的。迪克·斯坦斯兰已被提起六项违反假释条例的指控。完成任务，我撤销其中四项，给他分配一个软心肠的法官。顶多判他入狱九十天。”

巴德站起身：“成交，洛韦先生。也谢谢你的这顿饭。”

达德利笑容可掬：“明早7点见，老弟。为什么走得这么急？约了什么大美人不成？”

“是啊，维罗妮卡·莱克。”

她打开门，完全是维罗妮卡，亮片晚礼服，金色鬈发遮住一只眼睛：“你要是先打个电话，我的模样就不会这么可笑了。”

她看起来很紧张。头发没染好，不均匀，根部露出黑色。“约会对象不好？”

“一个投资银行家，皮尔斯想求他帮忙。”

“你演得好吗？”

“他完全自得其乐，我都不需要演。”巴德大笑，“一过30岁，做这种事就只为寻刺激了。”琳恩大笑，仍旧紧张，她说不定会先摸他，纯粹因为双手没处放而已：“男人如果不使劲装艾伦·拉德，也许会得到真正的琳恩·玛格丽特。”

“值得等吗？”

“你知道值得等，你正在琢磨是不是皮尔斯叫我迎合你。”

他想不出怎么回嘴。

琳恩挽住他的胳膊：“很高兴你想到这一点，我喜欢你。你去卧室等着，我洗掉维罗妮卡和那个投资银行家。”

她赤身裸体走向他，黑发湿漉漉的。巴德强迫自己悠着点，慢慢亲吻她，就仿佛她是他想爱到人生尽头的孤独女人。琳回吻，触摸。巴德总觉得她是演戏，想知道真相。

他们休息，交谈。琳恩谈起她上千页的日记，从亚利桑那州毕斯比念高中开始。巴德说起夜枭案，说起明早要去拷打犯人，对方无法反抗，他就快受不了了。琳恩的表情像是在说“那就别做了”，他无法回答。于是喋喋不休地谈达德利，说那个被强奸的姑娘令人心碎，爱上了他，说他真希望夜枭案能换个方向，可以让他报复他憎恨的那个人。琳恩用轻柔的爱抚回应，巴德说他暂时放下了凯西命案，这个案件很容易让他发疯，就像他收拾德怀特·吉列那么发疯。琳恩问他的家人，他说“我没有家人”。他细数他的法外调查，凯斯卡特，住处被搜查，黄书梦想，圣贝纳迪诺黄页翻到印刷所部分，恰好对上恩格克林兄弟的免刑条件，随即又对不上了，嫌疑回到已经在押的黑种流氓身上。他知道她明白要点，他很受挫折，因为他不够聪明，他其实不是真正的重案组警探，他们拉他入伙是为了吓唬别人。过了一阵，话题逐渐耗尽，巴德不安，因为自己这么快就说了这么多而生气。琳恩似乎觉察到了，她俯身。巴德抚摩她还有点湿的头发，很高兴她和他在一起不必演戏。

第三十七章

证据找到了，受害者的物品在台伯旅馆附近被找到。科特斯的水星车和三柄霰弹枪也已寻获，法医证实有擦痕的弹壳就发射自其中一柄。全世界不会有哪个大陪审团会拒绝提起一级谋杀指控。夜枭案已是板上钉钉。

艾德坐在餐桌前写报告：帕克的最终总结。伊内兹在卧室里，现在是她的卧室了，他提不起勇气说："就让我和你睡吧，看看会怎么发展，另外那件事不急。"她闷闷不乐，看关于雷蒙德·迪特林的书，积累勇气去求他给个工作。得知枪支寻获也没有让她振作起来，虽说这意味着她不需要出庭做证了。证据是她的外伤已经痊愈，肉体痛苦不再让她难受，但精神创伤萦绕不去。

电话铃响，艾德拿起听筒。又一声咔嗒，伊内兹在卧室也接了起来。

"哈喽？"

"艾德，是我，罗斯·米拉德。"

"警监，一向可好？"

"叫我罗斯，孩子，我很好。"

"罗斯，听说车和枪的消息了吗？夜枭案已经是历史了。"

"不完全是，我打电话正是为了这个。我刚和县局一个我认识的警督谈过，他是监狱管理局的。他说他收到风声。达德利·史密斯要让巴德·怀特逼供，明天一大早。我已经把嫌犯转移到另一个囚区去了，他们碰不到的地方。”

“耶稣基督。”

“确实只能求救世主帮忙了。孩子，我有个计划。咱们一早过去，带着新证据和他们对质，尝试合法获得口供。你扮黑脸，我演救世主。”

艾德扶扶眼镜：“几点？”

“7点如何？”

“行。”

“孩子，这意味着要和达德利为敌。”

卧室分机咔嗒一声挂上：“敌就敌呗。罗斯，明早见。”

“好好睡一觉，孩子，我需要你精神抖擞。”

艾德挂断。伊内兹站在门口，穿着他的睡袍，在她身上显得太大：“你不能这么对我。”

“你不该偷听。”

“我在等我姐姐的电话。埃克斯利，你不能。”

“你要他们进毒气室，他们肯定会去。你不想做证，现在我估计你确实不用做证了。”

“我要他们受苦，我要他们受折磨。”

“不行，这么做不对。这个案件需要的是绝对正义。”

她哈哈大笑：“绝对正义对你就像这件睡袍对我，白痴。”

“你已经如愿了，伊内兹，放手吧，去过自己的生活。”

“什么生活？和你同居？你永远不会娶我，你对我恭敬得让我想尖叫，每次我说服自己相信你这人挺地道时，你却总要做点什么事情让我心想：‘圣母在上，我怎么能这么傻？’现在你连这个都要拒绝我？这么一桩小事？”

艾德拿起他的报告：“几十个人建立起这个案件。三个禽兽到圣诞节就会毙命。一个不剩，伊内兹，死得不能再死。还不够吗？”

她大笑，声音更大了：“不够。十秒钟他们就长眠了。六个小时啊，他们打我折磨我拿东西戳我。不，远远不够。”

艾德站起身：“那你就让巴德·怀特去瞎搅和吧。多半是艾里斯·洛韦安排的，伊内兹，他要的是滴水不漏的大陪审团陈述，审判历时两天，大部分时间由他慷慨陈词。怀特会毁掉一个已经十拿九稳的案子。动动脑子，看清楚道理。”

“不，该看清楚道理的是你！三个浑蛋活该要死。我只是个谁也不需要的证人，明天怀特警员也许能帮我伸张一下正义。”

艾德攥紧拳头：“怀特那蛮子是警队的耻辱，还是个玩弄女性的恶心畜生。”

“不，他只是个直来直去的男人，过马路不会前后左右上上下下看个没完。”

“他狗屁不如。猪屎。”

“那也是我的猪屎。埃克斯利，我了解你。你才不关心什么正义呢，你只在乎自己。你明天那么做只是为了伤害怀特警员，只是因为你知道他清楚你是哪块料。你待我像是想爱我，却只给我钞票和社会关系，这些东西你有的是，送出去也不心疼。你不会为我冒任何风险，怀特警员却傻乎乎地为我赌命，丝毫不考虑后果，等我好起来，你会想要我，给我安排个住处，免得被人在公开场合撞见你和我在一起，这让我想吐，就算我没有其他原因去爱笨蛋怀特警员，光凭他知道你是什么人这一点就够了。”

艾德走向她：“我是什么人？”

“只是个平庸的胆小鬼。”

艾德举起拳头，她畏缩，他也畏缩。伊内兹扯开睡袍。艾德看了一眼就扭头，望向墙壁和镶在框里的军功章。找到目标，他抓起勋章扔过房间。还不够。他瞄准一扇窗户，使劲扔出去，却只打中了加厚的窗帘。

第三十八章

杰克醒来，眼前全是淫秽画面。

他在现实世界中首先看见的是破晓天光，然后是巴德·怀特的车停在琳恩·布雷肯家门口。

嘴唇皲裂，从头到脚骨头酸痛。他吞下最后一颗镇静剂，回忆起失去知觉前的最后几个念头。

档案方面一无所获，帕切特和布雷肯是他仅有的哈金斯线索。帕切特的住处有仆人。布雷肯独居，等怀特离开她的床，他就进去逼问。

杰克绞尽脑汁编造跟踪报告撒谎糊弄达德利·史密斯。一扇门砰然关上，仿佛枪声。巴德·怀特走向轿车。

杰克趴在座椅上。车开走，等几秒钟，又是一声关门声。杰克瞥一眼，黑发琳恩·布雷肯也出来了。

她上车，开上洛斯菲立兹大道，向东。杰克跟踪，右边车道，落后一截。清晨车流稀少，这女人无疑心事重重，否则肯定会发现他。

一路向东，来到格伦戴尔。向北上布兰德大街，突然在一家银行门前靠路边停下。杰克拐过路口，在方便观察的地方停车，街角有个杂货店，门口堆着牛奶纸箱。

他蹲下，盯着人行道。琳恩·布雷肯和一个男人交谈，对方神色紧张，小个子，战战兢兢。他拉开银行门，赶她进去。更远处停着一辆福特和一辆道奇，看不清车牌号码。拉玛·辛顿拖着纸箱走在外面。

档案，档案，档案——肯定是。

布雷肯和银行职员拖着纸箱出来，搬上道奇和琳恩的帕卡德。职员锁好银行的门，钻进福特，掉头向南而去，辛顿和布雷肯一前一后，向北而去。

杰克数到十，追上去。

开出一英里，他赶上他们。左右变道，靠近，又拉开。来到格伦戴尔闹市区，向北进入丘陵地带。车流渐渐稀少，杰克找到瞭望点，能清楚看见公路蜿蜒向上。他停车观望，两辆车爬升，到一个岔路口拐弯，消失。

他跟着他们的路径开进一处宿营地，有野餐桌，烧烤坑。两辆车停在一排松树后，布雷肯和辛顿在搬箱子，肌肉小子的小拇指挂着一罐汽油。

杰克下车，摸到一丛矮松树后。布雷肯和辛顿把文件倒进一个大炭火坑。他们转身，杰克跑过去，蹲下。

他们回来，又搬一次，布雷肯拿出打火机，辛顿抱着满怀的文件。杰克站起身，飞起一脚，挥舞枪柄打他的脸。辛顿倒地，扔下文件。杰克扭断他的胳膊，膝盖顶手肘，猛拧手腕。

辛顿脸色变白，进入休克状态。

布雷肯还拿着汽油罐和打火机。

杰克站在炭火坑前，扳开点三八的击铁。

僵持。

琳恩抱着汽油罐，盖子松开，气味浓烈。打火机一闪冒出火苗。杰克压下手臂，瞄准她的脸。

僵持。

辛顿还想爬走。杰克拿枪的手开始颤抖："席德·哈金斯、帕切特和鸢尾花。要么我发现，要么巴德·怀特发现，而我是可以被收买的。”

琳恩灭掉打火机，放下汽油罐：“拉玛怎么样？”

辛顿刨土，啐血。杰克放下枪：“他死不了。再说他朝我放过枪，就算扯平了。”

“朝你放枪的不是他。皮尔斯……反正我知道不是他。”

“那是谁？”

“我不知道。真的。皮尔斯和我不知道是谁杀了哈金斯。我们昨天看报才听说消息。”

炭火坑里，文件夹落在木炭上。“哈金斯的私人丑闻档案？”

“对。”

“对什么？接着说。”

“不说了，先说你的价钱。拉玛向皮尔斯提起过你，皮尔斯认为你属于那种迟早会上丑闻小报的警察。如你所说：你是可以被收买的。那你要多少？”

“我要的东西就在这些档案里。”

“意思是你要换——”

“我知道你和帕切特经营的其他姑娘。我知道鸢尾花的烂事和帕切特贩卖什么东西，包括淫秽书刊。”

琳恩毫无反应，这女人戴上铁石面具。“你们的黄书里有些照片出现了栩栩如生的墨水。红色，和血一模一样。我见过哈金斯的尸体照片。他四肢的伤口和那些照片完全符合。”

铁石面具不为所动。“所以你想问我皮尔斯和哈金斯的事情。”

“对，还有黄书里那些照片是谁搞出来的。”

琳恩摇头：“我不知道那些书是谁制作的，皮尔斯也不知道。他从一个墨西哥阔佬手上批量买入。”

“我恐怕不相信你。”

“无所谓。除此之外你还要钱吗？”

“不要，我敢打赌杀哈金斯的就是那些照片的制作者。”

“也可能是谁看照片看得兴起杀了他。你在乎的到底是哪一样吗？说起来，我似乎敢打赌哈金斯掌握了你的黑材料，所以你才做这些事情，对吧？”

“聪明。我敢打赌帕切特和哈金斯不打高尔夫，也不——”

琳恩打断他：“皮尔斯和席德在策划一起做生意。具体是什么我就不会告诉你了。”

勒索，肯定是。“这些档案就是为了做生意的？”

“无可奉告。我没看过内容，咱们就此讲和怎么样，免得再有人受伤。”

“那就说说刚才在银行发生了什么吧。”

琳恩望着辛顿在地上蠕动：“皮尔斯知道席德把私人档案存放在那家美国银行的保险箱里。看到他被杀的消息，皮尔斯猜测警察迟早会找到那些档案。你要明白，席德有皮尔斯各种交易的档案，都是正派警察不会喜欢的交易。皮尔斯贿赂经理，让我们拿到档案。然后就是现在了。”

杰克闻到纸张和木炭的气味：“你和巴德·怀特。”

琳恩握拳，按在腿上：“他和这些事毫无关系。”

“也还是说来听听吧。”

“为什么？”

“因为我觉得你俩不像年度大众情人。”

内心深处浮上来的笑容，杰克几乎报以微笑。琳恩说：“咱们会达成交易的吧？讲和？”

“嗯，互不侵犯条约。”

“那就把这个也算进去吧。巴德接触皮尔斯，调查一个叫凯西·简威的年轻姑娘命案。他从一个以前认识那姑娘的男人嘴里听到皮尔斯和我的名字。我们当然没有杀她，皮尔斯不希望总有警察转来转去。他吩咐我好好款待巴德，但现在我开始喜欢他了。还有，这些话你可别去告诉他。求你了。”

她连求人都那么优雅。“成交，你可以转告帕切特，地检官认为哈金斯案件臭不可闻，迟早会被打入冷宫。要是我在那堆里找到我要找的东西，今天就当没发生过。”

琳恩微笑，这次他报以微笑。“去看看辛顿吧。”

她走向辛顿。杰克翻看档案夹，找到姓名标签，翻个不停。一连串T，一堆V，找到了：“文森斯，约翰。”

目击证人是当晚在海滩上的正派公民，好市民目睹他枪杀哈罗德·J. 斯科金夫妇，好市民告诉席德换取金钱，好市民害怕“被卷入事端”而没有告诉“当局”。席德贿赂医生压下血检结果，大文的样本里有违禁药品和酒精。他本人在救护车上的供述，坦白犯下十几起敲诈勒索。证据确凿，杰克·文森斯在“马里布老地方”停车场枪杀两名无辜百姓。

“我扶拉玛回我车上，送他去医院。”

杰克转过身：“好得都不像真的了。帕切特还有复本，对不对？”

笑容再次浮现：“对，为了他和哈金斯的生意。席德给了他所有档案的复本，除了皮尔斯本人的，皮尔斯想拿这些档案当保险。我肯定他不信任席德，我们取出了哈金斯所有的档案，所以我相信皮尔斯那份也在里面。”

“对，而你们有我的档案复本。”

“对，文森斯先生。我们确实有。”

杰克试着模仿她的笑容：“我会把我知道的你、帕切特、他的生意和席德·哈金斯的全部事情写成证词，复制好几份，存进不同的保险箱。要是我或我的档案出问题，证词就会被交给洛城警局、地检署和《洛杉矶镜报》。”

“那么，和局了。你不想点火柴吗？”

杰克鞠个躬。琳恩浇汽油，点燃。纸张嗞嗞作响，化为火球，杰克盯着，直到眼睛酸痛。

“回家睡一觉吧，警司，你看起来很糟糕。”

杰克没有回自己家，而是来到凯伦家。

他晕晕乎乎地开车，心慌意乱。他开始觉得走投无路，坏账结清，变得更坏，现在他的账上是白板一块。他想到一个主意，就像他想到要去收拾克劳德·迪宁那样。他没有说出口，没有再三排练。他打开收音机，保持这个念头的新鲜。

播音员声调严肃：

“……洛杉矶南区目前是加州史上最大搜捕行动的焦点。重复一遍，一个半小时以前，天刚破晓，雷蒙德·科特斯、泰隆·琼斯和李洛伊·方坦，也就是夜枭屠杀案的被控凶手，逃出洛杉矶市中心的法院监狱。三人被转移进低等级看守所，等待再次接受盘问。他们把几张床单绑在一起，跳出二楼窗户逃狱而走。以下是越狱后洛杉矶警察局的拉塞尔·米拉德警监的回应录音，他是夜枭案调查组的指挥官之一。

“我……对此次事件负全部责任。我下令将三名嫌犯转移进低等级看守所。我……我们会尽所有努力，以最快速度捉拿他们归案。我……”

杰克关掉收音机。老好人罗斯·米拉德的职业生涯走投无路。全体动员，估计整个警探局都被叫醒参加拉网搜捕。他打着哈欠开完剩下的路程，按门铃时看见重影。

凯伦开门：“亲爱的，你跑到哪儿去了？”

杰克拔掉她头发里的发卷：“嫁给我好吗？”

凯伦说：“好的。”

第三十九章

艾德在第一街和橄榄街路口蹲点。父亲的霰弹枪当备用武器，脑子里重温他的直觉。

他回忆起“甜雷”科特斯说过的话：“罗兰德·纳瓦雷特，住邦克山。有个供潜逃假释犯躲藏的小地方。”

这是悄声告密，麦克风没有捕捉到，估计科特斯都不记得他说过。档案科，纳瓦雷特的大头照，地址是橄榄路中段一幢出租屋，离法院监狱只有一英里。黎明时分越狱，去黑人区一路上不可能不被人看见。估计四个人都有枪。

艾德感到害怕，就像瓜达尔卡纳尔岛1943年。

这是件非法的事，他没有上报这条线索。

艾德开到橄榄街中段。一幢长条板材的维多利亚式的四层房屋，油漆剥落。他跳上台阶，查看邮箱：罗·纳瓦雷特，408室。

大衣裹着霰弹枪，他走进门。长走廊，玻璃门电梯，楼梯。爬上楼梯，他感觉不到自己的脚步。四层，楼梯间，看不见人。他来到408室，扔下大衣。伊内兹的尖叫激励他，他踢门而入。

四个男人正在吃三明治。

琼斯和纳瓦雷特在桌边，方坦在地上，“甜雷”科特斯在窗口剔牙。

不见武器，没人动弹。

“你们被捕了”的怪声音挣扎吐出。琼斯举起双手。纳瓦雷特举起双手。方坦双手抱住后脑勺儿。“甜雷”说：“舌头他妈的被猫咬了，娘娘腔？”

艾德扣动扳机，一次、两次，大号铅弹打断科特斯的双腿。后坐力的威力让艾德不得不靠在门框上，瞄准。方坦和纳瓦雷特起身狂叫。艾德扣动扳机，一发霰弹轰翻两人。一发没打中，强劲的后坐力让半堵后墙倒塌。

黏糊糊，鲜血飞溅，艾德蹒跚前进，擦眼睛。他看见琼斯跑向电梯。

他追上去，滑跤，绊倒，赶上。琼斯猛按按钮，尖声祈祷，离玻璃门只有几英寸：“求你了，基督啊。”艾德近距离瞄准，两次扣动扳机。玻璃和大号铅弹轰碎脑袋。

两腿不再发软，平民在周围狂呼乱叫。

艾德跑下楼，被蓝制服和便衣包围。许多只手拍他后背，许多个人喊他名字。一个声音凑到近处：“米拉德死了。警探局，心脏病发作。”

第四十章

雨天，葬礼。墓前仪式：达德利·史密斯致悼词，牧师做追思演讲。

警探局全员出席，是萨德·格林的命令。帕克叫来记者，埋葬罗斯·米拉德后有个小小的仪式。巴德望着艾德·埃克斯利安慰遗孀，把最上相的侧脸亮给摄影师。

一周的跟拍，头版头条：艾德·埃克斯利，“洛城头号大英雄”——经过“二战”洗礼的坚强斗士，单枪匹马干掉夜枭案凶犯及其同党。艾里斯·洛韦告诉记者说三名嫌犯在越狱前已经坦白，没有人提到黑鬼手无寸铁。艾德·埃克斯利一举成名。

牧师越说越起劲，遗孀开始啜泣，埃克斯利搂住她的肩膀。巴德走开。

闪电，大雨不停，巴德躲进礼拜堂。帕克的聚会已经就绪，演讲台、座椅、桌上摆着三明治。又是几道闪电，巴德望向窗外，看见灵柩入土。尘他妈归尘，斯坦斯兰被判入狱六个月，风传埃克斯利和伊内兹打得火热，杀四个浑蛋，赢一个姑娘。

悼念者过来了，艾里斯·洛韦脚下一滑，屁股着地。巴德倒也撞上了好事：在西谷调查凯西命案，遇到琳恩。暂且不管那些坏事吧。

众人放下雨衣和雨伞，走进礼拜堂，各自落座。帕克和埃克斯利站在演讲台边。巴德摊手摊脚地坐进最后面的一把椅子。

记者带着笔记簿。前排是洛韦、米拉德的遗孀、普莱斯顿·埃克斯利，这对梦幻乐园来说是大新闻。

帕克对麦克风说："这是一个悲伤的时刻，一个哀悼的时刻。我们哀悼一位善良的好人，一名尽责的警官。他的辞世让我们倍感遗憾。拉塞尔·A. 米拉德警监的离去，是米拉德夫人、他的家人和我们所有人的损失。这是难以估量的损失，但我们只能承担。记得我在文学年鉴里读到过一段话，是这么说的：'倘若没有上帝，我怎么能当上大尉？'[①]上帝帮助罗斯·米拉德成为警监，执行上帝的使命，上帝也将保佑我们克服哀恸和损失。"

帕克拿出一个小天鹅绒匣子："尽管亲友离去，生命却将继续。失去一名了不起的警官，又有另一名了不起的警官出现。警探艾德蒙·詹·埃克斯利警司，他在洛杉矶警察局服务十年，其中三年贡献给美国陆军，积累了卓越的功绩。艾德·埃克斯利在太平洋战场勇猛作战，获得杰出服役十字勋章，上周他又在执勤时表现出了难以匹敌的勇气。我很荣幸能向他颁发本警局的最高荣誉：英勇勋章。"

埃克斯利上前。帕克打开匣子，取出蓝色缎带拴着的金质勋章，挂在他脖子上。两人握手，埃克斯利眼含热泪。闪光灯噼啪作响，记者拼命记录，没人鼓掌。帕克敲敲麦克风。

"英勇勋章是一项极高的荣誉，但没有日常的实用价值。除了精神鼓励，它并不会向获颁者奖励高难度的艰苦工作。今天我要动用一项局长很少使用的特权，用工作奖励艾德·埃克斯利。我提拔他连跳两级到警监，并委任他为洛杉矶警察局的机动指挥官，这个职位曾由我们敬爱的同事罗斯·米拉德担任。"

---

① 语出陀思妥耶夫斯基的《群魔》。

普莱斯顿·埃克斯利起身，平民听众起身，警探局弟兄听令起身，萨德·格林竖起两个大拇指打暗号。稀稀落落的掌声，没精打采。艾德·埃克斯利站得笔直，巴德懒洋洋地原地不动。他掏出枪亲吻，假装吹掉枪口的青烟。

第四十一章

盛大的草坪婚礼，长老会典礼，莫罗老头子张罗，承担费用。1953年6月19日：大文喜结良缘。

米勒·斯坦顿当伴郎，琼妮·洛韦当伴娘，香槟潘趣喝得烂醉。达德利·史密斯讲故事，唱盖尔语歌谣，大出风头。帕克和格林应艾里斯·洛韦之邀出席，艾德·埃克斯利少年警监露面。莫罗的社交伙伴占领宾客名单，威尔顿家宽敞的后院挤满了人。

婚礼誓词了结过往，坏账清偿，日历翻到新的一页，他的“保险证词”藏在十四家银行的保险箱里。誓词很吓人，他鼓足勇气站上圣坛。

帕克冷藏哈金斯命案。布雷肯和帕切特维持和平。达德利叫停跟踪怀特，相信了他的假报告：琳恩不存在，怀特晚上泡酒吧。他监视了几天琳恩的住处，看来她和巴德发展顺利，巴德永远没啥脑子。

就像他自己。

牧师说套话，他们说套话，杰克吻新娘。拥抱，拍后背，祝贺者分开两人。帕克拼命挤出暖意，艾德·埃克斯利应付人群，不见他的墨西哥姑娘。他有了新绰号：“霰弹枪艾德”“杀手艾迪”。“洛城头号大英雄”在掮客条子的婚礼上满脸笑容。

杰克在泳池更衣室上方找到一个能一览全场的高处。两位参与者格外显眼，是凯伦和埃克斯利。算他厉害，把握住时机，让警局显得敢作敢为。他可没这个胆子，或者那股怒气。

埃克斯利。怀特。他自己。

杰克数着秘密：他自己的，淫秽书刊和死去的丑闻贩子的莫名交界，淫秽书刊和夜枭大屠杀的千丝万缕关系。他想到巴德·怀特和艾德·埃克斯利。他默念婚礼祷词：愿夜枭案死不复生，恋爱中的无情男人一路顺风。

日历：1954年

报摘：《洛杉矶先驱快报》，6月16日

前警察因连续抢劫杀人被捕

理查德·亚历克斯·斯坦斯兰，现年40岁，前洛杉矶警探和1951年“血腥圣诞节”丑闻的被告，于今日清晨被捕，受到六项武装抢劫和两项一级谋杀指控。与他一起在柏科马区藏身落网的还有现年43岁的“黄鼠狼”丹尼斯·伯恩斯和现年37岁的莱斯特·约翰·米奇克。另外两人受到四项武装抢劫和两项一级谋杀指控。

率队逮捕的是洛杉矶警察局机动指挥官艾德蒙·詹·埃克斯利警监，目前领命暂管警局盗抢科。辅佐埃克斯利警监的是道恩·菲斯克警司和唐纳德·克莱克纳警司。埃克斯利在“血腥圣诞节”丑闻中做证，于1952年将斯坦斯兰送进监狱，他告诉记者：“目击证人通过照片指认了这三名嫌犯。”我们掌握了决定性的证据，三名嫌犯要为洛杉矶中区六家酒铺的劫案负责，其中包括6月9日银湖区的索尔酒窖案件。店主和儿子在被抢劫时遭枪杀，目击者做证称斯坦斯兰和伯恩斯均在场。对嫌犯的细致盘问很快就将开始，另外多起未结劫案也有望真相大白。

斯坦斯兰、伯恩斯和米奇克在被捕时没有抵抗。他们被送进法院监狱，斯坦斯兰在试图袭击埃克斯利警监时被制服。

通栏标题:《洛杉矶镜报新闻》，6月21日

斯坦斯兰招供，陈述抢劫威吓行径

通栏标题:《洛杉矶先驱快报》，9月23日

酒铺凶手宣判，前警察获死刑

报摘:《洛杉矶时报》，11月11日

斯坦斯兰因酒铺杀人被处死，前警察沦为抢劫凶徒

昨天上午10点03分，现年41岁的洛杉矶前警察理查德·斯坦斯兰在圣昆廷监狱毒气室被处死，为6月9日谋杀所罗门和大卫·阿布拉莫维奇偿命。凶案发生于一起酒铺劫案的过程中。斯坦斯兰于9月22日定罪，被判死刑，拒绝上诉。

尽管斯坦斯兰显得宿醉未醒，但处决执行顺利。在场者除记者和监狱人员外还有洛城警局的两名警探：率队逮捕斯坦斯兰的艾德蒙·詹·埃克斯利警监和死刑犯的前搭档温德尔·怀特警员。怀特警员在处刑前夕去牢房探望斯坦斯兰，陪犯人度过一整夜。助理典狱长B. D. 特维利杰否认怀特警员向斯坦斯兰提供了烈酒，否认怀特观看处决时同样酩酊大醉。斯坦斯兰辱骂在场的监狱牧师，遗言是针对埃克斯利警监的脏话。

1955年

《秘闻》，1955年5月刊

是谁杀死了席德·哈金斯？

堕落天使之城的正义让我们想起黑暗道德剧《乞丐与荡妇》里的一句台词，它就像“男人”，“阴晴不定”。举例来说，如果你交际广泛，又向恶魔地检官艾里斯·洛韦纳过贡，那么你要是不幸遇害——凶手，当心了！洛城警察局局长威廉·亨·帕克就会不遗余力地找出那个把你送上天堂快车的魔头。可是，假如你是敢于挑战黑势力的本刊记者，在自家客厅里被斩成狗粮——凶手，欢呼吧！帕克局长和他那些假正经、真厌世、没脑子的蠢蛋手下只会束（收黑钱收得磨出老茧的）手旁观，哼唱“正义你阴晴不定”，而凶手则逍遥法外。

两年前，席德·哈金斯在查普曼公园住处的客厅里遭到残害，洛城警局当时把全部人马（死脑筋，渎职犯）都押在臭名昭著的夜枭谋杀案上，结果是一名警察（傲慢而野心勃勃的投机分子）自行其是，用霰弹枪把凶手送下地狱。席德·哈金斯命案交给两个马屁精警探，他们加起来一件谋杀案都没破过，当然这次也没有找到凶手，把大部分时间耗在《秘闻》办公室里阅读过刊寻找线索，狂喝大嚼咖啡和甜甜圈，色眼直瞅我们标致的助理编辑，她们喜欢在《秘闻》办公室扎堆，只因为我们清楚尸体都埋在哪儿……

《秘闻》员工摸到了堕落天使之城的内在脉搏，我们自己调查席德的死因。我们一无所获，只能恳请洛杉矶警察局回答以下问题。

席德的住处被搜查过。席德应该持有的那些超级隐秘、超级机密的超级秘闻档案在哪儿？诸位要知道，那些猛料过于烫手，连我们都不敢刊出。

地检官艾里斯·洛韦能够当选，还不是因为本刊揭露了他在职对手的罪过？他为什么不报答我们，运用他在司法界的力量，督促洛城警局缉拿杀死席德的凶手？

明星警察“杰克”约翰·文森斯，著名的毒品斗士“大文”，他是席德的密友，在席德多篇毒品威胁报道中出过大力。杰克（与艾里斯·洛韦关系密切，我们不会用“掮客”这个词称呼他，但想想总是可以的）为什么不亲自调查，替他的亲密伙伴席德报仇？

这些问题目前都无法回答，除非您，读者大人，愿意发出呼声。请留意以后几期的跟进报道。还有，请记住，亲爱的读者，首先爆料的是我们——小道消息，私下流传，正牌《秘闻》。

《秘闻》，1955年12月刊

正义视点：注意洛韦和文森斯的勾结！

亲爱的读者，我们裹足不前已经太久。我们在5月刊中纪念了王牌揭露记者席德·哈金斯惨死两周年。我们悲哀于命案仍未告破，温和督促洛杉矶警察局、地检官艾里斯·洛韦和他的连襟杰克·文森斯警司采取措施，但我们提出的几个中肯问题均石沉大海。七个月匆匆过去，正义依然没有得到伸张，因此请听一听我们的另外几个问题。

席德·哈金斯那些超级劲爆和超级罪孽深重的秘密档案到底在哪儿？诸位要知道，那些材料过于烫手，连我们都不敢刊出。

地检官洛韦有没有存心阻碍哈金斯命案调查？因为勇士席德在死前刊发了一则文章，揭露《警徽荣光》的制片人兼导演麦克斯·佩尔茨迷恋年轻女孩，而佩尔茨是洛韦1953年竞选地检官时的大金主（五位数！）？

洛韦故意忽视我们的正义呼声，是不是因为他正忙着准备1957年春季重选？杰克·文森斯（我们不想用“掮客”这个词称呼他）忙着再次勒索好莱坞名流，为他的连襟艾里斯筹款，无暇调查席德的死因？

关于了不起的大文，我们还有话要说。

缉毒干将文森斯有没有沉溺醉乡，成天和富家小姐出身的年轻妻子吵架？妻子说服他离开他钟爱的缉毒组，现在是否又因为他去了更危险的监控大队而恼怒不已？

这些都值得深思，亲爱的读者，我们也再次温和督促警局，希望迟到的正义能得到伸张。我们将继续为席德·哈金斯寻求正义。请记住，亲爱的读者，首先爆料的是我们——小道消息，私下流传，正牌《秘闻》。

1956年

《秘闻》，《犯罪观察》特稿，1956年10月刊

科恩假释在望，地下社会一片沉寂；

匪首再度出山，久旱江湖重掀腥风？

您，亲爱的读者，也许还没有注意到，因为你是守法公民，凭借《秘闻》获悉人间黑暗罪恶的一面。本刊一向被指为耸人听闻，但我们怀着同样强烈的欲望想告诉各位的是犯罪的危害，无论是不是有组织犯罪，故而定期刊行《犯罪观察》特稿。本月奉献给大家的是一锅倾向明显的大杂烩，主题是洛城凶恶的黑帮活动。更确切地说，是活动的销声匿迹。焦点人物现年43岁，正在蹲监狱，名叫梅耶·哈里斯·科恩，也就是最厌恶人类的米基大佬，独一无二的米基·科恩。

米基于1951年11月被关进麦克尼尔岛联邦监狱，明年有望获得假释，最迟1957年年末出狱。大家都听说过米基的名声，这位小个子的时髦绅士从1945年到1951年统治洛城的犯罪世界，直到山姆大叔因为逃税把他送进大牢。他总能登上头条新闻，他博学多才，面对现实吧，他魅力无穷。如今他进了麦克尼尔，在众所周知的豪华牢房里冻屁股，宠物牛头犬米基·科恩二世帮他暖脚趾，账房先生达维·戈德曼也被控偷税判刑，牢房和米基就隔几个门洞。自从米基收拾行李住进普吉特湾，洛城黑社会活动就享受（还是忍受？）了一段怪异的停滞期，本刊由于拥有诸多匿名内部消息人士，因而得出了一个或许令人震惊的猜想。听清楚了，亲爱的读者：咱这是小道消息，私下流传，正牌《秘闻》。

1951年11月

米基再见，别忘带牙刷，记得常写信。登上麦克尼尔岛快车之前，米基通知他家二把手莫里斯·亚赫尔卡，让他（莫）暂顶科恩王国的主君头衔，科恩还分割开他的生意，“长期出借”给多名他信任的合法非罪犯商人，急剧缩减规模，由外地黑道悄然遥控。米基也许时常给人凶恶小丑的印象，但他老母生的崽子确实有两个肩膀、一个脑袋。

还能跟上我们的思路吧，亲爱的读者？能跟上？很好，现在听仔细喽。

米基在牢房里消磨人生，日子过得无忧无虑，时光如此飞逝。米基的“授权经营商”给他提成，径直打入瑞士银行的账户，等他假释出狱便能拿到“补偿费”，心思一转就将取回科恩王国。他会重建邪恶帝国，好日子势必再次降临。

米基·科恩阴魂不散，神通广大，因此这些年新上位的匪徒都不敢尝试强占他进入休眠的非法生意。“执法人”杰克·华伦这位著名的暴徒兼赌徒却不一样，他得知蹲监狱的米基计划让打盹的猛犬好好睡一觉，而没有黑帮巢穴可供扫荡的警察乐得悠闲度日。华伦并没有攻击缩减规模的科恩王国，而是建立起一个只做簿记生意的竞争王国，丝毫不怕报复反扑。

另一方面，米基的忠实走狗境况如何呢？嗯，窝囊兮兮的莫·亚赫尔卡在帮授权经营商做三套账，这家伙倒是很擅长数字。达维·戈德曼，和老板一起蹲大牢，绕着麦克尼尔岛活动场遛米基·科恩二世。亚伯·泰特鲍姆，科恩的打手，开了家熟食店，供应以甜菜汤地带[1]脱口秀艺人命名的油腻三明治。李·瓦切斯，冰锥刺耳先生，贩卖秘方药。大家最喜欢的小弟约翰尼·斯托姆潘纳托（绰号“奥斯卡”，因为他那话儿的尺寸比得上奥斯卡奖杯），对拉娜·特纳长年痴心不改，也许又过上了遇见科恩之前敲诈勒索的老日子。假设华伦和米基在米基出狱后不爆发冲突，岂不是天下太平万事无忧，江湖一片欢歌笑语？

也许并非如此。

证据：1954年8月，约翰·费许·迪斯康，据说是科恩的授权经营商之一，在卡佛市一家汽车旅馆门外被枪杀。没有嫌犯，无人落网，目前状态：案子长眠于卡佛警局的未结悬案之中。

证据：1955年5月，内森·扬科勒和乔治·帕列夫斯基，据说负责科恩旗下的卖淫集团，两人均是授权经营商，在里弗赛德县火炬歌酒馆门外被枪杀。没有嫌犯，无人落网，目前状态：里弗赛德县警察说由于缺乏证据，本案已经结束调查。

证据：1956年7月，沃克·泰德·图罗，著名毒品卖家，最近声称希望能“大规模贩卖，上位称霸一方”，被发现在圣佩德罗家中遭到枪杀。各位猜中了吗？没有嫌犯，无人落网，洛城警局湾岸分局的目前状态：悬案，不抱太大希望。

各位，听仔细了：这四个与黑帮有联系或即将与黑帮有联系的倒霉蛋，都死于三人一组的刺客枪下。案件之所以不受重视，是因为咱们备

---

① 指纽约州北部卡兹奇山犹太移民常去的避暑度假胜地。

受尊敬的调查机构认为受害者是人渣，不值得为他们伸张正义。我们很想说弹道检验证明三起案件的凶器相同，但实情并非如此，不过凶手三次用的都是点三零口径手枪。《秘闻》知道各执法机构并没有合力抓捕凶手。事实上，还是《秘闻》首先推测这三起案件有所联系的呢。啧，啧，啧。我们知道杰克·华伦和他的金牌打手在案发时有坚如蟹钳的不在场证明，也知道米基·科恩和达维·戈德曼接受过盘问，他们完全不清楚坏人是谁。有意思吧，亲爱的读者？目前尚无旨在夺取科恩王国的公然行动，但我们听说米基的跟班莫里斯·亚赫尔卡已经吓得六神无主，收拾好行李准备逃往佛罗里达。

米基即将获得假释，接下来将发生什么？

请记住，亲爱的读者，首先爆料的是我们——小道消息，私下流传，正牌《秘闻》。

1957年

洛城警局机密报告

内务处编撰，1957年2月10日

调查警官：道·W. 菲斯克警司，警徽号6129

应警探局局长萨德·格林要求提交

调查对象：温德尔·A. 怀特，重案组

长官：

启动调查时，您说怀特警员进入警探局九年，两次失败后以高分通过警司考试令你吃惊，特别是考虑到达德利·史密斯警督最近恰好升上警监。经过对怀特警员的彻底调查，我发现多项矛盾之处，您或许会感兴趣。您已经看过怀特警员的逮捕记录和人事档案，所以我只集中讲述如下问题。

1. 怀特未婚，无近亲，过去几年内与现年33岁的琳恩·玛格丽特·布雷肯有零星来往。此女在圣莫妮卡开有一家维罗妮卡服装店，风传（无警方记录）曾是妓女。

2. 怀特于1952年由史密斯警督提拔进入重案组，但并未成为史密斯（现）警监期待中的办案能手。1952—1953年，他在史密斯警督指挥下的监控大队工作，成就斐然，于执勤时曾射杀两人。然而，自从（1953年4月）射杀夜枭案连带嫌犯西尔维斯特·菲奇之后，怀特在史密斯手下再无突出表现。但是（相当令人惊讶地），同时也不再有针对他滥用暴力的投诉（参见怀特人事档案1948—1951年，曾有多起被驳回的投诉）。众所周知，那几年直至1953年春天，怀特多次拜访假释出狱的虐妻者，施以口头或肉体攻击。证据指出这种非法惩戒已有近四年不曾发生。怀特仍旧暴躁（如你所知，听说前搭档理·亚·斯坦斯兰被判死刑后，他用拳头击破重案组大间的窗户，因此得到局内警告处分），但同样众所周知的是他时常避免参与史密斯的反黑组行动，与导师史密斯保持距离。谈到任务的暴力性质时，有人听怀特说："那种事我已经没胃口了。"考虑到怀特的名声和过往记录，这个反应很有意思。

3. 1956年春天，艾·詹·埃克斯利轮调指挥重案组，怀特请了九个月的累积病假和休假（众所周知，怀特和埃克斯利警监因1951年圣诞节虐囚事件结怨已久）。在休假期间，怀特（警校成绩说明他智力中等，读写能力低于平均水平）去南加大旁听犯罪学和法医课程，去弗吉尼亚州匡提科参加联邦调查局的"犯罪调查程序"学习班并通过测验（自费）。怀特在进修之前参加过两次警司考试，均告失败，第三次以89分通过。他将于1957年年末晋升警司。

4. 1954年11月，理·亚·斯坦斯兰在圣昆廷被处死刑。怀特请求出席并获得批准。行刑前夕他和斯坦斯兰在死刑牢房彻夜饮酒（据说出于斯坦斯兰的前警察身份，助理典狱长对这种破坏规定的行为网开一面）。埃克斯利警监同样出席，他和怀特在事前事后有否交谈则不得而知。

5. 最有意思的一点留在最后。之所以有意思，是因为它表现出怀特继续（也许越来越严重）过度投入女性受虐和（近期）被谋杀的案件。简言之，怀特对多起未结妓女谋杀案表现出不寻常的兴趣，他认为这些案件有联系。案件发生于过去数年的加州和西海岸各处，受害者姓名、案发日期和死亡地点如下。

简·米德瑞德·汉姆舍尔，1951年3月8日，圣迭戈

凯西·简威，1953年4月19日，洛杉矶

莎朗·苏珊·帕尔维克，1953年8月29日，加州贝克斯菲尔德

萨莉·德维恩，1955年11月2日，亚利桑那州尼德尔斯

克丽茜·维吉尼亚·伦佛罗，1956年7月16日，圣弗朗西斯科

怀特告诉重案组的其他探员说他认为证据上的相似之处证明凶手是同一个人，他自费去上述各案发城市查案。怀特拜访过的刑警认为他很讨厌，不愿和他共享情报，他是否取得进展也不得而知。西谷分局刑警队的指挥官乔·S. 迪森佐警督称他认为怀特的妓女凶案情结始于夜枭案期间，当时怀特对他认识的一名妓女（凯西·简威）被杀动了个人感情。

6. 总之，此次调查令我惊讶。就个人而言，我敬佩怀特为了晋升警司而表现出的积极和坚持精神，还有他对妓女谋杀案的执着态度（尽管不太适当）。面谈人员的名单另件呈交。

此致

敬礼！

道·W. 菲斯克警司，6129，内务处

洛城警局机密报告

内务处编撰，1957年3月11日

调查警官：唐纳德·克莱克纳警司，警徽号688

应警察局局长威廉·亨·帕克要求提交

调查对象：约翰·文森斯警司，监控大队

长官：

由于文森斯警司的工作表现每况愈下，您说您希望考察是否有可能让他提前以创伤养老方式退休，而非等到1958年5月服役满二十年。本人认为这么做并不合适。没错，文森斯明显酗酒。没错，酒精成瘾使他丢掉了《警徽荣光》剧组的工作，洛城警局出于宣传考虑，不得不破财免灾。没错，他已经42岁，无法参与监控大队的高危工作。他的表现之所以会显得每况愈下，是因为文森斯当初任职缉毒组时确实勇猛优秀。通过访谈，我得出结论：他并不在工作时饮酒，所谓每况愈下的表现至多只是“迟钝”和“反应慢”。此外，如果文森斯拒绝提前退休，估计养老金评审委员会将支持他的决定。

长官，我知道您认为文森斯是警局之耻。我同意，但您必须考虑到他和地检官洛韦的关系。警局需要洛韦起诉案件，局长助理史密斯警监也会这么说。文森斯连年为洛韦筹款办事，洛韦下周若是如期重选成功，您如果决定劝退文森斯，他很可能会出手干预。本人建议如下：文森斯留任监控大队直至1958年3月，待新任指挥官带领替换队伍轮调入驻，再委派他去巡逻组跑腿，等1958年5月15日退休日到来。届时，被贬回制服巡逻的文森斯多半会火速办理手续，离开警局。

此致

敬礼！

唐纳德·克莱克纳，内务处

通栏标题:《洛城时报》，3月15日

重选压倒性获胜，洛韦进军州议员?

报摘:《洛城时报》，7月8日

米基·科恩监狱活动场遇袭受伤

麦克尼尔岛联邦监狱官方发表声明，称昨天黑帮分子“米基”梅耶·哈里斯·科恩和“达维”戴维·戈德曼在光天化日之下遭受凶恶攻击而受伤。

将于9月获得假释的科恩和戈德曼当时正在监狱活动场观看垒球比赛，三名蒙面袭击者突然出现，挥舞铅管和自制刺刀。戈德曼肩部被刺两刀，头部遭受重创。科恩侥幸逃脱，仅受皮外轻伤。监狱医生称戈德曼受伤严重，大脑创伤可能无法治愈。袭击者逃之夭夭，目前已展开大规模调查，旨在查明凶手身份。麦克尼尔监狱行政主管R. J. 沃尔夫称：“我们认为这是所谓的买凶杀人，由监狱外的主顾买通囚犯执行。我们将竭尽全力查清真相。”

《秘闻》，1957年10月刊

米基·科恩重返洛杉矶！！！

犯罪黄金时代又将再来?

他是堕落天使之城有史以来最多姿多彩的黑帮分子，各位看官欣赏他在莫卡姆和特洛克夜总会表演，就像看斯特拉迪瓦里老爹用大树制作小提琴。他会说同党达维·戈德曼写的笑话，把厚实的信封塞给县局捐客，和姘头奥黛丽·安德斯或者身边随便哪个风骚小妞跳一曲下流的林迪舞。众人总要偷瞅他的酒桌，女人悄悄打量他的保镖头目约翰尼·斯托姆潘纳托。马屁精、跟屁虫、伪君子、小爬虫等各种江湖混混都要凑到米基大哥身边，得到的奖赏则是笑话、拍背和小费。残疾儿童、流浪狗、救世军和犹太慈善联盟是米基的软肋，但米基也经营簿记、高利贷、赌博、卖淫和贩毒生意，每年平均杀人十几个。人无完人，对吧，各位看官？你在浴室剪了脚指甲不收拾，米基半夜送人上西天。

听着，看官：也有人试图刺杀米基！他这样的翩翩君子？不可能！对，看官，是真的，该来的总是会来。可问题在于，猫有九条命，而米基还要更多，他身边的人不停倒下，他却总能躲过炸弹、子弹和汽油弹，他在麦克尼尔岛监狱活着熬过六年，最近一次刺刀铅管袭击也没能做掉他。现在，他回来了！塞尔德沃，注意了：米基大哥要几十身闪闪发亮的鲨皮西装，特洛克德罗和莫卡姆的卖烟姑娘，准备拿百元大钞的小费吧。米基和他的随从很快就将降临日落大街，还有，是个秘闻哟。没错，各位女士，约翰尼·斯托姆潘纳托就是有那么大，但他只看得见拉娜·特纳，据说他和拉娜最近可不只是悄悄蹭脚……

还是说回米基·科恩吧。《秘闻》的忠实读者肯定记得1956年10月的《犯罪观察》特稿，当时我们估计米基入狱会导致黑社会活动进入“停滞期”。对，几起血案始终没有抓到凶手，铅管和刺刀袭击让米基受伤，跟班达维·戈德曼变成植物人？嗯……警察怎么都抓不到想送米基和跟班上西天的蒙面狱友……

就当这是个警告吧，各位：他风度翩翩，是本地最夺目的风景线，是不可思议、乐善好施的米基大哥。他很难被杀死，因为会有无辜的路人替他挡子弹。米基回来了，他的帮派多半也要东山再起。各位看官，下次去罪孽深重的日落大街泡酒吧，记得穿上防弹背心，以防梅耶·哈里斯·科恩坐在附近。

报摘：《洛杉矶先驱时报》，11月10日

匪首科恩躲过炸弹袭击

今天凌晨，一颗炸弹在假释出狱的黑帮分子米基·科恩家楼板底下爆炸。科恩和夫人拉冯受伤，但炸弹摧毁了衣帽间，里面存放着科恩的三百件定制西装。科恩的宠物牛头犬就睡在附近，因为尾巴烧焦被送进西区兽医院，治疗后已经回家。本报未能联系上科恩，听他发表看法。

机密信件

洛杉矶警察局新晋内务处指挥官的外部机构调查报告附件

下令调查者：威廉·亨·帕克局长

1957年11月29日

亲爱的比尔：

天哪，还记得咱们一起当警司的日子！感觉像是过了一百万年，你说得没错，有机会重操旧业当警察让我非常开心。背着艾德和普莱斯顿找警察谈话让我稍微有点叛徒的感觉，但你说得对：第一，新晋内务处主管确实需要外部机构调查。第二，你选了个本就喜欢艾德·埃克斯利的前警察找兄弟问话。妈的，比尔，你我都喜欢艾德。这也让我乐于在此陈述：摸底调查（地检署犯罪科正在进行，对吧？）之外，我要汇报的全是正面消息。

我和多名警探局刑警和多名制服警察谈过。观点一致：艾德·埃克斯利深受敬重。有些警察认为他射杀夜枭案嫌犯有欠考虑，大多数同事认为他很英勇，少数几人觉得是为了哗众取宠。无论如何，我的看法是艾德·埃克斯利因那次行为而出名，大体上消除了他在“血腥圣诞节”事件中告密带来的不利影响。艾德从警司直升警监广受怨恨，但他在轮调带队期间证明了自己的气概：五年内他指挥了五个部门，建立起大量有价值的人脉，赢得属下的普遍尊敬。你最基本的担心：到他主持内务处的时候，他“不是自己人”的个性容易引来怒火，目前看来并无事实根据。风传艾德将于1958年接管内务处，大家认为他会拼命争取这个职位。我估计他的严苛和聪慧的名声能震住许多有可能贪腐的警察，让他们谨守正道。

众所周知，艾德已经通过警长考试，位列晋升名单第一位。这方面有些异议。目前普遍认为萨德·格林这几年就将退休，艾德很有可能接替他担任警探局局长。我面谈过的大部分人更倾向于达德利·史密斯警监，他年龄较大，经验丰富，更有领袖才能。

以下是我个人的观察结果，可以补充你那份外部机构调查。

1. 艾德和伊内兹·索托有肉体关系，但我知道他绝不会违反警队纪律，和她同居。顺便说一句，伊内兹这姑娘很不错，她与普莱斯顿、雷·迪特林和我已是好朋友，为梦幻乐园做的公关工作更是近乎完美。墨西哥裔又怎样呢？

2. 我找内务处的菲斯克和克莱克纳警司谈过艾德，两人在盗抢组曾是他的属下，简直就是年轻版的埃克斯利，听说他们的英雄有望担任指挥官都大喜过望。

3. 我看着艾德·埃克斯利长大，又当过警察，因此我愿意为他背书：他和他父亲一样出色，我愿意打赌，如果你去数一数，就会发现他破的大案已经超过有史以来任何一位洛城警探。我同样愿意打赌，他很清楚你出于关心正在调查他，好警察都有自己的情报网。

最后我想求个人情。我打算写一本回忆录，记述我在警队的那些年。是否可能把洛伦·亚瑟顿案件的档案借给我？但别让普莱斯顿和艾德知道，我不想让他们认为我临到老年突然想附庸风雅。

希望这封附信对你有用。问海伦好，谢谢你给我机会再当一次警察。

亚特·德西班　谨字

洛城警局调职通告

1. 温德尔·A. 怀特警员，重案组调任好莱坞分局刑警队（同时晋升警司），1958年1月2日生效。

2. 约翰·文森斯警司，监控大队调任威尔夏分局巡逻队，待顶替者到任即生效，但不晚于1958年3月15日。

3. 艾德蒙·詹·埃克斯利警监调任永久职位：内务处处长，1958年1月2日生效。

第三部

内务处

Internal Affairs

第四十二章

新年第二天，太平洋餐车宿醉未消，皱纹彩纸耷拉着，“1958”的标牌亮片脱落。艾德坐在他最喜欢的隔间里，能看见酒廊，镜子映着自己。他看看时间：1958年1月2日下午3点24分。鲍勃·加劳戴特晚点来好了，希望这一刻能尽量延长。

一小时后有个典礼，艾·詹·埃克斯利将得到内务处处长的永久职位。加劳戴特将带来外部机构的评估结果，地检署犯罪科用放大镜勘查他的个人生活。他肯定会通过，他的个人生活无懈可击，送夜枭案凶犯下地狱胜过了“血腥圣诞节”告密，他几年前就料到了。

艾德喝着咖啡，眼望镜子看着自己的模样：差一个月36，模样却有45。金发转灰，额头有皱纹。伊内兹说他的眼睛越来越小，越来越冷酷，金属框眼镜让他显得严苛。他说严苛比软弱强，少年警监需要这个，她哈哈大笑。那是几年前，当时他们还能一起欢笑。

他回忆起那次交谈的时间，是1954年年尾。伊内兹分析：“你疯魔了，居然看着那个叫斯坦斯兰的去死。”那是夜枭案后一年半，所以到今天是四年九个月。看看镜子，岁月无情，他和伊内兹的关系也一样。

他杀死嫌犯让巴德·怀特出局，四条命压倒一条命。刚开始几个月她完全属于他，他证明了自己符合她的标准。他在同一个街区给她买了房子，她喜欢两人温柔的性爱。她接受了雷·迪特林的工作邀约，迪特林爱上了伊内兹和她的传奇：美丽的强奸案受害者被家人抛弃，正符合他本人的痛失，一次离婚，一次丧偶，儿子保罗死于雪崩，儿子比利是娘娘腔。雷和伊内兹成了父女、同事和密友。普莱斯顿·埃克斯利与亚特·德西班和迪特林一样喜欢她，三条硬汉和一个女人的小圈子，因为有机会感受温情而彼此感谢。

伊内兹在奇幻王国收获了友谊，和比利·迪特林、蒂米·沃尔伯恩。他们有个传闲话的小圈子，用来交换好莱坞八卦，嘲笑男性的弱点。“男人”这个词能让他们哄堂大笑。他们取笑警察，在艾德·埃克斯利买的屋子里玩打哑谜。

归根结底，只有伊内兹能证明一切指控。

杀人后他常做噩梦，他们真的该死吗？他被无能撩起了怒火，因此不由自主地扣动扳机。戏剧性的解决方式为警局大大争光，“没有武器”和“不具危险性”这种小细节永远不会浮出水面，断送他的前程。伊内兹用一句话终结他的恐惧：强奸犯半夜把她送到西尔维斯特·菲奇的住处后离开，因此他们有时间犯下夜枭血案。她没有告诉警方，因为她不想回忆菲奇对她犯下的极度丑恶的兽行。他松了一口气，死者有罪，他在愤怒中实施了正义。

伊内兹。

时间过去，光环磨损，两人的关系不可能永远靠她的痛苦和他的英勇支撑。伊内兹知道他不可能娶她，他是警局高官，如果娶了墨西哥裔作为妻子，就是自毁前程。他的爱只剩几丝几缕，伊内兹和他越来越疏远，只是偶尔上床的情人。非同寻常的事件塑造两人的关系，配角阵容也异常强大：夜枭案死者，巴德·怀特。

迪克·斯坦斯兰在吸毒气，观察室里怀特的表情是纯粹的憎恨。他看一眼垂死的迪克·斯坦斯兰，看一眼他，不需要说话。他接管重案组时，怀特请假，省得两人共事。他胜过了哥哥，越来越接近父亲。大案记录令人震惊，5月他将晋升警长，再过几年和达德利·史密斯争夺警探局局长。史密斯总是对他敬而远之，轻蔑之下埋着忌惮和尊敬，而达德利是洛城警局最可怕的角色。他知道他的敌手只怕一件事吗，是蠢得连想象力都没有的暴徒警察的复仇？

吧台前的人越来越多，来了地检署工作人员和几个女人。上次和伊内兹搞得很僵，她只是在伺候付按揭的男人罢了。艾德对一个高个子女人笑笑，她扭过头去。

“祝贺你，警监，你比童子军还干净。”

加劳戴特紧张不安地坐下。

“那你脸色为什么这么难看？说吧，鲍勃，咱们是好搭档。”

“你很干净，但我们零星监控了伊内兹两周，只是固定程序而已。艾德……哦，妈的，她和巴德·怀特睡觉。”

典礼稀里糊涂地过去。

帕克讲演：当今社会受到犯罪浪潮、自由倾向和道德沦丧的冲击，警察和平民面对同样的诱惑，我们必须克制欲望和冲动，担当道德榜样。一个负责守护警局道德的部门，自然需要一位道德楷模指挥，这个人就是艾德蒙·詹·埃克斯利警监，战争英雄和夜枭案英雄。

他也上台讲演，继续胡扯道德。道恩·菲斯克和唐·克莱克纳祝他好运，他脑子乱哄哄的，但还是看懂了意思，他们想当他的左膀右臂。达德利·史密斯使个眼色，容易看懂，意思是：“警探局下一任老大是我，不是你。”

艾德找借口脱身花了很久，来到伊内兹家，混沌的心灵突然澄明。

现在是6点，伊内兹7点左右到家。艾德自己进门，摸黑等待。

时间一分一秒地过去，艾德看着表针移动。6点50分时，钥匙插进锁眼。

“埃克斯利，捉迷藏吗？我看见你的车了。”

“别开灯。我不想看见你那张脸。”钥匙叮当的杂音，手袋落地，“也不想看见你贴在墙上的那些梦幻乐园娘娘腔垃圾。”

“你指的是你花钱买的屋子的墙吗？”

“是你说的，不是我。”

伊内兹靠在门上，说：“谁告诉你的？”

“不关你事。”

“你打算为此毁了他？”

“他？不，我做什么都只会让我显得更加愚蠢。还有，你尽管说他的名字。”

没有回答。

“是你帮他通过警司考试的吧？他那点脑子是不可能通过的。”

没有回答。

“多久了？背着我睡了多少次？”

没有回答。

“多久了，婆娘？”

伊内兹叹息道：“四年左右吧。断断续续，每当我们都需要有人做伴的时候。”

“你指的是不需要我的时候吧？”

“我指的是我受够了被人当强奸受害者对待的时候。指的是想到你为了争取我，可以多么不择手段的时候。”

艾德说：“我带你离开博伊尔高地，让你过上新的生活。”

伊内兹说：“埃克斯利，你让我害怕了。我只是想当个普通姑娘，约会普通男人，而巴德满足了我的要求。”

“不许在这个房子里提他的名字。”

“你指的是你的房子？”

“我让你过上体面的生活。要不是我，你还在石头上摊玉米饼呢。”

“亲爱的，你翻脸翻得真快。”

“还撒过多少谎？除了他，还撒过多少谎？”

“埃克斯利，到此为止吧。”

“不行，你给我说清楚。”

没有回答。

“还睡过多少个男人？还撒过多少谎？”

没有回答。

“告诉我。”

没有回答。

“该死的臭婊子，想想我都为你做了什么。告诉我！”

没有回答。

“我让你和我父亲交朋友。因为我，普莱斯顿·埃克斯利成了你的朋友。你背着我还睡了多少个男人？我为你做了那么多事情，你还撒过多少谎？”

伊内兹声音微弱：“你不会想知道的。”

“我想知道，臭婆娘。”

伊内兹站直：“重要的谎言只有一个，而且完全是为了你。连我的心肝巴德都不知道，希望你能觉得自己受到了特殊对待。”

艾德站起身：“谎言吓不住我。”

伊内兹笑道：“什么都吓得住你。”

没有回答。

伊内兹很冷静：“伤害我的三个黑鬼不可能去夜枭杀人，因为他们整晚都和我在一起。他们根本没离开过我的视线。我撒谎是因为你为我杀了他们，我不想让你后悔。想知道最大的谎言是什么吗？你和你宝贵的绝对正义。”

艾德推开门，捂住耳朵阻隔喧嚣。外面黑暗冰冷，他看见迪克·斯坦斯兰被捆绑着，死去。

第四十三章

巴德查看新警徽，“警员”换成“警司”。他跷起腿放上办公桌，对重案组说再见。

积累五年的文件让小隔间凌乱不堪。达德利说调任好莱坞分局刑警队只是暂时的，他通过警司考试镇住了高层，萨德·格林因为他打破窗户而雪藏他，听说迪克·斯坦斯兰要进毒气室，他左右勾拳猛砸玻璃。倒也公平，他始终没能成为破案高手，因为他经手的大案要么结案，要么被迫停止调查。调职布鲁斯离开警探局总部意味着无法及时看到尸检报告，而那是跟进凯西·简威案件和他确定与其有关的妓女谋杀案的最佳途径。

要带走的东西：

写着“温德尔·怀特警司”的新姓名牌；琳恩的黑发照片，维罗妮卡·莱克永别了。反黑组的照片，是他和达德利在胜利汽车旅馆时拍的。反黑组的铜指套、圆头警棍器具，不如留下算了。

锁在抽屉里的东西：

联邦调查局和法医课程的结业证书；六千块抢劫的赃款，是迪克·斯坦斯兰的遗物。迪克的遗言：一名看守传给他的字条。

搭档啊：

我做了很多坏事，非常后悔。特别后悔的是我当警察那会儿，只是因为心情不好就见谁灭谁，后悔那年圣诞打人，后悔杀了酒铺老板和他儿子。可惜如今想回头已经太晚了。所以我只能说声抱歉，虽然这么做毫无意义。我会尽量像条汉子那样接受惩罚。我总在想你也有可能做我的这些事情，中奖的凑巧是我罢了，我知道你或许也有同样的想法。希望能让你我这种人更警醒一些。我罪有应得死有余辜……但也是因为埃克斯利存心把我往绝路上逼。要说我有什么最终请求的话，那就是你必须让他付出代价，但千万别像我这么蠢，尽做傻事。用脑子和我告诉你去哪儿拿的钱，好好收拾他一顿，就当替迪克·斯坦斯兰警司出气了。真是不敢相信，等你读到这个，我已经死了。

迪克字

最底下一个抽屉上了两把锁：

他的简威和妓女谋杀案资料，他个人的夜枭案资料，教科书级别，就像他在学校里学到的。

两个案件证明他是真正的警探，替迪克向艾德·埃克斯利复仇。他抽出档案重新阅读，从头到尾就像大学生读笔记。

简威连环命案。

和琳恩稳定下来以后，他开始寻找能让他兴奋的东西。勾搭女人无法满足他，他断断续续睡伊内兹也一样。他参加警司考试，两次失败，用迪克的赃款去念书，顺便在反黑组做兼职接火车、飞机、大巴，带有可能犯事的贱人去胜利旅馆，揍个死去活来，再送回火车、飞机、大巴上。达德利管这个叫“围堵措施”，他管这个叫难以接受，觉得就像在看镜子里的自己。重案组像样的案子从来轮不到他，萨德·格林抢去分配给其他人。课程教他学会法医学、犯罪心理学和办案程序等有意思的知识，他决定用在一直折磨他的凯西·简威旧案上。

他阅读乔·迪森佐的办案报告，没有线索，没有嫌犯，归为随机性侵杀人。他阅读尸检重建出的死因报告，凯西被毒打致死，面部遭受重击，凶手系男性，双拳均戴指环。口腔、直肠、阴道有B+血型精液，三次射精，倒真是不紧不慢。他有了灵感，历史支持他的判断，这种性侵杀人魔不可能只作一次案就回家玩手指。

他开始翻查档案，这是他以前最讨厌的事情。

洛城和洛县警局的档案里没有类似的已结或未结案件，这次翻查花了他八个月。他想办法拿斯坦斯兰的赃款当经费去其他警务机构查。奥兰治县和圣贝纳迪诺县一无所获，耗费四个月。在圣迭戈警局找到一桩相符的：简·米德瑞德·汉姆舍尔，19岁，妓女，案发日期1951年3月8日，同样死于殴打，同样三处遭到强奸。没有线索，没有嫌犯，结案。

他阅读洛城和圣迭戈警局的犯罪手法档案，一无所获。他记起达德利警告他别碰简威案件，他责备他一听见女性受虐就发疯。他还是查了下去。一份三州罪案通报电传里有了发现：莎朗·苏珊·帕尔维克，20岁，妓女，案发日期1953年8月29日，加州贝克斯菲尔德。特征相同：没有嫌犯，没有线索，结案。达德利从没提过这份电传，哪怕他知道它的存在。

他去圣迭戈和贝克斯菲尔德阅读文件，纠缠办案警官。他们早就受够了这种案件，对他横眉立目。他试图重建犯罪时间和地点因素，凶案发生时有谁在这些城市。他查阅火车、汽车和飞机记录，但交叉比对没有找到熟悉的名字。他发出三州协查电传，描述凶手的犯罪手法，请求如有相符者请来电商讨。协查通告没有回音。后续几年间又多了三份命案报告：萨莉·德维恩，17岁，妓女，亚利桑那州尼德尔斯，1955年11月2日；克丽茜·维吉尼亚·伦佛罗，21岁，妓女，圣弗朗西斯科，1956年7月16日；玛妮亚·瓦尔多，20岁，妓女，西雅图，两个月前：

1957年11月28日。打来商讨的电话迟到很久，结果相同：零蛋。所有角度、所有学院派手法都试过了，白忙一场。凯西·简威和另外五名妓女遭受强奸，被殴打致死，只有对他而言尚未结案。

带着这份一百一十六页的无头案卷去好莱坞刑警队，他的案件暂时毫无头绪。

他不停翻阅的档案对他来说才是真正的重要案件。迪克·斯坦斯兰的案件，是艾德·埃克斯利的棺材钉。

夜枭案，这几个字他说一遍就起一次鸡皮疙瘩。

从简威案开始，却带回了夜枭案，“公爵”凯斯卡特和淫秽书刊的联系，他扣下的证据，成为整死埃克斯利的秘密情报。那会儿时机对他不利，他不具备追查下去的才智，黑鬼越狱，埃克斯利枪杀嫌犯。夜枭案结案，围绕它的种种古怪疑点被人遗忘。几年过去，他回头捡起简威命案，发现是连环血案。小凯西让他想起夜枭、夜枭、夜枭。

巴德开动大脑。

1953年，德怀特·吉列和辛迪·贝纳维迪斯，是凯西·简威的已知关系人，说有个像“公爵”凯斯卡特的家伙冒出来，声称要抢走凯斯卡特的皮条生意。什么“皮条生意”？“公爵”手下一共只有两个姑娘，但他总说要转做黄书生意。刚开始听着像是白日梦专家的又一个白日梦，但恩格克林兄弟出面证明确有其事，声称凯斯卡特找过他们谈条件：恩格克林兄弟印刷，凯斯卡特负责分销，他们去找米基·科恩筹资。

再看事实：夜枭案后，他进过“公爵”的住处。住处被彻底搜查，擦去指纹。“公爵”的衣物被一件一件地翻过。圣贝纳迪诺黄页起皱，尤其是印刷所那几页。彼得和巴克斯·恩格克林在圣贝纳迪诺有一家印刷所，夜枭案受害者苏珊·南希·莱佛茨来自圣贝纳迪诺。

再看验尸报告：法医通过两点确认尸体属于凯斯卡特，一是齿托碎片交叉比对凯斯卡特坐牢时的牙科记录，二是尸体穿的运动夹克上绣有姓名缩写“D. C.”。齿托碎片确实是加州监狱的标准配件，在州立监狱服过刑的罪犯嘴里都可能有这种植入物。

再看只有他知道的情报：凯西·简威提到“公爵”胸口有条“怪好看的”伤疤。雷曼医生的验尸报告却没提到那条伤疤，尸体的胸部并没有被子弹打烂。最带劲的是，夜枭案受害者身高五英尺八英寸，凯斯卡特的监狱体检表说他身高五英尺九点二五英寸。

结论：在夜枭咖啡馆被杀的凯斯卡特是假货。

再看：淫秽书刊。

辛迪·贝纳维迪斯说“公爵”准备销售黄书，风化组当时也在调查黄书案件。他看过四队的全部报告，所有人都报告称查无线索，罗斯·米拉德死后，淫秽书刊案件无人跟进。恩格克林兄弟描述了“公爵”凯斯卡特的黄书提议，描述他们怎么去监狱见米基·科恩，科恩又怎么拒绝资助。他们认为科恩出于怪异的道德观下令杀人，想法很荒唐。但要是夜枭案确实因米基而起呢？埃克斯利的报告说他和鲍勃·加劳戴特讨论过这个想法，但三个黑鬼恰好越狱，夜枭案也就钉死在了他们身上。

再看：他的推测。

假如科恩把凯斯卡特和恩格克林兄弟的计划告诉了某个狱友，或者他的部下达维·戈德曼说了出去。假如那名狱友假释出狱，宣称要抢夺“公爵”的皮条生意，实际上只是在为假扮“公爵”做铺垫。假如他杀死了“公爵”，偷走几件衣服，最后却偶然走进夜枭咖啡馆，因为“公爵”是那儿的常客。或者更大的可能性是，犯罪会面谈崩了，凶手出去，带着霰弹枪回来，轰杀假扮凯斯卡特的人，打死五名无辜局外人只是想伪装抢劫。

他的推测目前有如下漏洞：他查过麦克尼尔岛的假释记录，从科恩和恩格克林兄弟见面到夜枭案之间，出狱者不是黑人和拉丁裔，就是年龄太大或太小的白人，无法假扮凯斯卡特。然而科恩谈论凯斯卡特的黄书生意，风声也有可能走漏到监狱之外，假扮者听到的消息也许过了四手甚至五手。

推测层层叠叠，证明他有足够的脑子自称警探。

假设夜枭凶案源于黄书勾当，就说明三个黑鬼是无辜的，真凶栽赃把霰弹枪放在雷・科特斯的车里。这说明夜枭店外的紫色水星车纯属巧合，凶手不该知道最近有人看见三个黑鬼在格里菲斯公园乱放枪，因此自然而然被当成头号嫌犯。凶手不知怎的在洛城警局之前找到科特斯的车，抹去霰弹枪上的指纹，栽赃放进车里。事情少说有六种可能性。

1. 科特斯在监狱里把藏车地点告诉了律师。凶手或凶手的同伙接近律师打探消息，或者胁迫律师让科特斯招供。

2. 三个黑鬼有可能向狱友或者凶手安排的探子泄露了藏车地点。

3. 他最喜欢这个猜想，因为最简单。凶手比洛城警局精明，自行搜查车库，优先查看废弃房屋背后的车库，而警方还在慢吞吞地拉网排查。

4. 黑鬼告诉了狱友，狱友获释，被凶手找上门。或者，有个不太可能的猜测：警察里有内鬼，把街区搜查的部署情况告诉了凶手。无法确凿查证，因为法院监狱为了腾出储物空间，销毁了1935—1955年的档案。

5. 三个黑鬼确实有罪。

6. 是另外一群黑鬼开车乱逛，在格里菲斯公园对空放枪，杀死夜枭咖啡馆的六名受害者。他们的48款到50款福特或是雪佛兰，抑或是水星轿车始终没被找到，因为紫色油漆是自己喷的，所以车管所没有记录。

这是个脑力劳动，所有人都以为他根本没这个脑子。他不认为凶手是黑人团伙，因为恩格克林兄弟于1954年年中卖掉印刷所，就此销声匿迹。两年后，他发出寻人协查通告，没有结果。他持续关注的全州无名尸通告里也找不到对得上的记录，没有恩格克林兄弟，没有或许属于正牌“公爵”凯斯卡特的尸体。然而六个月前，跟进圣贝纳迪诺的时候，他得到了一条滚烫的线索。

他找到一名圣贝纳迪诺市民，他见过苏珊・南希・莱佛茨和符合凯斯卡特描述的男人在一起，时间是夜枭案的两周前。他展示凯斯卡特的大头照，对方说：“接近，只缺那根雪茄。”夜枭案的法医认为苏珊·南希在“扑向”隔壁桌的男人，也就是“公爵”凯斯卡特，实际上是个假货，按理说莱佛茨并不认识他。两人为何分别坐两张桌子？有个意外转折：他曾尝试找苏·莱佛茨的母亲谈谈，想找个机会打听一下莱佛茨的男朋友。她拒绝和他说话。

为什么？

巴德收拾打包，里面有纪念品和十磅文件。暂时陷入僵局，没有新的妓女线索，在有机会盘问米基·科恩之前，夜枭案不会复活。出门进电梯，别了，重案组。

艾德·埃克斯利瞪着他走过。

他知道伊内兹和我的事情了。

第四十四章

杰克在五十二街中央大道路口的汉克牧场超市蹲点。门楣的标记上写着："可兑现福利支票。"1月3日是社会救济金发放日，来兑现福利支票的穷鬼在人行道上掷骰子。监控五队得到线报：匿名女人说男朋友及其伙伴打算抢劫超市，她生气是因为男朋友睡了她妹妹。杰克在先锋车上盯着前门，约翰·皮特维奇警司停在五十二街上，他怒目而视，杀气腾腾。

午餐是油炸玉米饼和纯伏特加。杰克打哈欠，伸懒腰，盘算着阿拉贡对皮门特尔的胜率，艾里斯·洛韦想干什么，他今晚要参加一场政治晚宴，和洛韦见面。伏特加烧心，尿憋得厉害。

信号喇叭嘀嘀响，皮特维奇手指人行道，两个白人走进超市。

杰克穿过马路，皮特维奇也走过来，在门口碰头，向内张望。劫匪在收银台，背对大门的两人一手持枪，一手抓钱。

不见店主，不见顾客。杰克眯眼望向远处的过道，墙上有鲜血。搞好消音器，后门有人接应，杰克瞄准劫匪后背开枪。

皮特维奇尖叫，后门传来脚步声，杰克随意开火，追赶。酒瓶在他脑袋上方爆裂，因为有消音器，所以没有砰砰的枪声，只有发闷的噗噗声。两个死酒鬼跑过远处的过道，一扇门正在关闭。皮特维奇开火，轰开那扇门，一个男人蹿过小巷。杰克打空弹仓，男人越过围墙。人行道上传来喊叫声，掷骰子的人在欢呼。杰克重新装弹，跃过围墙，跳进一家人的后院。杜宾犬扑向他，对他咆哮，冲着他的脸龇牙，杰克当头就是一枪，狗喷血倒下。杰克听见枪声，看见围墙爆裂。

两个蓝制服冲进后院。杰克扔下枪，但他们还是开枪了，肆意乱射，打烂围墙。杰克高举双手："警察！我是警察！警察！"

他们慢慢上前，搜他的身，都是毛还没长齐的新人。高个子摸出他的警徽："嘿，文森斯。你以前好像是号人物，对吧？"

杰克一膝盖顶上他的下体，小伙子倒下，同伴瞠目结舌。

杰克扬长而去，找地方喝酒。

他找到一个小酒馆，点了一排烈酒。两杯下肚，止住颤抖；再来两杯，他发表祝酒词。

敬刚被我宰掉的两个人：抱歉，我其实更擅长射杀手无寸铁的平民。我正在被迫退休，所以我必须在满二十年之前再灭几个坏种。

敬我的妻子：你以为你嫁了个英雄，但你逐渐成长，意识到自己大错特错。现在你想去上法学院，像你老爸和艾里斯一样当律师。不必担心金钱问题：老爸买房子送你，老爸让你婚后过得体面，老爸也会付学费。等你读报看见丈夫杀了两个恶棍劫匪，你会以为他们是他枪下的头两条亡魂。错了，早在1947年，禁毒斗士杰克就杀过两个无辜百姓，他甚至想吐露秘密，只要能让婚姻恢复些许生机就行。

杰克又灌下三杯。每次身体里有了足够分量的麻醉品，他就会飘去同一个地方：1953年的黄书案件。

他不怕遭到勒索，他的证词是保险，哈金斯命案被打入冷宫，《秘闻》试图启封，却一无所获。帕切特和布雷肯没有找过他，他们持有席德的大文档案复本，很遵守彼此之间的协议。他听说琳恩和巴德·怀特还是一对，有脑子的妓女和帕切特已经成为历史，只是那个血腥春天的一个坏消息而已。真正让他发疯的是那些黄书。

他把黄书藏在一个保险寄存箱里。他知道它们在那里，知道它们让他兴奋，知道迷恋那些东西会葬送他的婚姻。他全心全意投入婚姻，筑起高墙，不让那年春天打扰他们。连续戒酒一段时间对他有帮助，婚姻对他有帮助。但他无论怎么做都改变不了事实：凯伦逐渐看清他的真面目。

她见过他收拾“两点”帕金斯，他当着她父母说“黑鬼”二字。她猜到他和媒体相互利用尽是谎言。她见过他喝醉，很生气。他讨厌她的朋友，搞砸《警徽荣光》之后，他唯一的朋友米勒·斯坦顿也消失得无影无踪。他厌倦了凯伦，扑向那些淫秽书刊，为之疯狂。

他再次尝试查证模特身份，仍旧没戏。他去蒂华纳购买同类黄书，也没戏。他四处寻找克里斯蒂娜·伯杰伦，找不到，协查电传石沉大海。搞不到真货，他决定仿制。

他雇妓女，威胁应召女郎，把她们打扮成书里姑娘的样子。他让她们三四个人拍一张，一个接一个在被单上连成串。他设计服装和姿势，他模仿原版拍摄自己的照片，重新体验刺激。有时候他想到涂假血的照片，心惊胆战，完全符合血案中的样子。

真女人带来的刺激永远比不上照片，恐惧使他远离鸢尾花，这是黄书的源头。他看不出凯伦害怕什么，她为什么还不抛弃他。

最后一杯，邪恶念头再见啦。

杰克整理干净，走回车上。轮胎盖没了，雨刷折断。汉克牧场超市周围拉起犯罪现场的胶带，停车场里有两辆黑白警车。挡风玻璃上没有罚款单，多半被破坏者拿走了。

他赶到时晚宴早已热闹开场，艾里斯·洛韦，共和党大人物在饭店套间济济一堂。女人身穿晚礼服，男人身穿深色正装。大文身穿卡其布便裤，洒满狗血的套头衫。

杰克叫住侍者，从托盘上取了杯马丁尼。墙上的带框照片吸引住视线。

是一张慷慨激昂的快照，记录了政坛生涯。来源于《哈佛法律评论》，时间是1953年的选举，内容是洛韦告诉媒体说夜枭案凶手在越狱前已经招供。杰克大笑，金酒乱喷，险些被橄榄噎住。他背后有人说：“你以前的打扮比较体面。”

杰克转身：“我以前算是号人物。”

“你这身打扮有什么借口吗？”

“有啊，我今天杀了两个人。”

“明白了。还有吗？”

“有啊，我从背后开枪撂倒他们，又打死一条狗，没等上司露面就溜了。再给你插播一条新闻：我最近一直在喝酒。越说越没意思了，艾里斯，咱们就开门见山吧。你要我对付谁？”

“杰克，小声点。”

“什么打算，老大？参议员还是州议员？”

“杰克，现在不是讨论这个的时候。”

“怎么不是？说实话吧，你准备参加1960年大选。”

洛韦悄声说：“好吧，是参议员。我想求你帮几个忙，但看你现在这个样子，我实在没法开口。等你恢复过来咱们再谈吧。”

现在有观众了，整个大套间。“说吧，我想帮你牵线想得要命。先从谁开始勒索？”

“警司，声音小点。”

提高嗓门儿。“去你妈的，你抬抬手指我就跑前跑后。是我帮你灭了比尔·麦克菲尔森，我麻醉了他，把他和黑姑娘放在床上，我当然有资格知道这次你要我收拾谁。”

洛韦嘶哑低语：“文森斯，你完了。”

杰克把金酒泼在他脸上：“天哪，我求之不得。”

第四十五章

“……我们不但是帕克局长那天所说的‘道德榜样’，还是新旧两代警务工作之间的分界线，旧体系中的升迁全凭提拔，执法依靠恫吓，而新体系完全不同：精英警察团体将奉严格而无偏见的正义之名，大公无私地行使职权。这个精英团队的成员必须符合更高的道德准则，倘若有谁被证明说一套做一套，就会受到极其严酷的惩罚。最后请记住，我们是洛杉矶警察局公众形象的保护者。审读针对兄弟警员的跨局投诉时请牢记这一点，我指派你们去调查往日的同事好友时请牢记这一点。请记住我们的使命是严格施行绝对正义，不惜一切代价。”

艾德顿了顿，望着他的部下：二十二名警司，两名警督。“各位，现在说说具体细节。我来之前，菲利普斯警督和斯丁森警督放权给部下进行现场调查，自己负责督导。从现在开始，我将直接领导现场调查，菲利普斯警督和斯丁森警督轮流担任我的执行指挥官。递交本处的投诉和查询申请先送到我的办公室，我看过内容后再相应地分配任务。克莱克纳警司和菲斯克警司担任我的个人助理，每天早晨7点半和我开碰头会。斯丁森警督和菲利普斯警督，一小时后来我的办公室，讨论我如何接手你们正在进行的调查。各位，散会。”

众人默然散去，集合厅空无一人。艾德回想他的讲演，琢磨关键字句。伊内兹·索托的声音在说“绝对正义”。

倒空烟灰缸，摆正座椅，清理公告牌。拉直讲台旁的旗帜，检查有没有灰尘。回想讲演，想起父亲说过的话：“这个精英团队的成员必须符合更高的道德准则，倘若有谁说一套做一套。”两天前，他的讲演会是真心话。伊内兹·索托把它变成谎言。

旗帜，金边。镀金的投机分子，他杀死那几个人是出于弱者的愤怒。夜枭案凶手的身份赋予愤怒的意义：勇敢履行绝对正义。他扭曲这份意义，支撑大众对他说的话：你是洛杉矶的头号大英雄，你前途无量。巴德·怀特的复仇，那家伙太蠢，理解不了这些。一顶绿帽子，加上一个女人的寥寥数语，他就变成了踩着谎言往上爬的小人，忙着找出路让他虚伪的光荣恢复真实。

艾德走进干净整洁的办公室，没有需要维护的秩序。办公桌上摆着投诉表，他坐进椅子，开始工作。

杰克·文森斯有大麻烦了。

1958年1月3日：监控大队执行蹲点任务时，文森斯射杀两名武装劫匪，匪徒在南城一家超市谋杀三人。文森斯追赶第三名武装劫匪时跟丢了对象，被两名不知道他是警察的巡警拦住。巡警以为文森斯是劫匪团伙成员，朝他开枪。文森斯扔下枪，接受搜身，然后袭击了其中一名警员，并在重案组和验尸官到场前擅自离开。第三名嫌犯仍旧在逃。文森斯去参加一场为地检官艾里斯·洛韦（他的连襟）举办的政治晚宴。文森斯很可能酒醉，在全场宾客注视下言语侮辱洛韦并向洛韦泼酒。

艾德翻阅文森斯的人事档案，到1958年5月就能拿到全额养老金了。再见，“垃圾筒”杰克，你快到头了。几沓他在缉毒组的报告，面面俱到，详细到明显添油加醋的地步。字里行间显露出文森斯对毒品轻罪犯特别感兴趣，尤其是好莱坞名人和爵士乐手。这证实了往日的流言：他抓人前打电话给《秘闻》捞外快。文森斯因“血腥圣诞节”丑闻被调职风化组。又是一摞报告：簿记和记录他非法贩卖烈酒的事。报告的文字没有热情，且大量添油加醋。文森斯在风化组待到1953年春天，罗斯·米拉德掌管部门时，与夜枭案并行的淫秽书刊调查。有一个巨大的异常：文森斯被派去追踪黄书线索，却反复报告查无线索，指出负责此案的其他人也毫无头绪，两次建议中止调查。

与杰克·文森斯的行为模式截然相反。

黄书调查和夜枭案擦肩而过。

艾德回想。

恩格克林兄弟、“公爵”凯斯卡特、米基·科恩。淫秽书刊被判定不是夜枭案的有效线索，并射杀三个黑人，结案。

艾德重读档案。持续多年自吹自擂，在这个案件上却少言寡语。1953年7月，文森斯返回缉毒组恢复旧有模式，一直到他在监控大队走向职业生涯的终点还是这个样子。

极其异常。

与夜枭案同时发生。

1953年春天，又一个联系：席德·哈金斯被杀，成为悬案。艾德按下内部通话按钮。

“什么事，警监？”

“苏珊，查一下1953年4月除了杰克·文森斯警司之外，风化组第四队都还有谁。查到名字和他们的下落。”

半小时后有了结果。乔治·亨德森警司和托马斯·凯夫卡警员已退休，刘易斯·斯塔西斯警司在诈骗组。艾德打给斯塔西斯的上司，十分钟后，斯塔西斯走进他的办公室。

是个魁梧大汉，高个，驼背。斯塔西斯神情紧张，内务处突然跳出来找他是够吓人的。艾德指指椅子，让他坐下。斯塔西斯说：“长官，请问这是……”

“警司，事情和你没关系，和你以前在风化组的一名同事有关系。”

“警监，我好几年前就离开风化组了。”

“我知道，你从1951年年末做到1953年夏天。我轮调开始管风化组的时候，你刚好离开。警司，你和杰克·文森斯合作密切吗？”

斯塔西斯微笑，艾德说：“你笑什么？”

“嗯，我读报看见文森斯做掉了两个劫匪，局里风传说他没打招呼就擅自离开现场。这是严重违纪，我笑是因为猜到他才是你感兴趣的风化组警察。”

“我明白了。那么，你和他合作密切吗？”

斯塔西斯摇头道：“杰克完全是独行侠那种人。你明白的，鼓点和别人不一样。上司偶尔安排我们办同一个案子，顶多也就这个程度了。”

“1953年春天，你们小队负责调查一个淫秽书刊案件，还记得吗？”

“记得，彻底是浪费时间。下流黄书，浪费时间。”

“你本人报告说查无线索。”

“是啊，‘垃圾筒’和其他弟兄也一样。罗斯·米拉德当时在共同指挥夜枭案调查，黄书案子就那么不了了之了。”

“还记得文森斯当时有无举止异常吗？”

“好像没有。我记得他偶尔去集合厅露个面，他和罗斯·米拉德互相看不顺眼。就像我刚才说的，文森斯独来独往。他不和队里的弟兄攀交情。”

“还记得那两个开印刷所的带着黄书情报投案吗？米拉德当时有没有下令特别查什么？”

斯塔西斯点点头：“有，似乎和夜枭案什么地方说不通有关系。我们都对老罗斯说黄书是无论如何也查不出个所以然的。”

一个直觉碰壁。“警司，当时全局都发疯似的在办夜枭案。你记得文森斯有什么反应吗？有什么地方异乎寻常吗？”

斯塔西斯说："长官，我能直话直说吗？"

"当然。"

"嗯，那请允许我说，我一直觉得文森斯是个收黑钱不走正道的小人。除此之外，我记得办黄书案那会儿他有点紧张。对于夜枭案，我敢说他毫无兴趣。逮捕三个黑人的时候他在场，弟兄们找到那辆车和霰弹枪的时候他也在场，但就是显得百无聊赖。"

又来了，没有证据，只有直觉。"警司，好好回忆一下。调查夜枭案和黄书案时文森斯的表现。有什么异乎寻常的地方吗？好好想。"

斯塔西斯耸耸肩："也许有件事，但似乎算不上异乎。"

"说来听听。"

"嗯，当时文森斯就坐我旁边的小隔间，有时候我能清楚地听到他说话。那天我在办公桌前，听到一小段对话，他和达德利·史密斯。"

"然后？"

"然后史密斯请文森斯监视巴德·怀特，说怀特对一桩妓女被杀案动了个人感情，他不希望怀特做出鲁莽的事情。"

艾德皮肤刺痒："还听见什么？"

"听见文森斯同意，剩下的就没印象了。"

"这是在夜枭案调查期间？"

"对，长官，正中间。"

"警司，你记得席德·哈金斯，就是那个丑闻小报的记者，也在当时被杀，对吧？"

"对，案子没有破。"

"记得文森斯有什么评论吗？"

"不记得，但风传他和哈金斯称兄道弟。"

艾德微笑："警司，谢谢。这次谈话不入记录，但同样请你不要告诉别人。明白吗？"

斯塔西斯站起身："明白，但我挺同情文森斯。听说他再过几个月就二十年到头了。也许他跑掉是因为射杀劫匪吓了自己一跳。”

艾德说：“再见，警司。”

某件陈年往事不对劲。

艾德坐在那里，门开着。金边旗帜就在外面，机会敲门。

文森斯也许知道巴德·怀特的丑事。

有个本能反应，他认为在1953年春天时，“垃圾筒”心惊胆战。

能把“黄书勾当”和夜枭案联系起来。

伊内兹·索托的指控，让他杀了三个无辜的人。

要是他在内务处调查中放文森斯一马……

艾德按下内部通话按钮：“苏珊，帮我接洛韦地检官。”

第四十六章

米基·科恩说："我有自己的问题要担心。狗屁夜枭案和狗屁黄书案，我敢拿《圣经》发誓我啥都不知道。我有自己的问题，比方说你看我可怜的宝贝。"

巴德望过去。米基老大的壁炉边有条屁股开花的牛头犬，呼哧呼哧地喘气，尾巴上了夹板。科恩说："那是米基·科恩二世，我的继承人，就快告别这个世界了。11月挨炸弹它逃过一劫，老子的塞尔德沃西装却阵亡无数。它可怜的尾巴感染总是不好，而且吃东西消化不良。警察来问陈年往事不利于它的健康。"

"科恩先生——"

"我喜欢对我用尊称的人。你叫什么来着，再说一遍？"

"怀特警司。"

"那好，怀特警司，我想说我的生活真是多灾多难。当初监狱里那些狗屁暴徒袭击我和我家达维·戈德曼，达维的脑子被打坏了，假释出狱后裸身招摇过市，我不怪他喜欢炫耀，但贝弗利山警察见了不太高兴，这会儿他在卡马里奥疯人院熬九十天观察期呢。你要是觉得这个苦难还不够多，那听听这个：我坐牢时交给朋友照看的生意被无名氏端掉了不少。连我的老伙计都不肯回来跟着我干了。天哪，凯凯、李·瓦切斯、约翰尼·斯托姆潘纳托——”

巴德打断他的演讲：“我认识约翰尼·斯托姆潘纳托。”

科恩火冒三丈：“狗东西约翰尼，是我提拔他从混混勒索犯成为我的保镖，现在他居然拒绝回来，宁可在凯凯餐厅揩油，和‘两点’帕金斯你一杯我一杯，老子有足够的根据说那厮喜欢和犬类朋友玩腊肠。你刚才说你叫怀特？”

“没错，科恩先生。”

“温德尔·怀特？巴德·怀特？”

“正是我。”

“好小子，怎么不早说？”

科恩二世冲着壁炉撒尿。巴德说：“没想到你听过我的名字。”

“听说过，当然听说过，风声传得可远了。据说你是达德利·史密斯的老弟。据说你和达德利老大还有他的另外几个硬小子在所谓的犯罪低潮期为了民主捍卫洛杉矶的治安。加德纳的一家汽车旅馆，拿警棍戳腰眼，啪啪啪砰！要是能让我的老伙计不再揩油，和狗杂种称兄道弟，也许我就能带着生意东山再起。我应该对你好一点，这样你和达德利也会报答我。那么，夜枭案怎么又折腾起来了？”

他的说辞像是早已预备好的。“我听说恩格克林兄弟去麦克尼尔岛找过你，和你谈‘公爵’凯斯卡特的生意。我在想你或达维·戈德曼会不会在活动场上谈起这事，风声就那么传了出去。”

米基答道：“呸，不可能，因为我从没告诉过达维。没错，大家知道我在牢房里谈生意，但具体谈什么我没告诉过任何活人。几年前跟个叫埃克斯利的家伙我也这么说。米基大哥送你点个人见解如何？经过我的仔细思考，除非已经存在一个高利润的市场，否则黄书就不是值得为之杀害无辜旁观者的高利润商品。放弃该死的夜枭案吧，英雄小子宰掉的黑鬼死了也活该，再说搞不好凶手就是他们。”

巴德说：“我不认为‘公爵’凯斯卡特死在了夜枭咖啡馆，我认为死者是个冒充他的家伙。我认为那家伙杀了凯斯卡特，冒用他的身份，结果死在夜枭咖啡馆。我认为整件事的起点就是麦克尼尔岛。”

科恩翻个白眼：“反正和我没关系，好小子，因为我没告诉别人，也不觉得彼得和巴克斯会跑到活动场去散播消息。凯斯卡特那小丑住哪儿？”

“银湖。”

“那就挖开银湖丘陵啊，说不定会找到一副漂亮的陈年骨架呢。”

巴德灵光一闪：圣贝纳迪诺，苏·莱佛茨的母亲在她家时，视线飘向一个增建的房间。“谢谢，科恩先生。”

科恩说：“忘了狗屁夜枭案吧。”

科恩二世扑向巴德的腹股沟。

圣贝纳迪诺，希尔达·莱佛茨。上次她把他迅速赶出，这次他要问问苏珊男朋友的事情：有人看见苏珊·南希和一个符合“公爵”凯斯卡特描述的男人在一起，他要逼问胁迫她说出这件事。

车程两小时。圣贝纳迪诺公路很快就会开通，能省下一半时间。从老埃克斯利想到小埃克斯利，懦夫知道他和伊内兹的私情了，他那天的表情说明了一切。他俩都在等待时机，但要是风向对他有利，他的攻击会更加猛烈，埃克斯利肯定猜不到他能动脑子出击。

希尔达·莱佛茨住得很差，一个木瓦窝棚和煤渣砖增建的一小间。巴德走上去，查看信箱。他带着胁迫的好工具：洛克希德公司的养老金支票，社保局的退休金支票，县政府的救济金支票。他按下门铃。

门打开一条缝。希尔达·莱佛茨隔着门链盯着他：“跟你说过了，我再重复一遍。你想说什么我都不买账，就让我可怜的女儿安息吧。”

巴德用支票扇风：“县救济办跟我说，你要是不配合就扣下这些。你开口，我松手。”

希尔达叫起来，巴德撞开门链，走进去。希尔达步步后退：“求你了，我需要钱。”

苏珊·南希在四面墙上俯视微笑，荡妇在夜总会搔首弄姿。巴德说：“来吧，咱们好好说话。还记得上次我想问你什么吗？苏珊搬去洛杉矶之前不久，在圣贝纳迪诺交了个男朋友。上次我这么说：你一脸惊恐，这次又是一脸惊恐。说吧。再过五分钟我就滚蛋了。谁都不会知道。”

希尔达看着支票和增建的房间，眼珠乱转：“谁都不会知道？”

巴德把洛克希德那张递给她：“谁都不会知道。说吧，你说完我就给你另外两张。”

希尔达对着门口那张女儿的照片说：“苏珊，你说你在鸡尾酒廊遇到一个男人，我说我不赞成。你说他人很好，已经还了他欠社会的债，但你不肯说他叫什么。一天我看见你和他在一起，你叫他唐还是迪恩还是迪克还是迪，他说：‘不，你要习惯叫我“公爵”。’后来有一天我出门，隔壁的扬森太太看见你和那男人在咱们家，觉得她听见吵闹……”

线索对上了：“欠社会的债”等于“有前科”。

“你一直没搞清楚那男人叫什么吗？”

“对，没有。我……”

“苏珊认识姓恩格克林的两兄弟吗？他们也住在圣贝纳迪诺。”

希尔达眯眼望着照片：“噢，苏珊。不，我没听过这个姓氏。”

“苏珊的男朋友提没提过‘公爵’凯斯卡特或者淫秽书刊生意？”

“没有！凯斯卡特是和苏珊一起被杀的那几个人里的一个，苏珊是个好姑娘，绝对不会和那种脏东西扯上关系！”

巴德把县政府救济金支票递给她：“别着急。给我说说那次争吵。”

希尔达热泪滚滚：“隔天我回到家，觉得在新房间的地上看见了干血，我刚用丈夫的保险金建起那个房间，苏珊就和那男人回来，举止紧张。男人在屋子底下爬来爬去，打电话到洛杉矶，然后和苏珊·南希走了。一周后她被杀害……那个……我，呃，我觉得那些可疑行为说明凶杀案……我只能想到蓄意共谋和报复。所以几天后，那个后来成了大英雄的好青年来做背景调查，我啥也没说。”

巴德起了鸡皮疙瘩，苏珊·莱佛茨的男朋友就是假扮凯斯卡特的人。“吵闹”的原因就是她男朋友杀死凯斯卡特，凯斯卡特来圣贝纳迪诺多半是为了找恩格克林兄弟。苏珊在夜枭咖啡馆，看来是要和什么人碰面，男朋友假扮凯斯卡特，说明凶手没有面对面见过真正的凯斯卡特。

男朋友在屋子底下爬来爬去。

巴德拿起听筒，拨打太平洋贝尔的警方查询热线电话。接电话的办事员说：“你好，请问您的身份？”

“温·怀特警司，洛城警局。我在圣贝纳迪诺，号码是RA04617：我要查从这个号码打到洛杉矶的全部记录，时间是1953年3月20日到4月12日。记下了？”

办事员说：“记下了。”两分钟零几秒之后，办事员重新开口：“有三通电话，警司。4月2日和8日，打给同一个号码，HO21118。那是个投币电话，在日落大街和拉斯帕尔马斯大道路口。”

巴德挂断电话。电话亭离夜枭咖啡馆只有半英里，约定交易或会面地点格外地小心。

希尔达咬着纸巾。巴德看见茶几上有手电筒，他抓起手电筒跑出去。

增建房间的基座可以爬进去，但非常狭窄。巴德趴下，钻进去，往前爬。

尘土，木桩，前方有个长麻袋。一股樟脑、腐臭的气味。巴德撑着胳膊肘爬到麻袋前，樟脑和腐臭越来越浓烈。他戳戳麻袋，鼠窝炸开。

四周被灯光照得半瞎的老鼠乱跑。

巴德撕开麻袋。手电筒照进去，有老鼠，肉筋嶙峋的骷髅头。扔下手电筒，双手撕扯麻袋，老鼠和樟脑扑在脸上。撕开一大块，骷髅头头骨上有个弹孔，手骨穿出袖子，法兰绒上绣着“D. C.”。

他爬出来，大口呼吸。希尔达·莱佛茨站在面前，双眼在说：“上帝啊，求你了，可别是那东西。”

新鲜空气，清爽的炫目阳光。白晃晃的阳光让他有了主意：他有了捅向埃克斯利的刀子。

巴德打算向丑闻小报泄露消息。《耳语》有个家伙欠他人情，是个左倾小报，憎恶警察。

希尔达吓得险些拉在裤子里：“底下……有……什么东西吗？”

“只有好多老鼠，不过我得请你再等一等。我拿几张大头照让你认一下。”

“最后一张支票能给我了吗？”

信封上沾着老鼠屎。“拿着。艾德·埃克斯利警监向你问好。”

第四十七章

舒服的审讯室，没有铆死的椅子，没有尿臭味。杰克望着艾德·埃克斯利，说："我知道我捅了娄子，但我不觉得自己值得这么重视。"

埃克斯利说："你大概正在琢磨自己怎么没被停职。"

杰克伸个懒腰。制服扎人，1945年以后他就没再穿过。埃克斯利让人毛骨悚然，皮包骨头，灰白头发，无框眼镜衬得双眼很凶残。"当然在琢磨。我猜是艾里斯转念一想，觉得不该投诉。不利于公众形象什么的。"

埃克斯利摇摇头："洛韦认为你对他的职业和婚姻都是个威胁，光是擅离犯罪现场和袭击警员就足够被停职并开除了。"

"是吗？那么我为什么没被停职？"

"因为我暂时拦住了洛韦和帕克局长。有其他问题吗？"

"有，录音机和书记员在哪儿？"

"我不希望他们在场。"

杰克把椅子往桌前拉："警监，你要什么？"

"该是我问你才对。你想把这二十年冲下马桶，还是想再混几个月领退休金？"

很容易猜出埃克斯利的意思，就像他告诉凯伦时她的表情。"好吧，我认输。你到底要什么？"

埃克斯利凑近："1953年春天，你的朋友和生意伙伴席德·哈金斯遭人谋杀，罗斯·米拉德手下负责此案的两名警探说你称哈金斯是'人渣'，尸体被发现那天上午你显得非常激动。在这段时间前后，达德利·史密斯请你跟踪巴德·怀特，你同意了。也是在这段时间前后，夜枭案正在调查之中，你在风化组调查一个淫秽书刊案件，报告反复称查无线索，而你多年来习惯在写报告时添油加醋。同样在这段时间前后，彼得和巴克斯特·恩格克林出面充当州证人，称夜枭案与淫秽书刊有关系。罗斯·米拉德问你这件事，你仍旧说'查无线索'。黄书案件自始至终，你多次催促上司放弃调查。两名警探，菲斯克和克莱克纳警司，偶尔听到你劝说艾里斯·洛韦冷处理哈金斯案件，你在风化组的一名同事回忆说你在黄书案期间紧张得异乎寻常，多次长时间不在集合厅露面。你帮我把这些细节合在一起好吗，杰克？"

罪证确凿，埃克斯利知道这些事，杰克目瞪口呆，眼角抽搐。"你……他妈……怎么……"

"这不重要。说说看，你怎么理解我到底想要什么？"

杰克喘几口气："好吧，我跟踪巴德·怀特。达德利害怕什么妓女血案会弄得怀特发疯，因为怀特碰到案件和年轻女性有关系就不正常。于是我跟踪他，但没发现任何值得注意的事情。你和怀特互相憎恨，这个大家都知道。你认为他迟早会因为你搞死迪克·斯坦斯兰报复你，你愿意帮我向洛韦和帕克求情，是想交换怀特的把柄。你要的是这个吧？"

"有两成是因为这个，说说你了解到怀特的什么情况。"

"例如？"

"例如他和女人。"

"怀特喜欢女人，这又不是大新闻。"

"怀特通过警司考试之后，内务处对他进行了调查。报告说他在和一个叫琳恩·布雷肯的女人交往。怀特在1953年就认识她吗？"

杰克耸耸肩："不知道，没听说过这个名字。"

“文森斯，你的表情在说你撒谎。先不提布雷肯，我对她不感兴趣。你跟踪怀特的那段时间里，怀特约会过伊内兹·索托吗？”

他险些笑出声：“没有，至少我跟踪他的时候没有。怪不得你对他那么起劲，你认为怀特和你——”

埃克斯利举起一只手：“我不打算问你有没有杀哈金斯，也不打算要你彻底交代那年春天的事情，现在不会，以后也许也不会。我只想听你对一件事的意见。黄书案你知根知底，夜枭案你也调查过。你认为凶手是不是那三个黑人？”

杰克慢慢后撤，远离那双眼睛：“有些地方说不通，我当时就知道。假如不是你干掉的三个人，那就有可能是另外几个黑人，他们也许知道科特斯的藏车地点，把霰弹枪放在那里。事情也许和黄书有关系。但是你在乎吗？三个黑鬼强奸了你的人，所以你没有做错。你到底想问什么，警监？”

埃克斯利微笑。杰克看懂了：这个人把一条腿伸到悬崖外面，用另一条腿蹦蹦跳跳。“警监，到底——”

“不关你的事，我的动机是我的事情，你听听我的初步推测。哈金斯和黄书存在某种联系，而他有你的黑档案，所以那个烂摊子才到处都有你的影子。”就如同流沙一般。

“对，我做过一件非常不好的事情。你知道……有时候我觉得……有时候我觉得我已经不在乎别人知不知道了。”

埃克斯利站起身：“我已经摆平了针对你的投诉。不会有审查委员会，也不会被起诉。我和帕克局长达成的共识其中之一是你到5月就主动退休。我告诉他说你会同意，我说服他给你全额退休金。他没有怀疑我的动机，我也不希望你怀疑。”

杰克站起身：“交换什么？”

“要是夜枭案再被揭开，你和你知道的一切都归我。”

杰克伸出手：“天哪，你变成了多么冷酷的一个龟孙子。”

日历：1958年2月—3月

《耳语》，1958年2月刊

夜枭屠杀冤魂叩门，重重迷雾仍在蔓延

还记得轰动一时的夜枭案吧？1953年4月14日，三名凶手端着霰弹枪走进欢声笑语的夜枭咖啡馆。这地方就在阳光灿烂的洛杉矶，从好莱坞大街一拐弯就到。他们抢劫并谋杀了三名雇员和三名顾客后逃跑，赃款据估计统共三百块，除以六等于五十块一条人命。洛杉矶警察局带着一贯的热诚投入此案，以涉嫌谋杀逮捕了三名黑种男性，控告他们绑架和强奸了一名墨西哥裔年轻女性。洛城警局不完全确定这三名黑人是夜枭案的凶手，但确定他们强奸了时年21岁的大学生伊内兹·索托。这三名黑人分别是雷蒙德·“甜雷”科特斯、泰隆·琼斯和李洛伊·方坦。夜枭案调查持续进行，公众非常关注，洛城警局受到巨大压力，必须侦破洛杉矶的这起“世纪大案”。

洛城警局调查两周，均一无所获，随后在洛杉矶南城一个废弃的车库里找到雷·科特斯的车，并在车里发现了谋杀凶器。这之后不久，科特斯、琼斯和方坦从法院监狱逃跑。

一位年轻警探于是登场，他就是洛城警局的艾德蒙·詹·埃克斯利警司。“二战”英雄，加大洛杉矶分校毕业，曾于1951年“血腥圣诞节”警方施暴丑闻中指证同事，父亲是建筑大亨普莱斯顿·埃克斯利，其人修建了雷蒙德·迪特林的梦幻乐园和庞大的南加州公路系统。案情

越来越复杂。

要点：艾德·埃克斯利警司爱上了强奸案受害者伊内兹·索托。

要点：艾德·埃克斯利警司找到并射杀了雷蒙德·科特斯、泰隆·琼斯和李洛伊·方坦，用的是霰弹枪，多么诗性的正义。

要点：一周后，艾德·埃克斯利警司被提拔为警监（连跳两级），如此奖赏是因为他快刀斩乱麻，解决了洛城警局急需迅速侦破的案件，以免（吹嘘过头的？）名声扫地。

要点：艾德·埃克斯利警监（富家子弟，过世的母亲留给他相当丰厚的信托基金）很快和伊内兹·索托打得火热，在住处的同一个街区给她买了房子。

要点：《耳语》从可靠来源获悉，雷蒙德·科特斯、李洛伊·方坦、泰隆·琼斯和窝藏他们的罗兰德·纳瓦雷特被大英雄艾德·埃克斯利枪杀时手无寸铁。今天，夜枭谋杀案发生近五年后，案情又有重大发展。

《耳语》在假正经媒体所称的“丑闻报业”里只是条小狗，我们不如《秘闻》那么手眼通天，仅以纽约为根据地，报道范围主要覆盖东海岸，但我们在洛杉矶也有情报源，其中有一位是坚守正义的私人侦探，他希望保持匿名身份。他多年来痴迷于夜枭案，在深入调查后发现了一些令人震惊的真相。此人（我们称之为“私探×”）向《耳语》通讯员揭示了以下事实。

私探要点：在夜枭案调查期间，彼得和巴克斯特·恩格克林两兄弟（加州圣贝纳迪诺的印刷所经营者）主动找到当局，讲述夜枭案受害者“公爵”迪尔伯特·凯斯卡特如何接触他们，提出印刷淫秽物品的计划，进而推测认为夜枭案源于非法淫秽物品交易圈的内部纠葛。洛城警局对两兄弟的推测嗤之以鼻，忙着钉死那三名黑人嫌犯，恩格克林兄弟目前似乎消失得无影无踪。

私探要点：希尔达·莱佛茨太太（圣贝纳迪诺土生土长的夜枭案

受害者苏珊·南希·莱佛茨的母亲）告诉私探，就在遇害前，她女儿交了个姓名不详的神秘男友，此人酷似“公爵”凯斯卡特，她甚至听见他对苏珊·南希说：“叫我‘公爵’，尽快熟悉起来。”莱佛茨太太无法从私探×私藏的大头照里认出此人。×据此得出了我们认为精彩绝伦的推测！

×推测要点：我们认为神秘男友杀了“公爵”凯斯卡特，旨在夺取他的淫秽书刊生意，他假扮成“公爵”凯斯卡特，去夜枭咖啡馆与三名凶手谈生意。苏珊·南希坐在附近，欣赏男友偷天换日。私探×提出以下无可辩驳的证据。

莱佛茨太太说神秘男友很像“公爵”凯斯卡特。

被确定为凯斯卡特的尸体损毁严重，难以辨别身份。验尸官重建了部分齿托，对比凯斯卡特坐牢时的牙科记录，最终确认他的身份。但另一份监狱记录列明凯斯卡特身高五英尺八英寸，而夜枭案现场发现的尸体身高五英尺九点二五英寸。总之，毫无疑问，夜枭咖啡馆的死者系冒名顶替，而非真正的“公爵”凯斯卡特。

我们相信这些令人兴奋的推论将引出极其有趣的真相，激怒喜欢乱开枪的洛杉矶警察局，也许能证明被错指为夜枭案凶犯的三名黑人的清白。《耳语》在此敦促洛杉矶地区检察署重验夜枭案受害者的尸体，在此谴责艾德·埃克斯利冷血杀害四名社会牺牲品的行径，并强烈呼吁洛城警局：请以正义之名纠正错误！重启夜枭案调查！

报摘：《圣弗朗西斯科记事报》，2月27日

盖茨维尔命案，警方束手无策

1958年2月27日自加州盖茨维尔，这个旧金山以北六十英里处的小镇，因一起怪异的双尸命案陷入恐慌，也使得曼恩县警局束手无策。

两天前，彼得和巴克斯特·恩格克林（分别为41岁和37岁）的尸体在住处被发现，住处隔壁是雇用他们当排字工的印刷所。据曼恩县警局的尤金·海切尔警督所说：两兄弟是“与犯罪活动有牵连的可疑分子”。警督向本报记者乔治·伍兹详细描述如下。

“恩格克林兄弟两人均有毒品方面的犯罪记录，”海切尔警督说，“没错，他们有好几年没犯案了，但仍旧是可疑分子。举例来说，他们以假名在这家印刷所工作。警方目前尚无头绪，但我们认为现场符合折磨逼供特征。”

恩格克林兄弟在盖茨维尔东凡杜戈路的快手鲍勃印刷所工作，住在隔壁的公寓楼里。雇主罗伯特·邓克奎斯特（现年53岁）以为他们名叫彼得和巴克斯·吉拉德，于周二早间发现尸体。“彼得和巴克斯为我工作了一年，上班非常准时。星期二他们迟到，我知道肯定出了问题。另外，印刷所被人翻得乱七八糟，我希望警察能找到是谁干的。”

警方通过电传指纹查到恩格克林兄弟的真实身份，两人遭到枪杀，海切尔警督确定凶手用的是带消音器的点三八左轮。“警方的弹道专家发现受害者身上的子弹嵌有金属屑，说明凶手使用了消音器，也解释了邻居为何没有听到枪声报警。”

海切尔警督不肯透露调查进展，仅表示警方已经动用全部标准侦办手段。他说两名受害者在被射杀前都遭到拷打，但拒绝描述犯罪现场。“这方面的资料我们不想公开，”他说，“总有喜欢出风头的疯子会跑来自首，其实罪犯根本不是他们。不公开细节有助于辨别真凶和无辜者。”

彼得和巴克斯特·恩格克林没有已知的在世亲属，尸体将存放在盖茨维尔市立停尸房。海切尔警督呼吁了解此案内情的人尽快联系曼恩县警察局。

报摘:《圣弗朗西斯科观察家报》,3月1日

谋杀受害者与洛杉矶著名案件有关

曼恩县警局的尤金·海切尔警督今日透露,于2月25日在加州盖茨维尔市遭谋杀的彼得和巴克斯特·恩格克林,曾是1953年4月著名的洛杉矶夜枭谋杀案的重要证人。

“我们昨天获得匿名线报,”海切尔警督告诉本报记者,“一名男子打电话提供情报后挂断。我们向洛杉矶地检署犯罪科求证,他们说确有此事。我不认为这一点和本案有关,但我还是打给洛杉矶警察局寻求意见。他们理都不理我,我只好叫他们见鬼去吧。”

报摘:《洛杉矶每日新闻》,3月6日

夜枭案复活——新发现令人震惊,直指被杀嫌犯无罪

一则丑陋的新闻。《洛杉矶每日新闻》无疑是洛杉矶唯一以揭露黑幕为己任的报纸,也是南城唯一敢于自称“扒粪专家”的媒体,因此遇到这种新闻绝对不会畏缩。这则新闻戳破了一个人的英雄光环,而大众认为他是法治正义性的完美榜样。英雄若是名不副实,《洛杉矶每日新闻》认为我们有责任揭发其弱点供公众审视。问题之重大不亚于引发问题的那起案件,因此我们在此呼吁扒开粪堆。呼吁:臭名昭著的夜枭谋杀案——六人于1953年4月在好莱坞一家咖啡馆被抢劫并遭到野蛮枪杀,并未正确结案,正义因此严重蒙尘。我们希望案件重启调查,实现真正的正义。

雷蒙德·科特斯、李洛伊·方坦和泰隆·琼斯,还记得这三个名字吗?这三名黑种年轻人确实是罪犯和性侵者不假,但洛杉矶警察局对他们的定罪却失之草率。他们在夜枭案后不久被捕,提出令人发指的不在

场证明：他们不可能杀人，因为当时正忙于绑架轮奸名叫伊内兹·索托的年轻女性。他们在洛杉矶南部一幢废弃建筑物内凌虐索托小姐，供认说开车带着她乱转，“卖给”朋友们进一步性侵。他们把索托小姐留给名叫西尔维斯特·菲奇的男人，一名洛城警员在拯救这位勇敢女性时射杀了菲奇。

索托小姐拒绝配合警方调查，而当时警方的调查重点是确定科特斯、琼斯和方坦在夜枭案时的行踪。他们和索托小姐还有其他强奸嫌犯（除了菲奇，未能确定其他人的身份）在一起吗？他们有时间开车从南区到好莱坞，犯下夜枭案，然后回去继续凌虐她吗？她在受辱过程中是否始终意识清楚？

这些问题都没有得到回答，直到今天。

警方调查分成两个方向：搜寻证据，确定琼斯、科特斯和方坦是凶手；搜寻一般性证据，以三名黑人青年并未杀人、只犯下绑架和强奸罪为前提进行的常规调查。索托小姐仍旧拒绝合作。两个方向的调查很快就都失去了意义，因为科特斯、琼斯和方坦随即越狱，被我们前面提到的英雄枪杀，他就是洛城警局的艾德蒙·埃克斯利警司。

艾德·埃克斯利：大学生、“二战”英雄、著名人物普莱斯顿·埃克斯利之子，把夜枭案当成不择手段实现个人野心的跳板。他31岁时被破格提升为警监，在本报道之后不久将当上警长，此时36岁，成为洛城警局有史以来最年轻的警长。和他的建筑业大亨父亲一样，报刊也经常说他有希望成为共和党候选人。不过，关于此人有些流言一直挥之不去：他杀死的几个人手无寸铁，科特斯、琼斯和方坦在越狱前已经招供纯属地检官艾里斯·洛韦捏造的谎言。不太广为人知的是艾德·埃克斯利爱上了伊内兹·索托，在调查过程中纵容她的不合作态度，后来还给她买了房子，与她保持亲密关系近五年。

但现在，两项最新发展让夜枭案重新令人瞩目。

早在1953年，两兄弟主动提供夜枭案的情报，充当重要证人。他们是彼得和巴克斯特·恩格克林，称淫秽书刊生意是咖啡馆大屠杀的源头，提出计划的正是受害者之一：前科犯“公爵”迪尔伯特·凯斯卡特。洛城警局存心忽视这条线索，而将近五年后，彼得和巴克斯特·恩格克林在州北小镇盖茨维尔遭到残忍杀害。案件发生于2月25日，因全无线索成为悬案。但是，一个长久以来没有得到回答的疑问却将被解开。

圣昆廷监狱，一个名叫奥蒂斯·约翰·绍泰尔的黑人囚犯阅读旧金山报纸时看到恩格克林兄弟被杀，报道提到两人与夜枭案有关系。文章使奥蒂斯·约翰·绍泰尔开始思考。他请求助理典狱长接见，做出令人惊讶的自供。

奥蒂斯·约翰·绍泰尔因多次偷车被定罪入狱，无疑希望用合作换取减刑，供认说他正是科特斯、方坦和琼斯“卖”伊内兹·索托的买家之一。夜枭案那天凌晨2点30分到5点之间，也就是夜枭案的发生时间，他与索托小姐和那三名黑人青年在一起。他告诉典狱长说他之所以不敢出面证明三个人的清白，是害怕被提起强奸指控。他进一步供认说科特斯的车上藏有大量毒品，因此始终不敢向警方透露藏车地点。绍泰尔说他终于坦白是因为最近皈依了基督教五旬宗，但监狱管理方并不信服。绍泰尔请求在牢房内测谎以证明真实性，接受了共计四次测谎，四次均确定无疑地通过。绍泰尔的律师莫里斯·瓦克斯曼已将经过公证的测谎报告寄给《洛杉矶每日新闻》和洛城警局。我们据此刊发本报道，洛城警局将如何回应？

我们公开谴责以非法手段施行正义的非正义性。我们公开质疑刽子手艾德·埃克斯利的动机。我们公开促请洛杉矶警察局重启夜枭案调查。

报摘:《洛杉矶时报》,3月11日

夜枭案呼声高涨

一连串互不相关的事件和《洛杉矶每日新闻》的系列报道煽起火焰,逼迫洛杉矶警察局重启1953年夜枭谋杀案调查。

洛城警局的威廉·亨·帕克局长称这起争议是"引信浸水的火药桶。完全一派胡言。一名堕落罪犯的证词和一起毫无关系的双尸命案,并不足以重启五年前就已结案的调查。1953年我支持艾德·埃克斯利警监的行为,现在仍旧支持"。

帕克局长所说的双尸命案发生于2月25日,受害者是彼得和巴克斯特·恩格克林,昔日夜枭案调查的重要证人。证词指圣昆廷囚犯奥蒂斯·约翰·绍泰尔最近声称在夜枭案的案发时间内和三名被指为凶手的黑人青年在一起。绍泰尔的律师莫里斯·瓦克斯曼引用绍泰尔在监狱里的测谎记录,称:"测谎仪不撒谎。奥蒂斯现在笃信宗教,五年前他不敢出面证明三名无辜者的清白,因此而怀有沉重的负罪感。他给三名枉死的受害者提供的不在场证明已经通过测谎仪检验。我将坚持不懈地宣传此事,直到洛城警局答应履行职责,重启调查。"

《洛杉矶每日新闻》地方新闻版编辑理查德·滕斯托对此回应称:"我们已经咬住某个重大事件,绝对不会松口。"

新闻标题

《洛杉矶每日新闻》,3月14日

我们谴责——洛城警局掩盖夜枭案真相

《洛杉矶每日新闻》，3月15日

致刽子手埃克斯利的公开信

《洛杉矶时报》，3月16日

囚犯律师请求州检察总长重启夜枭案

《洛杉矶先驱快报》，3月17日

帕克致媒体：夜枭案已是历史

《洛杉矶每日新闻》，3月19日

人民请求伸张正义，洛城警局遭示威抗议

《洛杉矶先驱快报》，3月20日

帕克和洛韦如坐针毡，奈特州长称夜枭案是“火药桶”

《洛杉矶镜报新闻》，3月20日

死亡的报酬——埃克斯利与索托的爱巢，独家照片

《洛杉矶观察家报》，3月20日

大量电话打进警局总机，市民表达对夜枭案看法

《洛杉矶时报》，3月20日

帕克支持埃克斯利，态度坚决："夜枭案不可能重启。"

《洛杉矶每日新闻》，3月20日

正义必须得到伸张！

强烈要求警方负责！

即刻重启夜枭案调查！

第四部

目的地——停尸房

Destination: Morgue

第四十八章

电话铃响：押媒体，二十赔一。艾德还是拿起听筒："哪位？"

"艾德，是我，比尔·帕克。"

"长官，你好。谢谢你在《洛杉矶时报》替我说话。"

"我是认真的，孩子。我们必须态度强硬，熬过难关。伊内兹反应如何？我指的是对频频见报这件事。"

"我父亲说她在拉古纳海滩雷·迪特林家。我们几个月前分手了，实在合不来。"

"可惜。伊内兹这姑娘很有勇气。比起她经历过的磨难，现在应该是小菜一碟。"

艾德揉着眼睛说："不知道能不能熬过去。"

"应该可以。盖茨维尔警局在恩格克林案件上不可能配合，圣昆廷那个黑人是个毫无价值的证人。测谎结果看起来站得住脚，但他的律师是个哗众取宠的讼棍，只在乎能不能把当事人弄出去。"

"长官，这些先不管，我确实不认为我杀的那些人是夜枭案的凶手，而且……"

"别打断我说话，也别说你天真得想自杀，以为重启调查有一星半点的好处。我在等风头过去，萨克拉门托的检察总长也在等事件平息。负面新闻曝光、呼吁伸张正义这种事嘛，总是熬到头自己就会平息的。”

“要是不平息呢？”

帕克叹息道：“要是检察总长下令州政府主持特别调查，我会针对他签发洛城警局的禁令，同时抢先开启我们自己的调查。艾里斯·洛韦将全力支持我这么做，不过风头肯定会过去的。”

艾德说：“我不确定他希不希望过去。”

第四十九章

反黑组的任务是去往胜利汽车旅馆6号房间调查。巴德、迈克·布鲁宁，一个旧金山小伙子被铐在受刑椅上，是乔·西法基斯，他因三次高利贷入狱，刚在联合车站下火车就被抓来。布鲁宁挥舞着水管，巴德在一旁观看。

衣柜上放着一千四百块，是警局的慈善基金捐款。“滚出洛杉矶”的教育课就快到高潮了，西法基斯得去看牙医了。巴德看看手表，现在是4点20分，达德利迟到了。西法基斯惨叫。

巴德走进卫生间。四面墙写满淫秽色情小诗的涂鸦，有些标着日期，1953年写上去的，这让他走神想到夜枭案。真是吓人，夜枭案成了大新闻，达德利急着找他谈话。他打开水龙头，掩盖惨叫声。他检查他的夜枭计划，发现滴水不漏。

没人知道把消息捅给《耳语》的是他，要是高层知道了，他早该听到风声。凯斯卡特的尸体还在莱佛茨家底下。没人知道是他密告盖茨维尔警局，说恩格克林兄弟和夜枭案有关系。实在是好运连连，两兄弟死了，圣昆廷那黑鬼跳出来，不在场证明很可能靠得住。1953年他隐瞒证据不会有事，就算达德利怀疑他有所保留，也只会以为与他对凯西命案的迷恋有关。达德利是夜枭案的负责人，他最希望这场骚乱尽快过去。

重启调查会让他显得像个小丑配角，只配给英雄主角艾德·埃克斯利打下手。帕克正在努力压下呼声，重启的概率顶多六分之一，有六分之一的把握埃克斯利会声名扫地。

西法基斯惨叫，震得门发抖。

巴德把脑袋泡进水槽。镜子旁边写着潦草的字迹：梅格·格伦维茨床上功夫棒——AX74022。墙上还写着好些姑娘的名字。上周洛城警局给一个妓女收尸，他的名单又多一条：琳奈特·艾伦·肯德里克，现年21岁，死于1958年3月17日。被殴打致死，戒指裂伤，强奸，县警不肯告诉他案发时间。

西法基斯开始胡言乱语。卫生间热得难以忍受。

巴德走出去。西法基斯，拼命想告密："我知道消息，我听说好多消息。听我说：米基出来就该大开杀戒了。他进去以后大家安生得可笑，却有几组枪手挨个敲掉替他照顾生意的人，这帮单干户，三个枪手到处放枪，干掉米基的手下，也干掉想抢米基地盘的人。大家以前都特别尊敬达德利，因为他能安排和谈，但现在狗屁不是。想抓妓女吗？想吗？啊？要我告发……"

布鲁宁一脸厌倦。巴德出门走进杂草丛生、挂着铁丝网的庭院，有十四个空房间，洛城警局低价买下这地方。

"老弟。"

达德利站在人行道上。巴德点燃香烟，走过去。

"老弟，真抱歉，我迟到了。"

"没关系，你说你有重要的事情找我？"

"对，确实重要。好莱坞刑警队混得如何，老弟？合心意吗？"

"还是更喜欢重案组。"

"没错，我会想想办法，尽快让你回去。第四阶级[①]争相嘲弄埃克

① 指媒体。

斯利老朋友，你看了是不是挺开心？”

一口烟呛得他咳嗽。“那是当然。只可惜调查不可能重启，让他彻底垮台。当然，我更不希望你遇到麻烦。”

达德利笑道：“我明白你心里肯定很矛盾。我自己也摇摆不定，特别是萨克拉门托有只小鸟悄悄告诉我，说检察总长很快将施压重启调查。艾里斯·洛韦已经准备好了一份禁止令，要是情况变得太凶险就发出去，所以虽然抱歉，但夜枭案恐怕真的又成了烫手山芋。政治斗争啊，老弟。左倾的民主党揪住黑鬼冤死这一点不放，打算在初选期间拼命攻击，检察总长是共和党人，已经闪过这招，决定发动反击。老弟，你有什么夜枭案的情报一直没告诉我吗？”

巴德的回答早有准备：“没有。”

“啊哈，那就好。这个先不说：今晚在胜利旅馆我有个任务要交给你。一个大块头肌肉佬需要收拾一顿，实话实说：迈克和迪克根本镇不住他。世界很小，老弟，我认为这个小伙子当初1953年认识咱们的老朋友‘公爵’凯斯卡特。他也许可以给你一些情报，满足你对凯西·简威的迷恋。可怜的凯西，你仍旧牵挂她的命运，对吧，老弟？”

巴德口干舌燥，吞下唾沫。

“老弟，就当我没问。这种迷恋就像妓女，人能改邪归正，但老习惯改不掉。今晚10点，老弟。振作起来，我很快就会帮你找点业余活动，保准能让你捡起以前让人害怕的作风。”

巴德瞠目结舌。

达德利笑笑，走向6号房间。

妓女等于琳恩。同意他查简威命案等于他究竟知道多少？

乔·西法基斯的惨叫声穿过四壁，飘向庭院边缘。

第五十章

加劳戴特透露，检察总长决定重启调查，州政府出资并主持。艾里斯·洛韦决定篡夺洛城警局的领导权，夜枭案回归。到算总账的时候了。

艾德在拉伯雷大道一家咖啡馆。杰克·文森斯快到了，桌上摆着夜枭案的文件，哈金斯案的笔记。

√：圣昆廷那名囚犯说的是真话吗？很可能是。动机暂且不提。

√：恩格克林兄弟被杀和夜枭案有关系吗？在曼恩县警局分享情报前很难下定论。

√：夜枭附近的紫色轿车。直觉：那辆车与案情无关，真凶看到媒体报道，赶在洛城警局之前找到雷·科特斯的车，把霰弹枪放进车里。令人震惊的来了，这说明格里菲斯公园的弹壳也是凶手的栽赃。法院监狱从1935年到1955年的记录已经销毁，假如凶手是通过牢内关系获得情报的，那么关系已经无从寻找。让克莱克纳和菲斯克详细调查与紫色车辆及栽赃霰弹枪有关的所有可能性。

√：受害者马尔科姆·兰斯福特，洛城警局前警员、酒鬼保安。他和酿成夜枭大屠杀的犯罪阴谋是否有联系？答案是不太可能。多人证明他长期光顾夜枭咖啡馆，而且总在深夜。

艾德喝着咖啡，心想能否动用权力。内务处在警局内外均独立运作，可以滥用权力。他让菲斯克和克莱克纳为重启调查做准备工作，就算洛城警局不干，他自己也要动手。文森斯承认他跟踪过巴德·怀特，但撒谎说怀特在1953年春天并不认识他断续交往的女友琳恩·布雷肯。他已经安排松散监视琳恩·布雷肯，菲斯克刚呈交了一份报告。

风传此女曾卖淫，她是圣莫妮卡一家成衣店的半个老板，生意伙伴是现年56岁的皮尔斯·莫尔豪斯·帕切特。克莱克纳弄到一份财务状况报告，得知帕切特是一位富有的投资商，以向生意关系人介绍应召女郎而著名。

财务方面有重要发现。

帕切特在好莱坞拥有一幢公寓楼。那里曾发生一起蹊跷的枪击案，时间就在夜枭案调查期间。接警的正是他，没有抓到嫌犯，多处中弹的底楼公寓里有虐待器具。经理声称不知道公寓楼属于谁，工资通过邮局寄来，支票开具方疑似空壳公司。他知道那套公寓租客姓“拉玛”，是个“金发大块头”。经理把枪击怪在拉玛头上，好莱坞分局的跟进报告称拉玛自从事件后就销声匿迹。结案。

“垃圾筒”迟到了。他开始看哈金斯案的笔记。

令人发指的血腥分尸，没有确定的嫌疑人，哈金斯广受憎恨。调查敷衍潦草，焦点短暂地聚集在麦克斯·佩尔茨和《警徽荣光》剧组身上，因为《秘闻》曾刊出文章“揭露”佩尔茨对少女的性癖。佩尔茨通过测谎，“剧组”其他成员均有不在场证明。从字里行间可以看出，帕克认为受害者是人渣，懒得搭理这个案件。

“垃圾筒”还不来。艾德翻阅不在场证明记录表。

麦克斯·佩尔茨忙着搞法定强奸，暗示得就差没明说了，但未提出指控。场记姑娘潘妮·福尔韦德和丈夫在家，比利·迪特林有不在场证明：蒂米·沃尔伯恩。布景师戴维·默滕斯身患癫痫症和其他疾病，与他同住的男护士杰瑞·马萨拉斯证明他不在场。明星布莱特·切斯在参加宴会，共演明星米勒·斯坦顿一样。结束。但哈金斯之死在文森斯1953年春天的行为中肯定扮演关键角色。

"垃圾筒"走近，坐下。没有寒暄："你打算捅出去？"

"我明天要和帕克开会。他肯定会宣布重启调查。"

文森斯笑道："那你脸色为啥这么难看？既然你疯狂到愿意追求这个结果，至少也表现得开心点嘛。"

艾德把六个弹壳摆在桌上："三个是你上次射击练习后我捡回来的，另外三个来自好莱坞分局的证据柜。阳膛线和沟槽完全相同。1953年4月，杰克，还记得谢拉莫亚大道那次枪击案吗？"

"垃圾筒"攥紧桌沿："接着说。"

"皮尔斯·帕切特是谢拉莫亚大道那幢楼的主人，物权隐藏得很漂亮。案发现场发现了虐待器具，帕切特是琳恩·布雷肯的关系人，琳恩·布雷肯是巴德·怀特的女朋友，而你否认你认识她。当时你在风化组调查一起黄书案件，黄书和虐待道具算是一对好兄弟。上次谈话的时候，你承认哈金斯有你的黑档案，所以当时才到处都看得见你。我大胆推测一下，要是错了请纠正。布雷肯和帕切特是哈金斯的关系人。"

文森斯抓得更紧，桌子开始摇晃："你他妈够精明。那又怎样？"

"那么，巴德·怀特认识哈金斯吗？"

"不，我不认为。"

"怀特掌握了帕切特和布雷肯的多少情况？"

"不知道。埃克斯利，你看……"

"不，你看，你答。你拿到了哈金斯针对你的黑档案吗？"

"垃圾筒"大汗淋漓："对，拿到了。"

"从谁手里？"

“布雷肯。”

“怎么从她手上弄到的？”

“用我的证词威胁他。我写了一份关于她和帕切特的证词，包括我搜集到的两人的全部情况。我复制了好几份，藏在不同的银行保险箱里。”

“那么你……”

“对，还在。而他们还拿着我的黑档案的复本。”

艾德有个合情合理的假设：“帕切特在贩卖你当时追查的淫秽书刊？”

“对。埃克斯利，你看……”

“不，文森斯，你看。你还有那些淫秽书刊的样本吗？”

“我有证词和黄书。你要，就抹掉我隐瞒证据的过错。夜枭案的功劳分我一半。”

“三分之一。没有怀特，这案子就破不了。”

第五十一章

胜利旅馆6号房间。达德利，面前有一个肌肉佬被锁在受刑椅上。多特·罗斯坦因正色眯眯地看《花花公子》。巴德望着她欣赏清凉照片，男人婆警察身穿休斯航空的连体服。

达德利扫视前科记录："拉玛·辛顿，现年31岁。一次因持械攻击定罪，曾是电话公司雇员，被怀疑帮杰克·'执法人'华伦私接簿记专线。1953年4月后弃保潜逃。老弟，我觉得说你是有组织犯罪的同谋并不过分，因此需要接受文明社会的再教育。"

辛顿舔嘴唇，达德利微笑："你一路都很安静，这点值得奖赏，你没指手画脚嚷嚷你也有人权。说到人权，实际上你并没有，证明你脑子不笨。你看，我的任务是吓阻和围堵洛杉矶的有组织犯罪，我早就发现武力通常是最有说服力的矫正手段。老弟，我要问几个问题，你来回答。我要是满意，温德尔·怀特警司就会留在他的座位上。1953年4月你为什么弃保潜逃？"

辛顿支支吾吾。巴德扇他耳光，自己却眼望墙壁，不想看见。几轮左右的扇打，多特示意可以了。

巴德停止扇打，达德利说："小小教训而已，给你看看怀特警司的本事。从现在开始我将容忍你的结巴。还记得我问什么吗？1953年4月你为什么弃保潜逃？”

辛顿死闭双眼，支支吾吾、结结巴巴地不肯回答。

“老弟，我们在等你呢。”

辛顿说：“不……不……不得……得……不……逃……逃。”

“啊哈，好极了。能解释一下为什么非走不可吗？”

“就……就是女……女人的问……问题。”

“老弟，我不相信你。”

“真……真……真的。”

达德利点点头。巴德收着劲扇耳光，没尽全力。多特说：“别怕，这小子很经揍。说吧，宝贝，少吃点苦头。1953年4月，为什么逃跑？”

巴德听见布鲁宁和卡莱尔在隔壁聊天，忽然想到1953年4月的夜枭案。

“老弟，我高估了你的记忆力，让我帮帮你吧。皮尔斯·帕切特。你当时和他有来往，对不对？”

巴德因为隐瞒了证据而打寒战，达德利不该知道帕切特的存在。

辛顿扭动，挣扎。

“啊哈，好极了，看来碰到神经了。”

多特叹息道：“天哪，肌肉真漂亮。我也想有这么一身肌肉。”

达德利咆哮。

巴德止住战栗，他希望重启调查，辛顿也许能帮忙。达德利如果知道我隐瞒证据，那我就不会出现在这儿了。

多特用警棍揍辛顿的胳膊和膝盖。肌肉佬咬牙忍耐，不惨叫，不哀号。

达德利笑道：“老弟，忍耐极限很高嘛。请对以下几点发表看法：皮尔斯·帕切特、‘公爵’凯斯卡特和淫秽书刊。老实交代，否则怀特警司就会帮你测试一下忍耐极限了。”

辛顿不结巴了：“去你的，爱尔兰烂人。”

嗬、嗬、嗬。“老弟，你学杰克·本尼倒是学得像。温德尔，让咱们这位有组织犯罪同谋知道一下你对自作聪明的喜剧表演的看法。”

巴德接过多特的警棍：“老大，你想问什么？”

“彻底而驯服的合作。”

“和夜枭案有关？你刚才说了‘公爵’凯斯卡特。”

“我要他在所有问题上彻底而驯服的合作。你有意见不成？”

多特说：“怀特，你就动手吧。天哪，我真想有那么一身肌肉。”巴德凑近：“让我单独收拾他，几分钟就行。”

“走回老路上了，老弟？你对这种事情提不起兴致有段时间了。”

巴德吹声口哨：“我要让他以为他能胜过我，然后把他揍趴下。你和多特出去等一会儿，行吗？”

达德利点点头，拉着多特出去。巴德打开收音机，是广告，伊克奥兹二手车很划算。

辛顿拽得手铐叮当响：“去你的，去你的那个挨千刀的男人婆。”

巴德拖过一把椅子：“我不喜欢这种事，所以你给我乖乖的，私下里回答我几个问题，我就让他们放你一马。听懂了？不会因为违反假释条例逮捕你。”

“去你的。”

“辛顿，我知道你认识皮尔斯·帕切特，你有可能也认识‘公爵’凯斯卡特。私下里透露点什么，我就……”

“去你的。”

巴德连椅子抓起辛顿，扔向房间另一头。受刑椅侧躺着地，板条弹飞。架子垮塌，收音机摔烂，吐出静电噪声。

巴德单手拎起椅子。辛顿尿了裤子。巴德听见自己说话，音调怪异，像是爱尔兰土腔：“给我来点鸡头的情报，老弟。凯斯卡特和一个叫德怀特·吉列的浣熊，他们都帮一个叫凯西·简威的姑娘拉皮条。她被杀了，我不喜欢这样。你有他们的情报吗，老弟？”

两人眼珠对眼珠，辛顿圆睁双眼。不结巴了，不想惹恼该死的猛兽："长官，我只是帮帕切特先生开车的，我，还有一个叫彻斯特·约金的。我们只负责送那些……那些非法东西……凯斯卡特，他我完全不认识。我听说吉列不喜欢女人，我只知道他经常帮'黑桃'库利的派对搞妓女。想知道'黑桃'的秘密吗？我知道他抽鸦片，他这个毒虫堕落到极点。他正在牧场夜总会演出，你快去抓他。妓女杀手什么的我实在不清楚，也不认识那个叫凯西·简威的姑娘。"

巴德摇晃椅子，辛顿继续告密："长官，帕切特先生，他经营应召女郎。漂亮的高级货，都整得像是电影明星。他最喜欢的漂亮妓女叫琳恩，酷似……"

巴德扑向他的脸。那张脸变得通红，两个大块头男人逼近，几条胳膊抓住他，抬起他。天花板越来越近，开裂的灰泥涡纹变黑。

提问和回答飘进黑暗，惨叫和哀号刺穿浓雾，一堵墙挡住所有面孔。黄书、凯斯卡特、皮尔斯·帕切特，整件事连不起来。竖着耳朵等"琳恩·布雷肯"，没有听见这个名字，黑暗变得愈加黑暗。米基·科恩，1953年和你为什么逃跑，他扯开朦胧，想听见那个名字。尖叫声逼着他藏进柔软深处，琳恩的照片围绕他。

琳恩，金发的妓女，黑发的她。琳恩说他和伊内兹的关系："对她好点，细节就别告诉我了。"琳恩写日记，他打消偷看的念头，因为他知道已经被她死死拿住。琳恩的思考比他快两步，进进出出他的生活，他也进进出出她的生活。黑色浓雾在搏动，提问，回答。黑色的寂静，开裂的灰泥涡纹变亮。

胜利旅馆7号房间，是反黑组弟兄的行军床。6号房间的门敞开。

巴德跳下床，站起身。脑袋一跳一跳地疼，下巴剧痛，他刚才扯破枕头钻了进去。走进6号房间，一片狼藉：受刑椅，墙上有血。不见辛顿，不见多特，不见达德利和他的爪牙。凌晨1点10分——回忆不起那些问题和答案。

他头昏脑涨地开车回家，疲惫得无法思考。他打着哈欠开门锁，顶灯亮了。什么东西或什么人抓住他。

手腕被戴上手铐。艾德·埃克斯利和杰克·文森斯在正前方。左右两边是菲斯克和克莱克纳，内务处走狗，按住他的胳膊。

埃克斯利扇他耳光。菲斯克抓住他脖子，手指按紧颈动脉。

文件夹拍脸。埃克斯利说："你升警司的时候，内务处对你做了个人情况调查，所以我们早就知道琳恩·布雷肯。1953年文森斯跟踪你，他在证词里提到你、布雷肯和皮尔斯·帕切特。你因为凯西·简威命案问过帕切特，夜枭案到处都有你，活像一场瘟疫。我要你交代你知道的事情，你要是不合作，我就立刻启动内务处调查你的隐瞒证据过错。警局要给当初的夜枭案调查找个替罪羊，我太有价值，不可能倒霉。你要是不合作，我就动用全部力量毁了你。"

锁喉手松开，巴德想抽身。克莱克纳和菲斯克抓紧他。"我宰了你。"

埃克斯利笑道："恐怕不可能，你要是合作，你隐瞒证据的事就一笔勾销，分你一部分功劳，还另有奖赏，帮你调查你特别上心的那些妓女血案。"

巴德的浓雾又回来了："琳恩？"

"我们首先审问她，打喷妥撒。她要是清白就没事。"

艾德不知道《耳语》的事情，巴德的秘密还有圣贝纳迪诺那具尸体。"还有等事情结束，你我算总账。"

第五十二章

艾德没有睡觉，文森斯的证词让他不可能睡。也并不需要闹钟，6点钟早新闻的记者滔滔不绝地猜测夜枭案有可能重启调查。媒体拿他对比他父亲：公路网络接近完工，夜枭英雄却成恶棍。停车场里群众在举牌示威，政治分子呼吁正义。

他早早到场，参加职业生涯中最重要的会议。

帕克的会议室已经布置好了，桌上摆着记事簿。艾德写下“帕切特”“布雷肯”“帕切特与哈金斯的‘生意’——勒索？”画线勾出“淫秽照片符合哈金斯的碎尸特征”——叫文森斯带黄书来警探局。怀特的贡献：“帕切特在1953年有黄书嫌疑”“帕切特和恩格克林父子的化学背景”“‘公爵’凯斯卡特的住处遭到搜查，圣贝纳迪诺黄页（印刷所部分）被翻旧”。他知道怀特仍有所隐瞒。

证词的画线部分：“帕切特（通过鸢尾花勾当）涉及1953年风化组追查的黄书（范围有限）分销案件，凯斯卡特牵线组织黄书分销，黄书与哈金斯尸体受到的损毁有关系。”

结论：一组关系密切的犯罪阴谋，至少持续五年之久，导致不少于四起多至十几起罪行。

帕克、达德利·史密斯、艾里斯·洛韦鱼贯而入，点头致意，迅速落座。

帕克说："我们重启调查。州检察总署想主导，但艾里斯已经申请禁令，应该能给我们争取两周时间。我们有两周时间厘清案情，挽回失地。两周后，萨克拉门托那帮人就会插手，把咱们变成笑柄。我要案子在十二天之内澄清，程序上必须无懈可击，并交到大陪审团手上。各位，听明白了吗？"

所有人点头。洛韦说："我个人处境也很艰难，因为科特斯、琼斯和方坦确实向我招供了。回想起来，我不得不承认这三个小伙子愚蠢又天真，心理上容易接受暗示，所以——"

史密斯打断他："艾里斯，过去的事情就让它过去吧。我们只是抓错了黑人，没逮住在格里菲斯公园放枪的那几个小子。真凶是黑人区的某些狡猾恶匪，知道科特斯的藏车地点，把霰弹枪放在车里。他们熟悉黑人区，比我们先找到那地方。在夜枭附近出现的紫色轿车只是巧合，但被凶手拿来利用。我认为格里菲斯公园那辆车是贼赃或来自外地，总之我认为那条线索已经断了。我们只能从再次扫荡南城入手。"

艾德微笑，史密斯的想法和他的计划不谋而合："我大体同意，我已经让内务处的弟兄去查车辆登记档案了。不过咱们好像有点操之过急了，首先应该确定指挥链才对，不是吗？"

洛韦咳嗽："艾德，我认为你枪杀那几条恶棍值得尊敬，无论动机如何。但是，我认为给你指挥权只会让报纸和大众更加愤怒。我认为你在调查中应该扮演从属角色。"

艾德怒火中烧："我受够了在6点钟新闻里当恶人，我受够了报纸乱写我的性生活。再说我是最优秀的警探，整个——"

帕克打断他："你当然是我们最优秀的警探，我明白你需要减少损失。但艾里斯说得对，情况和你个人关系太大。我已经把指挥权交给达德利，他将从重案组和各个刑警队抽调人手，主持调查。"

"那我呢？案子还有我的份吗？"

帕克点点头："只要在合理范围内，我都可以答应你。"

帕克的话像一记绝杀。"我要利用内务处的独立性建立自己的证据库。我要内务处我的两名助理和我挑选的两名警员执行外勤任务。"

"我没问题。达德利？"

"行，很公平。老弟，你要找谁跑腿？"

"杰克·文森斯和巴德·怀特。"

史密斯的眼珠险些掉出来。帕克说："奇怪的伙伴，但比不上案子的奇怪。十二天，各位。一分钟都不能多。"

第五十三章

杰克在沙发上醒来，给凯伦写字条。

亲爱的：

我和艾里斯闹翻了，你对我生气很公平，可连睡两个月沙发就不公平了，再说局里都能原谅我，你也应该可以。我已经六个星期滴酒不沾，你看我衣橱边的日历就会知道。并不指望你会觉得这样就全都没事了，但你也得看到我毕竟在努力，我会努力的。你想去念法学院，很好，虽说我敢打赌你不会喜欢。到5月我就退休了，也许我能在什么好学校附近的小镇谋个警长的职位。我会努力的，但对我请别太苛刻，因为局里雪藏我逼得我发疯，而现在我绝对不能发疯，因为我被调回了便衣岗位，查一个对我来说非常重要的案子。接下来一两周我会经常加班，但保证回家向你报到。

杰

他穿衣服，等电话响。进厨房喝咖啡，看见凯伦的字条。

杰：

我最近脾气不太好。很抱歉，我认为咱们应该想办法熬过难关。我回来的时候你在睡觉，否则我就邀请你进我的闺房了。

凯

又及：办公室的女同事给我看了这份杂志，估计你会感兴趣。我知道你认识杂志上说的那个埃克斯利，文章和最近报纸上的那些新闻也有关系。

桌上的报纸是一份“值得曝光的所有丑闻”的《耳语》，杰克边翻边笑，随即见到了一篇夜枭案特稿。

报纸上的内容是耸人听闻的东西：“坚守正义的私人侦探”“‘公爵’凯斯卡特的冒充者”和对淫秽书刊的推测。艾德·埃克斯利被架在火上烤，很受痛恨。他灵光一闪：“私探”巴德·怀特捅了埃克斯利一刀。1月上市的2月刊，出刊后恩格克林兄弟才遇害，圣昆廷监狱的黑鬼跳出来提供不在场证明。东海岸发行，在洛杉矶几乎不可能买到。埃克斯利和高官多半没看过，否则他肯定会收到风声。

电话铃响起，杰克抓起听筒：“埃克斯利？”

“对，你已被正式调职。怀特和琳恩·布雷肯谈过，她同意注射喷妥撒测谎，我要你去带她回来。一小时后，她在警探局对面的中餐馆等你。接上她，带她去内务处，要是有律师就甩掉。”

“我说：有些东西我认为你应该看一看。”

“把那女人带回来再说。”

焚烧档案之后五年，再次见到这女人。琳恩·布雷肯在老王餐馆喝茶，杰克隔窗看她。

仍旧美艳绝伦。如今是黑发了，35岁仍旧吸引眼球。她看见杰克，杰克一阵心乱，想起他的黑档案。

她走出餐馆。杰克说："真不希望发生这种事。"

"你的功劳。我知道你的那些事情，你不害怕？"杰克觉得有什么地方不对劲，离审问还有五分钟，她过于冷静。"有个吓人的警监罩着我呢。就算风声走漏，我也敢打赌他会压下去。"

"别打你输不起的赌。我之所以答应，只是因为巴德说否则他就会倒霉。"

"巴德还说什么了？"

"你那位吓人的警监的坏话。可以走了吗？我希望能尽快结束。"

他们穿过马路，爬上警探局后门口的台阶。菲斯克在内务处门口等待，领他们走进埃克斯利的办公室。办公室里有吓人的布置：艾德警监。雷·平克的桌上摆满医学用品，有安瓿瓶、注射器。还有一台测谎仪，预防吐真药失败。

平克吸满一个针管。埃克斯利给琳恩指座位："请坐，布雷肯小姐。"

琳恩坐下。平克给她左臂消毒，扎压脉带。埃克斯利用完全公事公办的语气说："我不清楚巴德·怀特是怎么跟你说的，但这次调查牵涉好几个互相关联的犯罪阴谋。如果你提供的情报有价值，那么我们就准备豁免你有可能遭到起诉的所有罪名。"

琳恩攥紧拳头："我撒谎水平不高。咱们尽快结束这件事吧。"

平克向她的手臂注射药水。埃克斯利打开磁带录音机。琳恩变得眼神朦胧——不太像注射喷妥撒后的效果。埃克斯利手持麦克风说："证人琳恩·布雷肯，1958年3月22日。布雷肯小姐，请倒数一百。"

琳恩已经口齿不清："一百，九十九，九十八，九十七，九十六……"

平克查看她的瞳孔，点点头。杰克拉过一把椅子，他能感觉到她还是过于冷静。

埃克斯利清清嗓子："1958年3月22日，在场证人有我、道恩·菲斯克警司、约翰·文森斯警司和法医药剂师雷·平克。道恩，你负责速记。"

菲斯克拿起记事簿。埃克斯利说："布雷肯小姐，你多少岁？"

稍微带点齿音。"34。"

"你的身份？"

"女商人。"

"你是圣莫妮卡的维罗妮卡成衣店的老板吗？"

"是。"

"为什么选择'维罗妮卡'当店名？"

"一个私人玩笑。"

"请说明。"

"来自我以前的生活。"

"请详细说明。"

做梦般的微笑。"我以前是妓女，扮成维罗妮卡·莱克的样子。"

"谁说服你这么做的？"

"皮尔斯·帕切特。"

"明白了。皮尔斯·帕切特有没有在1953年4月杀死一个叫席德·哈金斯的人？"

"没有。我的意思是我不知道。他有什么理由要这么做？"

"你知道席德·哈金斯是什么人吗？"

"知道。丑闻小报的记者。"

"帕切特认识哈金斯吗？"

"不认识。我的意思是假如认识，他肯定会告诉我，哈金斯毕竟是个名人。"

她在撒谎，药物没有完全控制她。她肯定知道他知道她在撒谎，她以为他会帮她掩饰。

埃克斯利说：“布雷肯小姐，你知道1953年春天是谁杀死了一个叫凯西·简威的女孩吗？”

“不知道。”

“认识一个叫拉玛·辛顿的男人吗？”

“认识。”

“请详细说明。”

“他曾经为皮尔斯工作。”

“什么方面的工作？”

“司机。”

“什么时候的事情？”

“几年前。”

“知道辛顿现在的下落吗？”

“不知道。”

“请详细说明你的答案。”

“不知道，他跑了，我不知道他去了哪儿。”

“辛顿有没有在1953年春天企图杀死杰克·文森斯警司？”

“没有。”

当时她也这么告诉他。

“那么是谁试图杀死他？”

“不知道。”

“还有谁是帕切特的司机？包括过去和现在。”

“彻斯特·约金。”

“请详细说明。”

“彻特，彻斯特·约金，他住在长滩什么地方。”

“皮尔斯·帕切特是否教唆女子卖淫？”

“是。”

“1953年4月，是谁在夜枭咖啡馆杀了那六个人？”

“不知道。”

“皮尔斯·帕切特是否通过名叫鸢尾花的服务售卖多种非法物品？”

“不知道。”

她在撒谎，证据是脸上的血管在跳动。

埃克斯利问：“泰利·拉克斯医生有没有帮帕切特给妓女做整容手术，把她们变得更像电影明星？”

琳恩的血管逐渐舒张：“有。”

“帕切特事实上长期经营费用高昂的应召女郎？”

“是的。”

“1953年春天，帕切特是否分销昂贵而制作精良的淫秽书刊？”

“不知道。”她的指节发白。

杰克抓过记事簿，写道：“帕切特是化学奇才。琳恩在撒谎，我猜她用了能抵消喷妥撒的药。取血样。”

“布雷肯小姐，你——”

杰克把字条递给埃克斯利，埃克斯利扫视一眼，递给平克。平克准备针管。

“布雷肯小姐，帕切特是否持有从席德·哈金斯那里偷走的秘密档案？”

“我不知——”

平克抓住琳恩的手臂，扎针。琳恩猛地一挣，埃克斯利按住她。平克抽出针头，埃克斯利把琳恩死死按在桌前。她挣扎踢打，菲斯克从背后给她戴上手铐。琳恩吐口水，正中埃克斯利面门。菲斯克押着她出门进走廊。

埃克斯利擦拭面颊，脸上红一块白一块的：“我自己并不确定，以为她有可能是昏头了。”

杰克把《耳语》递给他：“我比你清楚她应该怎么回答。警监，你该看看这个。”

埃克斯利脸膛通红，眼神像是要杀人，很是吓人。埃克斯利读着文章，把杂志撕成两半：“怀特干的。你去圣贝纳迪诺找苏·莱佛茨的母亲谈谈。我来让那女人招供。”

杰克乱哄哄地赶往圣贝纳迪诺，埃克斯利让那女人招供的经过犹如幻灯片。黄页里找到“希尔达·莱佛茨”，按路线开车，找到那幢白色板条，煤渣砖增建房间的屋子。

一个老妈子在给草地浇水。杰克停车，用透明胶带粘起被撕破的《耳语》。老女人看见他，转身就跑，奔向大门。

他追上去。她尖叫道：“让我家苏珊安息吧！”

杰克把《耳语》塞到她眼前，说：“一个洛城警察找你谈过，对吧？大块头，40来岁？你说就在夜枭案之前不久，你女儿交了个酷似‘公爵’凯斯卡特的男人。男人让她‘你要习惯叫我“公爵”’。警察给你看大头照，但你认不出她的男朋友。对不对？你读读这篇文章，然后跟我说实话。”

她读得很快，眯着眼镜遮挡阳光。“可他说他是警察，而不是私家侦探。他给我看的都是警察那种照片，我认不出谁是苏珊的男人又不怪我。再说我希望记录里能一直记载苏西死时还是处女。”

“女士，我相信她肯定——”

“我还希望记录里能加上一笔，说那个警察还是什么人检查了我家新搭的房间底下，啥东西都没发现。年轻人，你是警察，对不对？”

杰克摇头，感觉脑袋灌满稀泥：“夫人，你到底想说什么？”

“我想说两个多月前，那位私探警察先生爬到我家屋子底下看，因为我说就在你们这帮人尽来烦我的什么夜枭案之前，苏珊·南希的男人和另外一个男人先是吵架，然后做了相同的事情。他只发现一群耗子，没有犯罪的痕迹，就在那儿。”

就在那儿。

老妈子指着房屋和地面之间的狭窄缝隙，就在那儿。

他妈的不可能。巴德·怀特没这个脑子，不可能藏着这么一张王牌。

杰克拿着手电筒俯身爬进去，希尔达·莱佛茨站在旁边看。灰尘、腐烂、樟脑丸的臭味，光照亮泥土和老鼠，老鼠的眼睛闪闪发亮。麻袋、樟脑丸、覆盖肉筋的骨架，骷髅头的双眼之间有个洞。

第五十四章

艾德隔着双面镜望着琳恩·布雷肯。

克莱克纳正在盘问她，扮红脸给黑脸做铺垫，黑脸就是他本人。她又被注射了喷妥撒，雷·平克去化验血样了。牢房里禁闭三小时并没有击垮她，她撒谎仍旧很有格调。

艾德打开扬声器。克莱克纳说："我没说我不相信你，我只想说以我做警察的经验来看，鸡头往往憎恶女性，所以我实在不相信帕切特的心肠真有那么好。"

"你需要看看他的背景，他的女儿死在襁褓里。我相信以你当警察的智力不难想通前因后果吧，接不接受是另一码事。"

"那咱们就谈谈他的背景吧。你说帕切特是投资商，立足洛杉矶已经三十多年。你说他撮合各种交易，仔细说说都是什么交易。"

琳恩叹息，纯粹在耍派头："电影投资的交易，房地产和工程承包的交易。在座的影迷听好了：皮尔斯曾经对我说他投资了雷蒙德·迪特林的几部早期短片。"

巴德·怀特的女朋友的鸡头认识普莱斯顿·埃克斯利的好伙伴，他们有勾结。克莱克纳换磁带，艾德打量妓女。

她很美丽，很大一部分原因正是她并不完美。鼻子太尖，额头有皱纹。肩膀宽，手太大。但轮廓优美，因为大，所以愈加突出。男人要是说对了话，那双蓝眼睛就会活过来。她多半认为巴德·怀特是骨子里的正派人，没有试图用他并不拥有的特点去打动她，因此更加尊重他。她衣着简朴，因为她知道这反而给她想打动的人留下更深的印象。她认为大多数男人生性软弱，相信能凭脑子躲过一切风浪。推测引出直觉：她的脑子加上体内的抗喷妥撒药，坐在那里的是个对喷妥撒免疫的证人，泰然自若且很有格调。

“警监，有电话找你，是文森斯。”

菲斯克拿着听筒，把线拖长递给他。艾德接听：“文森斯？”

“对，听仔细了，因为丑闻报道是真的，而且还有猛料。”

“怀特。”

“对，怀特就是那个假私探，两个多月前他盘问了莱佛茨那个老女人。她说了女儿有个长得像‘公爵’凯斯卡特的男朋友，另外还说了一件鸟事。”

“什么事？”

“你听着，别出声。夜枭案之前几周，有邻居看见苏珊和男朋友单独在家，听见他们和另一个男人吵了起来。同一天晚些时候，男朋友被人看见在屋子底下爬来爬去。然后，怀特盘问老太婆的时候，他打给太平洋贝尔，查1953年3月中到4月中从莱佛茨家打到洛杉矶的收费长途。我也这么查了，结果有三通电话，全都打到好莱坞大街离夜枭咖啡馆不远的一个电话亭。别以为这就够了，还有——”

“该死。”

“警监，听我说。怀特爬到屋子底下看了看，告诉老太婆说底下啥也没有。我爬进去看见一具尸体，用樟脑丸裹得结结实实，以抵消臭味，脑袋上他妈的有个枪眼。我叫雷曼医生来了圣贝纳迪诺。他带着法医办公室那份凯斯卡特的监狱牙科记录。百分之百吻合。之前用部分齿托做的身份确认弄错了，那篇文章说对了。妈的，真不敢相信怀特查到这么多，还把尸体留在那儿。警监，你还在吗？”

艾德抓住菲斯克：“巴德·怀特在哪儿？”

菲斯克一脸惊慌：“听说他和达德利·史密斯去北边了。曼恩县决定松口，提供恩格克林案件的材料。”

艾德继续对“垃圾筒”说：“文章说那女人看了几张大头照。”

“对，怀特带去的照片标有‘州档案局’。大家都知道州局的档案不够齐全，所以我猜怀特不想带她回市局看相册。总之，她没有辨认出女儿的男朋友，不过如果那个男朋友就是夜枭案的死者之一，我们很快就能知道身份，因为诺顿·雷曼早在1953年就从他脑袋上取了监狱齿托的碎片。要带她回来吗？给她看我们的相册？”

“交给你了。”

听筒还给菲斯克。雷·平克走过来，拿着一份化验单：“快效菲奥新，警监。非常少见的实验性抗精神病药物，用来镇定有暴力倾向的病患。把这东西塞给她的是内行，因为只有内行才知道菲奥新的这个衍生物能抵消喷妥撒的药效。老大，你应该坐下，看你脸色就快心脏病发作了。”

化学奇才帕切特，恩格克林兄弟的父亲，研发抗精神病药物的化学家。巴德·怀特的姘头在镜子的另一面，孤身一人，磁带录音机在运行。

艾德走进去。琳恩说：“阴魂不散？”

“没错。”

“你们是打算指控我还是释放我？”

“再过六十八小时下决定。”

“你们岂不是在侵犯我的宪法权利？”

“宪法权利遇到这个案件也得回避。”

“这个案件？”

“别装傻。就是皮尔斯·帕切特分销淫秽书刊的案子，其中有些照片完全符合一名受害者遭受的毁伤，指名道姓的话就是他已故的‘搭档’席德·哈金斯。就是一个被认为死在夜枭咖啡馆的家伙意图分销那些淫秽书刊的案子，而你的朋友巴德·怀特在受害者的真实身份上隐瞒了重要证据。怀特告诉你要合作，而你来之前用了能抵消喷妥撒效果的药物。这点对你很不利，但你现在只要合作，就能给你和怀特省去很多麻烦。”

“巴德能照顾好自己。你看起来很糟糕，脸色红得可怕。”

艾德坐下，关掉录音机：“喷妥撒对你毫无作用，对吧？”

“我感觉就像喝了四杯马丁尼，而四杯马丁尼只会让我脑子更好用。”

“帕切特甚至没有叫律师陪你来争取时间，我明白这是什么意思。他知道传唤你是夜枭案重启调查的一部分，他知道自己至少也是个重要证人。要我说：我不认为他是凶手。我对帕切特的各种事业都有深入了解，你跟我合作就能帮他省去很多麻烦。”

琳恩微笑：“巴德说你非常精明。”

“他还说什么？”

“说你是个软弱而愤怒的人，总想和父亲一争高下。”

艾德不捡这个话头：“那咱们还是只看我的精明吧。帕切特是化学家，也许是我瞎猜的，但我敢打赌他曾向弗朗茨·恩格克林学习，恩格克林是药物学家，专门研发抗精神病药物，例如帕切特给你注射的抵消喷妥撒效果的那东西。恩格克林有两个儿子，上个月在加州北部同时遇害。夜枭案调查期间，他们主动向警方提供线索，说有个‘疯子甜心老爹’能使唤很多‘高等应召女郎’。显然是帕切特和打算贩卖黄书的‘公爵’凯斯卡特有关系，他就是被认为死在夜枭咖啡馆的受害者之一。显然帕切特和整件事有千丝万缕的关系，他不会喜欢这种倒霉处境，而你可以帮他脱险。”

琳恩点燃香烟：“你确实非常、非常精明。”

“对，而且还是个非常优秀的警探，有一条五年前的隐匿证据罪可供发掘。我知道焚烧档案的那件事，我知道帕切特计划和哈金斯一起搞敲诈勒索。我读过文森斯和你谈条件的证词，我对帕切特的偏门生意知根知底，其中包括鸢尾花。”

“所以你认为帕切特持有能彻底毁掉文森斯的资料。”

“对，而地检官和我打算压下去，以维护洛杉矶警察局的名声。”

琳恩慌乱，香烟失手掉落，又去摸索打火机。艾德说：“你和帕切特没希望赢，我必须在十二天之内彻底摆平夜枭案，要是做不到，那我就只能找点次要罪名提起指控了，至少有十几条可以安在帕切特头上。请相信我，要是破不了夜枭案，我会不择手段地挽回自己的脸面。”

琳恩瞪着他。艾德瞪回去。“帕切特造就了你，对不对？你是亚利桑那毕斯比出身的啦啦队员，你是妓女。他教你怎么穿衣打扮思考，我很钦佩他的成就。可是，再过十二天我的人生就要被冲下马桶了，我要是爬不上来，就拉着你和帕切特一起完蛋。”

琳恩打开录音机：“皮尔斯・帕切特的妓女在此正式发言。我不害怕你，从没有比现在更爱巴德・怀特。他隐瞒证据，压你一头，我非常高兴，你低估了他，实在愚蠢。我以前嫉妒他和伊内兹・索托睡觉，但现在我尊敬那可怜姑娘的正确判断，她离开一个道德懦夫，投入男子汉的怀抱。”

艾德按下“擦除”“停止”和“开始”，接着说：“我在此正式发言，还有六十七个小时，我下次审讯就没这么好脾气了。”

克莱克纳打开门，递给他一个档案夹：“警监，文森斯带那个叫莱佛茨的女人回来了。他们正在看大头照，他说你需要这个。”

艾德走出审讯室。

厚实的档案夹里面是铜版纸材质的淫秽照片。顶上几本是动作露骨的漂亮男女青年，穿着多姿多彩的服装。有些头部被剪下又被贴回去，符合证词：杰克尝试通过大头照辨认身份，认为剪下头部有助于辨认。丑陋与艺术感兼备，正如“垃圾筒”所说。

底下几本，纯黑封面，是“垃圾筒”在垃圾箱里发现的。喷红墨水的照片，肢体涌出凸印的红色，模特一个连着一个。符合凶案现场的照片：男青年摊开四肢，和哈金斯命案现场的照片一模一样。

超越了惊讶，拍摄这些色情照片的就是杀死哈金斯的凶手。

艾德翻开最后一本，愣住了。赤身露体的英俊少年伸展双臂，躯干淌出墨水血。熟悉，太熟悉了，不是哈金斯的法医照片。他一页一页翻看，打开一个折页：年轻男女，截断的肢体互相触碰，被墨水图案连接起来。

他知道了。

他顺着走廊跑进重案组，找到30年的档案，找到“洛伦·亚瑟顿，命案（多重）”。三个厚厚的文件夹，然后是照片——由弗兰肯斯坦博士本人拍摄。

被杀害后不久的孩童。

双臂和两腿摆在离躯干不远的地方。

尸体底下垫着白色蜡纸。

手指蘸血围绕尸体勾画，白底红线。精致的花纹和色情照片上的墨水图案相同，伸展的肢体和哈金斯的死状一模一样。

艾德一拳砸在文件柜上，手指破皮，火速赶往汉考克公园。

普莱斯顿·埃克斯利豪宅在举办酒会，仆人代客停车，屋后传来音乐声，多半是玫瑰花园狂欢。艾德走前门进去，骤然停步，母亲的图书室没了。

取而代之的是一块长方形空间，由一套模型占据，蜿蜒的高速公路环绕混凝纸城市。完整的洛城公路网，方向指示牌处处可见。

模型完美地把他猛地扯出了淫秽照片的浓雾。圣佩德罗港的船舶，圣加百列山脉，柏油马路上的缩微轿车。普莱斯顿·埃克斯利最伟大的丰碑即将落成。

艾德推动轿车模型，从海边到丘陵地带。父亲的声音：“还以为你今天会在南城中央分局忙工作。”

艾德转身：“什么？”

普莱斯顿笑道：“以为你正在努力弥补最近报纸给你添上的坏名声。”

前句推不出后句，亚瑟顿案的照片回来了。“父亲，抱歉，但我不知道你在说什么。”

普莱斯顿笑道：“我们最近见面太少，似乎都忘了怎么寒暄。”

“父亲，有件事——”

“不好意思，我指的是达德利·史密斯今天对《先驱》报做的声明。他说重启调查将以南城为中心，你们在寻找的是另一个黑人犯罪团伙。”

“不，根本不是这样。”

普莱斯顿按住他的肩头：“你怎么一脸惊恐，艾德蒙？都没了高级警官的样子。你来这儿不是为了参加庆功晚会的吧？”

父亲的手暖烘烘的。“父亲，出了警局，有谁见过亚瑟顿案的照片？”

“现在轮到我问‘什么’了，你指的是案卷里的那些照片吗？就是多年前我给你和托马斯看的那些照片？”

“对。”

“儿子，你在说什么啊？那些照片是保密的洛城警局证据，从未向媒体和大众公开过。告诉我——”

“父亲，夜枭案与另外几桩大案有牵连，黑人犯罪团伙与此毫无关系。其中一桩案件——”

“那就按照我教你的办法诠释证据，我处理过类似的案件——”

“谁也没处理过类似这次的案件，我当警探比你最厉害的时候还厉害，我从没处理过这么一个案件。”

普莱斯顿双手使劲捏，艾德觉得肩膀发麻。“很抱歉这么说：但事实如此，而且我有一桩五年前的杀人分尸案和夜枭案有关系。受害者的杀人方式与洛伦·亚瑟顿的手法完全相同，也和与夜枭案有关系的一些红墨水淫秽照片完全相同。这说明要么有人见过亚瑟顿案件的照片，照猫画虎，要么就是你们在1934年弄错了嫌疑犯。”

父亲连眼睛都没多眨一下：“洛伦·亚瑟顿毫无疑问有罪，他招供，又有目击者证实。你和托马斯见过他拍的那些照片，我想那些照片恐怕从未离开过市局的警探大间。除非你假设凶手是警察。但我认为非常荒谬。那么唯一的解释就是亚瑟顿在被捕前向一个或多个人展示过照片。你在你的辉煌大案上抓错了人，我可没犯那种错误。在你提高声音对父亲说话之前请记住这一点。”

艾德后退，两腿碰到模型，折断了一段高速公路：“我道歉，我应该问你的意见才对，而不是和你对峙。父亲，关于亚瑟顿案件，你有什么还没告诉我的东西吗？”

“接受你的道歉。没有，没有这种事。你、亚特和我在你受训期间曾多次讨论此案，你应该和我一样熟悉案情。”

“亚瑟顿有任何关系人吗？”

普莱斯顿摇摇头：“百分之百没有。他是心理性孤独的典范。”

艾德深呼吸：“我想和雷·迪特林面谈。”

“为什么？因为亚瑟顿杀了他的一名童星？”

“不，因为有证人指认迪特林是一名和夜枭案有牵连的罪犯的关系人。”

“多久以前的关系？”

“三十多年前。”

“罪犯叫什么？”

“皮尔斯·帕切特。”

普莱斯顿耸耸肩：“没听说过，我不希望你去打扰雷蒙德。绝对不行，不能因为他三十年前认识什么人，就跑去打扰雷·迪特林这种人物。我去向雷打听情况，把结果告诉你。这样可以吗？”

艾德望着模型。恍惚之间觉得洛杉矶越来越庞大，被埃克斯利建筑公司包围。父亲的声音变得温柔：“儿子，你已经很有成就了，完全赢得了我的尊重。伊内兹和被你杀死的那几个人让你很受打击，我认为你承受得很坚强。但现在请你考虑一下。夜枭案帮你得到了今天的地位，重新调查若是能快速结案，就能让你保住一切。相关凶案的调查，无论多么有必要，都只会使你严重偏离主要目标，从而毁灭你的职业生涯。请牢记这一点。”

艾德握住父亲的双手：“绝对正义，还记得吗？”

第五十五章

印刷所和隔壁的公寓作为犯罪现场被封闭了。有个曼恩县的胖子警员，姓海切尔。一名技术人员说个不停。

一号犯罪现场：快手鲍勃印刷所的里屋。巴德不停偷瞄达德利，回想他的说辞："我们以为你会杀了他，所以只好阻止你。我们出手太重，真是抱歉，但实在拉不住你。辛顿和某些非常坏的家伙有牵连，等有空了我再仔细解释。"

他没有追问，达德利说不定抓着他的把柄。

琳恩被拘押。

埃克斯利扇了他一耳光。

技师指着一排倾覆的储物架："前屋看起来井井有条，所以罪犯没有碰过。我们在里屋的烟灰缸里发现了几个烟头，分属两个牌子，所以不妨假定恩格克林兄弟在加班。假定罪犯挑开前门的锁，轻手轻脚地进来制服他们。连通门的把手上有手套的印痕，支持这个推测。他进来，逼着两兄弟打开刚才我指给你们看的那些橱柜，没有找到他在找的东西。他生气了，拉翻那些储物架，第四格架子上有手套印痕，说明罪犯中等身高，惯用右手。两兄弟打开撒在地上的盒子，我们采到许多抹污的潜指纹，说明彼得和巴克斯当时很惊慌。接下来，罪犯看样子还是没找到他想找的东西，押着两兄弟穿过车道，来到他们住的公寓。各位，请跟我走。”

出门，穿过一条巷子。技师拎着手电筒，巴德落在最后。

琳恩很自信，认为她能用头脑击败吐真药。

达德利多半有自己的内线消息，但他仍旧一口咬定是黑鬼。

技师说：“请注意车道上的泥土。上午发现尸体后，鉴证人员发现并拍摄了三组脚印，可惜印痕太浅，无法制作模型。两组脚印在前，一组在后，说明是一个人用枪押着两个人。”

来到屋前的庭院。达德利一声不吭，他在飞机上就没怎么说话。

《耳语》能奏效吗？

该如何用莱佛茨家屋子底下的尸体对抗埃克斯利？

门上贴着胶带——海切尔撕掉胶带。技师用万能钥匙开门。房间里亮着灯——巴德先挤进去。

一片狼藉——法医已经彻底检验过了。

血洒在铺满房间的地毯上，用胶带做标记。地上有玻璃试管，被圈起，装在透明证物袋里。几十张表面开裂、被烫过的底片散落四处。倾倒的椅子，倒空抽屉的衣橱，沙发的填充物被掏空。一个玻璃纸口袋插在最宽的一个裂口里。

技师滔滔不绝地说：“试管里的化学物质经鉴定是抗精神病药物。底片大部分过于模糊，无法辨认，但看得出大多数是淫秽照片。底片是被厨房冰箱里的化学药剂烧成这样的，这对兄弟拥有各种各样的腐蚀溶液。我的猜想是彼得和巴克斯特·恩格克林在被枪杀前遭到折磨，这点大家都知道。我认为凶手一张一张地给他们看底片，向他们提问，然后烧灼他们，还有底片。他在找什么？我不知道，也许是想查清照片里的人的身份。我们在沙发下找到一枚放大镜，因此我愿意相信以上猜测。另外，请注意沙发里冒出来的那个塑料袋。当然啦，里面的东西已经被我们锁了起来。一共四包，放在一个安全的藏物洞里。凶手没有带走这些价值不菲的毒品。”

走进厨房，更加混乱，冰箱开着，里面是标着化学符号的试管和瓶子泄漏液体。水槽旁边堆着类似印刷平板之类的东西。

技师指着那堆东西说：“我的另一个猜想，各位先生。在我的犯罪现场报告里，你们会注意到我列出了在现场发现的不少于二十六种的化学药品。凶手用化学药品折磨彼得和巴克斯特·恩格克林，他知道哪种化学药品能烧灼皮肤。我认为他的拷问手段属于现场发挥，因此我敢打赌他拥有医药学或化学工程背景。现在请看卧室。”

巴德心里想着帕切特。

回到卧室，走廊里一路有血滴。房间很小，是个十二英尺见方的屠场。

两具尸体的轮廓，一具在床上，一具在地上，胶带贴出两摊干血。床柱上绑着晾衣绳，地上有更多的绳索。床单、地面和床头柜上用胶带贴出许多圆圈。一面墙上圈出弹孔，更多烧灼过的底片被放在软木板上作为证据展览。

技师说：“底片上只有手套印痕和恩格克林兄弟的指纹，我们在每一张底片上取了指纹，然后把大部分底片放回原处。软木板上那些是我们在卧室找到的底片，你们看得出拷问和枪杀是在卧室发生的。床上和别处的小圆圈代表着两兄弟躯干、手臂和腿上被烧灼掉落的身体组织，要是仔细看地面，你们能看到洒落的化学药品在地毯上烧焦了好几块地方。两兄弟一人中两枪，凶器是安装消音器的点三八左轮。我们在子弹上发现了异常纹路，说明枪口有消音器，也说明了为何没人听见枪声。墙上的弹孔是一条靠得住的线索，很容易重建当时的过程。巴克斯特·恩格克林挣脱绳索，抢过手枪，打伤凶手，然后凶手抢回手枪，打死了他。我们从墙上取出的子弹沾有白人的血肉和灰色的手臂毛发，均为O+血型。恩格克林两兄弟都是AB-血型，所以我们知道罪犯也受伤了。通向客厅的血滴和他取出查看的底片说明伤情并不严重。海切尔警督的手下在街上不远处路边的阴沟里找到一块浸透O+血型的毛巾，那就是他的压脉带。我的最后一个猜想是龟孙子非常在意那些底片。”

海切尔开口：“但我们毫无头绪。我们排查了二十几次，没发现目击证人，也找不到两兄弟的关系人。我们找遍所有诊所、急诊室、火车站、机场和长途车站，问有谁见过一名受伤男子，同样一无所获。两兄弟如果有地址簿，应该也被凶手拿走了。没人看见或听见任何异常动静。就像我的技师伙伴说的，凶手特别关注那些底片，有可能，请记住我强调‘有可能’三个字，有可能是与受害者几年前主动向警方提供夜枭案的线索有关系。他们当时提出了一套色情画册理论，对吧？”

达德利说：“确实如此，但非常牵强。”

“洛杉矶的报纸说你们刚刚重启了调查。”

“对，这个没错。”

“警监，很抱歉之前决定不配合你们查案，但过去的就让它过去吧。你们有没有什么我能用上的新线索？”

达德利微笑：“帕克局长授权我获取一份你们的案卷来阅读。他说要是我能发现两边有什么证据性的联系，他就发你们一份恩格克林兄弟1953年的证词。”

“你说夜枭案和淫秽物品有联系，而我们的案子千真万确有联系。”

达德利点燃香烟：“对，但你们的案子和毒品也同样有联系。”

海切尔嗤之以鼻：“警监，假如我们的凶手真是个吸白粉的道友，他怎么不偷藏在沙发里的毒品？”

“对，也可能凶手只是个口吐白沫的疯子，出于某些他也不理解的原因，对底片有着精神变态者的反应。实话实说：我对毒品的方向更感兴趣。有证据能证明两兄弟在销售或制造毒品吗？”

海切尔摇头道：“没，就我们案子的侦办情况来看，我不认为海洛因说得通。夜枭案重启有淫秽书刊的调查方向吗？”

“没，至少现在还没有。还是那句话，等我读完你们的案卷，我会联系你们的。”

海切尔就快爆发：“警监，你千里迢迢跑来拿证据，却一点回报都不给我们？”

“是帕克局长叫我来的，他保证要是你们的案子有关联，就全面配合调查。”

“满口空话，阁下，我听着就不喜欢。”海切尔开始翻脸，达德利换上谄媚的灿烂笑容。巴德走出房间，来到人行道上，站在租用的轿车边思考。

他感到有些惊恐，等待时机准备去问问达德利在夜枭案的立场是什么。

达德利走出来，海切尔和技师锁印刷所的门。巴德说：“最近有点跟不上你啊，老大。”

“几时开始的，老弟？”

“比方说昨晚和辛顿的事情？”

达德利笑道：“你昨晚又变成了以前残酷的那个你。暖了我的心，让我相信你仍旧能做好我为你策划的业余工作。”

“什么工作？”

“到时候再说。”

“辛顿后来怎么了？”

“我们放了他，教训得服服帖帖，被温德尔·怀特警司吓得半死。”

“很好，可你到底想逼他说什么呢？”

“老弟，你有你工作之外的秘密，我也有我的。咱们很快就可以开个掏心窝大会了。”

机会来了。“不行，我想知道你我在夜枭案上的立场。就现在。”

“艾德蒙·埃克斯利，老弟。咱们的立场都在这儿。”

“什么？”巴德不敢相信自己的耳朵。

“艾德蒙·詹宁斯·埃克斯利。‘血腥圣诞节’之后，他就成了你的存在理由，他也是你向我隐瞒某些事情的原因。我喜欢你，所以我尊重你有话不说的决定。现在请你回报我的感情，在接下来十二天内尊重我的隐私，然后就可以看着他身败名裂了。”

“你打算——”小孩子的声音。

“你一直不肯承认他的长处，所以现在请听我说：以男人而言，他不值一提，但以警探而言，他甚至比我都厉害。就这样。上帝和你做证，我敬佩这个我唾弃的家伙。现在，你愿意尊重我有话不说的决定吗？就像我尊重你那样？”

机会过去了。“不行。你最好告诉我，你到底要我怎么做。解释清楚。”

达德利大笑，微笑：“暂时什么都不做，竖起耳朵听着就行。我得知萨德·格林打算今年春末退休，去接管美国边境巡逻队。继任警探局老大的不是艾德蒙·埃克斯利就是我。埃克斯利很快就要升警长，所以领先我一头，而且帕克本人也喜欢他。我打算利用我们共同隐瞒的某些证据，尽快澄清夜枭案，让我跑到前面去，顺便毁掉埃克斯利。老弟，再忍耐我几天，我保证你能成功复仇。”

这是个交易：一边是达德利，另一边是埃克斯利。

不需要选。

他撒给埃克斯利的鱼饵已成为过去时，埃克斯利给的承诺是妓女连环命案的联系。“老大，这事情里我有没有好处？”

“除了那位朋友倒霉？”

“对。”

“换取全面曝光？比你交换埃克斯利让你跑外勤的情报还要多？”

天哪，这家伙都知道。“对。”

“老弟，真会讲价钱，不过警探局特别质询组的头儿怎么样？跨辖区的多重命案归你管，如何？”

巴德伸出手：“成交。”

达德利说："远离埃克斯利，去胜利旅馆找个舒服的干净房间。过一两天我去找你。"

"车你开走吧，我先去旧金山办事。"

他叫出租车花了四十块，驶过金门大桥，肾上腺素让他亢奋。现在是双重背叛，虽不是生存下去的好策略，却是取胜的好策略，他从小角色变得至关重要。埃克斯利有内部消息和倒霉蛋"垃圾筒"杰克，达德利有近乎通灵的内部情报。现在形势转变了，当初他为了毁掉埃克斯利而向达德利说谎，五年后达德利主动出击，原谅谎言。两个警察，一个动机。旧金山在远处熠熠生辉，他想起达德利·史密斯的声音："艾德蒙·詹宁斯·埃克斯利。"光是说这个名字就让他背脊发冷。

过了桥，找个电话亭停车。他打了个长途电话给琳恩，铃响十声，无人接听。晚上9点10分，怪事，她天黑前就应该从警探局回家了。

接着又穿城去往目的地：旧金山警察局警探处总部。巴德别上警徽，走进去。

重案组在三楼，墙上的肩头为他指路。楼梯嘎吱作响，宽敞的大间办公室。夜班平安无事，咖啡机旁有两个人。

他们走过来。年轻的一个指着他的警徽说："洛杉矶的？有什么要帮忙的吗？"

巴德出示证件："你们有一桩杀人旧案，很像我洛县警局一个朋友接办的案子。他请我过来查一查你们的案卷。"

"嗯，警监这会儿不在。不如你明早再来试试看吧。"

年长的警察查看他的证件："你不就是那个痴迷于妓女命案的家伙吗？警监说你没完没了打电话，说你是他屁股上的一个大疮。怎么，又出新案子了？"

"对，琳奈特·艾伦·肯德里克，洛县，上周。求你了，案卷给我十分钟，我看完就滚蛋。"

年轻警察说："喂，你怎么不开窍呢？警监如果愿意让你看，会给你发邀请函的。"

年长警察说："警监是个王八蛋。受害者姓名和遇害时间？"

"克丽茜·维吉尼亚·伦佛罗，1956年7月16日。"

"那好，我告诉你怎么做。你拐弯去档案室，找1956年的悬案档案柜，直接看'R'字头。什么都别带走，在这位年轻人犯偏头痛之前溜掉。听懂了？"

"听懂了。"

验尸照片：孔洞撕裂伤，面部特写血肉模糊，看不清真面目，戒指碎屑嵌在颧骨上。尸体在克丽茜的住处被发现，是圣弗朗西斯饭店对面的廉价公寓。

性变态者查问报告：附近的性罪犯被带回警局，接受盘问，因为缺少证据而释放。恋足癖、性虐皮条客和克丽茜的鸡头，鸡头在克丽茜遇害时在旧金山市监狱。内衣狂、强奸犯、克丽茜的常客全有不在场证明，没见到他读过的其他案卷里的名字。

拉网排查报告：当地百姓和圣弗朗西斯饭店的客人。六份报告一无所获，第七份有点意思。

1956年7月16日，圣弗朗西斯饭店的一名服务员告诉警探，说他在饭店的套索厅看"黑桃"库利的晚场演出，后来看见克丽茜·维吉尼亚·伦佛罗摇摇晃晃走进她居住的那幢楼，好像是嗑了药。

有意思，巴德一动不动地坐着，前思后想。

他开始思考，琳奈特·艾伦·肯德里克，上周死于洛县。和她没有关联的告密者：拉玛·辛顿，在挨揍时有什么说什么。德怀特·吉列，凯西·简威以前的鸡头，向"黑桃"库利的派对提供妓女。"黑桃"吸鸦片，他这个毒虫堕落到极点。"黑桃"在洛杉矶，演出地点是日落大街的牧场夜总会，离琳奈特·肯德里克的住处只有一英里。

第一个问题："黑桃"不可能有前科记录，所以无法查证他的血型。他参加了县局比斯凯鲁兹局长的民防团，这是个公关勾当，有前科的人不可能加入。

继续思考，又查看法医报告，第二页"血液成分"这部分有重大发现：未消化的食物、精液、经口服摄入的大剂量鸦片，足以导致昏迷，通过齿间残留的焦油进一步确认。

巴德高举双臂，仿佛能穿透屋顶，拽下月亮。拳头打中天花板，他返回地面，思考：这事情他不可能单干，他在躲避埃克斯利，达德利根本不在乎。他看见电话，敲一拳天花板，想到一个搭档人选：

艾里斯·洛韦——性侵杀人案特别吸引他。

他抓起听筒。

第五十六章

希尔达·莱佛茨点着一张大头照说："就是他，苏珊·南希的男人。现在能送我回家了吗？"

中了，矮胖凶悍的那种人，确实很像"公爵"凯斯卡特。迪恩·凡盖尔德，白种男性，生于1921年3月4日，身高五点八七五英尺，体重一百七十八磅，蓝眼睛，棕色头发。1942年6月因一次武装抢劫被定罪，入狱十至二十年，1952年6月从福尔松出狱，服满最低刑期，未获假释。无其他被捕记录，符合巴德·怀特的推测，凡盖尔德死在夜枭咖啡馆了。

希尔达说："就是他——迪恩。苏珊·南希叫他'迪恩'，但他说：'不，你要习惯叫我"公爵"。'"

杰克说："你确定？"

"当然确定。这些该死的照片我看了六个钟头，你居然问我确不确定？我要是想撒谎，几个小时前就随便指个人了。求你了，警察大人。先是在我家屋子底下发现一具尸体，然后逼着我看这些照片。什么时候才能送我回家？"

杰克摇头表示不行。思考：到底是谁？从凡盖尔德到凯斯卡特到夜枭。在1953年的混乱之中，有一条路说得通：从恩格克林兄弟到凯斯卡特到接触过米基·科恩。他拿起听筒，拨0。

接线员："有什么事？"

"接线员，这里是警方的紧急电话。我要找华盛顿州普吉特湾麦克尼尔联邦监狱的管理人员。"

"好的，请问你是？"

"文森斯警司，洛杉矶警察局。就说我在调查一起谋杀案。"

"好的。往华盛顿州的线路目前——"

"该死，我的号码是MA60042。请你——"

"我尽量帮你接，长官。"

杰克挂断。挂钟走了四十秒后电话响起。

"文森斯。"

"麦克尼尔监狱的卡希尔助理典狱长。事情和一起谋杀案有关？"

希尔达·莱佛茨在生闷气，杰克转过去："对，我只需要一个答案。手边有笔吗？"

"当然有。"

"好，我需要知道1953年2月到4月之间，是否有一个叫迪恩·凡盖尔德的白种男性，凡和盖尔德是分开的，探访过麦克尼尔监狱的某名囚犯。我只需要知道有没有人和他探访过，那个人是谁。"

电话那头叹息。"好的，稍等。需要花个几分钟。"

杰克一分钟一分钟地数时间，过了十二分钟多点，卡希尔回来："有。迪恩·凡盖尔德，出生于1921年3月4日，三次探访囚犯达维·戈德曼，分别是1953年3月27日、4月1日和3日。戈德曼当时因为偷税漏税在麦克尼尔服刑。也许你已经听说——"

考虑达维·戈德曼是米基·科恩的手下。考虑凡盖尔德的最后一次探访，在夜枭案之前两周，同时间恩格克林兄弟央求米基在见面时道出黄书计划。监狱那头还在唠叨，杰克挂断电话。夜枭案终于有裂缝了。

第五十七章

艾德开车送琳恩·布雷肯回家，逮捕她前做最后一次尝试。她本来反对，随后由他去了。一天之内注射吐真药和抗吐真药，遭受威逼利诱，她看起来精疲力竭。她确实精明而顽强，而且有药物做后盾，她几乎什么也没交代，但无论怎么坚持，毕竟还是吐露了皮尔斯·帕切特的一些琐事。帕切特知道假装清白不可能洗清罪名，琳恩讲出她当应召女郎的故事，帕切特必须让律师待命，以防这些琐事变成证据。重启调查第一天彻底疯狂，达德利·史密斯北上盖茨维尔，他的狗腿子扫荡黑人区。文森斯在莱佛茨家屋子底下找到尸体，确认迪恩·凡盖尔德的身份，凡盖尔德在夜枭案之前去麦克尼尔监狱探望过达维·戈德曼。巴德·怀特外出跑腿，随即爆出他向《耳语》泄密的事情，之前相信他真是脑子进水。所有这些他都能承受，他是专业警探，习惯于处理混乱局面。

但是亚瑟顿案件和父亲的介入就是另一码事了。现在他感觉被吊在半空，心里有一个最简单的直觉：夜枭案的生命力超过了任何警探的意志力，还拥有想让其恐怖真相公之于众的决心，无论他愿不愿意探查证据、能不能制订计划，或是仅仅随波逐流。

不过他有个对付布雷肯和帕切特的计划。

琳恩朝窗外吐烟圈："再走两个街区左拐停车，我住得离路口不远。"

艾德猛踩刹车："最后一个问题。你在警探局暗示说你知道帕切特和席德·哈金斯曾经策划敲诈勒索的勾当。"

"我不记得我赞同这个说法。"

"你没有反对。"

"我又累又烦。"

"你赞同了，默认也是认可。再说杰克·文森斯的证词里也有这个。"

"那么文森斯有可能在那一点上撒谎了。他以前也算号人物。你不觉得这家伙喜欢自吹自擂吗？"

一个话头。"对。"

"你觉得你能信任他吗？"

艾德透着虚假的懊恼："我不知道，他是我的软肋。"

"怪不得。埃克斯利先生，你打算逮捕我吗？"

"我开始觉得逮捕你没有任何好处了。怀特通知你要去接受盘问的时候，他是怎么说的？"

"实话实说就好。你给他看过文森斯的证词吗？"

真话，让她感恩戴德。"没有。"

"谢谢了，因为我相信肯定充满谎言。你为什么不拿给他看？"

"因为他这个警探能力有限，知道得越少越好。再说他是案件上一名竞争者的门生，我不希望他把情报传过去。"

"你指的是达德利·史密斯？"

"对。你认识他？"

"不认识，但巴德经常谈起他。我认为巴德害怕他，说明史密斯肯定是个人物。"

"达德利非常聪明，而且坏到了骨子里，但我更厉害。你看，时间很晚了。”

“能请我喝一杯吗？”

“为什么？你今天还啐过我一口呢。”

“嗯，考虑到环境，不能怪我。”

她的笑容让他容易微笑：“考虑到环境，请你喝一杯。”

琳恩下车。艾德望着她的一举一动。她穿着高跟鞋，过了狗屎般的一天，但她的脚似乎都不触碰地面。她领着他来到住处，打开底层大门，开灯。

艾德走进去。房屋内装修优雅，用了织物和艺术品装饰。琳恩踢掉高跟鞋，倒了两杯白兰地，艾德坐进纯天鹅绒沙发。

琳恩在他身边坐下，艾德接过酒，品尝。琳恩用双手暖杯：“知道为什么请你进屋吗？”

“你那么聪明，不可能是想和我谈条件，所以我猜你只是对我好奇而已。”

“巴德对你的恨超过了对我或其他人的爱。我开始理解原因了。”

“我不怎么想听你的看法。”

“正打算恭维你几句呢。”

“改天吧，谢谢了。”

“那我换个话题吧。伊内兹·索托能接受曝光吗？最近报纸上全是她。”

“她受到很大冲击，我不想谈论她。”

“我对你知道这么多，你很生气对吧？你没有可供匹敌的信息。”

艾德敲打她一下：“我有文森斯的证词。”

“那个啊，我猜你对它的真实性有怀疑。”

喂个慢球。“你提过帕切特资助了雷蒙德·迪特林早期的几部电影。能详细说说吗？”

“为什么？因为你父亲和迪特林有交往？看到身为名人子弟的坏处

了吧？”

琳恩不动声色，操纵刀锋却很有一手。

“只是身为警察的一个问题罢了。”

琳恩耸耸肩：“皮尔斯几年前随口向我提起过。”

电话铃响，琳恩不搭理。“我看得出你不想谈论杰克·文森斯。”

“看得出你也是。”

“最近不怎么见他上新闻。”

“那是因为他把自己的一切都冲下了马桶。《警徽荣光》、他和米勒·斯坦顿的交情，等等。席德·哈金斯被杀对他毫无好处，因为《秘闻》有一半垃圾要归功于文森斯的扫荡。”

琳恩喝一口白兰地：“你不喜欢杰克。”

“对，但他的证词里有一部分我深信不疑。帕切特拥有席德·哈金斯私人收藏的丑闻档案的复本，其中包括文森斯本人的黑材料。你承认这一点对你很有好处。”

她要是咬钩，那就该是现在了。

“我不可能承认，下次咱们谈话我得叫上律师。不过我可以告诉你，我认为我知道这么一份档案有可能包括什么内容。”

第一个钉子敲进去了。“如何？”

“嗯，我认为时间是1947年。文森斯卷入海滩上的一场枪战。他吸了毒，开枪杀死两名无辜者，是一对夫妻。我的情报经过验证，包括救护车上的一名救护员的证词，还有给杰克治枪伤的医生的公证声明。我的情报包括血检结果，显示他体内有毒品，还有几名当年没有站出来的目击者的证词。你会扣下这些东西去保护一名弟兄吗，警监？”

“马里布老地方”，“垃圾筒”的光荣大案。电话铃响起，琳恩不搭理。艾德真诚地感叹：“我的天啊。”

“是啊。知道吗？每次读到文森斯的消息，我总觉得他这么迫害吸毒者，肯定有些非常阴暗的理由，所以我搞清楚的时候并不吃惊。

还有，警监？要是皮尔斯确实拿到过档案复本，我相信他也早就销毁了。”

最后一句像是假话。艾德跟着撒谎：“我知道杰克喜欢毒品，多年来局里一直有这种传言。我知道档案的事情你在撒谎，也知道文森斯会不择手段地取回他那份档案。你和帕切特不该低估他。”

“就像你低估巴德·怀特那样？”

她的笑容在他眼中像个靶子，他有一瞬间以为自己会揍她。她赶在他动手前大笑，他转而凑近亲吻她。琳恩先是想抽身，随即回吻他。两人滚到地上，互相撕扯衣衫。电话铃响，艾德从叉簧上踢飞听筒。两人翻滚，一起扭动，撞坏家具。事情来得快，结束得也快，然后休息。他在喘息之间讲出他的故事，就仿佛那是难以承担的重担。

堕落的警察杰克·文森斯，难以驾驭。他会不择手段，取回档案，他非得取回档案不可。艾·詹·埃克斯利必须利用他，因为他知道某些情报。但文森斯嗑药、酗酒，精神行将崩溃。

第五十八章

黎明时分，巴德回到洛杉矶，走下午夜从旧金山发车的大巴。他的城市显得怪异而新奇，就像他生命中的所有东西。

他坐上出租车，打起瞌睡，却不停惊醒，想着艾里斯·洛韦说的话："听着像是个大案，但多重凶杀很难办，而'黑桃'库利又是公众人物。我会从地检署犯罪科抽一组人去调查，你暂时放手。"想到打给琳恩的几次电话，听筒被摘下，打不进去。奇怪，但很像她，她要是想睡觉，那就只想睡觉。

他无法相信他的生活竟能变得这么离奇。

出租车放他下车。他在门上看见一个字条，抬头写着"道恩·W. 菲斯克警司"。

怀特警司：

埃克斯利警监要立刻见你（与《耳语》和屋下藏尸有关）。回到洛杉矶就立刻向内务处报到。

巴德大笑，收拾行李，他的衣服和个人积累的案卷。案卷有妓女凶杀案和夜枭案的，达德利要就给他。他把字条扔进马桶，对着它撒尿。

他开车去加德纳，住进胜利旅馆，找的房间有干净床单和电热炉。墙上没有血迹。他决定不睡了，煮咖啡，开始工作。

他所知道的“黑桃”库利的一切，写了半张纸。

库利是俄农小提琴手及歌手，皮包骨头，年近五十。他有过几张畅销专辑，主持的电视节目曾经很热门。他的贝斯手是伯特·亚瑟·帕金斯，绰号“两点”，曾经服苦役，据说有很多黑帮关系人。

与案件调查有关的：

拉玛·辛顿说“黑桃”吸鸦片，“黑桃”在旧金山的套索厅演出，马路对面就是克丽茜·伦佛罗的遇害地点，克丽茜死时体内有鸦片。“黑桃”最近在洛杉矶的牧场夜总会演出，地点离琳奈特·艾伦·肯德里克的公寓很近。拉玛·辛顿说德怀特·吉列，就是凯西·简威以前的鸡头，向库利的派对提供妓女。

都是间接证据，但足够严密。

墙上有电话，巴德抓起听筒，打给县停尸房。

“法医办公室，扬森。”

“我是怀特警司，请找哈里斯医生。我知道他很忙，你就说我只问一个问题。”

“稍等。”电话转盘咔嗒咔嗒地转动。“警司，这次又要问什么？”

“你的验尸报告漏了一点。”

“你又不是县警。”

“琳奈特·肯德里克的胃部残余物和血液成分。求你了，说吧？”

“这个容易，因为肯德里克得了我们上周的最佳胃口奖。准备好了？法兰克福香肠和泡菜、炸薯条、可口可乐、鸦片、精液。天哪，多么丰盛的最后晚餐。”

巴德挂断。脑海里有两个人在争吵：艾里斯·洛韦说放手，凯西·简威说快去。

他驶向日落大街，拼凑犯罪手法。

第一站：牧场夜总会，关着门，门上写着：“‘黑桃’库利率其‘牛仔节奏’乐队每晚演出。”门口有一张宣传海报：“黑桃”，“两点”帕金斯，另外三个一脸穷苦白人相，没有戴满戒指的手指。海报最底下有一行胶印小字：“经纪人：奈特·潘兹勒事务所，洛杉矶市北拉谢内加大街653号。”

马路对面是热狗小亭，菜单上有法兰克福香肠热狗和炸薯条。大街向南是新月高地，著名的流莺聚集地。向北一英里是梅尔罗斯大道和斯威茨大道路口，琳奈特·艾伦·肯德里克的住处。

简单得出结论：

“黑桃”深夜挑上她，没有目击者。他准备好食物和毒品，带琳奈特回家。最后，“黑桃”活活打死她。

巴德向南来到拉谢内加大街653号：红松尖顶木屋，信箱标着“奈特·潘兹勒事务所”。大门敞开，里面有个姑娘在煮咖啡。

巴德走进去。姑娘说：“你好，有什么事？”

“老板在不在？”

“潘兹勒先生在打电话。你有什么事？”

巴德推开一扇黄铜的写着“奈·潘”字样的连通门。一个老男人大喊：“喂！我在打电话！你是什么人，收账的？喂，吉尔！拿本杂志给这厮！”

巴德亮出警徽。男人挂断电话，一推桌子退开去。巴德说：“你是奈特·潘兹勒？”

“叫我奈斯基好了。你要经纪人吗？我可以帮你找到扮演打手的机会。你这种原始蛮子嘴脸最近正流行。”

巴德不理他：“你是‘黑桃’库利的经纪人，对吧？”

“对。你想加入‘黑桃’的乐队？‘黑桃’很挣钱，但老子的黑鬼女佣唱得都比他好听，所以我说不定真能帮你搞个位置，再不济也可以去牧场夜总会看场子。那儿的妹子多得很哟，小伙子，你这种壮汉保证成天有人摸有人玩。”

“说完了吗，老大爷？”

潘兹勒气得满脸通红：“叫我奈斯基先生，原始人。”

巴德关上门：“我要看库利从1951年开始的演出记录。你是吃软还是吃硬？”

潘兹勒站起身，挡住文件柜：“演出结束，哥斯拉。我从不泄露客户资料，哪怕是有传票威胁，所以你滚蛋吧，有空来吃午饭，比方说等个五万年什么的。”

巴德扯断墙上的电话线，潘兹勒拉开最顶层的抽屉。“别来硬的，求你了，原始人！我全靠这张脸吃饭！”

巴德翻出写有“唐奈尔·克莱德·库利”的文件夹，把里面的东西倒在办公桌上。一张照片掉在吸墨台上：“黑桃”，十根手指戴着四个戒指。还有粉色、白色、蓝色的单据，是按年份排列的演出记录。

潘兹勒站在旁边嘟嘟囔囔。巴德比对日期。

简·米德瑞德·汉姆舍尔，1951年3月8日，圣迭戈，“黑桃”在科泰斯饭店天空厅演出。1953年4月，“牛仔节奏”乐队在洛杉矶南城的比多力托演出。莎朗、萨莉、克丽茜·维吉尼亚、玛利亚到琳奈特，从贝克斯菲尔德、亚利桑那州尼德尔斯、旧金山、西雅图，回到洛杉矶。薪酬卡片上列出人员变动情况，绝大多数时候是“两点”帕金斯演奏贝斯，鼓手和萨克斯手来来去去，“黑桃”库利永远领衔，案发时总在同一个城市。

他的汗水把蓝色单据打湿，又问：“乐队住在哪儿？”

潘兹勒说：“巴尔的摩饭店，奈斯基没告诉过你。”

“很好，因为这是一级谋杀，我也没来过这儿。”

“我就像斯芬克斯，我向你发誓。天哪，‘黑桃’和他那帮人渣。天哪，你知道他去年挣了多少吗？”

他打电话向艾里斯·洛韦报告线索，洛韦火冒三丈："我叫你放手了！我已经派了三个文明人去查案，我会转告你进展的，请你立刻放手，回去查夜枭案，听明白了？"

他当然明白，但凯西·简威一直在说快去。

巴尔的摩。

他逼着自己慢慢开到饭店，把车停在后门口，有礼貌地问前台去哪里参加库利先生的派对。前台说："总统套房，九楼。"他说："谢谢。"冷静得好像一切都进入了慢动作，他有一瞬间以为自己在游泳。

爬楼梯仿佛逆流游，小凯西不停地说"杀了他"。双开门的套房，两只鹰和美国国旗用金丝装饰。他碰碰门把手，门开了。

时髦上流人士变回白种垃圾，三个穷白人昏倒在地上。空酒瓶，翻倒的烟灰缸，不见"黑桃"。

连通门右手边的一扇门传来说话声。巴德一脚踹开。

"两点"帕金斯在床上看动画片。巴德掏出枪："库利在哪儿？"

帕金斯把牙签塞进嘴里："醉乡，我也正要去。想见他，今晚来牧场夜总会。他说不定会露面。"

"狗屁，他是头牌。"

"大多数时候是，但'黑桃'最近不太靠得住，所以我偶尔顶上。我唱得不比他差，长相更好看，所以似乎没人在乎。你可以出去了吧，让我自己乐呵乐呵？"

"他在哪儿喝酒？"

"小子，收起你的枪。你顶多能抓他拖欠赡养费，可'黑桃'迟早总会掏腰包的。"

"不对，这次是一级谋杀，而且我听说他喜欢鸦片。"

帕金斯咳出牙签："你说什么？"

"妓女。'黑桃'喜欢年轻姑娘？"

"他不喜欢杀年轻姑娘，只喜欢和你我一样和她们玩。"

“他在哪儿？”

“哥们儿，我是不会告密的。”

巴德反手给他一枪托，帕金斯惨叫，吐出牙齿。电视声音变大，几个小孩尖叫着要家乐氏玉米片。巴德一枪打碎屏幕。

“两点”向他告密：“去中国城找他，求你放过我！”

凯西说杀了他。巴德多年来第一次想到母亲。

第五十九章

医生说："我和你们埃克斯利警监说过了，我说盘问戈德曼先生多半是白费时间，他大多数时间根本就神志不清。不过，既然他非得派你跑这一趟，那我就再陪你试一次吧。"

杰克环顾四周。卡马里奥病院让他毛骨悚然，许多病人，墙上挂着古怪的画作。"能行吗？警监需要他的供述。"

"嗯，那只能祝他好运气了。去年7月，戈德曼先生和他的伙伴米基·科恩在麦克尼尔岛监狱遭到刺刀和铅管的袭击。凶手身份未能查明，相比之下科恩没受什么伤，但戈德曼先生大脑严重受创。两人去年年末假释出狱，戈德曼先生开始举止失常。12月末他因为在贝弗利山当众撒尿而被捕，法官判他来这儿观察九十天。我们从圣诞节收下他，期满后再加九十天。实话实说：我们拿他没办法，唯一的怪事是科恩先生来探望他，提出把戈德曼先生转去一家私人诊疗机构，费用由他负责，但戈德曼先生拒绝了，表现出很害怕科恩先生的样子。奇怪吧？"

"难说。他在哪儿？"

"那扇门的另一边。请待他温和些，他以前是黑帮分子不假，但现在只是个可怜虫而已。"

杰克打开门。衬着软垫的小房间，达维·戈德曼坐在带软垫的长台上，看起来需要刮脸，浑身来苏水的臭味。达维张着嘴巴，在看一本《国家地理》。

杰克在他身边坐下，戈德曼移开。杰克说："鸟地方烂透了，你应该让米基帮你转院的。"

戈德曼抠出鼻屎，吃掉。

"达维，你和米基闹翻了？"

戈德曼把杂志伸到他面前，裸体黑人挥舞长矛。

"漂亮，他们要是登白人裸照，我保证订阅。达维，还记得我吗？杰克·文森斯，以前是洛城警局缉毒组的，咱们在日落大街经常打照面。"

戈德曼挠挠下体。他微笑，欠缺生气，躯壳里没有灵魂。

"给我装是吧？别玩了，达维。你和米基在一起那么久，你知道他会照顾你的。"

戈德曼捏死一只看不见的虫子："现在不了。"

心智尽丧的声音，没人能装得这么好。"告诉我，达维，迪恩·凡盖尔德出了什么事？你记得他，他去麦克尼尔岛探望过你。"

戈德曼抠鼻子，擦在脚上。杰克说："迪恩·凡盖尔德。1953年他去麦克尼尔岛探望你，就是彼得和巴克斯特·恩格克林两兄弟探望米基的那段时间。现在你很害怕米基，凡盖尔德宰了一个叫'公爵'凯斯卡特的人，结果自己也死在世界闻名的夜枭大屠杀里。你剩下的大脑还能谈谈这个吗？"

毫无智慧的光芒。

"说吧，达维。告诉了我，你就不会这么难受了。来，告诉你的杰克叔叔。"

"荷兰人！荷兰龟孙子！米基应该知道该怎么伤害我，但他没有。Hub rachmones[①]，梅耶，hub rachmones，梅耶·哈里斯·科恩，

---

① 意第绪语：怜悯我。

te absolvo[①]我的罪孽。”

只有嘴巴在说话，他的其他部分都已死去。杰克推测，凡盖尔德就是荷兰人，从意第绪语到拉丁文，应该是背叛之类的事情。“说啊，接着说。向杰克神父忏悔，我会让你一切都好的。”

戈德曼抠鼻子，杰克推他一把。“快说啊！”

“荷兰人搞砸了！”

什么意思？也许是在监狱里下令做掉“公爵”凯斯卡特。“说啊，快！”

戈德曼用心智尽丧的单调声音说：“托付经营的小子被三个枪手啪啪啪。停滞期可不是唱歌跳舞，米基以为他能逮住大鱼，可爱尔兰柴郡猫吃了肉，米基只有骨头连肉汤都没有，碰上喵喵魔王他就是盘中餐。Hub rachmones，梅耶，我能信任你，信不过他们，全都冰好了，但不是给我们的，te absolvo……”

一堆问号。“你在说哪些人？”

戈德曼哼歌，跑调，但耳熟。杰克听出旋律，是《乘上A号快车》。“达维，告诉我。”

达维唱道：“叭叭——梆梆梆梆梆梆梆梆，可爱小火车，梆梆梆梆，可爱小火车。”

达维情况恶化，仿佛他的大脑也有软垫墙壁。“达维，说话啊。”

他胡言乱语：“滋滋滋，说话虫在听。贝蒂本尼虫在听，巴尼虫。Hub rachmones，梅耶，我亲爱的朋友。”

让人难以捉摸，这变得或许有意义。

恩格克林兄弟在牢房里见到科恩，讲述“公爵”凯斯卡特的黄书计划。米基发誓他没告诉过任何人。戈德曼发现此事，决定砸摊子，派迪恩·凡盖尔德去杀凯斯卡特，或者想插一脚。杰克满是疑问，他怎么知

---

① 拉丁文：宽恕。

道的？他难道在科恩的牢房安装了窃听器？

“达维，给我说说虫子。”

戈德曼开始哼《心情不错》。

医生开门：“够了，警官，你骚扰他的时间够久了。”

埃克斯利在电话上批准，去麦克尼尔岛检查米基·科恩住过的牢房，搜寻窃听装置的证据。医院离文图拉县机场只有几英里，他飞往普吉特湾，搭出租车到监狱。鲍勃·加劳戴特会找个监狱管理局的伙计居中联络，麦克尼尔监狱的管理人员非常迁就科恩，肯定收了贿赂，估计不施加压力就不肯配合。埃克斯利认为窃听器猜想的可能性很小，他怒骂下落不明的巴德·怀特，菲斯克和克莱克纳出去找他了，龟孙子多半在躲《耳语》文章和圣贝纳迪诺那具尸体。菲斯克给他留了字条，挑明尸体已被发现。帕克说达德利·史密斯在研究恩格克林兄弟的案卷，很快就会向他汇报。琳恩·布雷肯依然有所隐瞒。杰克说：“咱们该怎么办？”埃克斯利答道：“今晚午夜餐车见，讨论一下。”

可怕的艾德警监，最后那句话让他胆战心惊。

杰克开车到文图拉，赶上飞机。埃克斯利打过电话，帮他订好机票。空乘人员送上报纸，他接过《洛杉矶时报》和《洛杉矶每日新闻》，读夜枭案的消息。

达德利那帮崽子把黑人区翻个底朝天，抓有名有姓的黑人罪犯回去问话，寻找真正在格里菲斯公园放枪的流氓。纯粹扯淡，把枪栽赃放在雷·科特斯车上的人，同样把相应的弹壳栽赃放在公园里，利用了报纸上的地点线索，只有专业人士才有这个脑子和胆量。迈克·布鲁宁和迪克·卡莱尔在七十七街分局设立指挥部，七十七街的刑警队和重案组调来的另外二十个人全部投入调查。罪犯不可能是发疯的黑人，局面越来越像1953年重现。《洛杉矶每日新闻》刊载照片：中央大道挤满挥舞标语牌的黑鬼，埃克斯利买给伊内兹·索托的屋子。《洛杉矶时报》有张好照片，伊内兹在雷·迪特林的拉古纳寓所外，遮住眼睛躲避闪光灯。

杰克继续读报。

州检察总署发表声明：艾里斯·洛韦用一纸禁止令智胜他们，但他们仍旧关注此案，等禁止令失效就会插手。除非洛城警局在适当的时间内解决夜枭烂摊子，并且让洛杉矶县大陪审团满意。洛城警局发布新闻稿，充满细节地详述1953年伊内兹·索托遭到的强暴。另有一段暖心内容：艾德·埃克斯利警监如何帮助她重建生活。埃克斯利的老头子也见报了：《洛杉矶每日新闻》大张旗鼓地宣传南加州公路网的落成，提到一则最近爆出的传言，老普莱斯顿很快将宣布参选州长，两个半月后将迎来共和党初选，最后关头宣布参选的策略旨在最大限度地利用公路完工的轰动效应。儿子的负面消息会影响他的胜算吗？

杰克估量自己的胜算。他和凯伦重归于好，因为凯伦看到他在努力，维持关系的最佳手段是变现他的二十年，拿着养老金离开洛杉矶。接下来的两个月将是快跑，逃避重启的调查，帕切特和布雷肯掌握的把柄。这方面的胜算就拿不准了，他对这种快跑是又害怕又厌倦，也开始觉得岁月不饶人了。埃克斯利肯定想好了快跑的步子，深夜碰头不是他的风格。布雷肯和帕切特有可能拿他的丑闻做交易，帕克有可能会压下去，以保护警局的颜面。但是凯伦会知道，岌岌可危的姻缘会彻底完蛋。因为嫁给酒鬼和掮客尚可勉强忍受，“杀人犯”则是一颗两人都无法躲避的子弹。

飞行三小时，幽闭三小时思考。飞机降落在普吉特湾，杰克上出租车去麦克尼尔。

灰色的岩石小岛，有一座丑陋的灰色的庞大建筑。灰色的墙壁，灰色的雾霭，铁丝网紧贴灰色海水的边缘。杰克在警卫亭下车，守门人检查他的证件，点点头。铁门滑进石块。

杰克走进去。一个精瘦的男人在出入口迎接他。“文森斯警司？我是监狱管理局的戈达德专员。”

两人使劲握手。“埃克斯利有没有说我为什么来？”

“鲍勃·加劳戴特说了。你在办夜枭案及相关的合谋案件，你认为科恩的牢房有可能被安装窃听器。我们来寻找证据，支持这个猜想，但我认为可能性不大。”

“为什么？”

他们顶风而行，戈达德侃侃而谈：“科恩在这里得到贵宾级待遇，戈德曼也是。特权多得吓死人，访客数量不受限制，带进牢房的东西不太仔细检查，因此确实也有可能安装窃听器。你认为戈德曼背叛了米基？”

“差不多吧。”

“嗯，有可能。他们的牢房隔两扇门，在米基指定的那一层，因为那层有一半牢房的下水道坏了，没法关押太多囚犯。你很快就会见到，我清空了整排牢房，封存等待检查。”

几个检查哨，牢房区有六层，由天桥连接。杰克上楼，进走廊，有八个空荡荡的牢房。戈达德说：“这是顶楼，安静，人少，有个舒服的休息室可以打扑克。线人说囚犯能不能被关进这层楼需要科恩点头。能想象他有多胆大妄为吗？”

杰克说：“天哪，你很厉害，而且动作够快。”

“呼，埃克斯利和加劳戴特有分量呗，这儿管事的都没时间准备。哪，看看我带来的宝贝吧。”

休息室的桌上，有撬棒、凿子、铁锤、带钩的细杆。一块毯子垫着磁带录音机和一团电线。戈达德说：“咱们去拆房子吧。我承认可能性不大，但还是带了录音机，万一真找到磁带用得上。”

“要我说可能性不小。戈德曼和科恩去年秋天假释出狱，但7月遭到袭击，达维大脑严重受损。如果是他在监听磁带，那么多半没那个脑子拆掉录音机。”

“扯够了。咱们挖吧。”

两人开挖。

戈达德用铅锤从科恩牢房的暖风口拉到戈德曼牢房的暖风口，在两个牢房之间的天花板上画线，拿起铁锤和凿子开始探查。杰克撬开米基牢房墙上的护板，用细杆铁钩在通风管里敲打。除了铁皮别无他物，开口附近也没有电线。遇到了挫折，可这儿是安装麦克风的理想地点。热风呼呼地吹出管道，杰克改变思路，华盛顿州很冷，一年到头大部分时候有暖气，会盖住谈话声。他在墙上和天花板上寻找其他管道，没有，然后是暖风口四周的区域。护板旁边的灰泥抹得不太均匀，还有一些针孔般的小洞。他用铁锤砸开半面墙，灰泥裹着的小麦克风连着电线赫然出现。电线忽然跳出掌心，缩回墙里。五秒钟后，戈达德拿着电线站在他面前，电线另一头是塑料包着的磁带录音机。“两个牢房的半中间，通风管上有个藏物洞。来，咱们听听看。”

两人在休息室听录音。戈达德接上机器，换卷轴，按按钮，窃听磁带。

静电噪声，犬吠，“来，来，好乖。”是米基·科恩的声音。戈达德说：“居然允许他在牢房里养狗。除了美国不可能，对吧？”

科恩说：“别舔你的小香肠了，宝贝。”又一阵犬吠，很长一段时间静默，咔嗒一声停止。戈达德说：“我在算时间。语音激活的麦克风。五分钟没声音就自动关闭。”

杰克拍掉手上的石膏：“怎么上去换磁带？”

“肯定是什么带钩子的工具，就像我给你的那根细杆。他牢房暖风口的格栅很松，所以肯定有人经常探进去。天哪，这东西在里面放了多久？戈德曼肯定有帮手，这事情一个人办不了。听，是不是又启动了？”

又是咔嗒一声，陌生的说话声响起：“赌多少？我让警卫去下注。”科恩说：“巴齐里奥一千块，那意大利小子很凶。去医务室看看达维，好老天，那帮暴徒把他打成了大头菜，我发誓我非得看着他们被炖成蔬菜汤。”交叠的声音嘟囔，米基在哄狗，狗汪汪叫。

可以确定戈德曼和科恩遭到袭击的时间了：米基提前下注赌9月末罗宾逊对巴齐里奥的比赛，到时候他多半已经出狱，在赔率降低前抢先下注。

咔嗒一声停止，咔嗒一声启动，四十六分钟，米基和至少两个人打牌，嘟嘟囔囔，冲厕所。这卷磁带就快到头，咔嗒一声停止，咔嗒一声启动，该死的狗在嚎叫。

米基说：“蹲了六年十个月，马上就要出去，却丢了达维的天才大脑。带着这种烂事回家。米基二世，你就别舔你那玩意儿了。”

陌生的声音说：“给它弄条母狗，它就用不着舔了。”

科恩说：“天哪，这狗这么灵巧，又那么亢奋，玩老二像是海菲兹拉小提琴，大得能垂到脚上，像是约翰尼·斯托姆潘纳托。说到脚，我读海妲·霍普的专栏，看到约翰尼终于踏上拉娜·特纳那条船，他迷恋她那么多年。”

陌生的声音大笑。科恩说：“差不多就够了，马屁精，我又不是杰克·本尼。我现在需要约翰尼，却找不到他，因为他忙着扑电影明星的大胸。我的授权经营商一个一个地被做掉，我需要约翰尼替我打探风声，可就是找不到那个大色鬼黑皮佬！我要做掉那帮鸟人！我要让伤害达维的龟孙子从地球上消失！”

米基咳嗽，咳嗽，咳嗽。陌生声音说：“李·瓦切斯和亚伯·泰特鲍姆呢？你可以交给他们啊。”

科恩说：“你是好朋友不假，但实在没脑子，虽说扑克打得不错。不行，亚伯已经成了软蛋，没法干这种肌肉活儿，开餐厅喝了太多猪油，脂肪堵塞动脉，迟早一命呜呼。李·瓦切斯太缺乏辨别能力。”

磁带到头。戈达德说：“米基说话确实有风格，但这些和夜枭案有什么关系呢？”

“我说‘没有’，你觉得呢？”

第六十章

书房的一面墙如今是一幅图表，水平线连接夜枭案的相关人员，垂直线将每个人引向一块硬纸板，硬纸板划分成几个信息区域，要点来自文森斯的证词。艾德在边缘写笔记，父亲的电话仍在耳畔回响："艾德蒙，我要竞选州长。你最近的丑闻也许会损害我，但这就算了。我不希望亚瑟顿案件再次见报，和你的几个案件扯上关系，我更不希望你让雷·迪特林受到打扰。这两方面你有问题就来找我，咱们私下里解决。"

他同意了，但心里不痛快。这让他觉得自己像个小孩，正如和琳恩·布雷肯睡觉让他觉得自己很放荡。另外，迪特林这个名字在图表上出现的次数太多。

艾德交叉线条。

席德·哈金斯连接文森斯在1953年发现的红墨水黄书，黄书连接皮尔斯·帕切特。再连接克里斯蒂娜·伯杰伦和儿子达瑞尔，鲍比·英吉，黄书模特，这些人几乎在夜枭案发生的同时失踪。派菲斯克和克莱克纳再次搜寻他们，又一次尝试辨别其他模特的身份。黄书和哈金斯到亚瑟顿案件暂且不连，前警长普莱斯顿·埃克斯利愿意在必要时私下调查。

一条推测性的连线，从皮尔斯·帕切特到“公爵”凯斯卡特。琳恩·布雷肯否认其存在，但那是谎言。文森斯的证词说帕切特在贩卖凯斯卡特打算分销的黄书，可制作者是谁？从哈金斯到帕切特和布雷肯，文森斯打听鸢尾花的时候，丑闻记者吓得要死。琳恩之前告诉杰克说帕切特和哈金斯在搞什么勾当，现在又否认，还是谎言。他需要另外画图记录谎言，但房间太小，容纳不下。

继续画线。

从达维·戈德曼到迪恩·凡盖尔德，再到“公爵”凯斯卡特和苏珊·南希·莱佛茨，在杰克从麦克尼尔岛汇报之前暂时无法解释。巴德·怀特被问到还隐瞒了什么证据，显然躲了起来。职业连线：帕切特、恩格克林兄弟及其父亲的化学背景。帕切特据传吸毒，通过整形手术连接一家戒酒戒毒疗养院的所有者泰利·拉克斯医生。达德利·史密斯给帕克的报告称彼得和巴克斯·恩格克林被腐蚀性化学品折磨致死，此外无其他细节。得出结论：解开互相勾连的所有线索的关键链条是帕切特，以及他的妓女、他的黄书模特，帕切特背后藏着一个人，他制作那些血腥黄书，杀死哈金斯，画出最后一条线，连接数年前他父亲的光荣大案。

太多线条，无法忽视。

帕切特资助迪特林的早期电影。迪特林的儿子比利和男友蒂米·沃尔伯恩是鸢尾花的常客，沃尔伯恩是鲍比·英吉的关系人。比利在《警徽荣光》工作，剧组是哈金斯命案的首要调查对象。《警徽荣光》明星米勒·斯坦顿在小威利·维纳霍姆遇害时也是迪特林的童星，当时的凶手真是洛伦·亚瑟顿吗？斜线连接从亚瑟顿到黄书到哈金斯。这些联系过于巧合，他无法因为忠于家族而切断。亚瑟顿案后十七年，普莱斯顿·埃克斯利建造梦幻乐园。

埃克斯利州长。警探局局长埃克斯利。

艾德想到琳恩，尝到她的味道，颤抖起来。思路跳向伊内兹，这条新连线可以利用。

他开车赶往拉古纳海滩。

记者蜂拥着聚在他们的车子旁边，在雷·迪特林家的草坪上打牌。艾德绕过街角停车，走近屋子，拔腿就跑。

记者看见他，开始追赶。他跑到门口，抓起门环就砸。门开了，险些撞上伊内兹。

她摔上门，插紧。艾德走进客厅，梦幻乐园在四周微笑。

各种小玩意儿，莫奇鼠、丹尼鸭和速松鼠的陶瓷塑像。墙上的照片是迪特林和残疾儿童。结清的支票镶在塑封里，有六位数，用于抗击儿童疾病。

“看，我有好多伴儿。”

艾德转身面对她：“谢谢你让我进来。”

“他们对你比对我还差，所以我觉得我欠你的。”

她面色苍白。“谢谢，你知道事情会过去的，就像上次那样。”

“也许吧。埃克斯利，你脸色很难看。”

“大家都这么说。”

“那就有可能是真的。你看，要是你想留下聊聊，没问题，但请别提起巴德和最近这些烂事。”

“我没这个打算，但闲聊一向不是咱们的特长。”

她走近，艾德抱住她。她抓住他的手臂，抽身退开。艾德尝试微笑。“我看你有白发了。等你到我这个年纪，说不定和我一样满头花白。聊这个你说怎么样？”

“够无聊的，不过我有更合适的话题。普莱斯顿要竞选州长，但他儿子的坏名声也许会毁了他的机会。我打算当他的竞选经理。”

“州长老爸。他说我会毁了他的机会？”

“没有，因为他绝对不会说你的坏话。求你尽量别损害他。”

艾德听见外面的记者在大笑："我也不希望父亲受到损害。你可以帮我阻止这种事。"

"怎么帮？"

"一个小忙。仅限你我知道，不能告诉别人。"

"什么忙？仔细说说。"

"很复杂，而且和雷·迪特林有关。听过'皮尔斯·帕切特'这个名字吗？"

伊内兹摇摇头："没有，他是什么人？"

"投资商之类的角色，我只能告诉你这么多。我要你运用你在梦幻乐园的资源，查看他和迪特林的财务联系。向前查到20世纪20年代末，不能惊动别人。能帮我这个忙吗？"

"埃克斯利，这听起来像是警察该做的事情。再说和你父亲有什么关系？"

埃克斯利畏缩，他怀疑造就他的那个人："父亲也许有税务方面的麻烦。我要你查看迪特林的财务记录有没有涉及他。"

"很糟糕的麻烦？"

"对。"

"向前到1950年前后？他们开始建造梦幻乐园的时候？"

"不，向前到1932年。我知道你看过迪特林影业的账本，也知道你肯定做得到。"

"然后你会解释前因后果？"

埃克斯利继续畏缩："选举日告诉你。求你了，伊内兹。你差不多和我一样爱他。"

"好吧。为了你父亲。"

"没有其他原因了？"

"好吧，为了你帮过我，介绍我认识这些朋友。要是觉得我这么说很无情，那就抱歉了。"

莫奇鼠挂钟敲响10点。艾德说："我得走了，还要回洛杉矶开会。"

"走后门。我听见秃鹫还在闹腾。"

开车回去的路上，他压下了畏缩感。

算是排除嫌疑的标准程序：假如父亲确实在亚瑟顿案件期间就认识雷·迪特林，那他不透露此事的理由完全说得过去。和一个曾在残忍凶案调查中打过交道的人做生意，多半会让他觉得难堪。普莱斯顿·埃克斯利认为警察和有影响力的平民称兄道弟会危害绝对正义这个概念，他若是违背了自己的原则，那么不希望此事公之于众也完全可以理解。

用爱和尊敬抵消畏缩感。

艾德提前来到太平洋餐车，侍者说客人在等他。他走到店堂深处最喜欢的小隔间，吧台背后的隐蔽处。文森斯在座位上，手持一卷磁带。

艾德坐下："窃听器录的？"

文森斯把磁带滑给他："对，全都是米基·科恩的胡说八道，与夜枭案没有关系。真该死，但我认为可以确定达维背叛了米基，我认为他肯定听到了恩格克林兄弟向米基讲述凯斯卡特的生意。他觉得不错，派凡盖尔德去找'公爵'。我能推测出的只有这么多了。"

艾德看上去疲惫不堪："干得好，杰克。我说真的。"

"谢谢，你肯叫我大名，实在受宠若惊。"

艾德拿起菜单，在菜单底下掏空口袋："已经半夜三更，我实在没兴趣掉花枪。"

"你肯定有进展了。从布雷肯嘴里问出什么了？"

"只有谎言。还有，你说得对，警司，麦克尼尔这条线暂时断了。"

"所以？"

"所以明天我打算收拾帕切特。我要让内务处和达德利那帮人一刀两断，我要把泰利·拉克斯、彻斯特·约金还有菲斯克和克莱克纳能找到的帕切特的所有走狗全抓回来问话。"

“好，布雷肯和帕切特怎么说？”

艾德眼前浮现琳恩的裸体：“布雷肯试图用你的证词脱身。她揭出你在‘马里布老地方’犯的事，我将计就计。”

“垃圾筒”拿脑门撞两只攥紧的拳头。艾德说：“我告诉她说你会不择手段取回档案。我告诉她说你仍旧爱毒品，说你欠了很多赌债。你将接受审查，你想破坏帕切特的勾当。”

文森斯抬起头，脸色苍白，有指节的印痕：“答应我，你会摆平档案里的事情。”

艾德拿起菜单。底下是海洛因、苯丙胺、弹簧刀和9毫米自动手枪：“你去逼帕切特开口。你去逼他交出你的档案，搞清楚制作黄书和杀死哈金斯的是谁。我在准备台本，明晚你就能拿到。你去吓得帕切特屁滚尿流，不择手段达成你我的目标。我知道你能做到，所以别逼我威胁你。”

文森斯微笑。他几乎恢复光彩，回到了往日了不起的大文。“要是玩砸了呢？”

“那就杀了他。”

第六十一章

烟雾熏得头痛，周围人的恶言恶语让头更痛：“‘黑桃’不在，我这儿有警察罩着，我交过钱，交过钱！”关一叔打发他找肥佬沈德威，肥佬打发他去阿拉米达街，“黑桃”来过，但已经走了。“我交过钱！我交过钱！”明叔、秦叔、陈叔都一副嘴脸。中国城跑个遍，他花了几个钟头才摸清情况，他是在敌人之间撞来撞去。陶叔抽出霰弹枪，被他一把夺下，劈头盖脸几警棍，但还是问不出结果。“黑桃”来过又走了。再多闻一鼻子这种烟，他知道自己肯定会倒地而亡，或者拔枪乱射。真好笑，他走遍整个中国城，寻找一个叫苦力的家伙。

中国城的线索暂时断了。

巴德打给地检署犯罪科，把帕金斯和库利的线索告诉值班刑警。对方使劲打哈欠，没精打采地挂断电话。回到日落大街，牛仔节奏乐队已经登台，没有“黑桃”，大家都好几天没见过他了。山地摇滚俱乐部、附近的酒吧、夜总会，没人见过唐奈尔·克莱德·库利。他妈的凌晨1点，除了琳恩家无处可去。他想起“你去哪儿了？”的问候和一张床。

下起了倾盆大雨，巴德数着尾灯保持清醒，一个个红点，很是催眠。到诺丁汉公路的时候他几乎失去知觉，头晕目眩，四肢麻木。

琳恩在门廊上望着大雨。巴德跑过去，她伸开双臂。他滑了一跤，借琳恩的身体保持平衡。

她后退一步。巴德说："我很担心。昨晚事情没乱前我给你打过几次电话。"

"怎么个乱法？"

"早上再说吧，现在说不清楚。你怎么样？"

琳恩抚摩他的嘴唇："我告诉他们的皮尔斯的情况都是你已经知道的，雨下得我心烦意乱，在考虑要不要多说点。"

"多到什么程度？"

"我在考虑和皮尔斯划清界限。等明早吧，亲爱的。吃早饭的时候咱们都有话要说。"

巴德靠在门廊栏杆上。闪电照亮街道，也照亮琳恩脸上的泪痕。"宝贝，怎么了？是埃克斯利吗？他威胁你了？"

"是埃克斯利，但和你想的不一样。我知道你为什么那么恨他了。"

"什么意思？"

"因为他完全是你那些好品质的反面，他更像我。"

"我没听懂。"

"唉，他那么精打细算，反而会让人相信他。你恨他，所以刚开始我也恨他，但后来他让我意识到皮尔斯既然是这个身份，那就不可能那么简单。他告诉我一些他不必告诉我的事情，我也被我自己的反应吓住了。"

又是几道闪电，琳恩显得无比哀伤。巴德说："举例来说？"

"举例来说，杰克·文森斯就要发狂，和皮尔斯有什么私仇。我本来应该很关心，实际上却不太在意。"

"你和埃克斯利怎么变得这么要好？"

琳恩笑道："酒后见真性呗。知道吗，亲爱的，你已经39岁了，我一直在等你按你这个活法过得筋疲力尽。”

“我今晚就筋疲力尽。”

“我不是这个意思。”

巴德打开门廊灯：“不打算说说你和埃克斯利发生了什么？”

“只是聊了聊。”

她化的妆被泪水冲出一条条痕迹，他第一次看到她不美丽的样子。“告诉我到底怎么回事。”

“等明早。”

“不行，就现在。”

“宝贝，我和你一样疲惫。”

她惨淡的笑容泄露了真相。“你和他睡觉了。”

琳恩转开视线。巴德揍她，一下、两下、三下。琳恩毫不躲闪他的拳头。巴德停手，因为他看到他不可能让她屈服。

第六十二章

内务处人满为患。

彻斯特·约金，鸢尾花的送货员，进一号隔间。二号和三号隔间分别是宝塔·布朗和洛琳·玛瓦奇，帕切特的妓女——伊娃·加德纳，和丽塔·海华丝。拉玛·辛顿、鲍比·英吉、克里斯蒂娜·伯杰伦和儿子未能寻获。黄书模特也一样，菲斯克和克莱克纳翻遍大头照海洋也认不出他们。四号隔间是莎朗·科斯坦扎，真名玛丽·爱丽丝·莫茨，根据文森斯的证词采来的果子，这女人曾保释鲍比·英吉出狱，为克丽丝·伯杰伦支付保证金。五号隔间是泰利·拉克斯医生和律师——了不起的杰瑞·盖斯勒。

雷·平克拿着解毒剂待命，不过目前还没有新落网的鱼儿像是吸过毒。

两名警员守住集合厅进行秘密审讯，内务处享有完全的自主权。

克莱克纳和菲斯克盘问莫茨和假伊娃，武器是证词复本、淫秽照片、案情总结。约金、拉克斯和假丽塔先晾着。

艾德在办公室忙碌文森斯的第三稿台本。有一个念头挥之不去：要是琳恩·布雷肯向帕切特和盘托出，帕切特就会在警察收网前把人都撤走，就像英吉和伯杰伦母子在夜枭案之前那样。有两种可能性：一是她有她的小算盘；二是他俩上床让她犹豫，她拖延时间，思考该怎么办。前者的可能性大得多，这女人一出生就断了最后一丝犹豫。

他仍旧能尝到她。

艾德在纸上画线。伊内兹去查迪特林与帕切特和他父亲的联系，这个念头仍旧让他畏缩。内务处的两名探员在四处搜寻怀特，逮捕那杂种，逼他开口。比利·迪特林和蒂米·沃尔伯恩将接受盘问，但要小心伺候，因为他们有特权、有后台。一条线连接哈金斯遇害与哈金斯和帕切特的“勾当”，文森斯的证词称《警徽荣光》人员的黑档案在哈金斯死后失踪很蹊跷，哈金斯很迷恋这个节目。《警徽荣光》人员在他被杀时均有不在场证明，但还是要再次阅读案卷。

这些迷魂阵般的案件有一半散发着勒索的味道。

一条线指向一个外部因素：达德利·史密斯，他发疯般地想在黑人区火速破案。一条线指向一个传闻：萨德·格林5月将去接管美国边境巡逻队。一条推测连线：帕克会完全基于夜枭案选择下一任警探局局长，不是他就是史密斯。达德利也许会派怀特回来，打破内务处的自主性，所有线条纵横交错，确保他的案件万无一失。

克莱克纳走进房间：“长官，叫莫茨的女人不配合。她翻来覆去只说她以莎朗·科斯坦扎假名生活，帕切特的人要是因为各种无关的罪名被捕，她就前去保释。没有人因为替他做事而被捕，这一点我们清楚。她说她不认得照片里的人，你叫我从勒索角度盘问她，她什么也不肯说。她对夜枭案一无所知，我相信她。”

“释放她，我希望她去找帕切特，让他恐慌。道恩从伊娃·加德纳嘴里问出了些什么吗？”

克莱克纳递给他一张纸：“很多。重点列在这儿了，完整的盘问过程在磁带上。”

“很好。你帮我去哄一哄约金。给他弄瓶啤酒，说点儿好听的。”

克莱克纳笑呵呵地出去。艾德阅读菲斯克的备忘录。

证人宝拉·布朗，1958年3月25日

1. 证人供出皮·帕手下多名应召女郎和男妓的顾客姓名（详见另列备忘录和磁带录音）。

2. 无法指认照片中的男女（应该是在说实话）。

3. 威胁指控其勒索，她交代：

A. 皮·帕给妓女和男妓额外奖金，引诱顾客吐露个人隐私细节。

B. 皮·帕让他的妓女和男妓到30岁就退休（似乎是他的原则）。

C. 上门卖淫时，皮·帕让妓女和男妓开着门窗，方便拍照存证。妓女和男妓还制作某些富有顾客家门钥匙的蜡模。

D. 皮·帕让某位著名整形医生（显然是泰·拉克斯）把妓女和男妓改造成影星模样，挣更多的钱。

E. 男妓向已婚顾客勒索钱财，与皮·帕分赃。

F. 受够了夜枭案调查（显然不知其是否有罪）。

真是一件胆大妄为、令人震惊的变态犯罪。

艾德走到那排审讯室前，透过一扇扇双面镜往里看。菲斯克和假伊娃在交谈，克莱克纳和约金在喝啤酒。泰利·拉克斯在读杂志，杰瑞·盖斯勒在生气。洛琳·玛瓦奇单独坐在一团烟雾中间。她那张脸从里到外简直就是丽塔·海华丝，连发型都来自《荡妇姬黛》。

他打开房门。洛琳起身，又坐下，点燃香烟。艾德把菲斯克的备忘录递给她："读读这个，玛瓦奇小姐。"

她边读边舔口红："所以？"

"所以你是承认还是否认？"

“所以我有权找律师。”

“七十二小时内没门儿。”

“你不能扣押我那么长时间。”洛琳的纽约口音很难听。

“这儿确实不行，但可以送你去女子监狱。”

洛琳咬着指甲，啃出了血：“你不能。”

“当然能。莎朗·科斯坦扎已被拘押，所以她不能保释你。皮尔斯·帕切特受到监视，你的朋友伊娃交代了你刚刚读完的那份材料。先开口的是她，我只需要你填上几个空白点。”

洛琳轻声啜泣：“我不能。”

“为什么不能？”

“皮尔斯对我那么好。”

艾德打断她：“皮尔斯完了。琳恩·布雷肯已经转为州证人，接受保护性监禁。我可以去找她问话，也可以直接问你，省得多跑一趟。”

“我不能。”

“你能，你会说的。”

“不，我不能。”

“劝你还是交代吧，因为只看宝拉·布朗的供词，你就已经是十一项重罪的从犯了。你不怕监狱里的男人婆？”

没有回答。

“你应该害怕，但女牢头更可怕。一个个都体壮如牛，手持警棍。你知道她们拿警棍做什么吗？”

“好吧，好吧，好吧！好吧，我告诉你！”

艾德拿起记事簿，写下“时间顺序”。

洛琳说：“不是皮尔斯的错，是那男人逼他的。”

“什么男人？”

“我不知道。真的不知道，我保证是真的。”

“时间顺序”底下画线。“你从什么时候开始为帕切特做事？”

“21岁那年。”

“具体年份。”

“1951年。”

“他请泰利·拉克斯给你整容？”

“对！让我变得更美丽！”

“别激动。你刚才说有个男人？”

“我不知道他是谁！我不知道的事怎么告诉你！”

“嘘，听着，你确认了宝拉·布朗的供词，你说有个你不知道身份的‘男人’强迫帕切特施行供词所述的勒索计划。没错吧？”

洛琳拿出烟盒，又点燃一根：“对。勒索和敲诈是一码事，所以没错。”

“什么时候，洛琳？记得‘那男人’接触帕切特的时间吗？”

她点着手指：“五年前的5月。”

“时间顺序”下狠狠画一道下划线。“那就是1953年5月？”

“对，因为我父亲就死在那个月。皮尔斯召集我们这些小的，说我们必须从命，他也不想这么做，但那男人拿住了他的把柄。他没说那男人是谁，我估计其他小的也不知道。”

时间顺序：夜枭案之后一个月。艾德又问：“开动脑筋，洛琳。夜枭大屠杀。还记得吗？”

“记得什么？有几个人被枪杀，是吗？”

“算了。帕切特召集你们的时候还说了什么？”

“没别的了。”

“帕切特和勒索没有别的可补充了吗？记住，我不是问你有没有参与，也没有要你自认罪名。”

“呃，那次碰面大概三个月前，我听见皮尔斯和维罗妮卡，我指的是琳恩，在交谈。皮尔斯说他和那个后来被杀的丑闻杂志记者打算联手勒索，皮尔斯向他提供我们顾客的秘密，你明白的，就是些小癖好，记者去拿《秘闻》曝光威胁顾客。你明白的，要么付钱，要么就上丑闻杂志。”

勒索理论终于得到证实。艾德本能地推测：琳恩在一定程度上配合了警方，没有通知帕切特要他做好准备，否则帕切特绝对不可能让这些人进警局。“洛琳，克莱克纳警司有没有给你看淫秽照片？”

洛琳点头说：“我和他说过了，再和你说一遍：我不认识照片里的人，有些照片让我寒毛直竖。”

艾德走出去，道恩·菲斯克在走廊里。“干得好，长官。你引她说出‘那男人’之后，我回去又问了伊娃。她证实确有其事，但同样不知道对方身份。”

艾德点点头说：“告诉她说丽塔和约金已被收押，然后释放她。我要她回去找帕切特。克莱克纳对约金有没有进展？”

菲斯克摇头道：“那小子很难啃。他简直是在挑战唐，看唐能不能逼他开口。说起来，最需要巴德·怀特的时候这家伙去哪儿了？”

“有意思，但这事就别多说了。现在我要你带拉克斯和盖斯勒去吃饭。拉克斯是主动来警局的，所以对他客气点。告诉盖斯勒说这是一起多重谋杀要案，说拉克斯只要合作，就能在所有关联问题上得到豁免，会给他一份签字画押的保证书，他不需要出庭做证。说我已经在写保证书了，他可以打电话给艾里斯·洛韦确认。”

菲斯克点点头，走向五号隔间。艾德查看一号隔间的双面镜。

彻斯特·约金对着镜子找乐：做鬼脸、竖中指。瘦皮猴，油乎乎的鸭尾头盖住了眼睛。胳膊上有几道印痕，可能是以前注射毒品留下的。

艾德打开门，约金说：“喂，我认得你。报纸上看见过。”

猜想得到证实，胳膊上的印痕上有疮疤。“我曾经是新闻人物。”

约金咯咯笑：“老新闻了，警察楷模。你好像说过，‘我从不打嫌犯，堕落成罪犯的警察才那么做。’想听听我的回答吗？我从不告密，因为条子都爱逼人招供。”

“说完了？”这是巴德·怀特的口头禅。

“没。”

艾德虽然恐惧，但他还是动手了，一胳膊肘砸在约金的气管上。约金拼命吸气，艾德站到他背后，给他戴上手铐，把他掀翻在地。

恐惧，但双手稳定。看我，爸爸，我毫不害怕。

约金缩进角落，感到害怕。艾德又是一个歹徒巴德的动作，抡起椅子，擦过嫌犯头顶砸在墙上。约金想爬开，艾德把他踢回角落里。动作慢下来，嗓音不能嘶哑，镜片背后的双眼不能软化。“所有事情，关于黄书和通过鸢尾花销售的其他东西，把所有事情都告诉我。所有事情。从你胳膊上的印痕和帕切特为什么信任你这么一条毒虫说起。首先有一点你要明白，帕切特完了，只有我有资格和你谈交易。听明白了？”

约金使劲点头，表示明白了：“试飞员！我帮他试飞！试飞员！”

艾德解开约金的手铐对他说：“说清楚。”

约金揉着脖子说：“小白鼠。”

“什么意思？”

“我让他在我身上试药。这儿那儿的，每次一点点。”

“从头开始，慢慢说。”

约金咳嗽道：“皮尔斯有一批几年前从科恩和杰克·德拉加纳交易时被抢走的货。巴兹·米克斯留了些给彼得和巴克斯特·恩格克林，只是一份样品，兄弟俩把样品交给父亲，老先生是什么化学大拿。他在大学里教过皮尔斯，把货交给皮尔斯就死了，好像是心脏病什么的。另外有个家伙，我不知道他姓甚名谁，所以别问我，他杀了米克斯还是怎么的。剩下的货落在他手里，有十八磅那么多。皮尔斯这些年一直在用他那批货研究化合物。他想制造最廉价、最安全、最优质的货色。我只是……只是接受测试而已。”

令人惊讶的几条线交错了。“五年前你替鸢尾花送货，对吧？”

“对，是的，没错。”

“你，还有拉玛·辛顿。”

“我有好几年没见过拉玛了，可别把拉玛的烂事栽赃给我！”

艾德抓起另一把椅子挥舞：“我也不想。回答我一个问题，我要是喜欢你的答案，就卖你好大一个人情。这是个测验，而你是试飞员，所以你应该能行。1953年是谁在好莱坞仓库外对杰克·文森斯开枪？”

约金缩成一团，说：“是我。皮尔斯叫我做掉他。我不该在仓库附近动手的。我搞砸了，皮尔斯非常恼火。”

找到了钉死帕切特的证据：企图谋杀警察。“他因此怎么惩罚你？”

“狠狠地拿我当小白鼠。他给我注射他说必须销毁的各种化合物，逼着我试飞去了各种可怕地方。”

“你为此恨他对吧？”

“哥们儿，皮尔斯可不是普通人。我恨他，但也理解他。”

艾德推开椅子：“记得夜枭枪杀案吗？”

“当然，好几年前了，和这个有什么关系？”

“你别管，有一点很重要，你要是能答上来，我就给你一份豁免书，保护性拘押你，直到帕切特完蛋为止。黄书，彻斯特，还记得五年前鸢尾花销售的那些黄色书刊吗？”

约金使劲点头。

“照片上的墨水血，还记得吗？”

约金微笑，现在他心急火燎地想告密了：“我很清楚那件事。皮尔斯真的会完蛋？”

离台本上演还有十个钟头：“也许就是今晚。”

“他妈的，害我飞了那么多烂地方。”

“彻斯特，仔仔细细告诉我。”

约金站起身来，活动蜷曲太久的双腿：“知道皮尔斯贱在哪儿吗？每次我飞到九霄云外，他就在我身边乱说话，觉得我肯定记不住，所以不可能坏他的事。”

艾德掏出记事簿：“试试看，按前后顺序告诉我。”

约金揉着喉咙，咳嗽两声：“好，皮尔斯放走了一批他手上的妓女，就是我们负责运送画册的那段时间。有个人，我不知道他的名字，说服其中几个姑娘和她们的男人为照片当模特。他把拍出来的照片做成书，找皮尔斯借钱，想大规模销售，你明白的，他答应分皮尔斯一杯羹。皮尔斯喜欢这个点子，但不想让他手下的姑娘和她们的男人抛头露面。他从那男人手上买了些画册，通过鸢尾花销售，你明白的，照他的说法叫内部发行，就像测试市场，他觉得这么做他能跟踪货物流向。”

几套旧线交错，内部发行没那么隐蔽。风化组得到几本被扔掉的黄书，分配给文森斯去调查。“接着说，彻斯特。”

“好，制作画册的那家伙，不知怎的从皮尔斯嘴里听到恩格克林兄弟的情况，比方说他们有个印刷所，而且见钱眼开。他给自己找了个代理人，由代理人出面接触恩格克林兄弟。你明白的，策划大批量制作和销售。”

代理人是“公爵”凯斯卡特。连线拐来拐去，从科恩到恩格克林兄弟，从两兄弟到帕切特，回头转向麦克尼尔岛的米基，再到戈德曼和凡盖尔德。把海洛因和淫秽书刊连接起来。“彻斯特，你是怎么知道这些的？”

约金笑道：“那次我飞得云里雾里，皮尔斯对我唠唠叨叨，就好像普通人对狗说话那样。”

“所以帕切特断了黄书的念头，对吧？他只对销售毒品有兴趣。”

“不对。几年前拿给皮尔斯十八磅货的那男人？哈，他对黄书特别感兴趣。他列出有钱变态的名单，还有南美洲的各色联络人。他和皮尔斯，把最初那批照片压了好几年，然后天晓得在哪儿制作了一批新画册。他们把成品藏在什么地方的仓库里，具体地点我不清楚，等着拿出来卖。我估计皮尔斯在等风头过去。”

没有新的连线交错。四个字浮上心头：利益动机。淫秽书刊本身有风险，制备二十磅毒品意味着数以百万的钞票。约金说：“还有一点，免得你反悔。皮尔斯在家里装了个带机关的保险箱。钱、毒品和各种东西都藏在那儿。”

艾德还在想金钱的事情。

约金说：“喂，说话啊！想知道新仓库的地址吗？长滩，林登大道8819号。埃克斯利，说话啊！”

“你的牢房有牛排吃，彻斯特，这是你挣来的。”

线索有了新连线，艾德拿出菲斯克和克莱克纳的证词，加上约金和玛瓦奇吐露的情况进行总结。

海洛因和淫秽书刊连上了。制作黄书的“那男人”就是杀死席德·哈金斯的凶手，他的代理人“公爵”凯斯卡特被迪恩·凡盖尔德杀死，达维·戈德曼或许只接触了迪恩·凡盖尔德，达维·戈德曼通过米基·科恩牢房的窃听器得知了黄书提议。科恩无处不在——他被抢走的海洛因落在恩格克林兄弟和“那男人”手上，“那男人”把十八磅白粉交给帕切特做研究，“那男人”还喜欢淫秽照片，说服帕切特用1953年样书制作新画册。

艾德有个直觉：科恩八年前看似清白，虽然在监狱进进出出，是焦点人物，但从不亲自参与各种案件。一条线引向一个结论：夜枭血案至少也是半职业匪徒所为，旨在夺取皮尔斯·帕切特的毒品和淫书生意。凯斯卡特企图自己销售黄书，他是这起案件的目标人物。他是不是让某些人误解了他的重要性？凶手是不是存心枪杀凡盖尔德，知不知道他在冒充凯斯卡特？几条连线到有组织犯罪阴谋，至少是半职业匪徒，但所有黑帮连线不是已故就是丧失活动能力。弗朗茨·恩格克林和两个儿子死了，达维·戈德曼成了植物人，米基·科恩被围绕他而起的各种事情搞糊涂了。

一条问题连线：是谁做掉了彼得和巴克斯特·恩格克林？

一条恐怖的连线：洛伦·亚瑟顿，1934年。怎么可能？

菲斯克敲门："长官，我带拉克斯和盖斯勒回来了。"

"然后？"

"盖斯勒给了我一份准备好的声明。"

"读。"

菲斯克掏出一张纸："关于本人与皮尔斯·莫尔豪斯·帕切特的关系，我和泰伦斯·拉克斯医学博士，在此发表以下经过公证的声明。即：我与皮尔斯·帕切特纯粹是业务关系，我为他介绍的多名男女做各类整形手术，让他们本已接近著名男女明星的长相更加近似。有未经证实的传闻称帕切特雇用这些年轻人旨在卖淫，但我没有确凿证据能证明其真实性。谨此立誓，等等。"

艾德说："还不够好。道恩，你带约金和丽塔·海华丝过街收押他们。协助与教唆犯罪，逮捕日期先空着。允许他们每人打一个电话，然后去长滩搜查林登大街8819号。那儿是鸢尾花的仓库，我相信已经被帕切特清空了，但还是去看一眼吧。要是发现那地方很干净，就进去捣毁，敞着门离开。"

菲斯克咽口唾沫："呃，长官？捣毁？嫌犯不填收押日期？"

"捣毁。写一份声明。还有，别质疑我的命令。"

菲斯克说："呃，是，长官。"

艾德关上门，按铃叫克莱克纳："唐，请拉克斯医生和盖斯勒先生进来。"

内部通话器里响亮的回答："是，长官。"又悄声说："他们很生气，警监。给您提醒一声。"

艾德打开门，盖斯勒和拉克斯态度蛮横地走进房间。

三人没有握手。盖斯勒说："实话实说：比起我要向拉克斯先生收的费用，那顿午饭连提鞋都不配。他主动前来，却被晾了那么久，我认为这种行径值得谴责。”

艾德微笑：“太抱歉了。我接受你提交的正式声明，没什么特别的问题想问拉克斯医生，只想请医生帮个忙，要是答应，我就欠他好大一个人情。盖斯勒医生，你把账单寄给我好了。你知道我付得起。”

“我知道你父亲付得起。请继续说，我听着还挺感兴趣的。”

艾德对拉克斯说：“医生，我知道你都认识谁，你也知道我都认识谁。我知道你从事合法的吗啡治疗。帮我这个忙，就能得到我的友情。”

拉克斯用手术刀清理指甲：“《每日新闻》说你要完蛋了。”

“他们弄错了。医生，关于皮尔斯·帕切特和毒品，和我说说传闻就行，我不会问你情报来源。”

盖斯勒和拉克斯出门咬耳朵，交头接耳。拉克斯开口：“我听说皮尔斯和某些非常可怕的人有联系，那些人想控制洛杉矶的毒品交易。皮尔斯是个出色的化学家，你知道的，他这些年一直在开发一种特效混合物。荷尔蒙，抗精神病药物，好一锅大杂烩。听说普通毒品比起那东西简直不值一提，听说已经准备好量产销售了。警监，你欠我一个人情。杰瑞，照他说的做，把我的账单寄给他。”

半职业，职业匪徒，新连线全标着“海洛因”。艾德打给鲍比·加劳戴特，留言给他的秘书：夜枭案也许即将告破，有事打给我。办公桌上的一张照片吸引目光，是伊内兹和他父亲在箭头湖。他打给琳恩·布雷肯。

“哈喽？”

“琳恩，是我，埃克斯利。”

“天哪，哈喽。”

“你没有通知帕切特，对吧？”

“你莫非觉得我会去？你是在设计我？”

艾德按倒那张照片："我要你离开洛杉矶一周左右。我在箭头湖有个地方，你可以去住。今天下午就走。"

"皮尔斯……"

"我以后再告诉你。"

"你会过来吗？"

艾德查看文森斯的台本："等我安排好一些事情。见过怀特吗？"

"他来过，又走了，我不知道他去了哪儿。他没事吧？"

"没事。不，妈的，我也不知道。到湖边的费尔南多餐厅见我。就在我的小屋旁边。6点如何？"

"到时候见。"

"还以为需要费些口舌说服你呢。"

"我已经说服自己很多事情了。离开洛杉矶只是让我更好办。"

"怎么说，琳恩？"

"大概是宴席散场了吧。你认为不漏口风是英雄行径吗？"

第六十三章

巴德在胜利旅馆醒来。窗外已是黄昏，他睡了半个夜晚和一整个白天。他揉着眼睛，“黑桃”库利马上回到脑海里。他闻到烟味，看见达德利坐在门口。

“做噩梦了，老弟？挣扎得很带劲。”

他做了噩梦，梦见伊内兹被媒体践踏，是他的错。为了钉死埃克斯利，结果害了她。

“老弟，你睡觉的样子让我想起我女儿。你知道我关心你不比关心她们少。”

他的汗水浸透了几层被单。“案子怎么样了？接下来呢？”

“接下来你听我说。我多年来致力于围堵恶性犯罪，希望有朝一日我和我的几个同事能享受利益分红，这一天很快就要到了。身为我的同事，你那份将很可观。大权将落在咱们手里，老弟。想象一下，这些权力能让肮脏的黑鬼安安静静，然后从那里向外推想。有个不太听话的意大利人，你以前和他打过交道，我觉得你可以帮我好好约束他。”

巴德伸个懒腰，按响指节。“我指的是重启调查。说话别卖关子，求你了。”

“艾德蒙·詹宁斯·埃克斯利和我一样直爽。他打算证明琳恩做了坏事，老弟。往他给你的旧伤口上撒盐。”

通电的电线嗡嗡响。“你知道我们的事情。我早该知道。”

“我不知道的事情恐怕很少，我愿意为你做一切事情。懦夫埃克斯利碰了你爱过的仅有的两个女人，老弟。想点儿凶狠的办法伤害他。”

第六十四章

他们见面先做爱，艾德知道要是不做爱就必须谈话，琳恩似乎也觉察到了这一点。小屋有霉味，床铺没收拾，还留着最后一次和伊内兹欢好的痕迹。艾德开着灯，看见的越多，想到的就越少，帮助他完成性交。他数着琳恩的雀斑，不让自己高潮。慢慢来，两人都是，弥补从沙发滚到地上的激情。琳恩脸上有瘀伤，艾德知道是巴德·怀特打的。走钢丝般的性爱，两人却很温柔。事后长久拥抱，像是补偿各自的谎言。他们一开始交谈就停不下，艾德心想不知谁会先提起“巴德·怀特”。

先提起的是琳恩。巴德是说服她向帕切特撒谎的支点，警方调查是个笑话，他们是在捞稻草。怀特知道帕切特犯的比较轻微的罪，她害怕皮尔斯要是反击，怀特会陷入麻烦，皮尔斯也许会尝试贿赂他。皮尔斯认为一切都有价码，不知道她的温德尔无法被收买。巴德让她思考，她越想就越心痛。某位警监亲吻某位前妓女，恰好赶上她会允许他这么做的唯一时刻。再加上宴席已经散场的感觉，让琳恩觉得：皮尔斯造就了我，但他泥足深陷，我放手不管，也许还能取回我心中被他抹杀的某些好东西。

艾德边听边皱眉，知道他无法坦诚以报。杰克·文森斯已经赤膊上阵，他指望琳恩让帕切特恐慌，甚于菲斯克持消防斧砸开仓库，甚于他的人被盘问逮捕。琳恩用言语迎接他的沉默，就像一个日记片段，逃亡恋人的展示陈述，这就是她的声明。有意思，他感到悲伤，嘲笑以前的老把戏，免下车餐馆妓女的独角戏几乎逗得他大笑。

琳恩讲述伊内兹和巴德·怀特，他在这儿那儿和她幽会，但大体而言保持距离，因为她比他更愤怒，这掏空了他，共度一晚已是极限。没有嫉妒，所以他的妒火蹿了起来，险些让他大喊大叫地提问：海洛因和勒索，胆大妄为得令人震惊的变态犯罪，你到底知道多少？她的馈赠让他问不出口。柔软的双手按着他的胸口，让他无法盘问和撒谎，逼着他用坦诚报答她，只是为了有话可说而已。

他先谈起家人，从过去迂回转到现在。妈妈的好孩子艾迪，金童托马斯，哥哥吃了六颗子弹，他在跳快步舞。警察和名门子弟，来自古老的苏格兰场警探家族。因为伊内兹，出于软弱他杀死四个人。达德利·史密斯发疯般地寻找替罪羊，希望艾里斯·洛韦和帕克局长能接受那是所有问题的答案。轻率的冲动，去找如日中天的大人物普莱斯顿·埃克斯利。墨水凸印的淫秽书刊联系到丑闻记者遇害、儿童遇害和二十四年前他父亲结识雷蒙德·迪特林。一股脑儿倒空心事，琳恩亲吻他紧闭的嘴唇，他摸着她的瘀伤沉沉睡去。

第六十五章

堕落警察大文，埃克斯利选角倒是有一手。他在仓库被扫荡的同时打电话接触帕切特，帕切特说："好，我和你谈。今晚11点，你一个人来。"

他在防弹背心之外挂上录音机。

他带着一把弹簧刀和一柄9毫米自动手枪。埃克斯利给的东西冲下马桶，他不需要那份后悔。

他一路怯场地走到门口按铃，帕切特开门。不出埃克斯利的预测，帕切特瞳孔缩成针眼，是吸毒者的样子。

杰克语气轻蔑地照着台本说："哈喽，皮尔斯。"帕切特关门。

杰克自由发挥，和帕切特说："知道我连襟是洛杉矶的地检官吧？你要是和我谈交易，他就是额外赠品。"

帕切特很冷静，因为头脑发晕，所以恐惧不会显露。

杰克抽出弹簧刀，用刀锋挠脖子。他感觉到流血，用手指蘸着舔掉，像是奥斯卡级的狂人："你全知道，对不对？《秘闻》以前经常报道我。你和席德·哈金斯很有渊源，所以你应该知道。"

帕切特毫无恐惧："五年前你找过我的麻烦。你那份档案的复本还在我手上，我觉得说是你破坏了协议并不为过。看来你已经把证词交给上司了。"

杰克要了个匕首把戏，用刀尖抵住掌心，轻轻一推收回刀刃，流出很多血。接着说出埃克斯利的一条关键台词：“情报方面我远远胜过你。我知道科恩和德拉加纳交易的货在你手上，知道你用那批货做了什么。我知道你在1953年销售黄书，知道你利用那些妓女搞的勒索勾当。我要的只是我那份档案和一些情报。你要是配合，我就去破坏埃克斯利警监掌握的所有线索。”

“什么情报？”

杰克按台本，逐字逐句地说：“我和哈金斯有交易。内容是销毁我的档案和用一万块现金换取我掌握的洛城警局某些高官的丑闻。我早就知道席德打算和你搞勒索，而且当年就没追查鸢尾花，你知道这是真的。席德在我弄到钱和档案之前不幸被杀，我认为两样东西都落在了凶手手里。我需要那笔钱，因为我会在养老金到手前被警局扫地出门，我要那个抢我钱的家伙去死。1953年你的黄书并不是你制作的，杀死席德和抢我钱的就是那个制作者。告诉我他叫什么，我就为你效劳。”

帕切特微笑，杰克回以微笑，并挥舞枪托，打算揍他前最后再助推一把：“皮尔斯，夜枭案的核心是黄书和毒品，你的东西，你甘愿为此下地狱吗？”

帕切特突然拔枪，对着他连开三枪。消音器噗噗噗地响，子弹打碎录音器具，被防弹背心弹开。

又是三枪，两枪击中防弹背心，一枪不知去向。

杰克摔在桌子上，起身瞄准。手枪卡壳，帕切特扑到他身上，啪啪两枪都哑火。帕切特凑近他的脸，他打开弹簧刀，随便一捅，惨叫发出，刀刃刺中目标。

帕切特的左手被钉在桌上。又是一声惨叫，他右手弯曲，插着一支注射器。静脉针筒就在手边。步枪的枪声响起，帕切特大喊：“不，亚伯，不，李，不！”

火焰、烟雾，滚离倒霉蛋的身旁，好活下去再次享受针筒，也许还能看见一只手被钉在桌上的可笑家伙。

第六十六章

脑袋里的时钟乱了，手表已经不走，他不确定今天是周三还是周四。他的夜枭“揭秘”耗费一整个晚上，达德利知道的比他多得多，根本不需要记笔记。达德利在午夜离开，用大话给他壮胆，没有给打手警察布置其他任务。主要任务是查清夜枭案，从而毁掉埃克斯利的职业生涯。他鼓励恶棍巴德·怀特：“想点凶狠的办法伤害他。”他能想到的只有谋杀，以此换琳恩才公平。杀死一名洛城警局警监使他脑子里的所有弹簧统统绷断，再多胡思乱想几分钟他就会真去下手了。凌晨某个时刻，凯西·简威跃入脑海，他想起当年凯西的模样。她在深夜给他布置了任务：找到杀死她的凶手。

而“黑桃”库利让他起身。

他去巴尔的摩饭店，找“牛仔节奏”乐队问话，得知“黑桃”仍旧不知所终，“两点”帕金斯也出去找乐子了。地检署犯罪科的夜班人员不搭理他，心想他们到底有没有在办这个案子？他再次扫荡中国城，路过他的公寓，内务处的两条走狗守在门口。只好去汉堡小摊，狼吞虎咽地吃饭，黎明悄悄降临，一摞《先驱报》告诉他今天是周五。夜枭案头条是：黑人哭诉警方暴力，帕克局长承诺主持公道。

他一秒钟疲惫，一秒钟亢奋。他尝试靠电台对表，指针卡住了，他把一百块的格鲁恩手表扔出窗口。疲惫时他看见凯西，亢奋时看见埃克斯利和琳恩。他开车去诺丁汉公路查看车辆。

没有白色帕卡德，琳恩总在同一个地方停车。巴德绕着屋子走动，不见埃克斯利的蓝色普利茅斯。一个女邻居出门取牛奶，见到他说："早上好，你是布雷肯小姐的朋友，对吧？"

多管闲事的老娘们儿，琳恩说她偷窥别人的卧室。"没错。"

"呃，你也看见了，她不在家。"

"对，你不知道她去哪儿了。"

"呃……"

"呃什么？见过她和一个男人在一起吗？高个子，戴眼镜？"

"不，没有。注意你的语气，年轻人。呃什么？真没礼貌。"

巴德出示警徽："呃什么，女士？你有话想说吗？"

"你要是有点礼貌，我早就告诉你布雷肯小姐去哪儿了。我听见她昨晚和管理员交谈，她在打听路线。"

"去哪儿的路线？"

"箭头湖，你要是有礼貌，我早就告诉你了。"

这是埃克斯利的地方，伊内兹告诉过他。小木屋前飘着几面旗帜，有美国国旗、加州州旗和洛城警局局旗。巴德开到箭头湖，绕湖巡行，很快找到迎风飘荡的旗帜，不见蓝色普利茅斯。琳恩的帕卡德在车道上。

他蹿上门廊，跃上台阶，挥拳打破一块玻璃，拉开门闩。这番响动没有引来回应，只见一间散发霉味的前室，布置成乡间狩猎小屋。

他走进卧室，闻见散发的汗臭味，床上有口红印。他踢得枕头里的羽毛乱飞，掀开床垫，见到底下有个皮面簿子。肯定是琳恩的《红字》，她这些年时常提起她的日记。

巴德拿起簿子，正想撕烂，就像顺着书籍撕烂电话簿那样。可气味阻止了他，要是连看也不看，那他就是懦夫。

翻到最后一页。是琳恩的笔迹，黑色墨水，粗体字，用的是他送她的金笔。

1958年3月26日

再写点艾·埃。他刚开车离去，我看得出他很后悔昨晚告诉我那么多。晨光中他显得很脆弱，没戴眼镜，磕磕绊绊走向卫生间。我同情皮尔斯的不幸，因为他对上的这个男人心怀恐惧但性格坚韧。艾·埃做爱很像温德尔，像是希望永远不要结束，因为一结束他就必须变回自己。他也许是我遇到过的唯一和我一样委曲求全的人，他那么精明、仔细和谨慎，你看得出他总在动脑筋，因此希望能一直在黑暗中说话，这样一句话就不需要说得百转千回了。

他那么精明和实用主义，显得温·怀实在幼稚，不如实际上那么英勇。考虑到他的两难处境，我背叛皮尔斯的友谊和照顾似乎无足轻重。艾·埃长期以来近乎偏执地渴望父亲的赞赏，这个情结无疑影响了他的每一步行动，但他依然持续采取行动，这让我非常钦佩。

艾·埃并没有吐露细节，但重点在于皮尔斯五年前贩卖的艺术淫秽画册里有些照片对上了席德·哈金斯尸体的毁伤，也对上了洛伦·亚瑟顿案件中受害者的伤害情况，洛伦·亚瑟顿是普莱斯顿·埃克斯利在20世纪30年代逮捕的。普·埃很快将宣布参选州长，艾·埃认为他父亲抓错了亚瑟顿案件的凶手，听他言下之意是怀疑普·埃在亚瑟顿案件（亚瑟顿的一名受害者是迪特林的童星）期间与雷蒙德·迪特林建立了业务关系。

另一个奇怪的情结：艾·埃，这位精明的实用主义者，认为父亲是道德楷模和办案神探，因此不愿承认那只是普通失误和合情合理的商业利己行为，还在可接受的人类行为范围之内。他害怕破了“夜枭相关”案件会向世人公开普·埃的错失，毁掉父亲的当选机会。他真正害怕的似乎是接受父亲仅是凡人的事实，尤其困难之处在于他从不接受自己只是凡人的事实。但是，他仍将继续查案，他看起来内心深处已经下定决心。尽管我爱他，但我的温德尔遇到相同情况，只会开枪干掉所有相关人员，然后找个更聪明的家伙帮忙解决尸体，比方说他经常提起的那个文雅的爱尔兰人达德利·史密斯。我去散个步，吃顿早饭，喝三杯浓咖啡，然后继续写这个和相关事情。

看完，他动手就撕，从册脊向下，顺着纹理，皮革和纸张被扯成碎片。

他找到电话，拨打内务处直线。“内务处，我是克莱克纳。”

“是我，怀特。帮我接埃克斯利。”

“怀特，你有麻烦。”听筒里响起另一个声音，“我是埃克斯利，怀特，你在哪儿？”

“箭头湖。我刚读完琳恩的日记，知道了你老头子、亚瑟顿和迪特林的全部故事。他妈的完整故事。我正在追一个嫌犯，等我找到他，就该你老爸上6点新闻了。”

“我会和你做交易。听我说。”

“没门儿。”

回到洛杉矶，还是找“黑桃”的老地方：中国城、日落大街、巴尔的摩，这是第三次了。“黑桃”的所有出没地点都查三遍，每个细节都过三遍，不过只拜访了一次他的经纪人。

巴德开车到奈特·潘兹勒事务所。连通门开着，奈斯基先生在吃三明治。他咬一口，说：“噢，妈的。”

“‘黑桃’没去参加他的演出，肯定害你损失了钱财。”

潘兹勒的一只手滑向办公桌背后。“原始人，你都没法想象客户给我带来多少麻烦。”

“你听起来并不在意。”

“人生不可能事事遂心嘛。”

“知道他在哪儿吗？”

潘兹勒抽出那只手，说：“我猜是冥王星，和他的老伙计杰克·丹尼斯混呢。”

“你那只手在干什么？”

“挠我的下面。上次说的那份工作，你想要吗？一周五百块，不过经纪人得收一成。”

“他在哪儿？”

“他在天晓得什么地方吧。下周再来问我吧，要是你长出脑子了，写信也成。”

“就这样？”

“原始人，我要是知道，会不告诉你这么一条猛汉吗？”

巴德一脚踢得他从椅子上飞出去。潘兹勒摔在地上，椅子旋转翻倒。巴德伸手到办公桌底下，抽出一个用细绳捆扎的包裹。一只脚踩住，一扯绳结，是几件干净的黑色牛仔衬衫。

潘兹勒爬起来：“林肯高地。林萨米的地下室，可别说是奈斯基说的。”

老林炒面，中国城向北宽街上的一家小店。店后有几个停车位，后门通厨房。室外没有地下室出入口，蒸汽从地下通风口向上涌。巴德绕着小店走了一圈，听见通风口里传来说话声。估计翻板门在厨房里。

他在停车场找到一根警棍，走后门进去。两个人在煎肉排，一个老人在拔鸭毛。寻找翻板门很容易，掀开炉膛边的垫板就是。

他们看见他。年轻的两个中国人叽里咕噜，老爹挥手叫他们安静。

巴德掏出警徽。

老爹搓着手指说：“我付过了！我付过了！我付过了！你快走！”

“‘黑桃’库利，老爹。你下去告诉他，奈斯基带换洗衣服来了。快点快点。”

“‘黑桃’付过了！你别烦！我付过了！我付过了！”

两个年轻人兜圈。老爹挥舞切肉刀。

“你快走！快走！我付过了！”

巴德找到地板上的缝隙，老爹抬脚踏住。

巴德挥动警棍，老爹腰部吃了一记，摔在炉子上，脸撞到煤气圈，头发着火。两个年轻人扑上来，巴德一记扫堂腿绊倒两个人。他们手脚交缠倒地，巴德猛踢他们的侧肋。老爹把脑袋泡进水槽，满脸漆黑地又冲过来。

一警棍抽在膝盖上，老爹倒下，还是死死抓着切肉刀不放。巴德踩住他的手，碾断手指，老爹惨叫松手。巴德拖着他到炉子旁，踢松垫板。拉起翻板门，拖着老爹下楼。

烟雾腾腾。巴德一脚踢得老爹闭上嘴。透过烟雾，他看见几个吸毒者躺在床垫上。

巴德一路踢过去。他们抱怨，拍打几下，再返回梦乡。烟雾吹到他的脸上，钻进鼻孔，使劲吸气，进入肺部。蒸汽仿佛灯塔，最里面有个汗蒸室。

他踹开门，透过雾气，看见裸体的“黑桃”库利和三个裸体姑娘。他们发出咯咯的笑声，胳膊大腿彼此纠缠。滑溜溜的瓷砖长椅上，“黑桃”陷在女人堆里，开枪也不可能打中他。

巴德拨动墙上的开关。蒸汽停止，雾气消退。“黑桃”望向他，巴德抽出枪。

杀了他。

库利抢先行动，把两个姑娘紧贴在一起变成肉盾。巴德走过去扯开她们的胳膊和腿，指甲刮破他的脸。姑娘滑一跤，跌跌撞撞地出门。

烟雾在体内，他也如坠梦乡。准备最后的仪式，为了拉长这一刻。巴德念：“凯西·简威、简·米德瑞德·汉姆舍尔、琳奈特·艾伦·肯德里克、莎朗——”

库利吼道：“该死！你错了！是帕金斯！”

这一刻戛然而止，巴德看见扳机已经扣到一半。五颜六色在四周旋转，库利连珠炮似的说话：“我看见‘两点’和最后那姑娘在一起，就是叫肯德里克的那个。我知道他喜欢伤害妓女，看见最后那姑娘被害的消息上电视，我就跑去问他。‘两点’，他吓得我要死，所以我逃到这儿找点乐子。大人，你必须相信我。”

色彩一晃而过，意识回到坏到骨子里的“两点”帕金斯上。巴德看见一种颜色闪烁，是绿松石，在“黑桃”的双手上。他问：“那些戒指，从哪儿来的？”

库利拉过毛巾，遮住大腿：“‘两点’，是他做的。他上路随身携带一套工具。这些年他经常说一些天晓得啥意思的笑话，什么戒指在他和人亲热的时候能保护双手，现在我知道是什么意思了。”

“鸦片。他能搞到吗？”

“那个烂仔、穷鬼会偷我的存货！大人，你必须相信我！”

巴德开始相信了：“看杀人日期，你每次都在案发地点。只有你，演出记录说每次巡回的团员都不一样，你要怎么解释？”

“是‘两点’，他从1949年以后就是我的巡演经理，总和我一起到处跑。大人，你必须相信我！”

“他在哪儿？”

“我不知道！”

“他女朋友、哥们儿，或者其他变态呢？快交代。”

“那个下三滥王八蛋没有朋友，我只知道一个黑人混混约翰尼·斯托姆潘纳托。大人，你必须相信！”

“我相信你。你敢通风报信让他逃了，信不信我会宰了你？”

“赞美耶稣，绝对相信。”

巴德走进烟雾。那些人还在昏昏沉沉，老爹都快没气了。

巴德打电话给档案科，询问帕金斯的档案。

加州没有前科，阿拉巴马假释期间表现良好，帕金斯从1944年到1946年在劳改农场。之前是个短期乐手，没有已知地址。确认约翰尼·斯托姆潘纳托是关系人，还有李·瓦切斯和亚伯·泰特鲍姆，都是黑帮混混。巴德挂断电话，记起他和杰克·文森斯的谈话：文森斯在一次《警徽荣光》派对上收拾过“两点”，当时约翰尼、泰特鲍姆、瓦切斯和“两点”在一起。

他要谨慎对待此事，约翰尼曾是他的线人，对他又恨又怕。

巴德打给车管所，问到斯托姆潘纳托的电话号码。拨打电话，铃响十次，没人接。另外两个号码也没人接，是“牛仔节奏”乐队表演的巴尔的摩饭店、牧场夜总会的号码。去凯凯·泰特鲍姆的餐馆看看，凯凯和约翰尼走得很近。

驶向皮科大街，甩掉鸦片烟味。强烈的念头爬进心里：要单独逮住帕金斯，宰了他。然后轮到埃克斯利。

巴德停车，隔窗张望。下午生意清淡，但他有所收获，约翰尼·斯托姆潘纳托、凯凯在一张餐桌前。

他走进去。两人看见他，交头接耳。一别好几年，亚伯越发肥胖，斯托姆还是意大利人的那种油光水滑。

凯凯招手，巴德拎起一把椅子走过去。斯托姆潘纳托说：“温德尔·怀特。玩得如何，老乡？”

“玩不太转。你和拉娜·特纳玩得如何？”

“都转不太动了。谁告诉你的？”

“米基·科恩呗。”

泰特鲍姆笑道：“那洞肯定像三街隧道似的。约翰尼今晚要和她去阿卡普尔科，我就只能苦练五指禅了。怀特，哪阵风把你吹到这儿来了？自从迪克·斯坦斯兰给我做事以来，我就没再见过你。”

“我在找‘两点’帕金斯。”

约翰尼轻敲桌面：“去问‘黑桃’库利呗。”

“‘黑桃’不知道他在哪儿。”

“那问我干什么？米基告诉你‘两点’和我很亲近？”这不是一般人会问的问题，一般人会直接问：“你找他干什么？”大嘴巴凯凯过于安静。

巴德说：“‘黑桃’说你和他挺熟。”

“熟是挺熟。咱们有过交情，老乡，所以我愿意告诉你，我好几年没见过‘两点’了。”

巴德改变音调，说：“你和我不是老乡，黑皮。”

约翰尼微笑，也许松了口气，警察对线人的游戏要再玩新一轮。瞥一眼凯凯，胖子神情紧张。“亚伯，你和帕金斯走得很近，对吧？”

“不对。‘两点’对我来说疯得太厉害。我和他难得打个招呼。”

撒谎，帕金斯的前科记录可不是这么说的。“也许是我搞糊涂了。我知道你们和李·瓦切斯走得很近，听说他和‘两点’关系密切。”

凯凯大笑，装腔作势。“什么屁话。约翰尼，我觉得温德尔是真糊涂了。”

斯托姆潘纳托毫无理由地维护瓦切斯，说：“他们俩，一个是油，一个是水。关系密切？胡扯什么啊。”

“你俩才胡扯呢。我还以为你们马上会问我到底出了什么事情。”

凯凯推开餐盘：“你就没想到我们也许根本不在乎？”

“想过，但你们最喜欢传播小道消息。”

“够小道的。”

传闻，凯凯打死过一个家伙，就因为那家伙叫他意第佬。“咱来传点小道消息吧，今天天气不错，我反正没事可做，不如跟一个油腻黑人和一个意第胖子聊聊天好了。”

亚伯哈哈大笑，拍拍他的胳膊表示“你真好笑”：“你真够讨厌的。那么，你为什么要找‘两点’？”

巴德也使劲拍拍他，说：“不关你的事，犹太小子。”又对约翰尼抛出一个变化球：“米基出来了，你最近在忙什么？”

约翰尼小拇指的戒指嗒嗒地轻敲一瓶施乐兹啤酒：“反正不是你感兴趣的事情。我围堵得很好，所以用不着你担心。你最近在忙什么？”

“我在重启调查夜枭案。”

约翰尼用力过大，酒瓶险些倾覆。凯凯脸色发白。“你不会认为‘两点’帕金斯……”

斯托姆潘纳托说：“别逗了，亚伯。夜枭案是‘两点’做的？胡扯什么呢。”

巴德说：“我去撒尿。”走进卫生间，关上门，数到十，推开一条缝。两个鸟人拼命说话，亚伯用餐巾纸擦汗。巴德拼凑线索。

“两点”在夜枭案上有嫌疑。

杰克·文森斯在一次派对上看见瓦切斯、斯托姆潘纳托、凯凯和帕金斯在一起时，时间是夜枭案发生前一年左右。

反黑组拷问，乔·西法基斯告密：三人枪手团伙做掉科恩的授权商，做掉独来独往的单干户。胜利旅馆警铃大作。

巴德抓起枪，放下，又抓起。

“围堵。”

达德利最喜欢的大词：围堵政策。

达德利在汽车旅馆训话：“围堵”“利益分红”“有个不太听话的意大利人，你以前和他打过交道”，约翰尼·斯托姆潘纳托是他的旧线人，很恨他。达德利热衷于他的“全面曝光”。拉玛·辛顿被抓来逼供夜枭案的情报，多特·罗斯坦因也在，她是凯凯·泰特鲍姆的表妹。

巴德洗脸，冷静地走回去。斯托姆潘纳托说：“尿舒服了？”

“是啊，你说得对，我找‘两点’是因为以前的旧令状，但我对夜枭案有个直觉。”

约翰尼冷静地问：“哦，如何？”

凯凯也很冷静：“另外几个黑鬼，对吧？我只知道我读报看见的消息。”

巴德说：“也许，但如果不是另外几个黑鬼，那夜枭附近的紫色轿车就是栽赃。当心点，二位。要是看见‘两点’，叫他打到警探局找我。”

冷静的约翰尼嗒嗒地敲桌。

冷静的凯凯咳嗽，冒汗。

冷静的巴德，其实并不冷静，出门上车，拐弯找到投币电话。拨打给太平洋贝尔的警方热线电话，一次漫长的等待。

“啊，你好，请问您的身份？”

“怀特警司，洛城警局。有个追踪任务。”

“什么时候，警司？”

“就现在。高优先级的命案调查，一家餐馆的私人线路和投币电话。就现在。”

“稍等片刻。”

电话转接的咔嗒声，换成了一个女人。“警司，请具体说明要求。”

巴德不太冷静地说：“亚伯快餐店，皮科大街和老兵大道路口。接下来十五分钟内所有电话的呼出记录。女士，这事耽搁不起。”

“来不及启动具体追踪，警官。”

“该死，那就查电话是打给谁的。”

“既然是高优先级的命案调查，那当然可以。请问你现在的号码？”

巴德读出投币电话的号码：“GR48112。”

电话那头回应："十五分钟，从现在开始。下次请多给我们一些准备时间。"

巴德挂断，不停念叨达德利。电话铃声骤然响起，打断难熬的等待。他抓起听筒，笨拙地攥紧，放在耳边："如何？"

"两通电话。一通打到DU32758，号码登记在多特·罗斯坦因小姐名下。第二通打到AX46811，达德利·利·史密斯先生的住所。"

听筒滑出手心。办事员在某个安全而宁静的地方说个不停，但他将永远告别安全和宁静，告别琳恩，告别警徽的保障。

达德利·利亚姆·史密斯警监与夜枭案有牵连。

第六十七章

杰克·文森斯坦白了。

他坦白搞大了圣阿纳托尔孤儿院一个姑娘的肚子，坦白杀死了哈罗德·J. 斯科金夫妇。他坦白麻翻比尔·麦克菲尔森，放在黑人小辣妹的床上，坦白栽赃毒品给查理·帕克，坦白为《秘闻》逮捕毒虫。他勉强跳下床，高举双手。他胡言乱语，说什么可怜可怜我米基，还有梆梆梆梆可爱小火车。他坦白殴打毒虫，做艾里斯·洛韦的中介。他恳求妻子原谅他，因为他睡了长得像黄书模特的妓女。他坦白他不配敬爱基督。

凯伦·文森斯站在一旁哭泣，她听不下去，但又必须听。艾德试着劝她出去，可她不肯走。他离开箭头湖后打电话回警探局，菲斯克向他报告：皮尔斯·帕切特昨夜被射杀，豪宅被付之一炬，烧成白地。消防员在后院找到文森斯，吸入烟尘，防弹背心有破口。他们送他进中央医院，医生给他验血。结果："垃圾筒"被注射了实验毒品。他能活下去，会恢复神志，但要等身体排出过量毒品之后。

护士擦拭文森斯的面颊，凯伦咬着纸巾。艾德查看菲斯克的备忘录：伊内兹·索托打过电话。雷·迪的金钱交易尚未查到结果。难道雷·迪对她问这问那起了疑心？她说得很模糊——道恩字。

艾德把字条揉成一团扔掉。文森斯赤膊上阵，就在他和琳恩缠绵的时候。有人杀了帕切特，留下他们被火烧。

就像埃克斯利父子那样被火烧，巴德·怀特举着火把。

他无法直视凯伦。

“警监，有发现。”

菲斯克在走廊里。艾德走过去，拉着他离开门口。“怎么了？”

“诺顿·雷曼完成了尸检。帕切特的死亡原因是五颗三十号铅弹，分别来自两柄步枪。雷·平克做过弹道测试，凶器符合里弗赛德县的一个协查公告。我查过了，1955年5月，是件悬案，没有线索。两人在酒馆外被枪杀。看着像是黑帮血案。”

线索全都指向毒品。“只有这些？”

“还有。巴德·怀特在中国城砸了一家店，把三个中国人打了。他闯进去提问，出示警徽，突然发疯。有个中国人通过档案照片指认了他。萨德·格林打给内务处，恰好被我接到。要下令抓他吗，长官？我知道你想收拾他，格林副局长说由你决定。”

艾德险些大笑：“不，别抓他。”

“长官？”

“我说了，别抓他，所以就这样吧。你和克莱克纳帮我个忙。联系米勒·斯坦顿、麦克斯·佩尔茨、蒂米·沃尔伯恩和比利·迪特林。叫他们今晚8点来我的办公室接受问话。就说调查由我主持，他们不想见报就别带律师。帮我找洛伦·亚瑟顿案件的重案组档案。要密封，警司。你不许打开看。”

“长官……”

艾德转过身。凯伦站在门口，眼泪已经哭干。“你认为杰克真做了那些事吗？”

“是的。”

“绝对不能让他知道我知道了。答应我，别告诉他，行吗？”

艾德点头，望向室内。大文正在祈求圣餐。

第六十八章

车管所总部的档案室，纸箱堆得齐肩高。查询是为了证实约翰尼和凯凯的嫌疑。巴德思前想后，左思右想。他太亢奋了，可以同时思考案情和翻查记录。

他推测斯托姆潘纳托、泰特鲍姆和李·瓦切斯是夜枭案的枪手，推测这个团伙枪杀新冒出头的黑帮和科恩的特许经营商。“两点”帕金斯也是团伙成员，其他人不知道他喜欢殴打妓女至死。他们会认为末流外行才这么做，不可能坐视不管。达德利是首脑，他不可能扮演别的角色，达德利委托他办的事情都是招募前的磨炼。收拾拉玛·辛顿是达德利在整理帕切特那边的线头，巴德推测帕切特和史密斯有关联，推测辛顿已死，布朗尼和卡莱尔也是团伙成员。

“围堵”“受围堵”“围堵政策”“利益分红”，这些计划就是达德利在尝试控制洛杉矶的犯罪活动，把夜枭案栽在另外一伙黑人头上。

巴德翻箱倒柜，找到1953年4月初的车辆注册记录。按照学院思路，他推断夜枭附近的车辆纯属栽赃，科特斯车里的霰弹枪和格里菲斯公园的弹壳也都是。凶手跟踪案情，走运先发现水星车，找到几个黑鬼承担罪责。不，不对，洛城警局内部有同谋，他们阅读报案记录，盯上开车放枪取乐的黑鬼，把霰弹枪栽赃给他们，猜测前去逮捕的警员会当场击毙他们，就此结案。

这么说：是他们弄了辆符合报案记录描述的车，确保在夜枭附近被路人看见。他们不可能去偷车，警察不会冒着深夜被拦下的风险去偷车。他们也不可能去买一辆紫色轿车，他们肯定买了辆颜色不同的车，然后漆成紫色。

巴德继续查找。文件堆毫无逻辑可言：水星、雪佛兰、凯迪拉克、洛杉矶、萨克拉门托、旧金山，登记车辆的人肯定会使用假名。有一点算他走运，原始购买证明的复本附有卡片，列出登记者的种族、生日和外形描述。这些是他的筛选依据，就像他在学校里学到的：48款到50款水星车、购买者在南加州、外形符合达德利、斯托姆潘纳托、瓦切斯、泰特鲍姆、帕金斯、卡莱尔或布鲁宁。长达数小时的翻找，理出厚达几英寸的一摞资料，终于有一份蹊跷得有点烫手。

48款水星轿车，浅灰色，购于1953年4月10日。登记者：玛格丽特·路易斯·马驰，白种女性，出生于1918年7月23日，棕发棕眼，五点九英尺，体重两百一十五磅。登记地址：洛杉矶市东牛津路1804号。电话号码：NO32758。

烫手到灼人，是肥婆多特·罗斯坦因的体貌特征。牛津路南北走向，而非东西。从快餐店打给多特的电话是DU32758，白痴男人婆只改了区码，号码还是原来那个。

估计还去买了紫色油漆。

巴德欢呼，对空挥拳，乱踢纸箱。一天连破两个大案，可惜谁也不会相信他。准备停当，却无人可杀。指向达德利的都是间接证据，没有确凿证据。达德利位高权重，难以撼动，除了他谁也不在乎。

只有埃克斯利。

第六十九章

监视他从小长大的那幢屋子。他无法进去盘问父亲，他无法祈求父亲的帮助。他无法告诉父亲他把秘密托付给了一个女人，同时让一个凶残的敌人有了毁掉父亲的手段。他带着亚瑟顿案卷，内容都是他早就知道的。制作黄书并杀害席德·哈金斯的那个人与亚瑟顿案件有脱不开的关系，也许就是凶手本人，普莱斯顿·埃克斯利会出于自尊而驳斥这些真相。他无法进去，他无法停止思考。他只好转而投向记忆。

父亲为母亲买了这幢屋子，其实是满足自尊心的纪念品，埃克斯利家族终于脱离中产阶级。草坪上从不装饰圣诞彩灯，普莱斯顿·埃克斯利说太俗气。托马斯失足摔下阳台时他没哭，显得很有气度。父亲为他召开“战场凯旋”派对，只邀请了对他职业生涯有帮助的角色：市长、市议会成员和洛城警局的大佬。

亚特·德西班走向他的车，看起来有点虚弱，一条胳膊裹着绷带。艾德目送他开车离去，他父亲的左膀右臂，他的领路长辈。回想起亚瑟曾说他不是当警探的那块料。

豪宅耸立，巨大而冰冷。艾德开车返回医院。

“垃圾筒”已经醒了，菲斯克在给他做笔录。艾德站在门口看着。

“我按照埃克斯利的台本演戏。我不记得具体说了什么，但帕切特突然拔枪对我射击。埃克斯利给我的那把烂枪卡壳了，帕切特用注射器扎我。后来我听见枪声和‘不，亚伯，不，李，不’。剩下的我和你知道得一样多。”

走廊里传来洪亮的声音：“亚伯·泰特鲍姆、约翰尼·斯托姆潘纳托和李·瓦切斯。他们做了夜枭案。‘两点’帕金斯也是团伙成员，等我说完我掌握的其他情况，你就等着拉裤子吧。”

艾德闻到他的汗味、他的呼吸。怀特把他推进房间，有力，但不粗暴。“咱俩的事情暂且不谈。听见我刚才说的了吗？”

这几个名字他有印象，是黑帮打手，与毒品颇有渊源。怀特显得癫狂，邋遢，热切。菲斯克说：“长官，要不要……”

艾德动了动肩膀，怀特很懂事，马上松手。“两分钟，警监，就两分钟。”

艾德惊恐，但还是拿出警监的派头：“道恩，去喝杯咖啡。怀特，在我为中国人出头之前，说点我感兴趣的事情。”

菲斯克走出房间。艾德说：“杰克，你留下。怀特，你让我感兴趣。”

怀特关上门，他很邋遢，衣服肮脏，双手沾着墨迹：“还好我在收音机里听说你的事，‘垃圾筒’。不知道你也在，否则我会尝试全部自己搞定。”

病床上的文森斯脸色不安：“搞定什么，亚伯、李？你说杀帕切特的是泰特鲍姆和瓦切斯，解释一下。”

艾德说：“你看着像在上犯罪学101，怀特，那就按时序整理一下案情好了。”

怀特微笑，完全像一个神风敢死队成员：“我跟一个妓女连环凶案有好几年了，事情从一个叫凯西·简威的姑娘开始，她在1953年遇害，时间就是夜枭案前后。她是‘公爵’凯斯卡特的女朋友。”

艾德点头："我知道这个案子。你通过警司考试之后，内务处对你做过人事调查。"

"哦，是吗？你不知道的是几年前我就破了案。我以为凶手是'黑桃'库利，他的乐队总与被害的妓女同时出现在同一个城市。我错了。库利告发了真凶，是伯特·亚瑟·帕金斯。"

文森斯开口："说'两点'残杀女人，这我相信。他扭曲到了骨子里。"

怀特说："你应该知道的，因为库利说他和约翰尼·斯托姆潘纳托是哥们儿，1952年那会儿你说你收拾过他一顿，当时他和约翰尼·斯托姆潘纳托，还有李·瓦切斯混在一起。库利告诉我说约翰尼和'两点'关系紧密，于是我就去找约翰尼了。"

艾德说："很好，于是你就去找斯托姆潘纳托了。"

怀特点燃香烟："这头先暂停。另外，我告诉你这几年达德利·史密斯一直让我当反黑组的打手。你知道他怎么说话吗？'围堵'，这是他最喜欢的字眼。围堵犯罪，围堵这个，围堵那个。他把外围工作交给我，一直在试探我，某天晚上他说有个'不太听话的意大利人'很怕我，我可以帮忙管教管教他。约翰尼·斯托姆潘纳托怕我，他曾经是我的线人，我狠狠收拾过他。你知道达德利是所谓黑社会的调解人吧？好，有天夜里，他、卡莱尔和布鲁宁在胜利旅馆收拾一个叫拉玛·辛顿的家伙，告诉我是反黑组的活儿。狗屁，达德利问的全是夜枭案的情况——黄书、皮尔斯·帕切特。"

艾德惊讶得眼珠突出，难以置信："于是你去找斯托姆潘纳托，问帕金斯的下落？"

"对。我去凯凯的餐馆，约翰尼和凯凯都在。我问'两点'在哪儿，约翰尼变得非常可疑。凯凯更加可疑，两人一起撒谎，说与'两点'只是什么点头之交。他们否认'两点'和李·瓦切斯关系密切，但我知道实情恰恰相反。约翰尼用了'围堵'这个词，这可不像约翰尼的风格。这几个人实在太可疑了，我随口提起我参与了夜枭案重启调查，他们吓得险些拉裤子，说‘两点’怎么可能是夜枭案的凶手，跟我打哈哈。我离开，找到电话亭，请太平洋贝尔追踪餐馆十五分钟内打出的所有电话。总共有两通，一通打给多特·罗斯坦因，达德利的好伙伴，凯凯的表妹；另一通打到达德利家里。”

文森斯说：“妈的。”

艾德抬手就想拔枪，不对，怀特是警察。“我需要确证。”

怀特把烟头弹出窗口：“犯罪学101。案子不是黑鬼做的，达德利一伙人存心把那辆车停在夜枭附近。我去车管所查看1953年4月的登记档案，这次找的是白人。4月10日，多特·罗斯坦因买了辆48款的浅灰色水星。用的是假名和假地址，但蠢女人居然用了真实的电话号码，只换掉区码。”

文森斯像是被震蒙了。艾德挤出一段话，免得尖叫出达德利的名字。“就在夜枭案前夕，我在好莱坞分局加夜班，‘黑桃’库利在楼下的一场退休派对上演出，我看见伯特·帕金斯在走廊里闲逛。听听这个推测：马尔·兰斯福特，洛城警局前巡警。夜枭案被遗忘的受害者，我记得他当警察的大部分时间都在好莱坞分局。那么，凶手之一会不会和兰斯福特有私仇？帕金斯那晚在分局有没有偷拿档案？警局内的同谋是不是知道兰斯福特常去夜枭咖啡馆，于是安排在那里刺杀凯斯卡特或凯斯卡特的冒充者，顺便做掉兰斯福特？”

怀特回答：“达德利安排我调查兰斯福特的背景，多半以为我会搞砸。我查过兰斯福特的现场盘问卡片，但一张都找不到。我认可你的推测。”

艾德按捺下冲动，已经不想尖叫着喊出达德利的名字了。

文森斯说：“菲斯克给我说过帕切特，科恩和德拉加纳交易的海洛因如何落在他手上，他和那位无疑是达德利的无名同伙如何准备销售毒品。我知道那次交易的保护人就是达德利，几年前有传闻说达德利带着一伙人杀了抢劫交易的巴兹·米克斯。菲斯克说大部分黑吃黑的毒品落在帕切特手上，部分来自恩格克林父子，部分来自无疑是达德利的那位歹徒。很好，那么我在想的是，兰斯福特会不会就在那伙人里？毒品是不是就在那次落在达德利手上的？”

怀特摇摇头，但对他来说是新消息：“多告诉我一些那方面的细节，因为我有条线索和它关系密切。达德利总在吹嘘狗屁围堵政策，说什么要让黑鬼安安静静，听着很像散播毒品。”

艾德说：“这个没问题。杰克，你说说戈德曼和凡盖尔德那条线。和咱们的新线索结合起来。”

“垃圾筒”站起身，抓着窗栏杆稳住自己：“好，假设达维·戈德曼与达德利、斯托姆潘纳托、凯凯、瓦切斯还有多特是一伙的。他们为什么信任‘两点’这种神经病我实在猜不透，不过这个不重要。总之，他们合谋对付米基·科恩。怀特，有件事你还不知道：戈德曼在麦克尼尔岛米基的牢房里安装了窃听器。我打赌达德利和他的朋友从一开始就和达维是一伙的，不过这个不重要，总之事情就这么发生了，达维偷听到恩格克林兄弟带着‘公爵’凯斯卡特的黄书生意接触米基。”

艾德举起一只手：“彻斯特·约金说拿给帕切特大批毒品的那个人，姑且假设是达德利，他对黄书非常感兴趣，还提到‘有钱变态的名单和南美洲的各色联络人’。我经常琢磨淫秽杂志的获利模式，有了达德利的人脉，看起来就比较有做头了。”

文森斯说：“让我接着说吧。达德利战后在战略情报局的巴拉圭分部工作，1939年前后曾领导风化组，所以我知道他确实有这些关系，但一直没有动用。现在可以推测戈德曼带着黄书计划的风声去找史密斯和斯托姆潘纳托。所有人都喜欢这个点子，尤其是达德利，他们决定抢摊子。达维派前来探监的迪恩·凡盖尔德去找凯斯卡特，具体有没有二次背叛就天晓得了，总之凡盖尔德决定自己抢下‘公爵’的皮条摊子和黄书计划。戈德曼见过他那张脸，但监狱外的其他人都没见过。他觉得自己挺像凯斯卡特，可以假扮凯斯卡特去谈生意。等以后冒名顶替被揭穿，他和外围人员已经打好关系，达维也不会在乎。因此凡盖尔德搬去圣贝纳迪诺，接近恩格克林兄弟。他搞上苏·莱佛茨，做掉‘公爵’。他知道至少一个外围人员的姓名，从莱佛茨家里打到公用电话上，请求面谈。他很强硬，提议找个公众场所碰头，觉得不妨让苏坐在附近，他肯定不会有事。那名外围人员想到兰斯福特和夜枭咖啡馆，于是说咱们在那儿见吧。达德利或他的手下就在夜枭案之前接触了帕切特，吩咐他清理手尾。帕切特不知道具体发生了什么，但命令克丽丝·伯杰伦母子和鲍比·英吉火速离开，这时我刚好在风化组开始查黄书勾当。”

房间里冷风飕飕，艾德觉得每个字都让温度升高：“我来整理一下时间顺序吧，从凡盖尔德冒充凯斯卡特接触外围人员开始。我们知道达德利喜欢淫秽物品生意，知道他藏着科恩和德拉加纳交易的十八磅货。听听我的推测：他闯进凯斯卡特的公寓，发现了指向帕切特的某些东西，东西涉及他的化学背景和他与老恩格克林医生的联系。他去找帕切特，两人达成交易，开发毒品，销售黄书。他惊讶于帕切特和他所见略同，而且已经从恩格克林医生手上拿到了部分货。于是，达德利希望杀死凯斯卡特，同时为了天晓得什么原因灭口马尔·兰斯福特，他还想吓一吓帕切特。他是警察，读到黑人在格里菲斯公园放枪的报告。他安排去夜枭咖啡馆碰面，知道兰斯福特肯定也在，杰克说得对，达德利说得模棱两可，但言下之意肯定是让帕切特清理首尾。再往后，调查的动静超出达德利的预想，因为黑人没有在逮捕时被杀，也不肯招认。他派怀特调查凯斯卡特的背景，多半不知道帕金斯杀了简威那姑娘，但他想引开怀特，尽量不让他涉入，他想让怀特远离有可能把凯斯卡特联系上夜枭案的线索。”

两人盯着巴德·怀特，巴德热切地说：“对，达德利安排我调查凯斯卡特是因为他估计我会搞砸。我去调查‘公爵’的住处，发现指纹被擦得一干二净，看出有人试过他的衣服。达德利那帮人清理过那地方，但没碰电话黄页，我看出圣贝纳迪诺的印刷所部分经常有人翻阅。请听我的推测。我调查凯斯卡特的时候，在圣费尔南多山谷的一家汽车旅馆认识了凯西·简威。两天后她遭到奸杀。我离开旅馆的时候觉得有人盯梢，但没往脑子里去。现在我认为尾巴就是‘两点’帕金斯。我认为达德利派手下监视凯斯卡特的关系人，只是为了紧跟调查的步伐，这解释了他为何总是知道我当作秘密保守的各种事情。‘两点’这个强奸犯神经病，见到凯西就把持不住了。达德利也许知道是他杀了简威，也许不知道，但无论如何都要付出代价。”

文森斯点燃香烟，咳嗽道：“我们没有证据，但我还有更多线索可供佐证。第一，雷曼医生从帕切特体内取出五颗三十号弹丸，他说子弹符合里弗赛德县一起未结的黑帮凶案。达维·戈德曼在卡马里奥胡说八道的时候，提到三个枪手如何如何。他还有些胡话总在我脑袋里转悠，但我搞不懂到底是什么意思。埃克斯利，你听过我在麦克尼尔找到的那盘磁带吧？”

艾德点头道：“你说得对。没什么特别突出的，只随口提到什么黑帮暗杀。”

怀特说：“未结的黑帮凶案有一大堆。我之所以知道，是因为有个嫌犯在反黑组拷问时说了一些情况。总是三名枪手，目标是科恩的特许经营商和新出头的流氓。很简单，是斯托姆潘纳托、瓦切斯和泰特鲍姆在维持秩序，等米基·科恩假释出狱。他们也希望天下太平，体现围堵政策的高明，他们打算等米基出来，试试风向，然后要么做掉他，要么利用他。我的赌注押在做掉他上。他们安排人在监狱里刺杀科恩和戈德曼，这彻底出卖了达维。米基的住处被装炸弹，米基侥幸逃生。他们很快就会做掉他，然后好好围堵一把，因为达德利是反黑组大佬，他还有帕克的狗屁。怎么说来着？授权赶走外地来的黑帮分子。他妈的难以置信。”

“垃圾筒”笑道：“了不起，老弟，了不起。所有暗杀都是在铺路，方便达德利销售帕切特的货。他搞到二次调查的指挥权，可以另找几个替罪羊，而且也准备好销售毒品了。他把黄书藏了起来，没有提醒帕切特，因为他本来就打算做掉帕切特。他没碰琳恩·布雷肯，因为他估计帕切特没有让她看见他最坏的一面。他让她来警局接受问话，因为他估计她会拖延埃克斯利的调查进度。”

琳恩·布雷肯。

艾德皱眉，走向门口：“但我们还是不知道制作黄书、杀害哈金斯的是谁。还有恩格克林兄弟，那个案子不像职业老手所为。怀特，你和达德利一起去过盖茨维尔，他提交的报告轻描淡写。”

“那又是一起变态命案。毒品就放在手边，凶手却碰也不碰。他用化学药剂折磨两兄弟，用酸液烧毁了一批黄书底片。技师说他认为凶手在尝试辨认照片中人的身份。化学药剂让我想到帕切特，但我认为他肯定知道拍照的模特都是谁。我不认为两兄弟的海洛因和咱们案子里的海洛因有关系，他俩断断续续贩毒已经好多年了。化学家和毒贩，假如帕切特想要他们的毒品，肯定会去偷。我认为杀两兄弟的另有其人，此人远离这个烂摊子的核心。”

“垃圾筒”叹道：“还是没有证据啊。帕切特和恩格克林一家全死了，达德利多半也杀了拉玛·辛顿。鸢尾花仓库一无所获，怀特对斯托姆潘纳托和泰特鲍姆耍的小把戏意味着达德利已经听到风声，马上会开始收拾首尾。我不认为咱们立得了案。”

艾德仔细思考：“彻斯特·约金告诉我说帕切特在住处之外还有个上了陷阱的保险箱。他家现在戒备森严，西区分局有一组人看守。等个一天左右，我撤掉警卫。保险箱里应该有能钉死达德利的证据。”

怀特说：“那现在呢？没有证据，斯托姆潘纳托要和拉娜·特纳去阿卡普尔科。现在怎么办？”

艾德打开门，菲斯克在走廊里喝咖啡。“道恩，联系沃尔伯恩、斯坦顿、比利·迪特林和佩尔茨，今晚8点改在市区的斯塔特勒饭店见面。打电话给饭店订三个套间，打给鲍勃·加劳戴特，叫他打电话到这儿找我，告诉他事情很紧急。”

菲斯克去找电话，文森斯说：“你打算从哈金斯那条线入手。”

艾德转身背对怀特：“思考一下。达德利是警察。我们需要证据，今晚就有可能拿得到。”

“斯坦顿交给我。我们以前是好朋友。”

连线给迪特林的童星，普莱斯顿·埃克斯利。“不行……我的意思是说你撑得住吗？”

“这也是我的案子，警监。我已经跟了这么久，我为你去找帕切特对质，险些丧命。”

艾德权衡风险：“好吧，斯坦顿交给你。”

“垃圾筒”揉搓面颊，脸色惨白，有胡须楂儿：“我有没有……我是说：我昏迷的时候，凯伦在这儿……我有没有……”

“她不知道你不希望她知道的任何事情。回家去吧，我想和怀特谈谈。”

文森斯走出去，一天老了10岁。怀特说：“哈金斯那条线屁也不是。现在应该紧盯达德利。”

“做不到。我们首先要争取时间。”

“保护你老爸？天哪，我以为我对女人已经够没眼光了。”

“你仔细想想。想想达德利是什么人，想想扳倒他意味着什么。仔细想想，然后我和你做笔交易。”

“我说过了，休想。”

“这次的你会喜欢。你对我父亲和亚瑟顿案件闭口不谈，我就把达德利和帕金斯交给你。”

怀特笑道：“逮捕他们？他们反正已经是我的了。”

“不，我允许你杀了他们。”

第七十章

埃克斯利的规矩很烦人，不许动手，比利和蒂米来头太大，不能拷打。去饭店玩红脸黑脸也很烦人，他们应该在胜利旅馆拷打达德利。麦克斯・佩尔茨交给鲍勃・加劳戴特，“垃圾筒”盘问米勒・斯坦顿。埃克斯利向加劳戴特大致说明了情况，和盘托出，亚瑟顿那条线除外。加劳戴特认为他可以起诉达德利・史密斯，埃克斯利没说达德利和“两点”帕金斯已经被他拿来抵债。埃克斯利不肯让他离开视线范围，埃克斯利带着他一步一步整理案情，就好像他们是彼此信任的好搭档。整个案子拼凑起来看真是惊人，埃克斯利的脑子好得惊人，但他也很愚蠢，居然看不清一个关键问题：达德利和“两点”完蛋以后，就轮到普莱斯顿・埃克斯利了。原因很简单，迪克・斯坦斯兰不允许他放过他。

巴德透过卫生间的门缝望着众人。

男人们肩并肩坐着，红脸先生客客气气。他们在说：“对，我们买过鸢尾花的东西。对，我们‘在社交上’认识皮尔斯・帕切特。对，皮尔斯吸毒，我们听到流言说他贩卖淫秽书刊，但我们可不沉迷于这种东西。”这对水果佬说话好言好语，以为请他们来豪华饭店喝茶是因为帕切特命案。埃克斯利警监不会动粗，因为普莱斯顿・埃克斯利正在竞选州长，雷・迪特林投下大笔赞助。

埃克斯利大声说："各位，有一起旧命案也许和帕切特案件有关。"

巴德走进房间。埃克斯利说："这位是怀特警司。他有几个问题，然后我看咱们就可以结束了。"

蒂米·沃尔伯恩叹息道："唉，我怎么一点也不吃惊呢？米勒·斯坦顿和麦克斯·佩尔茨在走廊另一头，上次警察盘问我们几个是下三滥哈金斯被杀的时候。所以我完全不吃惊啊。"

巴德拖过一把椅子："为什么说他是'下三滥'？是你杀的他？"

"天哪，警司，说真的，我看着像是杀人犯吗？"

"像，很像。一个人靠扮演老鼠为生，还有什么事做不出来？"

"警司，说真的。"

"另外，哈金斯那次警局并没有找你问话。是比利告诉你的吧？给你吹了点枕边风不成？"

比利·迪特林对埃克斯利说："警监，我不喜欢这个人的语气。"

埃克斯利说："警司，嘴巴干净点。"

巴德笑道："锅底别笑壶底黑，不过算了。你们在哈金斯案件上互相提供不在场证明，时隔五年，又在帕切特案件上互相提供不在场证明。我看挺蹊跷。我以为两个水果佬上一张床都黏糊不了五分钟，就别说五年了。"

沃尔伯恩说："禽兽不如。"

巴德掏出一份文件："哈金斯案件的不在场证明。你和比利一起，麦克斯·佩尔茨在搞女人。米勒·斯坦顿在参加派对，你们的哥们儿布莱特·切斯凑巧也在。《警徽荣光》剧组真是美国精神的典范。布景师戴维·默滕斯和男护士在家。我想知道——"

埃克斯利瞅准时机说："警司，注意措辞，说重点。"

沃尔伯恩咬牙切齿，比利·迪特林假装厌倦。但是，最后那句话似乎对他有所触动，他的眼神从红脸扫向黑脸。"重点是席德·哈金斯被杀时对《警徽荣光》特别感兴趣。帕切特五年后遇害，他和哈金斯是搭档。这两个人属于《警徽荣光》那伙人，吐露了帕切特勾当的私密细节。警监，要是一个东西走路、说话、嘎嘎叫都像鸭子，那就肯定是鸭子，而不是老鼠。”

沃尔伯恩说：“鸭子是嘎嘎叫，白痴。警监，你能跟他说说他在和谁打交道吗？”

埃克斯利正色道：“警司，这两位先生不是嫌犯。他们是主动接受问话的。”

“唉，妈的，长官，我看不出有什么区别。”

埃克斯利恼怒道：“二位，咱们一劳永逸解决问题吧，请告诉这位警司，你们和席德·哈金斯有私交吗？”

两声“没有”，摇头。巴德大怒，因为埃克斯利的剧本。“要是一个东西吱吱叫又娘娘腔，那就肯定是只娘娘腔耗子。警监，你想想看。这两个人从鸢尾花买毒品，承认知道帕切特吸毒、卖黄书。他们清楚帕切特勾当的内情，却声称不知道帕切特和哈金斯是搭档。我建议问问他们帕切特的那些小生意，看他们知道多少。”

埃克斯利举起双手，假装拿他没办法：“那就提几个具体的问题吧。再说一遍，你们主动承认的所有非法行为都不会被追究，也不会传出这个房间。警司，你听明白了吗？”

埃克斯利真聪明，诱导他们说出是谁制作了那些淫书。“垃圾筒”说那些东西让蒂米心神不安，1953年他向蒂米出示过。算埃克斯利厉害，越是追查那些黄书，就越是接近他老头子和亚瑟顿案件。“好的，长官。”

蒂米和比利都是一个表情：被下等人侮辱的上等人。埃克斯利使个眼色：“还有，警司——由我来提问。”

“好的，长官。你俩给我说实话，我看得出谁在撒谎。”

埃克斯利叹道：“就提几个问题。首先，你们知道帕切特向生意伙伴提供应召女郎吗？”

两声“知道”，两人点头。巴德说：“他也经营男人。你俩没花钱偷腥吗？”

埃克斯利说：“警司，你给我闭嘴。”

蒂米凑近比利：“这种问题不配让我回答。”

巴德使个眼色：“你真可爱。我要是进监狱，希望和你住同一间牢房。”

比利假装朝地面吐口水。埃克斯利翻个白眼，上帝啊，求你让我们摆脱这个蛮子：“继续说我们的。你们知道帕切特雇用了一名整容医生，把他的妓男妓女做得更像影星吗？”

蒂米和比利同说：“知道。”埃克斯利微笑，仿佛这是什么家常小事：“你们知道这些妓男妓女在帕切特指挥下从事其他犯罪活动吗？”

他在诱导他们走向“勒索”与帕切特和哈金斯的搭档关系。埃克斯利说过内情：洛琳说“有个人”让帕切特勒索他的“顾客”，时间就在皮尔斯打算和哈金斯结伙那会儿，也就是紧接着夜枭案之后。开动脑筋，这条线也许又会连回达德利。“回答警监的问题，傻瓜。”

比利说：“艾德，你管管他。说真的，太过分了。”

巴德笑道：“艾德？哎哟，我忘了，老大。你老爸和他老爸是好哥们儿。”

埃克斯利真的生气了，涨红脸，颤抖着：“怀特，闭嘴。”

那俩男人看得开心，微笑着互相咬耳朵。埃克斯利说：“二位，请回答我的问题。”

蒂米耸耸肩：“说清楚点，什么其他‘犯罪活动’？”

“具体来说就是敲诈。”

蹭来蹭去的两条腿陡然分开，巴德看得一清二楚。埃克斯利摸摸领带，扑上去。

开动脑筋：约翰尼·斯托姆潘纳托就是“那个人”。约翰尼·斯托姆潘纳托是勒索老手，表面上没有收入来源。犯罪学101，洛琳·玛瓦奇说勒索始于1953年5月，达德利那伙人已经搭上了帕切特。“对，敲诈。已婚男人和性变态都是目标。有点像职业风险。你们没被玩伴敲过竹杠？”

现在轮到比利翻白眼了：“我们并不买春，无论男女。”

巴德拉近他的椅子：“很好，可你这位甜心有个关系人是知名男妓鲍比·英吉。要是一个东西嘎嘎叫像鸭子，那就肯定是鸭子。所以呢，嘎嘎，嘎嘎，快说是谁敲诈了你们。”

埃克斯利正色道：“二位，你们能说出帕切特手下几个妓男妓女的姓名吗？”

比利硬撑男子汉，说：“他是冲锋队，我们没必要回答他的问题。”

“没必要个屁。有没有听说过一个怪可爱的小变态，名叫达瑞尔·伯杰伦？有没有忽然对女人起了兴趣？你们两个杂种——”

沃尔伯恩说：“艾德，叫他住嘴！”

埃克斯利说：“警司，够了！”

巴德头晕目眩，像是脑袋里有个小人给他喂台词：“去你的。这两个浑球和帕切特的勾当脱不开关系。一个是电视明星，一个给他俩弄了个名人老爸。两个人有的是钞票，简直是等人敲竹杠。不觉得我这么说有道理？”

埃克斯利让巴德收一收，手指搭在领口上说：“怀特警司说的也有道理，不过我要为他的表达方式道歉。二位，只是为了留个记录。你们是否知晓皮尔斯·帕切特与他的妓男妓女从事的勒索行为？”

两人回答不知道。

巴德准备压低嗓门儿说话。

埃克斯利凑近他们：“你们有没有被敲诈威胁过？”

两人继续否认，房间舒服凉爽，两个人直冒汗。巴德压低嗓门儿说：“约翰尼·斯托姆潘纳托。”

两个人愣住了。巴德说：“《警徽荣光》的丑闻，他是不是要这个？”

沃尔伯恩想说话，比利命令他住嘴。埃克斯利想慢慢来，可脑袋里的小人说不行。“他掌握了你老爸的丑闻？他妈的了不起的雷蒙德·迪特林。”

埃克斯利打手势叫他停下。脑袋里的小人露出真面目：迪克·斯坦斯兰在吸毒气。“丑闻。小威利·维纳霍姆、洛伦·亚瑟顿和儿童谋杀案。与你父亲有关。”

比利颤抖，指着埃克斯利。“他父亲！”

四个人你看我我看你，最后被沃尔伯恩的啜泣打断。比利扶他起身，拥抱他。埃克斯利说：“出去。你们可以走了。”

他显得很哀伤，而不是愤怒或恐惧。

比利搂着蒂米出去。巴德走到窗口。埃克斯利过来，对着手持麦克风说：“道恩，沃尔伯恩和迪特林出去了，你和唐跟踪他们。”

巴德打量他，他稍微高一点，只有他一半的块头。不知为何，他说：“我不该那么做的。”

埃克斯利望着窗外：“很快就会结束，彻底结束。”巴德向下望。菲斯克和克莱克纳在饭店门口，其他两人跑上人行道。内务处探员追赶，被一辆公共汽车拦住。公共汽车驶过，比利和蒂米不在车上。菲斯克和克莱克纳站在街上，显得傻乎乎的。

埃克斯利放声大笑。

不知为何，巴德也笑了起来。

第七十一章

他们重温老时光，斯坦顿喝着客房服务的香槟酒。杰克照本宣科说台词：帕切特和哈金斯、黄书、海洛因、夜枭案。他看得出米勒知道什么，看得出米勒想一吐为快。

他们是老交情了，聊他怎么教米勒演警察，怎么带米勒去中央大街找女人，结果却逮捕了亚特·派柏[①]。加劳戴特探头进来说麦克斯·佩尔茨是清白的，聊麦克斯又吃掉一个钟头。米勒眼神迷蒙，说什么1958年将是本剧的最后一季。真可惜咱们失去了联络，可大文你最近太疯狂，成了业内的贱民。

怀特和埃克斯利在隔壁争吵，杰克切入正题。

“米勒，你是不是有心事，死也想告诉我？”

“我说不准，杰克。以前的烂事了。”

“这次的烂摊子历史悠久。你认识帕切特，对吧？”

“你怎么知道？”

“合情合理的猜测呗。警监的案卷说帕切特资助过迪特林的早期电影。”

① 著名爵士音乐家。

斯坦顿看看酒杯，空了："好吧，我早就认识帕切特。说来话长，但我看不出这和你关心的事情有什么关系。"

杰克听见边门刮地毯的声音："我只知道我说完'帕切特'三个字，你就有一些事情非常想告诉我。"

"该死，我碰到你就不觉得自己像警察了，更像剧集快要被砍的胖演员。"

杰克别开视线，不能步步紧逼。斯坦顿说："你知道当初我在迪特林的系列剧里演胖小孩。威利·维纳霍姆，小威利，他是大明星。我在片厂学校见过几次帕切特，我知道他是迪特林的什么生意伙伴，因为我们的导师爱上了他，成天跟我们说他是谁。"

"然后？"

"然后小威利被弗兰肯斯坦博士从学校绑走，大卸八块。你肯定知道那案子，非常有名。警察抓了个叫洛伦·亚瑟顿的家伙，说威利和另外几个孩子都是他杀的。杰克，接下来这部分我说不出口。"

"那就长话短说吧。"

斯坦顿语速非常快地说："迪特林先生和帕切特来找我，给我打了镇静剂，告诉我必须跟一个比较大的男孩去趟警察局。我当时14岁，比较大的男孩大概17岁。帕切特和迪特林先生教我怎么说：我们去了警察局。我们和普莱斯顿·埃克斯利谈话，他当时是一名警探。我们按照帕切特和迪特林先生教的说：说我们看见亚瑟顿在片厂学校附近转悠。我们指认亚瑟顿，埃克斯利相信了我们。"

舞台式般的停顿。杰克说："该死，然后呢？"

斯坦顿放慢语速说："我没再见过那个比较大的男孩，我连他叫什么都不记得了。亚瑟顿被判刑处死，审他的时候没有要我出庭做证。应该是1939年，我还在迪特林旗下，演清纯少年。迪特林先生带着他的大小明星参加阿罗约塞科公路的开幕式，当然是为了宣传。普莱斯顿当时已经是大牌建筑商，剪彩的是他。我听见迪特林先生、帕切特和泰利·拉克斯，你认识他的，他们三个人在交谈。”

杰克如坐针毡：“米勒，接着说。”

“杰克啊，我永远忘不了他们交谈的内容。帕切特对拉克斯说：‘我用药物控制住他了，他不会再伤害任何人，你给他整容。’拉克斯说：‘我会找人看管他。’迪特林先生，我永远忘不了他的语气。他说：‘我会给普莱斯顿·埃克斯利一个比洛伦·亚瑟顿更加可信的替罪羊。我认为现在他欠我太多，不可能来伤害我。’”

杰克摸摸自己，他以为自己已经停止呼吸。背后响起急促的呼吸声，他望向门口的埃克斯利和怀特，他们彼此紧贴，一动不动。

第七十二章

现在他的所有连线都用墨水画上了交叉点。

红墨水照片，墨水台流淌鲜血。店招上有卡通人物和雷蒙德·迪特林与普莱斯顿·埃克斯利，全明星罪犯阵容。墨水颜色是红色和绿色，表示贿金。黑色表示哀悼，是死亡的配角。怀特和文森斯知道了，多半会告诉加劳戴特。他把他们赶出饭店，心里很清楚。他可以警告父亲，也可以不警告，结果反正相同。他可以继续前进，也可以坐在房间里，望着自己的人生在电视上爆炸。

漫长的几小时过去，但就是没法伸手拿电话。他打开电视，看见父亲在公路落成典礼上，拔枪塞进嘴巴，老头子说着陈词滥调。扳机拉到半截，画面淡出，变成广告。他倒出四颗子弹，旋转弹筒，用枪口抵着脑门。他两次扣动扳机，都是空弹仓，他不敢相信自己干了什么。他把枪扔出窗口，过路酒鬼从人行道上捡起来，对天空开枪。他大笑，啜泣，头撞家具直到昏迷。

又是几个小时过去，他什么都没做。

电话铃响，艾德在黑暗中抓起听筒："呃……哪位？"

"警监，是你吗？是我，文森斯。"

"是我。怎么了？"

“我和怀特在警探局，刚才接到报警，我们抢到案子。北新汉普夏大道2206号，比利·迪特林的住处。死者是比利和一个不知名的男人。菲斯克已经过去了。警监，你在听吗？”

艾德听到了，说：“我这就去……咱们现场见。”

“好的。顺便说一句，我和怀特没把斯坦顿的话告诉加劳戴特。似乎应该告诉你一声。”

“谢谢你，警司。”

“你谢怀特吧。他才是你必须担心的问题。”

菲斯克在现场等他，一幢仿都铎式建筑，被车头灯照亮。黑白警车和鉴证组车辆停在草坪上。

艾德跑过去，菲斯克简要介绍案情：“邻居女人听见惨叫，等了半小时打电话报警。她看见一个男人跑出去，坐进比利·迪特林的车子开走。他没开多远就撞上一棵树，下车继续跑。我录了她的证词。白种男性，40岁出头，普通体形。长官，你必须做好心理准备。”

室内闪光灯噼啪作响。艾德说：“封锁现场。重案组和分局警察都不得入内。拦住记者，不能让迪特林的父亲听到消息。叫克莱克纳封存那辆车，把蒂米·沃尔伯恩找来。找到他，快。”

“长官，他们甩掉了我们。我感觉很不好，似乎应该怪我们。”

“没关系，照我说的去做。”

菲斯克跑向他的车，艾德进门，查看。

比利·迪特林躺在被浸成红色的白色沙发上。喉咙插着一把刀，腹部插着两把刀。几英尺之外，有一个40来岁的白种男人被残杀，几个药物胶囊泡在地上的血泊里。

没有艺术感，凶手已经过了这个阶段。

艾德走进厨房。1939年时帕切特对拉克斯说：“我用药物控制住他了，他不会再伤害任何人，你给他整容。”餐具柜被倒空，叉子和调羹扔在地上。1939年时雷·迪特林说："一个更加可信的替罪羊。"

血脚印走进走出，凶手来回走了好几趟，拿各种装饰品。拉克斯说："我会找人看管他。"水槽里有一块皮肤。"普莱斯顿·埃克斯利，当时已经是大牌建筑商。"墙上有血手印，好像犯罪学101里的标准精神病激情犯罪。

艾德眯着眼打量手印，簸箕和斗清晰可见。精神病发作时的忘乎所以，凶手按掌纹是为了留下印记。

回到客厅。"垃圾筒"杰克站在五六名技术人员中间。闪光灯晃得他眼花，不见巴德·怀特。

"垃圾筒"说："另一个人是杰瑞·马萨拉斯，男护士，算是《警徽荣光》剧组里一个人的看管者。戴维·默滕斯，布景师。话特别少，有癫痫之类的毛病。"

"有整容手术的疤痕吗？"

"颈部和背部到处都是植皮疤痕。有次见过他脱掉衬衫。"

技师蜂拥而至，艾德领着文森斯走上门廊。凉风习习，车头灯炫目。"垃圾筒"说："默滕斯的年龄接近斯坦顿说的那个大男孩。拉克斯给他动手术，所以米勒在片场认不出他。背部都是植皮疤痕，他肯定动过好几次手术。天哪，你这个表情。打算追查到底吗？"

"我也说不准。我需要一天左右的时间，看我们能掌握达德利的多少情况。"

"看怀特会不会捅你一刀。他可以从头到尾说给加劳戴特听，但他没有。"

"对这个案子，不会有人比怀特更疯狂了。"

"垃圾筒"笑道："还有你呢。老大，如果你和加劳戴特打算按程序处理这堆烂事，最好先把那小子关起来。他要去杀达德利和'两点'，相信我，他说到做到。"

艾德笑道："我已经同意了。"

“你允许他——”

艾德打断他：“杰克，按我说的做。监视默滕斯的住处，看能不能找到怀特，然后——”

“他去找帕金斯了，我怎么办？”

“你尽力而为吧。不管找没找到他，明天9点到米基·科恩家见我。咱们逼问他达德利的事情。”

文森斯左右看看：“怎么不见重案组的人？”

“接警的是你和菲斯克，所以重案组还不知道。我可以把案子在内务处封锁二十四小时左右。在记者发现之前，只有咱们知道。”

“不通缉默滕斯？”

“我会派内务处一半人马去找他。他是神志不清的精神病人。我们能逮住他。”

“要是我找到他，你应该不希望他说出以前的事情吧，毕竟和你父亲有关系。”

“抓活的，我要和他谈谈。”

文森斯说：“比疯狂，怀特根本追不上你。”

艾德封锁消息。

他打电话给帕克局长，说发生一起与内务处有关的双重命案，死者身份暂时保密。他叫醒内务处的五个人，描述戴维·默滕斯的情况，派他们去抓他。他让报警的女邻居吃镇静剂，上床睡觉，要她答应不会对媒体提起“比利·迪特林”这个名字。记者赶到时，他用无主尸体的身份糊弄他们，打发他们滚蛋。他走到街区尽头，检查克莱克纳看管的车辆，帕卡德牌加勒比轿车，前轮压在人行道上，车头撞进一棵大树。驾驶座、仪表盘和排挡杆血迹斑斑，挡风玻璃外侧有几个清晰的血手印。克莱克纳已经卸下车牌，艾德吩咐他把车开回家，藏起来，加入搜索队伍。他用投币电话打了两个礼节性的电话给兰帕特分局的班头和市局停尸房的值班法医。向他们撒谎，说帕克希望这起案件能保密二十四小时，不对媒体发表公告，验尸报告禁止外传。凌晨3点40分，重案组高官没有到场，帕克对他彻底放权。

消息封锁住了。

艾德走回室内，没有记者，没有看客，很安静。尸体被胶带贴出的轮廓，已运走。技师在取指纹、采证据。菲斯克在厨房门口，面色紧张地说："长官，我找到沃尔伯恩了。伊内兹·索托和他在一起。我灵机一动去了拉古纳。你说过索托小姐认识他。"

"沃尔伯恩怎么说？"

"什么也不说。他说他只和你谈。我把消息告诉他，回来的路上他哭得昏过去。他说他准备好录口供了。"

伊内兹走出厨房。她脸色沉痛，指甲咬得见血："都怪你，怪你害得比利被杀。"

"我不知道你这话什么意思，但我很抱歉。"

"你派我去刺探雷蒙德。现在又害死比利。"

艾德走向她。她扇他耳光，打他。"别烦我们了！"

菲斯克抓住她，拽她出门，动作温柔，手上没使劲，对她轻声说话。艾德顺着走廊查看一个个房间。

沃尔伯恩在书房，取下墙上的照片。他眼睛明亮，视线呆滞，声音过于轻快："只要我不闲下来就不会有事。"

艾德取下一张合影："我要录你一份完整的证词。"

"哦，没问题。"

"默滕斯杀了哈金斯、比利和马萨拉斯，还有小威利和其他几个孩子。我要知道原因。蒂米，看着我。"

蒂米摘下一张带框的照片："1949年开始我们就在一起了。我和他都有过不检点的时候，但我们始终没分手，而且彼此相爱。艾德，你别跟我说什么你一定会抓住凶手。我连听都不想听。你想知道的事情我会告诉你，但你别给我装腔作势。”

“蒂米——”

沃尔伯恩把相框扔向墙壁：“戴维·默滕斯，该死的！”

玻璃破碎，照片落地，面朝上，是雷蒙德·迪特林手持墨水台的照片。

艾德说：“先从淫秽书刊说起。杰克·文森斯五年前找你谈过，他认为你有所隐瞒。”

“这是又要拷问？”

“只要你别逼我。”

蒂米叠起一摞相框：“杰瑞·马萨拉斯逼戴维做那些怪异的……肮脏东西。杰瑞这个人非常坏。他看管戴维好多年了，负责调整药物用量，好让戴维……相对正常。有时候他加大或减少剂量，让戴维接一些商业美术设计的工作，而报酬全到了他手上。雷蒙德花钱请杰瑞照顾戴维。他安排戴维去《警徽荣光》做事，方便比利照顾他，比利从剧集开始就负责摄影组。”

艾德说：“别讲太快。模特是马萨拉斯和默滕斯从哪儿找来的？”

蒂米抱住那些照片，接着说：“鸢尾花。马萨拉斯使用他家的服务已经好几年了。他有需要的时候就叫应召女郎，他认识很多皮尔斯以前的妓女，也认识很多……在性方面勇于尝试的人，是那些女人告诉他的。他发现鸢尾花的许多顾客对特定类型的黄书感兴趣，于是说服皮尔斯以前的妓女，让他偷窥性爱派对。杰瑞拍照，戴维拍照，杰瑞加大用药剂量，让戴维做拼贴创作。墨水血完全是戴维的点子。杰瑞雇了几个制片厂的美术指导，用照片制作成品画册，然后拿给皮尔斯。听得明白吗？我不清楚你知道多少。”

艾德掏出记事簿：“米勒·斯坦顿说了些背景情况。帕切特和迪特林在亚瑟顿杀人案那会儿是生意伙伴，你知道我认为默滕斯是亚瑟顿案件的凶手。你接着说。要是需要进一步解释，我会开口的。”

蒂米说："那好。不清楚你知不知道：墨水照片类似于亚瑟顿案件被害人的受创情况。皮尔斯看画册的时候没有发现，我估计只有警察见过证据照片。他也不知道杀死维纳霍姆的凶手后来摇身一变成了戴维·默滕斯，所以当马萨拉斯策划卖书、找皮尔斯拉投资的时候，他只认为这些黄书是利用他的妓女和顾客制作的。他拒绝了马萨拉斯的提议，但还是买了一批通过鸢尾花销售。马萨拉斯又找上'公爵'凯斯卡特，'公爵'去找恩格克林兄弟等人。艾德，菲斯克先生暗示说这件事和夜枭案有关系，可我实在不明白。"

"我等会儿解释。你正在说1953年年初的事情，现在我还跟得上，你按时间顺序说下去。"

蒂米放下照片："然后帕切特去找席德·哈金斯。他和哈金斯打算合伙搞敲诈勒索，具体情况我不清楚。皮尔斯把马萨拉斯和黄书的事情告诉哈金斯。他已经调查过马萨拉斯，知道他经常出入《警徽荣光》片场，这一点吸引住了哈金斯，因为他早就想为《秘闻》爆这个剧集的丑闻了。皮尔斯给了哈金斯几本他从鸢尾花扣下来的黄书，哈金斯去接触马萨拉斯，要求他提供剧组明星的秘闻，威胁杰瑞说要是不合作，就曝光他的黄书交易。杰瑞给了他一些麦克斯·佩尔茨的鸡毛蒜皮材料，没几天就登在了杂志上。紧接着哈金斯被杀，肯定是杰瑞安排戴维做的。他降低用药剂量，逼得戴维发疯。戴维重演他以前杀害儿童的套路。马萨拉斯这么做是害怕哈金斯会一直勒索他。他和戴维一起去找哈金斯，从哈金斯家偷走了《警徽荣光》剧组人员的材料，其中包括哈金斯和戴维的一份不完整的档案。我不认为他知道皮尔斯有一套复本，打算用来敲诈勒索，也不知道皮尔斯知道哈金斯把原始档案保存在哪家银行。"

三个关键问题跳了出来，首先需要确凿的证据。"蒂米，五年前文森斯盘问你的时候，你的表现非常可疑。你当时知道默滕斯在制作黄书吗？"

"知道，但我当时不清楚戴维是谁。我只知道比利总是盯着他，所以我没有向杰克提起。”

关键问题一：“你告诉我的这些事情，你是怎么知道的？”

蒂米的眼睛又泛起泪光：“我是今晚才知道的。离开饭店之后，比利要我解释那个烂人警察关于约翰尼·斯托姆潘纳托的各种暗示。比利知道大部分情况有好多年了，这次想知道所有细节。我们去了雷蒙德在拉古纳的住处。雷蒙德通过皮尔斯知道近几年的事情，他从头到尾说给比利听。我只是听而已。”

“伊内兹也在。”

“对，她从头听到尾。她怪罪你，亲爱的。她手贱打开了潘多拉的盒子。”

她知道，他父亲多半也知道。已经半公开了。“所以这么多年来，是帕切特供应药品，让默滕斯服从管教。”

“对，他的身体非常弱。他有脑炎，周期性发作，那也是他最危险的时候。”

“迪特林给他安排了《警徽荣光》剧组的工作，方便比利照顾他。”

“对。哈金斯被杀后，雷蒙德读到手法的描述，觉得听起来很像以前儿童系列血案的手法。他联系帕切特，因为他知道帕切特和哈金斯是朋友。雷蒙德把戴维的真实身份告诉皮尔斯，皮尔斯吓得魂不附体。雷蒙德不敢分开戴维和杰瑞，他大把掏钱给杰瑞，让戴维一直吃药。”

关键问题二：“你知道我肯定会问，蒂米，雷·迪特林为什么要这么煞费苦心地保护戴维？”

蒂米翻开一张照片，是满脸肥肉的比利。他接着说：“戴维是雷蒙德的私生子，和比利是同父异母的兄弟，你看看他。泰利·拉克斯给他做了那么多手术，和我亲爱的比利相比，他简直丑得没法看。”

蒂米开始动情，艾德在他崩溃前打断他：“今晚发生了什么？”

“今晚雷蒙德从席德·哈金斯开始把事情一五一十全告诉了比利，比利之前完全不知道这些事。比利让我和伊内兹留在拉古纳，说他要去杰瑞家抢回戴维，帮戴维戒断药物。他肯定这么做了，而马萨拉斯采取了报复行动。我看见地上的药片……天哪，戴维肯定一下子就发疯了。他不明白谁是好人、谁是坏人，只……”

关键问题三：“在饭店，你听见约翰尼·斯托姆潘纳托的名字有反应。为什么？”

“斯托姆潘纳托勒索了好几年皮尔斯的顾客。他逮住我和另一个男人在一起，从我嘴里问出默滕斯的部分事情。那时候我知道的还不多，只知道雷蒙德花钱让人看管戴维。斯托姆潘纳托在搜集资料，准备榨干雷蒙德。他不断用字条威胁比利，但我不认为他知道戴维的真实身份。比利试图说服父亲买凶杀死他。”

阳光刺穿窗户，落在蒂米身上，他眼泪决堤，他抱着比利的照片，一只手遮住戴维的脸。

第七十三章

7点整，一名内务处探员来换班，见到他拿着枪瘫坐在门口呼呼大睡，脸色不太好看。这里一直风平浪静，嗜血狂魔戴维·默滕斯没有露面。内务处探员说默滕斯依然在逃。埃克斯利警监命令杰克9点到米基·科恩家见他和巴德·怀特。杰克找到投币电话，打电话到警探局，为了验证他的直觉。得知达德利·史密斯“请了紧急事假”，同布朗尼和卡莱尔“离开加州”去出差，让七十七街分局的刑警副队长暂时指挥夜枭案调查。又打到女子监狱，多特·罗斯坦因也“请了紧急事假”。杰克有个直觉：他们除了推断之外毫无证据，达德利正忙着剪断线头。

杰克开车回家，赶走刚才达维·戈德曼胡言乱语的梦境。假设“荷兰人”是迪恩·凡盖尔德，“爱尔兰柴郡猫”是达德利。“托付经营的小子被三个枪手啪啪啪”，三个枪口指的是刺客斯托姆潘纳托、瓦切斯和泰特鲍姆，他们清理黑道分子。他又想起“梆梆梆梆梆梆梆梆可爱小火车”，很疯狂，也许是帕切特的药物仍在起效。

凯伦的车不在。杰克进门，发现咖啡桌上摆着一张机票和字条，象征着未来。

杰：

夏威夷，看看日期。5月15日，是你正式开始拿养老金的那天。十天十夜，咱们重新认识彼此。今晚吃饭。我定了佩雷诺餐厅，你要是还得工作就打电话给我，我好取消预订。

吻你，凯

又：我知道你有疑虑，所以我跟你说明白。你在医院的时候说了许多梦话。杰克，能让我知道的最可怕的事情我都知道了，但我不在乎。我们永远不必讨论。埃克斯利警监也听见了，我觉得他也不在乎（他并不像你说的那么坏）。

许多个吻，凯

杰克想哭，但哭不出来。他剃须淋浴，换上长裤和最好的运动上衣，里面穿夏威夷衬衫。他开车赶往布伦特伍德，觉得一切都那么新鲜。

埃克斯利站在人行道上，手里拿着录音机。巴德·怀特在门廊上，应该是内务处的弟兄找到了他。加上杰克，一共三人。

怀特走过来，埃克斯利说："我刚和加劳戴特谈过。他说没有确凿证据，我们不能去找洛韦。默滕斯和帕金斯仍旧在逃，斯托姆潘纳托和拉娜·特纳去墨西哥了。要是米基无法给出像样的证据，我就直接去找帕克。彻底揭露达德利。"

门口传来声音："你们到底进不进来？反正是要让我不舒服，至少进屋来让我不舒服吧。"

米基·科恩身穿浴袍，头戴犹太小帽，说："让我不舒服的最后机会！你们到底来不来？"

他们走进室内，科恩关上门，指着一个金色小棺材说："我已故的犬科继承人，米基·科恩二世。王八蛋警察，帮我分神，免得我真的不舒服。今晚在西奈山教堂守灵。我贿赂拉比，给我家宝贝一个人类的送别仪式。殡仪馆一帮孙子以为要下葬的是个侏儒。来，说吧。”

埃克斯利开口道：“我们想告诉你是谁杀害了你的特许经营商。”

“什么‘特许经营商’？再往这个方向说下去，我就只能援引第五修正案了。你手里那个狗屁录音机是干什么的？”

“约翰尼·斯托姆潘纳托、李·瓦切斯和亚伯·泰特鲍姆，他们是一个团伙的成员，1950年，你和杰克·德拉加纳会面交易时被抢的海洛因也落在他们手里。他们一直在杀害你的特许经营商，还想在麦克尼尔监狱杀死你和达维·戈德曼。他们给你家装炸弹，没有炸死你，但迟早会的。”

科恩哈哈大笑：“没错，这几个老伙伴离开了我的生活，不肯重新为我效力。可他们没有足够的智力，搞不动我米基大佬。”

怀特说：“达维·戈德曼是他们的同伙。他们背叛了他，想在麦克尼尔岛做掉你们俩。”

米基·科恩脸色惨白：“不可能！再过六十万年达维也不可能出卖我！绝对不可能！你们煽风点火，和间谍有什么不同？”

杰克说：“我们有证据。达维在窃听你的牢房。恩格克林兄弟的提议就是这么传出去的，天晓得另外还泄露了什么消息。”

“撒谎！就算把达维和其他人绑在一起，他们还是没有足够的力量来搞我！”

埃克斯利打开录音机，磁带转动发出呜呜的声音。“天哪，这狗这么灵巧，又那么亢奋，玩老二像是海菲兹拉小提琴，大得像是——”

科恩火冒三丈：“不！不！世上没有人能这么搞我！”

埃克斯利按按钮，开始播放录音：“拉娜，她肯定够软。”暂停一下，又开始打扑克，冲厕所。米基猛踢棺材。“好吧！我相信了！”

杰克说：“现在你知道达维为什么不让你送他进疗养院了吧。”

科恩用小帽擦脸：“谁这么精明，又这么无情？”

怀特说：“达德利·史密斯。”

“哦，我的天。他我倒是相信。不……在我过世的宝贝面前，请告诉我你在开玩笑。”

“洛城警局的堂堂警监跟你开玩笑？米基，这是真的。”

“不，我不相信。给我证据，我要证据。”

埃克斯利说：“米基，你给我们证据。”

科恩坐在棺材上：“我想我知道在监狱里是谁企图做掉我和达维。科尔曼·斯坦因、乔治·马格达莱诺和萨尔·邦温特，他们正在从其他监狱被送往圣昆廷。等他们到了，你们可以找他们聊聊，问是谁出钱要我和达维的命。我本来打算做掉他们，但价钱怎么也谈不拢，监狱杀手一个个都是黑心鬼。”

埃克斯利收起录音机：“谢谢。我们会去监狱接大巴的。”

科恩哼哼一声。怀特说：“克莱克纳给我留了个字条。凯凯和李·瓦切斯今天上午要在快餐店碰头。咱们不如去问问他们？”

埃克斯利说：“走。”

第七十四章

亚伯快餐店里客人爆满，凯凯守着收音机，怀特趴在橱窗上张望。“李·瓦切斯坐右手边的台子。”艾德伸手去掏枪，枪套是空的，像是一场自杀游戏。“垃圾筒”打开店门。

叮当一声，凯凯望过来，手伸到收音机底下。艾德看见瓦切斯发现局势不对，假装去拉平裤子，腰间有金属物一闪。

人们在吃东西、聊天，女招待穿梭其间。“垃圾筒”走向收音机，怀特盯着瓦切斯，金属闪光从餐桌底下向上移动。

艾德把怀特拉倒在地。

凯凯和文森斯俯身。

六枪交火，橱窗破碎，凯凯撞在一摞罐头上。客人们尖叫，恐慌，逃跑。瓦切斯胡乱朝店门开枪。一个老人吐血倒下。怀特起身射击，瞄准一个移动靶子，瓦切斯迂回着跑向后面的厨房。怀特腰间有备用手枪，艾德磕磕绊绊地起身，抓过那把枪。

两人瞄准瓦切斯。艾德开火，瓦切斯抓着艾德的肩膀转圈。怀特开枪没打中，瓦切斯跌倒，爬行，重新起身，用枪指着女招待的脑袋。

怀特走向他，文森斯和艾德左右包抄。瓦切斯在咫尺之内打死女招待。

怀特、文森斯、艾德开枪都没打中，女人的尸体挡住子弹，瓦切斯一步一步地向后移动。怀特跑上去，瓦切斯擦掉脸上的脑浆。怀特打空手枪，枪枪爆头。

尖叫声四起，人潮涌向店门，一个男人不顾碎玻璃碴跳出窗户。艾德跑向柜台，跳过去。

凯凯躺在地上，鲜血淌出胸前的伤口。艾德凑近他的脸："快供出达德利，快说夜枭案是达德利主使的。"

警笛轰鸣。艾德圈住耳朵，俯下身子。

"没问题。我对天发誓，老弟。"

艾德凑得更近："夜枭案是谁动手的？"

含着血的咕噜声说："我，李，约翰尼·斯托姆潘纳托。'两点'开车。"

"亚伯，快供出达德利。"

"没问题，老弟。"

警笛响得吓人。到处都是叫声、脚步声。

艾德追问："夜枭案，为什么？"

凯凯咳血，说："毒品，黄书。凯斯卡特必须死。兰斯福特在追回那些毒品的小队里，他经常在夜枭出没。警局有斯托姆潘纳托的现场盘问卡，所以'两点'去偷。老大说吓吓帕切特。'公爵'和马尔，一石二鸟。马尔要钱，因为他知道追缉小队还有谁。"

"快供出达德利。快说达德利·史密斯是你的搭档。"

文森斯蹲下。餐馆里震耳欲聋，像是有几百万种声音。柜台上有血，艾德想到戴维·默滕斯，灵光一闪：迪特林片场的学校，离比利·迪特林家只有一英里。"亚伯，他现在无法伤害你了。"

凯凯的喉咙咯咯作响。

"亚伯！"

"还能伤害……"

生命逐渐逝去，“垃圾筒”捶打他的胸口：“浑蛋，快说点什么！”

凯凯撩起挂在脖子上的金星，嘟囔着说：“算我临死做善事。约翰尼想救出监狱里那几个人。Q线火车。多特有枪。”

文森斯表情疯狂：“是火车，不是大巴。是越狱。达维·戈德曼知道，他说胡话的时候提到过。埃克斯利，可爱火车，Q线火车。科恩说监狱里刺杀他的那几个人就在车上。”

艾德拼命思考，终于领悟了，说：“你指挥。”

“垃圾筒”跑出去。艾德站起身，望着眼前混乱局面：警察、碎玻璃、救护车后门对着窗，装运尸体。巴德·怀特呼喝下令，一个小姑娘身穿血迹斑斑的裙子，吃着甜甜圈。

“垃圾筒”回来，越发疯狂：“火车十分钟前离开洛杉矶。一节车厢有三十二名囚犯，车上的电话打不通。我打给克莱克纳，叫他去找多特·罗斯坦因。有人设局，警监。那张字条不是克莱克纳留给怀特的，肯定是达德利。”

艾德闭上眼睛。

“埃克斯利！”

“这样，你和怀特去追火车。我打给县局和公路巡警，叫他们把那列火车变道。”

怀特走过来，朝艾德使个眼色。他说：“谢谢你拉我一把。”然后抬脚踩住凯凯的面门，直到他停止呼吸。

第七十五章

一辆摩托警车和他们会合，领着他们飞快地驶上波莫纳高速公路。这条公路有一半是高架路，能看见加利福尼亚中央铁路的轨道，一列火车驶向北方，囚车是第三节车厢，窗户有铁栏杆，金属门经过加固。丰塔纳市郊的地面道路通向毗邻轨道的山坡，一支小部队正在待命。

九辆警车，十六个人，戴着防毒面具，手持镇暴霰弹枪。狙击手在山坡高处，两挺机枪，三个人携带催泪弹。弯道边缘的轨道上有重型拒马。

一名治安官递上霰弹枪和防毒面具。“你们克莱克纳打给指挥所，说罗斯坦因被发现死在家里。要么自己上吊，要么被人吊死。总之，我们只能猜测她已经把枪送进去了。车上有四名警卫和六名工作人员。我们拿着催泪弹等着，叫车上的人报暗号，每次转运囚犯都会事先约定暗号。对得上，我们就发出警告，然后看情况。对不上，我们立刻进去。”

火车拉响汽笛。有人喊：“来了！”

狙击手俯身。拿催泪弹的弟兄卧倒，行动队跑到一排松树背后。巴德就近找了棵树，杰克埋伏在他附近。

火车刹车转弯，轨道上火花四溅。车头停下，离障碍物只差几英尺。

大喇叭喊：“我们是县局警察！请用暗号表明身份！”寂静了足足有十秒钟。巴德望着车头的窗户，蓝色帆布一闪而过。

“县局警察！请用暗号表明身份！”

又是沉默，接着有人学鸟叫。

拿催泪弹的弟兄冲到窗前，用催泪弹打破玻璃，从栏杆之间飞进去。机枪向三号车厢开火，打完整个弹匣，车门被轰掉。

烟雾弥漫，有人尖叫。

有人喊：“上啊！”

烟从门里涌出来，身穿卡其布制服的男人跑出车厢，狙击手放倒其中一个。有人喊：“不，那是咱们的人！”

警察戴着面具，举着霰弹枪扑向车厢。杰克抓住巴德，说：“他们不在那节车厢里！”

巴德跑过去，跳上四号车厢的平台。打开门，门口有个死去的警卫，囚犯慌张逃窜。

巴德装弹开枪，三个囚犯倒下，一个囚犯举起手枪瞄准。巴德又装弹开枪，没有打中。囚犯身边的板条箱中弹爆炸，杰克跳上平台。囚犯扣动扳机，杰克面门中枪，打着转摔倒在轨道上。

开枪的囚犯逃跑，巴德装弹，没有打中。他扔下霰弹枪，抽出点三八，六颗子弹击中囚犯后背，他杀死了他。车外传来喧嚣，几名囚犯沿着轨道跑到“垃圾筒”的尸体旁。县局警员在他们背后近距离开枪，大号铅弹和鲜血，连空气都变成了黑色和红色。

烟幕弹爆炸，巴德咳嗽着跑进五号车厢。枪声传来，是身穿囚服的白人向身穿囚服的黑人射击，身穿卡其布制服的警卫向两人开枪。他跳下火车，跑向树丛。

轨道上遍布尸体。

囚犯像靶子似的被逐个敲掉。

巴德跑进松林，跳上他的轿车，加速冲过轨道。车擦过铁轨，摇头摆尾地驶进一条冲刷沟，轮胎在砾石地面上滑行。一个高个子男人站在一辆车旁。巴德看清那人是谁，瞄准他撞了过去。

男人拔腿就跑。巴德擦撞那辆车，滑行停下。他晃晃悠悠跳下车，撞上仪表盘让他血流满面。“两点”帕金斯走向他，边走边开枪。

巴德腿上中一枪，侧肋中一枪。两枪打飞，一枪击中肩膀。又一枪打飞，帕金斯扔下枪，抽出匕首。巴德看见他手上的几个戒指。

“两点”抬手刺来，巴德感觉胸口撕裂，他想握拳，但做不到。“两点”垂下脸，冷笑。巴德一膝盖顶在他两腿之间，抬头咬掉他的鼻子。帕金斯惨叫，巴德咬住他的手臂，用体重拽倒对方。

两人倒成一团。帕金斯发出动物般的叫声。巴德使劲摆头，感觉那条手臂被拽得脱臼了。

“两点”扔下匕首。巴德拾起匕首，杀死女人的戒指挡住他的视线。他扔下匕首，用负伤的双手活活打死帕金斯。

第七十六章

两英亩的焦土和瓦砾，帕切特家沦为废墟。石板落在草坪上，游泳池里有一棵烧焦的棕榈树。垮塌的灰泥墙体、浸水的灰烬，屋子只剩断壁残垣。在六万亿平方英寸土地上寻找一个装配陷阱的保险箱。

艾德踢开瓦砾。戴维·默滕斯在心头盘绕，他肯定在那个地方，不可能有错。

地板塌进地基，房梁尚未清开。木料成堆，湿透的织物垒成小山，没有金属亮光指点方位。这项任务需要十个人的一周时间，还得有技术人员拆解陷阱。

艾德绕到后院，水泥砌的后门廊只剩石板上烤焦的家具。坚固的水泥没有裂缝，没有沟槽，没有通往保险箱的明显洞口。泳池小屋也成了瓦砾堆。还有一处三英尺高的碎木堆。

他想要是默滕斯在那里，他就不能浪费太多时间。他绕着泳池走，走过烧焦的椅子，跳水平台。水上漂着一枚手雷的保险针。

艾德踢了一脚漂在水里的棕榈树。叶子里有陶瓷碎片，一块弹片嵌在树干上。他蹲下查看，眯着眼张望：水里有胶囊，有像雷管的黑色方形物体。浅水区的石膏台阶被炸开，露出金属网格和更多的药片。接着检查草坪，烧得焦黑的草，从泳池向正屋延伸。

保险箱的入口，有手雷和爆炸装置保护。大火烧到边缘，熔化毁了陷阱，但只是可能而已。

艾德跳进泳池，扯开石膏，药片和气泡浮上水面。双手撕扯石膏、水、气泡、一扇金属活门。药片喷涌而出，塑料布盖着许多个档案夹，档案夹盖着现金和违禁药物。一堆、一堆又一堆，最后只剩一个深深的黑窟窿。他浑身湿透，跑向轿车。阳光猛烈，装完所有东西，他身上几乎全干了。最后一趟，艾德从最深处捞起一把药片，以防他在这里。

车上的暖气让他暖和过来。他开到迪特林片场的学校，跳过栅栏。

寂静的星期六，没有课。典型的操场，有篮球筐、垒球场。莫奇鼠处处可见，从篮板到垒包。

艾德走到栅栏最南端，这是到比利·迪特林家的最短路径。铁丝网上有挂着肉丝的皮肤，有人爬上去翻了进来。褪色的沥青地面有暗色斑点，是血迹，容易追踪。

穿过操场，走下台阶，来到锅炉房的门前。门把手上有血，里面亮着灯。他掏出巴德·怀特的备用手枪，走进锅炉房。

戴维·默滕斯在角落里颤抖。房间很热，汗水浸透血衣。他亮出牙齿，扭曲嘴唇，嘶喊。艾德抓起一把药片扔向他。

他捡起药片，干吞下去。艾德瞄准他的嘴巴，但无法扣动扳机。默滕斯盯着他。时间发生怪异的变化，时间撇下他们两人。默滕斯睡着了，嘴唇卷起，盖住牙龈。艾德望着他的脸，试着聚集怒火，可他实在没法下手。

时间重新走动：方向错误。他想起审讯、精神状态的听证会、普莱斯顿·埃克斯利因为让怪物逍遥法外而遭受唾骂。时间沉甸甸地压在扳机上，但他就是没法动手。

艾德抱起那个人，出门上车。

马里布峡谷的太平洋疗养院，艾德请门卫叫拉克斯医生，埃克斯利警监想兑现那笔人情债。

门卫指给他一个停车位。艾德停好车，扯破默滕斯的衬衫。他有一块巨大的伤疤，很恐怖。

拉克斯走过来。艾德掏出药和两千块钞票放在引擎盖上，摇下后车窗。

拉克斯走到车边，看看后座。“我认得我的手艺。那是道格拉斯·迪特林。”

“说得真轻松。”

拉克斯敲敲引擎盖：“死人皮尔斯·帕切特的？你别动怒，警监。就我所知，你并不是童子军。希望我做什么？”

“这个人终生在上锁的病房里接受照顾。”

“应该可以。你这是出于怜悯，还是想防止未来州长的名誉受损？”

“我也说不清。”

“埃克斯利家一般不这么回答问题。欣赏一下风景吧，警监。我叫勤杂工过来收拾。”

艾德走上露台，眺望大海。阳光，波浪，也许有几条鲨鱼正在捕食。背后有人打开了收音机。“……继续关注这次未遂的囚车越狱事件。公路巡警发言人告诉记者，死亡人数目前是二十八名囚犯、七名警卫和工作人员。四名县局警员受伤，约翰·文森斯警司，洛杉矶名人警察和《警徽荣光》剧集的前任技术顾问中弹身亡。文森斯警司的搭档，洛城警局的温德尔·怀特警司身负重伤，在丰塔纳中心医院接受治疗。怀特追赶并杀死了越狱事件的接应者，死者经指认为‘两点’伯特·亚瑟·帕金斯，夜总会艺人，与黑社会多有勾结。一组医生正在努力挽救这位英勇警察的生命，但认为他的幸存机会相当渺茫。加利福尼亚公路巡警局的乔治·拉克利斯警监称这次悲剧……”

泪水模糊了眼前的大海。怀特使个眼色说：“谢谢你拉我一把。”艾德转身。怪物、毒品、钱，都消失了。

第七十七章

泳池里的赃物有二十一磅毒品，八十七万一千四百美元，席德·哈金斯丑闻档案的复本。复本包括：供勒索使用的照片、皮尔斯·帕切特犯罪勾当的记录。“达德利·史密斯”这个名字未曾出现，也没有约翰·斯托姆潘纳托、伯特·亚瑟·帕金斯、亚伯·泰特鲍姆、李·瓦切斯、多特·罗斯坦因、迈克·布鲁宁警司和迪克·卡莱尔警员。科尔曼·斯坦因、乔治·马格达莱诺和萨尔·邦温特里在越狱时被击毙。达维·戈德曼在卡马里奥州立病院重新接受盘问，他无法给出前后连贯的证词。

洛杉矶县验尸官判定多特·罗斯坦因死于自杀。戴维·默滕斯住进太平洋疗养院的上锁病房。亚伯快餐店枪战有三名无辜市民遇害，亲属控告洛城警局的鲁莽行动危及公众安全。越狱事件成了全国性的大新闻，被冠名为“蓝帆布大屠杀”。幸免于难的囚犯告诉县局警探说：武装罪犯口角导致枪支易手，车上的囚犯没多久就全都获得自由。种族矛盾激化，执法人员还没赶到，越狱就已失败。

杰克·文森斯被追赠洛城警局的英勇勋章。葬礼没有邀请洛城警局的人员，遗孀拒绝会见包括艾德·埃克斯利警监在内的吊唁者。

巴德·怀特不肯死。他在丰塔纳中心医院接受特别护理。严重休克、神经损伤和失血过半都没能要走他那条命。琳恩·布雷肯陪着他。他无法说话，只能用点头回答问题。帕克局长颁给他英勇勋章。怀特从牵引带里抽出一条胳膊，抓起勋章丢在局长脸上。

十天过去了。

圣佩德罗的一处仓库被烧成白地，现场发现了淫秽书刊的残余碎片。警探将案件标为“专业纵火”，报告称查无线索。仓库的所有人是皮尔斯·帕切特。警方再次提审彻斯特·约金和洛琳·玛瓦奇，两人没有提供有用的情报，从拘押中被释放。

艾德·埃克斯利焚毁毒品，保留档案和现金。他的最后一份夜枭案报告没有提到达德利·史密斯，也没有说因谋杀席德·哈金斯、比利·迪特林和杰瑞·马萨拉斯遭到通缉的戴维·默滕斯，同时也在1934年杀害了小威利·维纳霍姆和另外五名儿童。从头到尾没有涉及普莱斯顿·埃克斯利。

帕克局长召开新闻发布会，宣布夜枭案正式告破，这次找到了真凶。枪手是“两点”伯特·亚瑟·帕金斯、李·瓦切斯和“凯凯”亚伯拉罕·泰特鲍姆。动机是刺杀迪恩·凡盖尔德，这名前科犯冒充迪尔伯特·“公爵”凯斯卡特，因此之前尸体被认错身份。屠杀被认为是恐吓战术，旨在接管皮尔斯·莫尔豪斯·帕切特的罪恶帝国。州检察总署审读艾德·埃克斯利长达一百一十四页的总结报告，称并无异议。艾德·埃克斯利再次因侦破夜枭谋杀案获得嘉奖。他在电视直播的仪式上被提升为警长。

第二天，普莱斯顿·埃克斯利宣布他将参加共和党的州长提名角逐。在紧急民意调查中，他名列第一。

约翰尼·斯托姆潘纳托从阿卡普尔科回来，搬进拉娜·特纳在贝弗利山的住所。他待在屋里不敢出门，道恩·菲斯克警司和唐·克莱克纳警司一天二十四小时监视他。帕克局长和艾德·埃克斯利称他是夜枭案的“漏网之鱼”，最后一个活着的凶手，可以喂给暂时被凶手伏诛安抚的大众。等斯托姆潘纳托离开贝弗利山，走进洛杉矶市的地界，他就会遭到逮捕。帕克希望在市界内逮捕他，漂漂亮亮地登上头版头条，他等得起。

夜枭案、比利·迪特林和杰瑞·马萨拉斯谋杀案仍旧不时见报。无人怀疑它们有关联。蒂米·沃尔伯恩拒绝评论。雷蒙德·迪特林用新闻通稿表达丧子之痛。他关闭梦幻乐园一个月以示哀悼。他在拉古纳海滩的住处闭门不出，只见朋友和助理伊内兹·索托。

迈克·布鲁宁警司和迪克·卡莱尔警员继续请紧急事假。

在二次调查事后的记者发布会和洛城警局与地检署会议之中，达德利·史密斯警监依然扮演主要角色。在萨德·格林庆祝艾德·埃克斯利荣升警长的惊喜派对上，他担任主持人。尽管知道约翰尼·斯托姆潘纳托仍旧在逃，处于二十四小时监控下，因此无法暗杀灭口，但他没有表现出半点惶恐。他似乎根本不在乎斯托姆潘纳托会不会很快归案。

普莱斯顿·埃克斯利、雷蒙德·迪特林和伊内兹·索托没有联系艾德·埃克斯利，祝贺他晋升高位，扭转了媒体的负面攻势。

艾德清楚他们知道。他估计达德利也知道。文森斯死了，怀特挣扎在死亡线上。而与他父亲和亚瑟顿案件有关的事情，连加劳戴特也不知道。

艾德想直接去杀了达德利。

加劳戴特说你还不如自杀呢，两者反正没有区别。

他们决定走着瞧，慢慢来。

巴德·怀特使等待漫长得无法忍耐。

他胳膊上插着管子，手指上了夹板。胸部缝了三百多针。子弹打碎骨头，撕破动脉。头部镶上钢板。琳恩·布雷肯照顾他，她无法直视艾德的眼睛。怀特无法说话，以后还能不能开口都是个问题。眼神说得很清楚："达德利、你父亲，你打算怎么处理？"他努力做出胜利的V字手势。三次探访，艾德终于明白了胜利汽车旅馆、反黑组的总部的事情。

他赶到汽车旅馆，找到怀特调查妓女系列案的详尽笔记。这些笔记仿佛一个天资有限的人伸手去摘星星，结果全摘完了，一共只漏掉几颗。执着到极点的愤怒帮他越过极限。

绝对正义，无名小卒，没有官衔和荣誉。

只剩下连接恩格克林兄弟的一条线，告诉他凶手依然逍遥法外。胜利汽车旅馆的11号房间，他第一次看清温德尔·怀特这个人。

艾德知道巴德为什么让他来这里，于是追查下去。

他只检查了电话公司的记录，做了一次面谈。结果证实建筑在这个基础上的名言是：绝对正义。电视新闻说雷·迪特林每天在梦幻乐园游荡，在荒无人烟的梦幻王国里洒下悲伤。他花了一整天为巴德·怀特伸张正义。

艾德驱车去市政厅，走进艾里斯·洛韦的办公室。

时间尚早，秘书不在，洛韦在办公桌前读报。艾德敲敲门。

洛韦抬起头："艾德警长。请坐。"

"我宁可站着。"

"咦？公事吗？"

"算是吧。上个月巴德·怀特从旧金山打电话给你，告诉你'黑桃'库利是性虐杀人犯。你说你会让地检署犯罪科跟进，实际上却没有。库利向你的政治基金捐了不止一万五。你从纽波特家里打到巴尔的摩饭店，向库利乐队的一名成员报信。你叫他提醒'黑桃'和其他人，说有个疯子警察要来找麻烦。怀特盘问'两点'帕金斯，他才是真凶。帕金斯让他去抓'黑桃'，多半以为他会杀了'黑桃'，自己可以逍遥法外。你提醒了帕金斯，所以他才会躲起来。他躲够了，然后跳出来把怀特打成残废。"

洛韦很冷静："以上这些你全都没有证据。再说你怎么忽然关心起怀特了？"

艾德把一个档案夹放在办公桌上："席德·哈金斯有你的材料。敲诈募款，收钱撤销重罪指控。他也记下了陷害迈克菲尔森的经过，皮尔斯·帕切特有你和男妓在一起的照片。辞职，否则就公之于众。"

洛韦脸色雪白："我会拉你一块下地狱。"

"来吧。我会乐在其中的。"

他从公路上仿佛看见了火箭乐园与保罗世界并列，山峦长出太空船，空荡荡的大型停车场。他走地面道路开到大门口，向保安出示警徽。保安点点头，拉开栅栏门。

两个人影在徒步区漫步。艾德停车，走向他们。梦幻乐园寂静得能听见针落地。

伊内兹一看见他就转身，一只手按住迪特林的胳膊。两人耳语，伊内兹走开。

迪特林转身："警长。"

"迪特林先生。"

"叫我雷。我很想说你怎么等了这么久才来。"

"你知道我会来？"

"当然。你父亲认为你不会来，继续执行他的计划了，但我知道你会来。很高兴能在这里给你讲讲经过。"

两人面对保罗世界，假雪亮得炫目。迪特林说："你父亲、皮尔斯和我都是梦想家。皮尔斯的梦想很扭曲，我的却很美好。你父亲的梦想残酷无情，我估计你的也是。在你对我下论断之前，你首先要明白这个。"

艾德靠在栏杆上，准备听他的故事。迪特林对着山岳讲述。

1920年。

他的首任妻子玛格丽特死于车祸，她生下他的儿子保罗。1924年，第二任妻子简妮丝生下儿子比利。娶了玛格丽特之后，他有过一段外遇，对方叫菲·鲍查德，精神不太正常。她在1917年给他生下儿子道格拉斯。他掏钱让她隐瞒这孩子的存在。他是个前途光明的年轻制片人，不希望生活横生枝节，愿意花钱免灾。只有他和菲清楚道格拉斯的父母是谁。道格拉斯只知道雷·迪特林是个好心肠的朋友。

道格拉斯跟着母亲长大，迪特林经常去看他们。他的生活中有两个家庭：妻子玛格丽特去世，他和妻子简妮丝抚养保罗和比利，简妮丝心情郁结，后来和他离婚。

菲·鲍查德喝鸦片酊，逼着道格拉斯看雷蒙德为金钱制作的淫秽动画，这些动画属于皮尔斯·帕切特的非法勾当，挣钱资助他们的合法生意。影片色情而可怕，描述会飞的恶魔做尽坏事。点子是帕切特的，他把吸毒后的幻觉写下来，当素材提供给雷·迪特林。道格拉斯越来越迷恋飞行和与之相关的性场景。

迪特林很爱他的儿子道格拉斯，尽管道格拉斯满怀愤怒，时有怪异举动。他厌恶他的儿子保罗，他觉得他小心眼、暴虐、愚蠢。道格拉斯和保罗的外貌非常相似。

雷·迪特林越来越出名，道格拉斯·鲍查德越来越癫狂。他和菲同住，观看父亲制作的卡通噩梦——猛禽从操场上掳走儿童，帕切特的幻觉被画在胶片上。到青春期，他开始盗窃、折磨动物、躲在后排看贫民窟的脱衣舞表演。他在这种表演上认识了洛伦·亚瑟顿，邪恶的凶手找到了同谋。

亚瑟顿痴迷于解剖，道格拉斯痴迷于飞行。两人都对摄影有兴趣，都对儿童有邪念。他们想出一个点子：按他们的标准重造儿童。

他们开始杀人，制造混种儿童，一步一步拍摄照片。两人绑架小威利，杀害他。

报纸称儿童杀手为“弗兰肯斯坦博士”，想当然地以为凶手单独作案。普莱斯顿·埃克斯利警长指挥调查。他盯上了洛伦·亚瑟顿这个假释出狱的猥亵儿童犯，逮捕亚瑟顿，发现车库屠场和照片收藏。亚瑟顿供认不讳，说案子都是他单独做的，没有提到道格拉斯，希望他能以“死亡之王”的身份去死。报纸盛赞埃克斯利警长，响应他的呼吁：掌握亚瑟顿情况的市民请出面做证。

雷·迪特林去看道格拉斯。他一个人进了道格拉斯的房间，发现满满一箱被杀的鸟类，还有用干冰包裹的手指。他马上就明白了。

他觉得自己有责任，他为了挣快钱的淫秽卡通制造出一个怪物。他与道格拉斯对质，得知小威利被绑架时可能有人看见他出现在学校附近。

迪特林采取了保护性措施：贿赂精神病医生，私下诊断道格拉斯为精神错乱人格，脑内化学物质不平衡加重了病情。治疗采用终身服用对症药物，让他温顺听话。雷·迪特林和皮尔斯·帕切特是朋友，帕切特是化学家，对这类药物多有涉猎。皮尔斯保护他的体内，体外交给皮尔斯的朋友泰利·拉克斯。

拉克斯给道格拉斯做了张新脸。亚瑟顿的律师拖延审判。普莱斯顿·埃克斯利继续寻找证人，搜寻得到媒体的大力帮助。雷·迪特林克服恐惧，想出一套大胆的方案。

他给道格拉斯和年幼的米勒·斯坦顿吃药，教他们说看见洛伦·亚瑟顿单独绑架小威利·维纳霍姆，之前他们太害怕，不敢出面，害怕弗兰肯斯坦博士会来找他们。两个男孩把这番话说给普莱斯顿·埃克斯利听，普莱斯顿·埃克斯利相信了他们，他们指认恶魔。亚瑟顿没有认出他整过形的小朋友。

两年过去。洛伦·亚瑟顿受审，定罪，处决。泰利·拉克斯给道格拉斯做第二次手术，让他和做证时的那个男孩判若两人。道格拉斯住在一家私人诊所的病房里，靠皮尔斯·帕切特的药物保持镇静，由几名男护士轮流看管。雷·迪特林越发成功。有一天，普莱斯顿·埃克斯利来敲他家的门。

他带来消息：一个小姑娘，现在已经不小了，终于出面。小威利被绑架的那天，她目睹迪特林的儿子保罗和洛伦·亚瑟顿一起出现在学校。

迪特林知道其实是道格拉斯，因为他和保罗实在太像了。他给埃克斯利一大笔封口费。埃克斯利先是接受，然后又想还给迪特林。埃克斯利说：“正义。我要逮捕那小子。”

迪特林见到他的帝国分崩离析。他见到粗鄙愚蠢的保罗被证明无罪。他见到道格拉斯最终落网，被他的作品造成的影响毁灭。他坚持让埃克斯利留下那笔钱，埃克斯利没有反对。他问埃克斯利还有没有其他办法。

埃克斯利问他保罗有没有罪。

雷蒙德·迪特林说：“有。”

普莱斯顿·埃克斯利说：“死刑。”

雷蒙德·迪特林同意了。

他带保罗去内华达山脉野营。普莱斯顿·埃克斯利在那里等待。他们给保罗的食物下药，埃克斯利杀死睡梦中的保罗，埋葬尸体。全世界都以为保罗在雪崩中失踪，全世界都相信了谎言。迪特林以为他会憎恨埃克斯利，但看着埃克斯利的表情，正义的代价说明他只是又一个受害者而已。他们从此缔结了纽带。普莱斯顿·埃克斯利辞去警察工作，拿迪特林那笔钱创业，开始到处造楼。托马斯·埃克斯利遇害之后，他的第一个电话就是打给雷·迪特林的。两人都背负着儿子性命的重量前行。

“以上就是我十分可悲的快乐结局。”迪特林说完。

山峦、火箭、河流，似乎都在微笑。“我父亲完全不知道道格拉斯的事情？他真心认为保罗有罪？”

“对。你能原谅我吗？看在你父亲的面子上。”

艾德取出一枚勋饰。金色橡树叶，是普莱斯顿·埃克斯利的警长徽章。这个传家宝，是先交到托马斯手上的。“不，我要提交报告，指控你谋杀了亲生儿子，请求洛县召集大陪审团。”

“给我一个星期处理事情行吗？我这么有名，能去哪儿呢？”

艾德说：“好。”转身走向他的车子。

高速公路模型消失了，取而代之的是竞选海报。亚特·德西班正在拆成包的传单，胳膊上没缠绷带，但有教科书级的枪伤疤痕。“你好，艾迪。”

“我父亲呢？”

“他很快就回来。祝贺你荣升警长。我应该打电话恭喜你的，但这儿实在太忙乱了。”

“我父亲也没打给我。你们都在假装一切正常。”

“艾迪……”

亚特的左臂鼓起一块，他还带着枪。“我刚和雷·迪特林谈过。”

“我们还以为你不会呢。”

“把枪给我，亚特。”

德西班把枪递给他，枪柄向外。史密斯威森点三八手枪有消音器的痕迹。

“为什么？”

“艾迪……”

艾德倒出子弹：“迪特林全说了。当年你是我父亲的助手。”

德西班一脸自豪：“你知道我是为什么，小伙子。都是为了普莱斯顿。我一直是他的忠实部下。”

“而你知道保罗·迪特林的事情。”

德西班收回他的枪：“知道，我知道他不是真凶已经好些年了。1948年前后我收到线报，证明维纳霍姆被绑架的时候，那孩子在别的地方。我不知道雷交出保罗到底有没有根据，但肯定不能告诉普莱斯顿说他杀了个无辜的孩子，他听到了会心碎的。我也不能破坏他和雷的友谊，那样对他的伤害更大。你知道我有多关心亚瑟顿案件。我一直想弄清楚究竟是谁杀了那些儿童。”

“但你一直没能弄清楚。”

德西班摇摇头：“对。”

艾德说：“说说恩格克林兄弟。”

艾德拿起一张海报：普莱斯顿站在建筑平面图前。“那次我去警探局见朋友。我记得是1953年，不会有错。我看见风化组公告牌上的照片。漂亮的年轻人，连成黄片场景的那种雏菊花环。画面让我想起洛伦·亚瑟顿拍的照片，而我知道见过照片的只有普莱斯顿、我和另外两三个警察。我尝试寻找照片的源头，但一无所获。过了一阵，我听说恩格克林兄弟在夜枭案调查中做证提到黄书，但你们没有跟进。我认为那是一条线索，但怎么也找不到兄弟俩。去年年末，我得到线报说他们在旧金山以北一个小地方的印刷所打工。我过去找他们谈。我只想搞清楚是谁制作了那些黄书。”

怀特的笔记满是恐怖的折磨逼供。“只是谈了谈？我知道那儿发生了什么。”

德西班自豪得满脸放光：“他们以为我要敲诈勒索。场面变得很难看。他们有一些当年的色情底片，我尝试让他们指认模特的身份。他们持有毒品和抗精神病药物，说认识一个甜心老爹，打算销售某种毒品混合物，会让全世界发狂，但他们知道的应该不只这些。他们嘲笑我，叫我‘老爷爷’。我凭直觉猜到他们知道制作黄书的是谁。我说不清……我知道我失控了。我大概以为是他们杀了那些儿童。我大概以为他们会伤害普莱斯顿。艾迪，他们嘲笑我。我看得出他们销售毒品，我看得出他们和普莱斯顿相比狗屁不如。于是我这个老爷爷就除掉了他们。”

他已经把海报撕成碎片。“你毫无理由地杀了两个人。”

“怎么可能毫无理由？为了普莱斯顿。求求你，不要告诉他。”

“只是又一个受害者。”正义也许真的放过了这个受害者。

“不能让他知道。不能让他知道保罗·迪特林是无辜的。艾德，求你了。”

艾德推开他，穿行于大宅之中，母亲的挂毯让他想起琳恩。他住过的房间让他想起巴德和杰克。他觉得屋子很肮脏，是用贿赂的黑钱买的。他下楼，看见父亲站在大门口。

“艾德蒙？”

“我要因为谋杀保罗·迪特林逮捕你。我会等几天再抓你归案。”

父亲不为所动。“保罗·迪特林是个精神变态的凶手，他活该我给他的惩罚。”

“他是无辜的。就算不是，你也犯了一级谋杀。”

父亲没有半分悔意。艾德坚定不移，毫不让步，全无惧色，正直得难以动摇。“艾德蒙，你现在不太正常。”

艾德蒙走过他身边。说出告别语：“你逼我做了那么多坏事，上帝诅咒你。”

进城去太平洋餐车，明亮的店堂，坐满好人。加劳戴特坐在吧台前品着马丁尼：“达德利的坏消息。你不会想听的。”

“不可能比我今天听到的其他消息更坏。”

“是吗？好吧，达德利安然脱身了。拉娜·特纳的女儿刚捅死了约翰尼·斯托姆潘纳托。他当场死亡。菲斯克在马路对面监视，看见运尸车和贝弗利山警局的人带走约翰尼。没人看见达德利，没有证据表明事情和他有关系。厉害啊，老弟。”

艾德拿过那杯马丁尼，一饮而尽：“他妈的达德利。我有帕切特的大笔现金当经费。老弟。”

加劳戴特笑道：“能说说我的观感吗，警长？”

“当然。”

“你说话一天比一天像巴德·怀特。”

日历：1958年4月

报摘：《洛杉矶时报》，4月12日

大陪审团复核夜枭案证据，宣布结案

几乎在案件发生后整五年的今天，洛杉矶市和洛杉矶县正式告别了南城的“世纪大案”：臭名昭著的夜枭谋杀案。

1953年4月16日，三名枪手走进好莱坞大道的夜枭咖啡馆，用霰弹枪杀害了三名员工和三位顾客。警方推断犯罪动机是抢劫，嫌疑很快落在三名黑人青年头上，他们以疑犯身份遭到逮捕。这三人分别是雷蒙德·科特斯、泰隆·琼斯和李洛伊·方坦，他们越狱逃跑，结果被击毙。据称，三人在越狱前曾向地检官艾里斯·洛韦认罪，因此各方认为案件已经告破。

四年十个月之后，圣昆廷监狱的囚犯奥蒂斯·约翰·绍泰尔主动提供情报，大众因此相信那三名黑人青年并未犯下夜枭命案。绍泰尔称就在咖啡馆大屠杀发生的时候，科特斯、琼斯和方坦正忙于轮奸一名年轻女性，而他恰巧在场。绍泰尔的证词通过测谎仪检验，舆论哗然，呼吁案件重启调查。

2月25日，彼得和巴克斯特·恩格克林遇害，呼声愈加高涨。这对兄弟有贩毒前科，是1953年夜枭案调查的重要证人，曾声称夜枭案源于错综复杂的淫秽物品纠葛。恩格克林兄弟命案仍未告破。曼恩县警局的尤金·海切尔警督称：“完全没有线索，但我们还在努力。”

夜枭案重启调查，本案与淫秽物品的联系逐渐被公之于众。3月27日，富豪投资商皮尔斯·莫尔豪斯·帕切特在布伦特伍德的居所被枪杀，两天后警方击毙了现年49岁的亚伯拉罕·泰特鲍姆和现年44岁的李·彼得·瓦切斯，他们被判定为杀害帕切特的凶手。当天晚些时候，著名的“蓝帆布大屠杀”发生。被杀的罪犯中有“两点”伯特·亚瑟·帕金斯，这名夜总会歌手与黑社会有联系。泰特鲍姆、瓦切斯和帕金斯被判定为夜枭案的真凶。洛城警局的达德利·史密斯警监做出如下解释。

“夜枭血案的根源是一套已经成功实施的犯罪计划，旨在分销能摧毁灵魂的肮脏淫书。泰特鲍姆、瓦切斯和帕金斯原本想杀害的是夜枭咖啡馆的常客、独立运作的黄书商人‘公爵’迪尔伯特·凯斯卡特，由此接管皮尔斯·帕切特的黄书生意。哎呀，被杀的其实是迪恩·凡盖尔德，这名罪犯冒充凯斯卡特，坐在凯斯卡特的老座位上。日后人们将把夜枭案看作命运残酷无常的证明，我很高兴最终能够真相大白。”

当时是警监、现在是警长的艾德蒙·埃克斯利，他是夜枭案二次调查顺利结案的功臣，称本案已经完全告破，尽管有传闻说第四名嫌犯在即将被捕时突然死亡，但埃克斯利说：“这是信口开河，我向县大陪审团详细说明了本案实情，自己也提供了充足的证词。大陪审团接受了我的结论。事情已经结束。”

当然，结案的代价不菲。即将退休并接任美国边境巡逻队指挥官的警探局副局长萨德·格林称：“就开销和累计调查工时而言，夜枭案举世无双。这是一辈子只能遇见一次的大案，破案的代价非常、非常高。”

报摘:《洛杉矶镜报新闻》，4月15日

洛韦辞职引发震荡，司法界议论纷纷

南城法律界激起轩然大波：洛杉矶地检官艾里斯·洛韦昨天为何辞职，放弃了前途无限的政治生涯？现年49岁的洛韦在每周例行记者发布会上宣布辞职，自称精神耗尽，打算重回民间执业。他身边的助手称突然辞职完全不符合他的为人。地检署大为震惊，因为艾里斯·洛韦从外表看心情愉快，身体健康。

首席刑事检察官罗伯特·加劳戴特对记者说：“你看，我也很震惊，而我这辈子都没震惊过几次。艾里斯的隐藏动机是什么？我不清楚，你去问他。等市议会任命代理地检官的时候，我希望那个人是我。”

风波渐渐平息，掌声慢慢响起。洛城警局的威廉·亨·帕克局长称洛韦是“犯罪克星”，“精力充沛，刚正不阿”。帕克的助理达德利·史密斯警监称：“我们会想念艾里斯的。他是正义的好朋友。”奈特州长和诺里斯·鲍尔森市长发电报给洛韦，请他重新考虑。本报未能联系上洛韦本人，听取他的看法。

报摘:《洛杉矶先驱快报》，4月19日

梦幻乐园三人自杀，留下悲痛和不解

梦幻乐园，因哀悼伟人之子遇害而暂时关闭，三个人被发现死在一起。普莱斯顿·埃克斯利，现年64岁，曾担任洛杉矶警官，建筑业大亨，初入政界。伊内兹·索托，现年28岁，全世界最著名的游乐场的公关主管，夜枭谋杀案的关键证人。雷蒙德·迪特林，现年66岁，现代动画之父，这位天才事实上创造了卡通这种艺术形式，兴建梦幻乐园以纪念在悲剧中失去的儿子。整个世界，尤其是洛杉矶，对此表示出极大的悲痛和不解。

上周他们在梦幻乐园的徒步区被一同发现。没有遗言，县验尸官费德里克·纽巴尔很快排除了谋杀，确定死因为自杀。三人都服用了致命剂量的一种罕见的抗精神病药物。新闻不胫而走，唁电纷至沓来：艾森豪威尔总统、奈特州长和威廉·诺兰德参议员均向三者亲友表达哀悼。埃克斯利和迪特林留下巨额遗产：建筑大亨将公司留给长期助手亚特·德西班，一千七百万美元财产留给儿子艾德蒙，一名洛杉矶警官。迪特林将庞大股权留给信托机构，指示将基金和梦幻乐园日后的利润分配给多家儿童慈善团体。法律上的问题容易解决，但大众的震惊和哀痛难以平息，对自杀动机的揣测更是众说纷纭。

索托小姐曾和普莱斯顿·埃克斯利的儿子艾德蒙传出过恋情，近期媒体曝光她与夜枭案的联系，她均拒绝回应。雷蒙德·迪特林因儿子威廉最近遇害而心碎不已。但普莱斯顿·埃克斯利最近才庆祝过他最伟大的成就，南加州高速公路网的落成，不久前刚刚宣布将参选州长。他死前不久举行的民意调查显示他胜算不小，多半能赢得共和党的提名位置，他似乎毫无理由要结束自己的生命。与普莱斯顿·埃克斯利最亲近的人，亚瑟·德西班和儿子艾德蒙拒绝发表看法。

悼念信和鲜花如雪片般涌向梦幻乐园和普莱斯顿·埃克斯利的汉考克公园寓所。加州各地降半旗致哀。好莱坞痛失影业巨子。几百万人嘴边挂着同样的三个字：“为什么？”

普莱斯顿·埃克斯利和雷·迪特林是大人物，伊内兹·索托命运多舛，是他们信任的助手和密友。在去世前，三个人均修改遗嘱，表示希望一起海葬。昨天，亲友为他们举行了简短的海葬，没有宗教仪式，也没有邀请宾客。梦幻乐园的保安主管安排一应事宜，拒绝透露遗体安息的地点。“为什么？”这三个字仍旧挂在几百万人的嘴边。

诺里斯·鲍尔森市长也不清楚原因，但他送上了一段适当的悼词：

“简单而言，这两个人象征着一个愿景的实现：洛杉矶魅惑之地和高品质的日常生活。雷蒙德·迪特林和普莱斯顿·埃克斯利，他们比任何人都能代表奠定本市基础的宏大美梦。”

第五部

自君别后

After You've Gone

第七十八章

艾德身穿蓝色制服。

帕克微笑，把金星别在他的肩头："艾德蒙·埃克斯利，洛杉矶警察局副局长，警探局局长。"

掌声响起，闪光灯亮起拍照。艾德和帕克握手，俯瞰人群。政客、萨德·格林、达德利·史密斯。琳恩在大厅最后一排。

掌声响起，鲍尔森市长、加劳戴特、达德利排队同他握手。

"老弟，你的表现实在没得说。我很期待为你工作。"

"谢谢，警监。相信我们一定会合作得很愉快。"

达德利使个眼色。

市议会成员鱼贯而过，帕克带着人群去享用美酒佳肴。琳恩留在门口。

艾德走过去。琳恩说："真是难以置信。我放弃了有一千七百万身家的大人物，投向一个拿退休金的残废和亚利桑那。亲爱的，空气适合退休人士，我也熟悉当地的风土人情。"

她在过去一个月内老了很多，从美丽变成有风韵。"几时走？"

"就现在，免得我改主意。"

"打开你的手袋。"

“什么？”

“打开就是了。”

琳恩打开手袋，艾德扔进去一个塑料包裹。“尽快花掉，是黑钱。”

“有多少？”

“够买下亚利桑那了。怀特呢？”

“车里。”

“我送你出去。”

两人绕过派对现场，走边门楼梯下去。琳恩的帕卡德占据了班头的车位，挡风玻璃上贴着一张罚款单。艾德撕下罚款单，望向后座。

巴德·怀特两腿扎着钢箍，脑袋剃光，缝合线很显眼。双手没上夹板，看上去很有力。金属丝固定的嘴巴让他显得很滑稽。

琳恩站开几英尺。怀特想微笑，却只挤出一个鬼脸。艾德说：“我发誓我会灭了达德利。我发誓我一定会。”

怀特抓住他的双手，紧紧握住，直到两人都吃痛皱眉。艾德说：“谢谢你拉我一把。”

巴德笑了，从金属丝之间挤出笑声。艾德摸摸他的脸：“你是我的救赎。”

楼上传来派对的喧闹声，达德利·史密斯在大笑。琳恩说：“我们该走了。”

“我有过机会吗？”

“有些男人得到世界，有些男人得到从良妓女和亚利桑那。你属于前者。但上帝做证，我可不羡慕你良心上的鲜血。”

艾德亲吻她的面颊。琳恩坐进车里，摇起车窗。巴德把双手按在玻璃上。

艾德也把双手按在车窗上，他的手掌只有巴德的一半大。轿车开动，艾德跟着跑，手心对着手心。汇入车流，告别的喇叭声。

金星。他孤身一人，还有他的死者。